中國古典文學基本叢書

元稹集

（修訂本）

下册

冀勤點校

中華書局

元稹集卷第三十七

狀

彈奏劍南東川節度使狀〔一〕

劍南東川詳覆使

故劍南東川節度觀察處置等使嚴礪在任日，擅没管内將士、官吏、百姓及前資寄住等莊宅、奴婢〔二〕，今於兩税外加配錢、米及草等〔三〕，謹件如後：

嚴礪擅籍没管内將士、官吏、百姓及前資寄住塗山甫等八十八户，莊宅共一百二十二所，奴婢共二十七人，並在諸州項内分析〔四〕。

右，臣伏准前後制敕，令出使御史，所在訪察不法，具狀奏聞。臣昨奉三月一日敕，令往劍南東川詳覆瀘川監官任敬仲贓犯〔五〕，於彼訪聞嚴礪在任日，擅籍没前件莊宅奴婢等〔六〕，至今月十七日詳覆事畢，追得所没莊宅、奴婢。文案及執行案典耿琚、馬元亮等檢勘得實。據嚴礪元和二年正月十八日舉牒稱：「管内諸州，應經逆賊劉闢重圍内并賊軍到處〔七〕，所有應接，及投事西川軍將州縣官所由典正前資寄住等，所犯雖經霈澤，莊田須有所歸，其有莊宅、奴婢、桑柘、錢物、斛㪷、邸店、碾磑等，悉皆搜撿。得塗山甫等八十八户〔八〕，案内並不經驗問虚實，亦不具事職名〔九〕，便收家産没官，其時都不聞奏。所收資財奴婢，悉皆貨賣破用，及配充作坊驅使。其莊宅、桑田，元和二年、三年租課，嚴礪並已徵收支用訖。臣伏准元和元年十月五日制：西川諸州諸鎮刺史大將及參佐官吏將健百姓等，應被脅從補署職掌〔一〇〕，一切不問。又准元和二年正月三日赦文，自今日已前，反逆緣坐〔一一〕，並與洗滌。況前件人等，悉是東川將吏百姓及寄住衣冠，與逆黨素無管屬〔一二〕。賊軍奄至，暫被脅從。狂寇既平，再蒙恩蕩。嚴礪公違詔命，苟利資財，擅破八十餘家，曾無一字聞奏。豈惟剥下，實謂欺天。其莊宅等至今被使司收管〔一三〕。臣訪聞本主並在側近，控告無路，漸至流亡。伏乞聖慈勒本道長吏及諸州刺史，招緝疲人，一切卻還産業，庶使孤窮有託，編户再安。其本判官及所管刺史，仍乞重加貶責，以絶姦欺〔一四〕。

嚴礪又於管内諸州，元和二年兩税錢外，加配百姓草共四十一萬四千八百六十七束，

每束重一十一斤。

右，臣伏准前後制敕及每歲旨條：「兩税留州留使錢外〔一五〕，加率一錢一物，州府長吏並同枉法計贓〔一六〕，仍令出使御史訪察聞奏〔一七〕。」又准元和三年赦文：「大辟罪已下，蒙恩滌蕩。

惟官典犯贓，不在此限〔一八〕。」臣訪聞嚴礪加配前件草，准前月日追得文案〔一九〕，及執行案典姚孚檢勘得實。據嚴礪元和二年七月二十一日舉牒稱：「管內郵驛要草，於諸州秋税錢上，每貫加配一束。至三年秋税，又准前加配，計當上件草。」臣伏准每年旨條，館驛自有正料〔二〇〕，不合於兩税錢外，擅有加徵。況嚴礪元和三年舉牒，已云准二年舊例徵收，必恐自此相承，永使疲人重困。伏乞勒本道長吏，嚴加禁斷，本判官及刺史等，伏乞准前科責，以息誅求。

嚴礪又於梓、遂兩州，元和二年兩税外，加徵錢共七千貫文，米共五千石。

右，臣准前月日追得文案，及執行案典趙明之檢勘得實〔二一〕。據嚴礪元和二年六月舉牒稱：「綿、劍兩州供元和元年北軍頓遞，費用倍多。量於梓、遂兩州秋税外，加配上件錢米，添填綿、劍兩州頓遞費用者〔二二〕。」臣又牒勘綿州，得報稱：「元和二年軍資錢米，悉准舊額徵收，盡送使訖，並不曾交領得梓、遂等州錢米添填頓遞〔二三〕，亦無尅折當州錢米處者。」臣又牒勘劍州，得報稱：「元和元年所供頓遞，侵用百姓腹內兩年夏税錢四千二十三貫三文，使司令於其年軍資錢內尅下訖。其米即用元和元年米充，並不侵用二年軍資錢米數〔二四〕。使司亦不曾支梓、遂州錢米充填者。」臣伏念綿、劍兩州供頓，自合准敕優矜〔二五〕。梓、遂百姓何辜，擅令倍出租賦。況所徵錢米數內，惟尅下劍州軍資錢四千二十三貫三文。

其餘錢米，並是嚴礪加徵，別有支用。其本判官及梓州、遂州刺史〔二六〕，悉合科處，以例將來。擅收没塗山甫等莊宅、奴婢，及於兩税外加配錢、米草等，本判官及諸州刺史名銜，并所收色目，謹具如後：

擅收没奴婢莊宅等，元舉牒判官、度支副使、檢校尚書刑部員外郎兼侍御史、賜緋魚袋崔廷：都計諸州擅没莊共六十三所，宅四十八所，奴一十人，婢一十七人。

於管内諸州元和二年、三年秋税錢外隨貫加配草〔二七〕，元舉牒判官、觀察判官、殿中侍御史内供奉盧詡：都計諸州共加配草四十一萬四千八百六十七束。

加徵梓、遂兩州元和二年秋税外錢及米，元舉牒判官攝節度判官監察御史裏行裴誗：計兩州加徵錢共七千貫文，米共五千石。

梓州刺史、檢校尚書左僕射兼御史大夫嚴礪，元和四年三月八日身亡。

擅收塗山甫等莊二十九所，宅四十一所，奴九人，婢一十七人。加徵錢三千貫文〔二八〕，米二千石，草七萬五千九百五十二束〔二九〕。元和二年三萬一千七百九十二束〔三〇〕，元和三年四萬四千一百六十束。

遂州刺史柳蒙〔三一〕：

擅收没李簡等莊八所，宅四所，奴一人。加徵錢四千貫文，米三千石，草四萬九千五百三十五束〔三二〕。元和二年二萬四千五百三束，元和三年二萬五千四百八十二束。

綿州刺史陶鍠：

擅收没文懷進等莊二十所，宅十三所。加徵草八萬八千六百八十八束。元和二年三萬八千九十三束，元和三年五萬五百九十五束。

劍州刺史崔實成：元和二年十一月五日，改授邛州刺史〔三三〕。

擅收没鄧琮等莊六所。加徵草二萬一千八百七十七束〔三四〕。元和二年九千三十九束，元和三年一萬二千七百七十八束。

普州刺史李怤：

元和二年加徵草六千束〔三五〕，三年加徵草九千四百五十束。

合州刺史張平：

元和二年加配草三千四百六十二束，三年加徵草五千六百五束。

榮州刺史陳當〔三六〕：

元和二年加徵草九千四百三束，三年加徵草五千四百二十七束〔三七〕。

渝州刺史邵膺：

元和二年加徵草二千六百一十四束〔三八〕，三年加徵草三千七百二十七束。

瀘州刺史兼御史劉文翼：

元和二年加徵草三千八百五十三束，三年加徵草三千八百五十一束。

資州元和二年加徵草一萬五千七百九十八束，三年一萬六千二百二十五束。

簡州元和二年加徵草二萬四千一百四束，三年二萬三千一百一十八束。

陵州元和二年加徵草二萬四千六百六束，三年二萬三千八百六十一束。

龍州元和二年加徵草八百九十一束，三年八百一十一束。

右，已上本判官及刺史等名銜，并所徵收名目〔三九〕，謹具如前。其資、簡等四州刺史〔四〇〕，或緣割屬西川，或緣停替遷授，伏乞委本道長吏〔四一〕，各據徵收年月，具勘名銜聞奏。以前件狀如前。伏以聖慈軫念，切在蒼生，臨御五年，三布赦令。殷勤曉諭，優惠困窮，似涉擾人〔四二〕，頻加禁斷。況嚴礪本是梓州百姓，素無才行可稱〔四三〕，久在兵間，過蒙獎拔。陛下録其微効〔四四〕，移鎮東川，杖節還鄉，寵光無比。固合撫綏黎庶〔四五〕，上副天心，蠲減征徭，内榮鄉里。而乃横徵暴賦，不奉典常，擅破人家，自豐私室。訪聞管内產業，阡陌相連，童僕資財，動以萬計。雖即没身謝咎，而猶遺患在人。謂宜謚以醜名，削其褒贈，用懲不法，以警將來。其本判官及諸州刺史等，或苟務容軀，竟謀侵削；或分憂列郡，莫顧詔條。但受節將指撝，不懼朝廷典憲，共爲蒙蔽，皆合痛繩。臣職在觸邪，不勝其憤。謹録奏聞，伏候敕旨〔四六〕。

中書門下牒御史臺

牒：奉敕：「籍没資財，不明罪犯，税外科配，豈顧章程。致使銜冤，無由仰訴，不有察視，孰當舉明。所没莊宅奴婢，一物已上，並委觀察使據元没數，一一分付本主〔四七〕。縱有已貨賣破除者，亦收贖卻還。其加徵錢、米、草等，亦委觀察使嚴加禁斷，仍曉示村鄉〔四八〕，使百姓知委。判官崔廷等，名叨參佐，非道容身。刺史柳蒙等，任竊藩條，無心守職。成此弊政，害及平人，撫事論刑，豈宜免戾。但以罪非首坐，法合會恩，亦有恩後加徵，又已去官停職，俾從寬宥，重此典常。其恩後加徵草，及柳蒙、陶鍠、李怤、張平、邵膺、陳當、劉文翼等〔四九〕，宜各罰兩月俸料，仍書下考，餘並釋放〔五〇〕。」牒至，准敕故牒。

【校勘記】

〔一〕彈奏劍南東川節度使狀：《英華》卷六四九作「彈劍南東川節度觀察處置等使嚴礪文元稹時任劍南東川詳覆使」。

〔二〕擅：《英華》作「籍」。　百姓及：原作「及百姓」，據馬本、《英華》、《全唐文》卷六五一改。

〔三〕今於：《英華》作「并」。　加配：《英華》、《全唐文》作「加徵」。　錢米：原作「錢未」，據蘭雪堂本、馬本、叢刊本、《全唐文》改。

〔四〕析：原作「折」，據蘭雪堂本、馬本、《英華》、《全唐文》改。

〔五〕往：原作「住」，據蘭雪堂本、馬本、叢刊本、《英華》、《全唐文》改。
〔六〕籍：原無，據《英華》與上文補。
〔七〕軍：《全唐文》作「兵」。
〔八〕得：《英華》、《全唐文》作「勘得」。
〔九〕職：盧校宋本作「賊」。　事職：《英華》作「事賊職」。
〔一〇〕掌：《英華》、《全唐文》作「官」。
〔一一〕反：《英華》、《全唐文》作「大」。
〔一二〕逆：《英華》、《全唐文》作「賊」。
〔一三〕今被：《英華》作「今見被」。
〔一四〕絶：《英華》、《全唐文》作「懲」。
〔一五〕留使：《全唐文》作「使」。
〔一六〕府：《英華》作「縣」。　枉：原作「在」，據蘭雪堂本、馬本、叢刊本、《英華》、《全唐文》改。
〔一七〕令：原作「今」，據蘭雪堂本、馬本、叢刊本、《英華》、《全唐文》改。
〔一八〕限：《英華》作「例」。
〔一九〕月日：原作「日月」，據《英華》、《全唐文》改。

〔二〇〕自：《英華》作「並」。　料：《全唐文》作「科」。
〔二一〕之：《英華》作「志」。
〔二二〕填：原作「頓」，據《英華》、《全唐文》改。
〔二三〕等：《英華》作「兩」。
〔二四〕錢：原無，據《英華》補。
〔二五〕敕：《英華》作「制」。
〔二六〕梓州：原無，據《英華》、《全唐文》與上文補。
〔二七〕《英華》無「三年」二字。
〔二八〕錢：原無，據《英華》補。
〔二九〕五十二束：馬本、叢刊本、《全唐文》作「五十三束」。
〔三〇〕九十二束：《全唐文》作「九十三束」。
〔三一〕遂：原作「送」，據叢刊本、《英華》、《全唐文》改。　蒙：《英華》注：「一作濛。」
〔三二〕五百三：《全唐文》作「九百八」。
〔三三〕《全唐文》無此注。
〔三四〕七十七：《全唐文》作「一十七」。

〔三五〕「草」上原有「錢」字，衍，據《英華》删。

〔三六〕「榮州刺史」條：《英華》的次序列于「渝州刺史」條後。

〔三七〕四百：馬本、《全唐文》作「六百」。

〔三八〕二年：原作「一年」，據蘭雪堂本、馬本、叢刊本、《英華》、《全唐文》改。　二千：蘭雪堂本作「三千」。

〔三九〕名：原作「色」，據《英華》改。

〔四〇〕簡：原作「州」，據《英華》與上文改。

〔四一〕吏：《英華》作「史」。

〔四二〕似：《全唐文》作「事」。

〔四三〕才：《英華》作「藝」。

〔四四〕微：《英華》、《全唐文》作「末」。

〔四五〕黎：《英華》作「士」。

〔四六〕《英華》無「敕旨」以下之文字。

〔四七〕分付：盧校宋本作「分析分付」。

〔四八〕曉：蘭雪堂本、馬本、叢刊本、《全唐文》作「榜」。

〔四九〕等：原作「寺」，據蘭雪堂本、馬本、叢刊本改。
〔五〇〕釋放：原作「放釋」，據叢刊本、《英華》、《全唐文》改。

彈奏山南西道兩税外草狀

山南西道管内州府，每年兩税外，配率供驛禾草共四萬六千四百七十七圍，每圍重二十斤：興元府二萬圍，内五千圍每年折徵價錢充使司雜用，每圍一百二十文，據元和三年使牒減免不徵，餘一萬五千圍見徵率〔一〕。洋州一萬五千圍。利州一萬一千四百七十七圍。

右〔二〕，訪聞前件州府每年兩税外，加配驛草，遂於路次州縣檢勘文案。據諭後使牒，並稱准舊例於兩税外科配。又牒山南西道觀察處置等使裴玢勘得報稱：「自建中元年已後，每年隨税據貫配率前件禾草，將供驛用者。」伏准元和元年已後，三度赦文每年旨條：「兩税留州留使錢外，加率一錢一物，州府長吏，並以枉法贓論。」又准今年二月三日制節文：「諸道兩税外榷率，比來制敕處分，非不丁寧。如聞或未遵行，尚有欺弊，永言奉法，事理當然，申敕長吏，明加禁斷。如刺史承使牒於界内榷率者，明加懲責，仍委御史臺及出使郎中官御史訪察聞奏者。」伏以前件草並是兩税外徵率，准制合勒本道明加禁斷〔三〕。其州府長吏，仍令節級科處分〔四〕。今勘責得實以前〔五〕，劍南東川詳覆使、監察御史元稹奏。謹具如前。

中書門下牒御史臺

牒：奉敕：「積習多年，成此乖越，然在長吏，合尋根由。循失政之規，置無名之稅。雖原情可恕，而在法宜懲。觀察使宜罰一月俸，刺史各罰一季俸，仍令自元和四年已後禁斷。」

牒至，准敕故牒。

【校勘記】

〔一〕千：原無，據文意補。

〔二〕右：原無，據馬本、叢刊本、《全唐文》卷六五一補。

〔三〕馬本、叢刊本、《全唐文》均無「明加禁斷」四字。

〔四〕分：原無，據馬本、叢刊本、《全唐文》補。

〔五〕以：疑當作「如」。

元稹集卷第三十八

狀

論浙西觀察使封杖決殺縣令事〔一〕

浙西觀察使潤州刺史韓皋，去年七月封杖決湖州安吉縣令孫澥，四日致死。右，御史臺奏，得東臺狀。訪聞有前件事，先牒湖州勘得報稱：「孫澥先準使牒差攝烏程縣令日，判狀追村正沈朏，不出正帖不用印〔二〕。」奉觀察使七月十六日牒：「決孫澥臀杖十下，仍差衙前虞候安士文監決第三等杖。」二十二日安士文到科決。孫澥官忝字人，一邑父母，白狀追攝，過犯絶輕，科罰所施，合是本州刺史，且觀察使職在六條訪察，事有不法，即合具狀奏聞，封杖決人，不知何典。數日致死，又託以痢疾。爲念冤魂，有傷和氣。其湖州刺史受命專城，過於畏懦，受使司軍將科決縣令致死，寢而不言，並請准科，以明典憲。其諸道觀察使輒封杖決巡内官吏，典法無文。伏望嚴加禁斷，庶使遐方士子，免有銜冤。

敕：封杖決人，殊非文法，因此致死，有足矜嗟。韓皋備歷中外，合遵典憲〔三〕，有此乖越〔四〕，良所憮然，罰一月俸料。據決孫澥月日，是舊刺史辛祕離任之後，新刺史范傳正未到之時，俱無愆尤〔五〕，不可議罰。餘依。

【校勘記】

〔一〕盧校宋本，於題目最後均有「狀」字，下同。

〔二〕印：原作「耶」，據蘭雪堂本、馬本、叢刊本、《全唐文》卷六五一改。

〔三〕遵：《全唐文》作「尊」。

〔四〕有：盧校宋本作「行」。

〔五〕尤：原作「充」，據蘭雪堂本、馬本、叢刊本、《全唐文》改。

論轉牒事

據武寧軍節度使王紹六月二十七日違敕擅牒路次州縣館驛〔一〕，供給當道故監軍孟昇進喪柩赴上都句當部送軍將官健驢馬等。轉牒白一道，謹具如前。又得東都都亭驛狀報：前件喪柩人馬等，準武寧軍節度轉牒：「祗供今月二十三日未時到驛宿者。」伏準前後制敕，入驛須給正券，並無轉牒供擬之例。況喪柩私行，不合擅入館驛停止，及給遞乘人夫等。

當時追得都句當押衙趙伾到責狀稱：「孟監軍去六月十四日身亡，至七月五日蒙本使差押領神柩到上都，領得轉牒，累路州縣，並是館驛，供熟食、草料、人夫、牛等。」又狀稱：「其監軍只是亡日聞奏，更不別奏，只是本使僕射發遣，亦別無敕追者。」謹檢興元元年閏十月十四日敕：「應緣公事乘驛，一切合給正券，比來或聞諸州諸使，妄出食牒，煩擾館驛。自今已後，除門下省東都留守及諸州府給券外〔二〕，餘並不得輒入館驛。宜委諸道觀察使及所在州縣切加促捕，如違犯，請資官所在勒留，具名聞奏。餘並量事科決，仍具給牒所由牒中書門下者。」又准元和二年四月十五日敕節文：「諸道差使赴上都奏事，及押領進奉官并部領諸軍防秋軍資錢物官，及邊軍合於度支請受軍資糧料等官，並在給券，餘並不得給，如違，本道專知判官録事參軍，並準興元元年十二月十七日敕處分者。」謹詳前後敕文，並不令喪柩入驛。及轉牒州縣祇供，今月二十四日已牒河南府，並不令供給人、牛及熟食、草料等。仍牒都亭驛，畫時發遣出驛，并追得本道牒到在臺收納訖〔三〕。

右件謹具如前。伏以凶柩入驛，穢觸典常，轉牒祇供，違越制敕。王僕射位崇端揆〔四〕，合守朝章，徇苟且之請，紊經制之法。給長行人畜甚衆，勞傳遞牛夫頗多。弊緣路之疲人，奉一朝之私惠。恐須明罰，以勵將來。伏準前後敕文，給券違越，並合申牒中書門下，不敢別狀彈奏。伏乞特有科繩，其本判官等，準敕並合節級科。附謹具事由如前，伏聽處分。具狀上中書門下，謹録狀上。

【校勘記】

〔一〕寧：原作「德」，據《全唐文》卷六五一與下文改。

〔二〕都：原作「郡」，據蘭雪堂本、馬本、叢刊本、《全唐文》與上文改。

〔三〕訖：原作「託」，據蘭雪堂本、馬本、叢刊本、《全唐文》改。

〔四〕王：蘭雪堂本、馬本、叢刊本、《全唐文》作「正」。

爲河南府百姓訴車狀〔一〕

河南府應供行營般糧草等車。準敕糧料使牒共雇四千三十五乘，每乘每里腳錢三十五文。約計從東都至行營所八百餘里，錢二千八文，共給鹽利虚估匹段。絹一疋，約估四千已上，時估七百文。紬一匹，約估五千，時估八百文。約計二十八千，得紬、絹共六匹，折當實錢四千五百已來〔二〕。

五百乘準敕供懷州已來載草

右件草，準元敕令於河次收貯，待河開般運，送至行營，續准度支奏，令差河南、鄭滑、河陽等道車，共一千乘般載。今據每車强弱相兼，用牛四頭，每頭日食草各三束，計一十二束。

從武德界至行營約六百里，車行一十二日程，往來二十四日，并停住約三十餘日。計每車須食草三百六十束，料及人糧在外。若自齎持，每車更須四乘車别載沿路糧草〔三〕。若於累路旋買，計一千車每頓須買草六千餘束，州縣店肆，必無祗供得辦。況今年河路元不甚凍，及至裝車般載，至發時已是來年正月上旬已後，即水路自然去得，只校旬日之間，實恐虚成其弊。

三千五百三十五乘准糧料使及東都河陰兩院牒般載軍糧

右件軍糧，伏據中書門下奏稱，若併糴貯，恐事平之後，無支用處。且今收糴來年春季糧料，今據邢、洺、魏、博等州和糴，已合支得累月。即前件糧，亦合得春水路般載。以前兩件車，準敕並令和雇。今據度支河陰匹段十乘估價，召雇一乘不得，今府司還是據户科配〔四〕。況河南府耕牛素少，昨因軍過宰殺，及充遞車，已無太半。今若更發四千餘車，約計用牛一萬二千頭。假令估價並得實錢，百姓悉皆願去，亦須草木盡化爲牛，然可充給頭數。今假令府司排户差遣，十分發得一二，即來歲春農必當盡廢。百姓見坐流亡，河南府既然，即鄭滑、河陽，亦是小處。假使凶豎即擒伏，恐饑荒薦至，萬一尚稽天討，不知何以供求。稹忝在官司，備知利害，伏以事非職任，不敢上言，仰荷陶甄，冀裨萬一，無任冒昧狂愚之至。伏聽詳察處分，謹録狀上。

【校勘記】

〔一〕《全唐文》卷六五一無「府」字。

〔二〕蘭雪堂本、馬本、叢刊本無「已來」兩字。

〔三〕沿：原作「緣」，據盧校宋本改。

〔四〕令：《全唐文》作「令」。

元稹集卷第三十九

狀

同州奏均田狀〔一〕

當州自於七縣田地數内，均配兩税元額頃畝，便請分給諸色職田、州使田、官田與百姓。其草粟脚錢等，便請於萬户上均率。又均攤左神策郃陽鎮軍田粟，及特放百姓税麻，及除去斛斗錢草零數等利宜，分析如後：

當州兩税地〔二〕

右件地，並是貞元四年檢責，至今已是三十六年。其間人户逃移，田地荒廢。又近河諸縣，每年河路吞侵，沙苑側近，日有沙礫填掩，百姓税額已定，皆是虚額徵率。其間亦有豪富兼并，廣占阡陌，十分田地，纔税二三，致使窮獨逋亡，賦税不辦，州縣轉破，實在於斯。臣自到州，便欲差官檢量，又慮疲人煩擾。昨因農務稍暇，臣遂設法各令百姓自通手實狀，又令里正書手等傍爲穩審，並不遣官吏擅到村鄉。百姓等皆知臣欲一例均平，所通田地，略無欺隱。臣便據所通，悉與除去逃户荒地及河侵沙掩等地，其餘見定頃畝。然取兩税元額地數，通計七縣沃瘠，一例作分抽税。自此貧富强弱，一切均平，徵斂賦租，庶無逋欠，三二年外，此州實冀稍校完全。

當州京官及州縣官職田公廨田并州使官田驛田等

右，臣當州百姓田地，每畝只税粟九升五合，草四分，地頭搉酒錢共出二十一文已下。其諸色職田，每畝約税粟三斗，草三束，脚錢一百二十文。若是京官上司職田，又須百姓變米雇車般送，比量正税，近於四倍加徵。既緣差税至重，州縣遂逐年抑配百姓租佃。或有隔越鄉村，被配一畝二畝之者，或有身居市井，亦令虚額出税之者，其公廨田、官田、驛田等，所税輕重，約與職田相似，亦是抑配百姓租佃，疲人患苦，無過於斯。伏準長慶元年七月赦文，京兆府職田，令於萬户上均配，與臣當州事宜相類。臣今因重配元額税地，便請盡將此色田地，一切給與百姓，任爲永業，一依正税粟草及地頭搉酒錢數納税。其餘所欠職田、斛斗、錢草等，只於夏税地上每畝加一合，秋税地上每畝各加六合，草一分。其餘脚錢，只收地頭搉酒錢上分釐充數便足，百姓元不加配。其上司職田合變米送城者，比緣百姓自出車牛，及零碎舂碾〔三〕，動逾春夏，送納不得到城〔四〕。臣今便於當州近城縣納粟，官爲變碾，取本色脚錢，州司和雇情願車牛般載〔五〕，差綱送納。計萬户所加至少，使四倍之税永除。上司職禄及時，公私俱受其利。

當州供左神策郃陽鎮軍田粟二千石

右，自置軍鎮日，伏準敕令。取百姓蒿荒田地一百頃，給充軍田。並緣田地零碎，軍司佃用不得，遂令縣司每畝出粟二斗。其粟並是一縣百姓税上加配，偏當重斂，事實不均。臣今已於七縣應税地上，量事配率，自此亦冀均平。

當州朝邑等三縣代納夏陽韓城兩縣率錢〔六〕

右，准元和十三年敕。緣夏陽、韓城兩縣殘破，量減逃户率税，每年攤配朝邑、澄城、郃陽三縣代納錢六百七十九貫九百二十一文，斛斗三千一百五十二碩一斗三升三合〔七〕，草九千九束，零並不計。臣今因令百姓自通田地〔八〕，落下兩縣蒿荒之外，並據見定頃畝一例徵率。臣然兩縣已減元額税地，請更不令三縣代納差科。

當州税麻

右，當州從前税麻地七十五頃六十七畝四壟，每年計麻一萬一千八百七十四兩，充州司諸色公用。臣昨因均配地税，尋檢三數十年兩税文案，只見逐年配率，麻地並不言兩税數内爲復數外，既無條敕可憑，臣今一切放免不税。

當州所徵斛斗草及地頭等錢畸零分數

右，從前所徵斛斗升合之外，又有抄勺圭撮，錢草即有分釐毫銖。案牘交加，不可勘算，人户輸納，元無畸零，蹙數所成，盡是姦吏欺没。臣今所徵斛斗並請成合，草並請成分，錢並請成文。在百姓納數，元無所加，於官司簿書，永絶姦詐。其蹙數粟、麥、草等，便充填所欠職田等數。其錢當州每畝元税二十文三分六釐，人户元納二十一文整數。臣今只收納二十一文，内分釐零數，將充職田腳錢，二千六百餘貫便足，更不分外攤徵。回姦吏隱欺之贓，除百姓重斂之困，如此處置，庶有利宜。以前件謹具利宜如前。逐縣兩税元額頃畝，并攤配職田分數，及蹙成文分合等錢草斛斗數，謹具分析在前件狀如前〔九〕。伏以當州田地，鹹鹵瘠薄，兼帶山原，通計十畝，不敵京畿一二。加以檢責年深，貧富偏併，税額已定，徵率轉難。臣昨所奏累年逋懸，其敝實由於此。臣今並已均融抽税，又免配佃職田，閭里之間，稍合蘇息。伏緣請配職田地充百姓永業，事須奉敕處分。然冀永有遵憑，伏望聖慈允臣所奏。謹録奏聞，伏聽敕旨。

【校勘記】

〔一〕此題下共含六狀當州事，原將此下三狀編在三十八卷，欠妥。今移至此，將後三狀依次接排爲妥。

〔二〕此題係《同州奏均田狀》中之一狀，不應單獨列篇，《元氏長慶集》各種版本均單獨列篇，並見於目録，欠妥。今改正。

〔三〕春：原作「春」，據蘭雪堂本、馬本、叢刊本、《全唐文》卷六五一改。
〔四〕送納：原闕，據《全唐文》補。
〔五〕情：原作「惰」，據蘭雪堂本、馬本、叢刊本、《全唐文》改。
〔六〕此題係《同州奏均田狀》中之一狀，不應單獨列篇，且不見於目録，故據《全唐文》卷六五一正之。
〔七〕三合：盧校宋本作「九合」。
〔八〕臣：馬本、叢刊本、《全唐文》作「自」。
〔九〕在：盧校宋本作「以」。

浙東論罷進海味狀

浙江東道都團練觀察處置等使當管明州，每年進淡菜一石五斗、海蚶一石五斗。每十里置遞夫二十四人〔一〕。

右件海味等，起自元和四年，每年每色令進五斗。至元和九年，因一縣令獻表上論，準詔停進，仍令所在勒回人夫，當處放散。至元和十五年，伏奉聖旨，卻令供進，至今每年每色各進一石五斗。臣昨之任，行至泗州，已見排比遞夫。及到鎮詢問，至十一月二十日方合起進，每十里置遞夫二十四人。明州去京四千餘里，約計排夫九千六百餘人。假如州縣只先期十日追集，猶計用夫九萬六千餘功，方得前件海味到京。臣伏見元和十四年，先皇帝特詔荆南，令貢荔枝。陛下即位後，以其遠物勞人，只令一度進送，充獻景靈，自此停進，當時書之史策，以爲美談。陛下即位後……

去年江淮旱儉，陛下又降德音，令有司於旨條之内，減省常貢。斯皆陛下遠法堯舜，近法太宗，減膳卹災，愛人惜費之大德也。況淡菜等味不登於俎豆，名不載於方書，海物鹹腥，增痰損肺，俗稱補益，蓋是方言。每年常役九萬餘人，竊恐有乖陛下罷荔枝減常貢之盛意，蓋守土之臣不敢備論之過也。臣別受恩私，合盡愚懇，此事又是臣當道所進，不敢不言。如蒙聖慈特賜允許，伏乞賜臣等手詔勒停，仍乞準元和九年敕旨，宣下度支鹽鐵，所在勒回，實冀海隅蒼生，同霑聖澤。謹録奏聞，伏候敕旨。

中書門下牒：牒浙東觀察使

當道每年供進淡菜一石五斗、海蚶一石五斗。

牒：奉敕：「如聞浙東所進淡菜、海蚶等，道途稍遠，勞役至多，起今已後，並宜停進。其今年合進者，如已發在路，亦宜所在勒回。」牒至，准敕故牒。

【校勘記】

〔一〕蘭雪堂本、馬本、《全唐文》卷六五一無此注。

元稹集卷第四十

制誥

制誥序〔一〕

制誥本於《書》，《書》之誥命訓誓，皆一時之約束也。自非訓導職業，則必指言美惡，以明誅賞之意焉。是以讀《説命》，則知輔相之不易；讀《胤征》，則知廢怠之可誅。秦漢已來，未之或改。近世以科試取士文章，司言者苟務刓飾〔二〕，不根事實；升之者美溢於詞，而不知所以美之之謂；黜之者罪溢於紙，而不知所以罪之之來；而又拘以屬對，跼以圓方，類之於賦判者流，先王之約束蓋掃地矣。元和十五年，余始以祠部郎中知制誥，初約束不暇，及後累月，輒以古道干丞相，丞相信然之。又明年，召入禁林，專掌内命。上好文，一日，從容議及此，上曰：「通事舍人不知書便其宜，宣贊之外無不可。」自是司言之臣，皆得追用古道，不從中覆。然而余所宣行者，文不能自足其意。率皆淺近，無以變例。追而序之，蓋所以表明天子之復古，而張後來者之趣尚耳。

【校勘記】

〔一〕制誥序：《全唐文》卷六五三作「制誥自序」。

〔二〕刓：盧校宋本作「文」。

册文武孝德皇帝赦文〔一〕〔馬注：按《唐書》，長慶元年作。〕

門下：昔我高祖太宗化隋爲唐，奄宅區夏，包舉四海，全付子孫。其事何哉〔二〕？彼昏盈而我勞劬也。明皇承之，能大其業，六戎八蠻，罔不貢奉。由是庶尹弛政，庶吏弛刑，視人不勤，視盜不謹〔三〕，燕寇勃起，洞無藩籬，六十有七年，兵革大試〔四〕。其事何哉〔五〕？據逸安而易萌漸也〔六〕。逮我聖父，勤身披攘，斬斷誅除，天下略定，曾是幽冀，賜予懷來〔七〕，荷賴景靈，丕訓不墜，環歲之内，二方平寧。粤余何功，時帝之力。而卿大夫猥以大號〔八〕，加予眇身〔九〕，讓于四三，益甚其請。皇太后始聞其事，歡然慰心。慈旨下臨，臣誠上迫，祇受典禮〔一〇〕，懔乎予懷。尚念昔者七十二君，莫不升中慶成，自以爲堯舜莫己若也。然而不爲堯舜之行者，來代無傳焉。朕嘗推是爲心，不欲名浮於實。今卿大夫謂我爲文武孝德矣，其將何道以匡予？予其業業兢兢〔一一〕，日慎一日，慕陶堯、虞舜之行以自勉，思文祖、憲考之道以自勖〔一二〕。予苟不思，無忘納誨。於戲！溢美之名，既不克讓，潤物之澤〔一三〕，又何愛焉〔一四〕？可大赦天下〔一五〕。

【校勘記】

〔一〕册文武孝德皇帝赦文：《英華》卷四二一作「文武孝德皇帝册尊號赦書長慶元年」，《全唐文》卷六五〇作「長慶元年册尊號赦」。

〔二〕事何：《英華》、《全唐文》作「何事」。

〔三〕盜：《英華》作「神」。

〔四〕試：《英華》作「熾」。

〔五〕同〔二〕。

〔六〕逸安：《全唐文》作「安逸」。

〔七〕予：原作「子」，據殘宋浙本（日本静嘉堂藏本）、馬本、叢刊本、《英華》、《全唐文》改。

〔八〕大：原作「火」，據殘宋浙本、馬本、叢刊本、《英華》、《全唐文》改。

〔九〕予：《英華》作「于」。

〔一〇〕典：《英華》作「太」。

〔一一〕業業兢兢：《全唐文》作「兢兢業業」。

〔一二〕祖憲考：《全唐文》作「武憲章」。　勗：《英華》、《全唐文》作「勤」。

〔一三〕潤：原作「及」，據《全唐文》改。

〔一四〕又：《英華》、《全唐文》作「夫」。

〔一五〕「可大赦」句下，《全唐文》尚有一大段文字，如下：

「自長慶元年七月十八日昧爽已前，罪無輕重，咸赦除之。惟故殺人并官典犯贓，不在此限。應在降官及流人未經量移者，宜與量移近處。有左降官流人本因犯贓得罪者，宜依今年正月三日制處分。京畿諸縣及庶支鹽鐵户部負欠，各疏理放免有差。應經戰陣之處，所在州縣，收瘞遺骸，仍量事與櫘櫝，兼以禮致祭。李師道、吴元濟自絕於天，並從誅戮。念其祖父嘗事先朝，墳墓所在，並不得令人擅有毁廢。愛人本於省賦，雖在必輕；國用出於地財，又安可闕？令淮蔡并山東率三十餘州，約數千里，頒賜或踰於鉅萬，給復有至於連年。應河北等州給復限滿處置，宜委所在長吏審詳墾田，并親見定數。均輸税賦，兼濟公私。每定税訖所增加賦申奏。其諸道定户，宜委觀察使刺史。必加實審，務使均平。京兆府亦宜准此。其百司職田在京畿諸縣者，訪聞本地多被所由侵隱，抑令貧户，佃食蒿荒。百姓流亡，半在於此。宜委京兆府勘會均配，務使公平。其京兆百姓屬諸軍諸使者，宜令各具挾名敕下京兆府。一户之内，除已屬軍使，餘父兄子弟，據令式年幾合入色役者，並令京兆府明立籍簿，普同百姓，一例差遣。頻年已有制敕處分，委京兆府舉明舊章，條件奏聞。刑獄所繫，理道最切。如聞比來多有稽滯，一拘囹圄，動變炎涼。自今已後，宜令御史臺切加訪察。每季差御史巡囚，事涉情故，或斷結不當，有失政刑，具事由奏聞。其天下州縣，並委御史臺并出使郎官御史兼諸道巡院切加察訪。近邊所置和糴，皆給實價。如聞頃來積弊頗甚，美利盡歸於主掌，善價不及於村閭，或虚招以奉於强家，或廣僦用資於游客。若不嚴約，弊何可除？宜委度支精擇京西京兆應供糧軍并和糴院官及營田水陸運使，切加訪察，仍作條疏檢轄，速具奏聞。應停諸道年終勾并，不許刺史上使，并録事參軍，不得擅離本州，委御史臺切加糾舉。内外文武見任并致仕官賜官爵有差。神策六軍金吾威遠皇城將士，普恩之外，各賜勳三轉。大長公主公主嗣王郡主縣主，神策六軍金吾威遠皇城等諸軍將士，統軍以下兼將士等，長行立仗及守本軍本營者，各賜物有差。鴻臚禮賓院應在城内蕃客等，並節級賜物。陰山貴女，來迓天孫，會王明庭，克勸盛典，念吾妹之將遠，於禮賓而宜加。其回紇公主别有賜物，攝侍中讀寶户部侍郎平章事杜元穎、中書侍郎平章事崔植各加一階。撰册文官與一子正員、奉册奉寶綬書玉册書寶官各加兩階。進寶綬進册中進中嚴外辦禮儀贊導押册押寶綬舁寶册官各加一級。其餘應職掌行事官並寫制書官太常修撰儀注禮官并内定行事中使，三品已上賜爵一級，四品已下加二階，仍並賜勳兩轉。鐫造玉册并填壙金字造寶裝寶官等，各賜五十段。尊師重傅，有國常經，李逢吉、韋綬、薛倣、丁公著等，普恩之外，各加一階，如已至三品、四品者，賜爵一級。天下百姓九十已上，委所在長吏量加存恤，孝子順孫，義夫節婦，先以旌表者，亦量加優恤。五嶽四瀆，名山大川，並自古聖帝明王忠臣烈士，各令所在，以禮致祭。」以上諸本無此赦文，鈔録于此備參。

處分幽州德音

敕：昔我玄宗明皇帝得姚元崇、宋璟，使之鋪陳大法，以和人神。而又益之以張説、蘇頲、嘉貞、九齡之徒，皆能始終彌縫，不失紀律。四十年間，海内滋殖，風俗謹朴，君臣平寧，人無争端，而卿大夫羞以贓罪鞫人於聖代矣，況伺察乎？由是網漏吞舟，視盜不謹，寇羯乘釁，勃爲妖氛，天下持兵垂七十載。朕因眇末，獲承祖宗分，不得見四方無姑息之臣，而九有復升平之境矣。上帝念我，賚予忠賢，盡獻提封，恢纘舊服，使遼陽八州之衆，重覩開元之儀者，則予侍中總之力也。名藩厚位，予何愛焉？劉總已極上台，仍移重鎮，兄弟子姪，各授官榮，大將賓寮，亦皆超擢。管内州縣官吏肅存古等二百餘人，悉是劉總選任材能，久令假攝，並與正授，用獎勤勞。尚念幽州將士，夙著勳庸，易帥之初，諒宜優錫。共賜錢一百萬貫，以内庫及户部見在匹段支送，充賞給幽州、盧龍并瀛、莫等州將士。又念八州之内，九賦用殷，慶澤旁流，所宜霑貸。其管内八州百姓，並宜給復一年，仍令給事中薛存慶往彼宣慰，親諭朕懷。州縣之中，或有殘破偏甚者，委弘靖量事便宜優卹，務令存立。劉總素以清静理人，固當開釋，尚恐自罹禁綱，亦念哀矜，管内見禁囚徒，罪無輕重，並宜赦免。大將及判官等，雖已頒官爵，而或慮闕遺，宜委弘靖具名銜聞奏。如有父母在者，别具上聞，當加優卹。朕以劉總父子頻立戰功〔一〕，永言將吏之中，慮有没於王事。當道從前已來官吏將士等，或忠義可嘉，身已淪没者，委弘靖條録聞奏，當加追贈。平時舊老，始見胡塵，復覩朝儀，得無歡抃遐想〔二〕，撫其兒稚，自此免於兵鋒，言念及兹，用加優給。管内有高年惸獨，或疾瘵不能自存者，委弘靖差官就問，量給粟帛。管内州縣官吏，有奉職清强，惠及百姓者，委弘靖具事跡奏聞，當與量加進改。燕趙之間，古多奇士，隗臺如在，代豈乏賢？如有隱於山谷，退在丘園，行義素高，名節可尚，或才兼文武，卓然可獎者，亦委弘靖具名薦聞。

於戲！古人云：安不忘危。魏徵對太宗以守成之不易。兹朕小子，抑又何知？而鎮冀克和，幽燕復古，慄慄夙夜，不遑安寧，實惟祖宗之休，尚賴股肱之力。咨爾輔弼，至于方嶽，爾當勉於姚、宋之功，予亦無忘於天寶之戒。宣示中外，宜體朕懷。

【校勘記】

〔一〕頻：《全唐文》卷六五〇作「並」。

〔二〕歡：原作「悽」，據盧校宋本、殘宋浙本改。

戒勵風俗德音

敕：朕聞昔者卿大夫相與讓於朝，士庶人相與讓於列，周成王刑措不用〔一〕，漢文帝恥言人過，真理古也，朕甚慕焉。中代以還，争端斯起，掩抑其言則專蔽，誘掖其説則侵誣〔二〕，自非責實循名，不能彰善癉惡。故孝宣必有敢告乃下〔三〕，光武不以單辭遽行〔四〕。語稱訕上之非，律有匭名之禁〔五〕，皆所以防三至之毁，重兩造之明。是以爵人於朝則皆勸，刑人於市則皆懼，罪有歸而賞有當也〔六〕。末俗偷巧，内荏外剛。卿大夫無進思盡忠之誠，多退有後言之謗；士庶人無切磋琢磨之益，多銷鑠浸潤之讒。進則諛言諂笑以相求，退則羣居雜處以相議。留中不出之請，蓋發其陰私；公論不容之詞，實生於朋黨。擢一官則曰恩皆自我，黜一職則曰事出他門。比周之跡已彰，尚矜介特；由徑之蹤盡露，自謂貞方。居省寺者，不能以勤恪莅官，而曰務從簡易；提紀綱者，不能以準繩檢下，而曰密奏風聞。獻章疏者，更相是非；備顧問者，互有憎愛。苟非秦鏡照膽，堯羊觸邪，時君聽之，安可不惑？參斷一謬，俗化益訛，禍發齒牙，言生枝葉，率是道也，朕甚憫焉。我國家貞觀、開元，同符三代，風俗歸厚，禮讓偕行，兵興已來，人散久矣。始欲導之以德，不欲驅之以刑。然而信有未孚，理有未至，曾無恥格，益用凋刓。小則綜覈之權見侵於下輩；大則樞機之重旁撓於薄徒。尚念因而化之，亦既去其尤者。而宰臣等懼其浸染，未克澄清，備列祖宗之書，願垂戒勵之詔。遂申誥教，頗用殷勤，各當自省厥躬，與我同底于道〔七〕。凡百多士，宜體朕懷。

【校勘記】

〔一〕刑措：原作「措刑」，據《全唐文》卷六五〇改。

〔二〕侵：《全唐文》作「欺」。

〔三〕敢告乃下：《全唐文》作「告訐及下」。

〔四〕以：馬本作「能」。　單：《全唐文》作「詭」。

〔五〕慝：疑當作「匿」。

〔六〕當：原作「事」，據《全唐文》改。

〔七〕底：原作「厎」，據殘宋浙本改。盧校宋本作「安」。

元稹集卷第四十一

制誥

招討鎮州制〔一〕

門下：朕嘗讀玄元書，至於佳兵者，是樂殺人。因念自孩名之逮于羈〔馬注：《禮》：男角女羈。〕丱，〔馬注：音慣。《詩》：總角丱兮。〕十三年不能爲成人，豈忍一朝之忿，驅而殺之？然而田弘正首以六州〔馬注：魏、博、貝、衛、澶、相。〕之衆，歸於朝廷。開先帝之雄圖，變河朔之舊俗。〔馬注：河朔四十九年不霑王化而田興變之。〕除去苛暴，昭宣惠和，愛人如身，養士如子。拊循教訓，必以忠孝爲先。是以魏之師徒，一年而知恩，二年而知禮，三年而知相與讓於道矣。故南征淮蔡，〔馬注：討蔡時，弘正遣子布以兵三千進戰有功。〕東伐青齊，〔馬注：弘正與宣武等五節度進討李師道，斬平之，取十有二州以獻。〕北定趙地。〔馬注：王承宗送質獻州，輸租請吏，俱弘正爲之奏請。〕元勳茂績，皆自魏師。肆我憲宗，付之心膂。入則輔弼，出則藩宣。推誠不疑，近實無比。顧朕小子，獲受丕圖。嗣守不遑，何暇恢復。而承元請覲，冀部擇才，苟非勳賢，不敢輕授。是用咨我元老，臨於是邦，〔馬注：弘正自魏博徙成德。〕而又寵諸將以懋官，加三軍以厚賞。復其租入，惠彼蒸黎。於此一方之人，可謂無有不至。〔馬注：謂諫議大夫鄭覃詣鎮州，宣慰賜賞將士。〕而梟音未革，狼顧猶存。忍害忠良，恣爲殘賊。臨軒震悼，撫几驚嗟，天乎不仁，一至於此！朕下爲君父，上奉祖宗，肆舟楫於鯨鯢，陷股肱於蛇豕。尚欲因循忍恥，僶俛偷安，非唯傷心於田氏之子孫，亦將何顔謁先帝之陵廟？人神共憤，卿士叶謀。咸願誅夷，用申冤痛。便合興師進討，以翦姦凶。尚念一軍之中，豈無義勇，倉卒變動，必非衆謀。苟得罪人，其餘何過？宜令魏博、横海、昭義、河東、義武等軍，各出全軍，以臨界首。仍各飛書檄，具諭朝旨。如王廷湊能執首謀爲亂，扇動三軍者，送付鄰道，或就鎮州處置。然後束身歸朝，必當超獎三品正員官，并與實封二百户。其餘三軍將士，一切不問。其中大將等，或有能相勸諭，翻然改圖者，各隨事跡，當加寵擢。如王廷湊遂迷不痛，諸道宜便進軍，以時翦滅，苟不得已，至於用師。其有效忠，則宜懸賞。如有能斬凶渠者，先是六品已下官，宜與三品正員官；先是五品已上官，節級并進〔三〕，仍與實封三百户，莊宅各一區，錢二萬貫。以一州歸順者，便與當州刺史，仍賜實封二百户。如先是刺史以州歸順者，超三資與官，仍賜實封二百户；以一縣歸順者，超兩資與官，賜實封一百户。如有能率所管兵馬及以城鎮來降者，並超三資與官，仍賜實封一百户，錢一萬貫。以身降者，亦與轉改，仍賜錢帛，應赴行營將士。如有能梟斬凶渠者，亦准前例處分。其有城鎮將士百姓等，守節拒賊身死王事者，各委長吏優給其家，仍具事跡聞奏，當加褒贈。其有潛謀誅斬渠魁，被其屠戮者，宜優加追贈，并賜錢帛，仍與一子官。諸軍所至，不得妄加殺戮及焚燒廬舍，掠奪資産。并有拘執，以爲俘馘。其管内州縣，有能自置義營堡栅，王師所至，能相率來歸，各加酬奬。時當秋候，務切農功。邊界之人，懼廢耕織，應緣軍務所須，並不得干擾百姓。如要車牛夫役及工匠之類，並宜和雇情願，仍優給價錢。賊平之後，應立功將士並與超資改官，節級賜物。其長行官吏歸降者，亦當優厚褒賞。幽陵變擾，誠謂亂常〔二〕。以其旁及賓寮，有異上加台鉉，校其輕重，示以招攜。尚開迷復之門，用廣自新之路。

昔者堯舜之俗，比屋可封。虞芮之人，讓畔可感。仁義則水火可蹈，忠信則蠻貊可行。由是言之，亦在化之而已。逮我長理，何其遠哉？豈朕之滿假荒寧，自聖而不可教耶？將朝之魁梧骨鯁，自持而莫我念也。二者之來，皆朕不敏，内省終夕，其心洗然。於戲！封域之中，干戈作矣。廊廟樽俎，無忘弭寧，布告朕懷，以須良畫。主者施行。

【校勘記】

〔一〕招討鎮州制：《全唐文》卷六四九作「討鎮州王庭湊德音」。

〔二〕并：殘宋浙本、馬本、叢刊本、《全唐文》作「升」。

〔三〕誠：盧校宋本作「式」，疑當作「或」。

批宰臣請上尊號第二表〔一〕

朕聞天職生植〔二〕，聖職教化，天職舉則四時行，聖職修則萬方理。然而天不以行四時而爲德，故蕩蕩無名；聖不以理萬方而爲功，故謙謙不宰。顧朕小子，獲承丕圖，上賴祖宗之靈，下託股肱之力。先定鎮冀，〔馬注：王承先。〕次來幽燕，〔馬注：劉總。〕皆吾日月之所照臨，車書之所轍跡。失之則有以自愧，得之則何足自多。况今四海雖清，物力方困；六戎雖伏，邊備尚勞；百吏雖存，官業多曠；萬目雖設，紀律未張。有此四者，不遑荒寧〔三〕。思與卿士〔四〕，夙夜俾乂。卿宜爲我提振大法，修明政經，懾竄戎夷〔五〕，阜康黎庶。四者既理，名焉用之。朕方以臯夔之務委卿，卿宜以堯舜之事教我。驟加徽號，深恥近名，循省表章，難遂來請〔六〕。

【校勘記】

〔一〕批宰臣：《英華》卷四六六作「長慶元年批宰臣」。

〔二〕「朕聞」句上，《英華》有「有表具知」四字，以下四篇同。

〔三〕遑荒：《英華》作「敢遑」。

〔四〕士：《英華》作「等」。

〔五〕懾：《英華》作「讋」。
〔六〕「請」字下，《英華》注：「四月。」

批宰臣請上尊號第三表〔一〕

昔齊桓議封禪，管仲驟諫其未宜；晉武平江東，何曾深惟於遠馭。彼二臣者，居安思危之志明，而有犯無隱之誠切也。況朕寡德，謬膺昌期〔二〕。賴先帝削平之威，蒙列聖浸漬之澤。幸來燕冀〔三〕，甫靖華夷。既無德而有成，實以祥而爲懼。卿等所宜朝夕納誨，警予荒寧。雖休勿休，日慎一日。而乃過爲溢美，頻上鴻名。諒多忠赤之誠，殊非藥石之愛。汝爲予礪，爲朕揣摩；汝爲予舟，爲朕康濟。强我懿號，不若使我爲有道之君；加我虚尊，不若使我居無過之地〔四〕。宜罷來請，用副乃懷。

【校勘記】

〔一〕批宰臣請上尊號第三表：《英華》卷四六六作「批第三表」。
〔二〕膺：原作「應」，據《英華》改。
〔三〕幸：殘宋浙本、馬本、叢刊本、《英華》、《全唐文》卷六四九作「聿」。
〔四〕使我居：《英華》作「居我於」。

批宰臣請上尊號第四表〔一〕

朕以正月元日祇見于九廟〔二〕，對越于上玄。千官在前，萬乘居後。覩聲明文物之盛，望城社宫闕之尊。尚念高祖、太宗艱難於經營，德宗、憲考殷憂於纘復〔三〕。懼不克荷，以羞前人。寅畏嚴恭，式冀無過。而燕趙底定，戎獯和寧。〔馬注：時回鶻和親。〕實惟列聖之休，焉敢自大其意？左右輔弼，庶尹師長，猥以鴻名，願加薄德。三詔執事，抑而不行。物議愈堅，予衷未信。四陳章表，備列古今〔四〕。且曰告虞之時，寧忘繼志，問安之下，胡不慰心。有竊於顯榮〔五〕，難從於封執〔六〕。於戲！允恭克讓，既見奪於羣情；克己爲仁，庶自勤於三省。勉依來請〔七〕，深用愧懷〔八〕。

【校勘記】

〔一〕批宰臣請上尊號第四表：《英華》卷四六六作「批第四表」。

〔二〕正月：原作「月正」，據《英華》改。

〔三〕憂：《英華》作「勤」。　纘復：盧校宋本作「不纘」。

〔四〕列：《英華》作「引」。

〔五〕有竊：《英華》作「事有切」。

〔六〕難：《英華》作「理難」。

〔七〕請：《英華》作「奏」。

〔八〕「懷」字下，《英華》注：「五月。」

批劉悟謝上表

朕聞上黨〔馬注：即昭義軍，時悟爲節度使。〕亦天下之勁兵〔一〕，昔者李抱真用之，一舉破朱滔，再舉蹙田悦。訓養十萬，威聲殷然，人到于今，號爲良將。夫以卿之勇義才略，猶將遠慕韓、彭。區區抱真，夫豈難繼。況以克融、廷湊之狂脆小賤〔二〕，比朱滔、田悦之熾大結連〔三〕，是猶以孩嬰而校賁、育也。蜂蟻相聚，其能久乎？卿宜密運謨猷，明宣號令，避强擊惰〔四〕，取暴撫羸。勿争蛇豕之鋒，宜得鯨鯢之首〔五〕。再圖麟閣，永焕縑緗。無爲他人所先，當使功居第一。策勳在近，勿復爲勞。所謝知。

【校勘記】

〔一〕兵：《英華》卷四六七作「兵處」。

〔二〕賤：《英華》作「賊」，似是。

〔三〕熾大結連：《英華》作「結連大盜」。

〔四〕强：《英華》作「狂」。

〔五〕宜得：《英華》作「直取」。

批王播謝官表〔馬注：按《唐書》、《通鑑》當是中書侍郎同平章事時，蓋播爲刑部尚書，幽冀未反，及其出鎮淮南，而幽鎮已得節鉞矣。〕

朕聞有衆不言弱，有地不言貧，是以管夷吾用區區之齊，而諸侯九合。今朕四海之大，億兆之衆，獨不能擒廷湊、克融，而曰物力先困，朕甚惑焉！況高祖、太宗之法令具存，德宗、憲考之舊章猶在〔一〕。制誥比下，選拔日聞〔二〕，較量重輕〔三〕，勤卹仁隱〔四〕。而室閭益耗，縣道益貧〔五〕，職業壞隳，程品差戾。議論講貫，殊無古風。豈朕聽之不聰，而股肱耳目莫得宣其効也？先皇帝以卿有廊廟之畫，倚以爲相，〔馬注：播自憲宗時已爲户部尚書、劍南西川節度使。按：西川，實宰相回翔之地，故云。〕眇朕小子，得而用之。卿宜勉竭誠懷，副茲嘉屬〔六〕，無爲齪齪〔七〕，以傷先帝之明。所謝知。

【校勘記】

〔一〕章：《英華》卷四六七作「老」。

〔二〕拔：《英華》作「狀」。

〔三〕重輕：《全唐文》卷六四九作「輕重」。
〔四〕仁：《英華》作「人」。
〔五〕道：《英華》作「官」。
〔六〕嘉屬：《英華》作「屬望」。
〔七〕「無爲」句下十三字，《英華》無。

幽州平告太廟祝文

維長慶元年歲次辛丑五月景申朔十四日己酉，孝曾孫〔馬注：順宗室改云孝孫，憲宗室改云孝子，餘並同。〕嗣皇帝臣諱，敢昭告于太祖景皇帝：天革隋暴，付唐養理。高祖太宗，奉順天紀。玄宗平寧，六合同軌。物盛而微，墉崇則毀。網漏鯨鯢，隟開螻蟻。幽燕狼顧，齊趙虎視。割據封壤，傳序孫子。不貢不覲，自卒自始。聖父拔攘〔一〕，霆駭波委〔二〕。擒滅斬除，如運支指。冀方獨迷，再伐再已。〔馬注：元和四年十月招討鎮州，五年七月赦之。十年王承宗有罪，絶其朝貢，十三年獻德、棣二州，復赦之。〕碣石〔馬注：古碣石在平州之境，時平州屬盧龍軍。〕是徵，承詔唯唯。逮臣寡昧，虔奉先旨。洞開誠明，滌濯痕恥。承元雲奔，〔馬注：憲宗十三年平淮西，承宗已送質獻地，至穆宗立，而承元始表請除帥。朝廷徙弘正入成德，而改承元爲義成節度使。〕總亦風靡。〔馬注：長慶元年二月，總奏，乞棄官爲僧。〕悉率賦輿，盡獻州里。不命一將，不戮一士。不費一金，不亡一矢。五紀逆命〔三〕，一朝如砥。實天垂休，實聖垂祉。敢薦成功，以永千祀〔四〕。尚饗，順宗室〔五〕，改云孝孫嗣皇帝。憲宗一室〔六〕。改爲孝子嗣皇帝。餘並同。

【校勘記】

〔一〕拔：殘宋浙本、馬本、叢刊本、《全唐文》卷六五五作「披」。

〔二〕霆：盧校宋本作「電」，《全唐文》作「震」。

〔三〕逆命：盧校宋本作「懸疣」。

〔四〕祀：《全唐文》作「紀」。

〔五〕「順宗」句下廿四字，馬本、《全唐文》無。

〔六〕一：疑衍。

秋分日祭百神文

維長慶元年歲次辛丑八月甲子朔十八日辛巳，皇帝遣通議大夫行内侍省常侍、賜紫金魚袋李某〔二〕，祭于百神之靈。朕奄宅萬有，亭毒品類。日月所照，永思和寧。上極于天，下蟠于地。包山絶海，窮冥入玄。至于毛鱗裸羽之神，咸秩無文，以祛不若。秋序始肅，時將順成，且報且祈，用舉常祀。罔害嘉穀，以貽神羞。

【校勘記】

〔一〕議：原作「識」，據殘宋浙本、馬本、叢刊本、《全唐文》卷六五五改。李：盧校宋本作「丁」。

元稹集卷第四十二

制誥

授王播中書侍郎平章事兼鹽鐵使制〔一〕

門下：昔蕭何用新造之漢，而能調發子弟，完補敗亡〔二〕，使關東糧饋不絕者，以其盡得秦之圖籍，而周知其衆寡也。我國家乘十一聖之區宇〔三〕，提億兆人之生齒，而曰不能足食足兵，朕甚懵焉。得非調陰陽撫夷夏者〔四〕，不欲侵貨泉之任；而主會計校盈虚者，不得參邦國之重乎？子將兼之〔五〕，允在能者。諸道鹽鐵轉運等使、太中大夫守刑部尚書王播〔六〕，在德宗時以對詔入仕，踐履臺閣〔七〕，由御史中丞、大京兆尹掌縣官鹽鐵爲春官尚書〔八〕，〔馬注：討淮西時，播以給軍興有功，超拜禮部尚書。〕乃長巴髦，以控蠻蜑，〔馬注：播由劍南西川節度使徵還。〕盡稱厥職，達于予聞。洎詔徵還〔九〕，便殿與語。得所未得，聞所未聞，昭然發矇〔一〇〕，幾至前席。重委操劇，鋩刃益精，〔馬注：播還自西川，復掌鹽鐵。〕國有羨財，而人不加賦。東師在野，物力蕭然，不有主張，孰能戡濟？是用命爾作相，仍以舊務因之〔一一〕。爾其西備戎羌〔一二〕，東定燕冀，内實九府，外豐萬人。百度羣倫，罔不在爾。於戲！典謨訓誥，行之具存。邪正是非，知之孔易。予唯以不敏不明，兹故用爾爲股肱耳目〔一三〕，又安能一二戒誨，垂之空言！爾其自勵于爾心，無令觀聽者論爾於鄉校。可依前件〔一四〕。

【校勘記】

〔一〕授王播中書侍郎平章事兼鹽鐵使制：《全唐文》卷六四九作「授王播中書侍郎同平章事使職如故制」。馬本有題注曰：「時長慶元年十月。」

〔二〕敗：《英華》卷四五〇作「報」。

〔三〕乘：《英華》作「秉」。

〔四〕調：原作「謂」，據殘宋浙本、馬本、叢刊本、《英華》、《全唐文》改。

〔五〕子將：《英華》作「予今」。

〔六〕「尚書」下，《英華》、《全唐文》有「騎都尉太原（《英華》作「源」）縣門國男賜紫金魚袋」十四字。

〔七〕踐履：原作「錢更」，據《英華》改。殘宋浙本、馬本、叢刊本、《全唐文》作「踐更」。

〔八〕《英華》無「大」字。

〔九〕洎：《英華》作「駟」。

〔一〇〕曚：《英華》作「蒙」。

〔一一〕仍：原作「何」，據殘宋浙本、馬本、叢刊本、《英華》、《全唐文》改。

〔一二〕其：盧校宋本作「則」。

〔一三〕茲：《英華》、《全唐文》無此字。

〔一四〕可依前件：《英華》、《全唐文》作「可守中書侍郎同中書門下平章事，依前充諸道鹽鐵轉運等使，散官，勳、封、賜如故。長慶元年十月」。

加裴度幽鎮兩道招撫使制〔一〕〔馬注：長慶元年七月，朱克融反于幽，王庭湊反于鎮，命度招撫之。〕

門下：夫以區區秦伯，而猶念晉國，曰其君是惡，其人何罪？況朕均養億兆，爲之君親〔二〕，燕人冀人，皆吾乳哺而育之，安忍以豺狼驅脅之故，絶其飛走，盡致網羅？止行犯命之誅，是用開其一面。河東節度觀察處置等使、金紫光禄大夫、守司空兼門下侍郎、同中書門下平章事、太原尹、北都留守、上柱國、晉國公食邑三千户裴度〔三〕，昔者區域之中，蜂蟻巢聚。蔡有逆孽，齊有狡童。厥初圖征，疑議滿野，不懼不惑，挺然披攘。〔馬注：度請自往督戰。〕苟無司南，允罔能濟；佑我憲考，爲唐神宗。實惟股肱〔四〕，運用忠力〔五〕。肆朕小子，蒙受景靈。冀服於前，燕平於後，而撫御失理，盤牙復生。求思弭寧，中夜有得，國有元老〔六〕，夫何患焉？用是亟宣懇惻之誠，就加招撫之命。於戲！頃者師道元濟，乘累代襲授之資，藉山東結連之勢。以丞相布畫於千里之外，使諸將持重於四封之中。而猶劉悟裂蛇豕之軀，〔馬注：悟斬師道。〕李祐潰鯨鯢之腹，〔馬注：祐謀元濟。〕蓋逆順之情異，而忠孝之道明也。況彼幽鎮〔七〕，無名暴狂〔八〕，以丞相進觀其宜〔九〕，以諸將齊奮其力，斧鑕之刑坐迫，椒蘭之氣外薰，誰不自愛其生，焉能與亂同死？度宜開懷緩帶，以待其歸。可依前守司空兼門下侍郎、同中書門下平章事、河東節度使，充幽鎮兩道招撫使。餘如故。

【校勘記】

〔一〕撫：《英華》卷四五一作「討」。

〔二〕「爲」字下，盧校宋本有「人」字。

〔三〕守司空：原作「中司空」，據殘宋浙本、馬本、叢刊本、《英華》、《全唐文》卷六四八改。

〔四〕惟：《英華》作「賴」。

〔五〕忠：《英華》、《全唐文》作「心」，似是。

〔六〕國有元老：《英華》作「國老尚在」。

〔七〕彼：原無，據《英華》、《全唐文》補。

〔八〕狂：《英華》、《全唐文》作「征」。

〔九〕進：《英華》作「近」。

加裴度鎮州四面招討使制〔馬注：時長慶元年十月。〕

門下：《傳》云：「死者不復生，刑者不復屬〔一〕。」是以先王斬一支指，殺一犬彘，莫不伏念隱悼〔二〕。至于旬時決而行者，蓋不得已也。予於鎮人亦然。伏念俟其悛革〔三〕，詎止旬時。〔馬注：七月招撫，十月招討，幾三月矣。〕前命相臣〔四〕，招懷撫諭。矜其詿誤，示以生門。期於盡脱網羅，豈欲驅之陷穽〔五〕？而豺狼當道，荆棘牽衣。雖欲歸之於仁〔六〕，厥路無由而至。況王師壓境，義勇争先。朕每抑其鋒鋩，未忍覆其巢穴。是猶愛稂莠而傷稼穡，養癰疽以潰肌膚。獨懷兒女之仁，慮失祖宗之典。今上台居鎮，算畫無遺。操晉陽之利兵，驅屈産之良馬。舉河東義成之衆，合滄景澤潞之師〔七〕。當元翼授命之初，〔馬注：時牛元翼初爲成德節度。〕乘田布雪寃之忿〔八〕。〔馬注：時起復田布爲魏博節度使。〕舉毛拾芥，其易可知，兼用恩威，尚存招致，宜令河東節度使裴度充鎮州四面招討使。於戲！以一城之卒，敵天下之師，徇猖獗之徒，抗君父之命。吾哀爾輩，死實無名，苟能自新，亦冀容汝。主者施行。

【校勘記】

〔一〕《公羊傳》襄公三十年作「死者不可復生，刑者不可復續」。

〔二〕隱：原作「穩」，據殘宋浙本、馬本、叢刊本、《英華》卷四五一、《全唐文》卷六四八改。

〔三〕俟：原作「侯」，據殘宋浙本、叢刊本、《英華》、《全唐文》改。

〔四〕前：《英華》作「乃」。

〔五〕欲：《英華》作「可」。

〔六〕歸之於仁：《英華》作「歸於有仁」。

〔七〕潞：原作「路」，據殘宋浙本、馬本、《英華》、《全唐文》改。

〔八〕忿：《全唐文》作「頃」。

授劉總守司徒兼侍中天平軍節度使制

門下：百谷所以朝巨海，海不疑其貳於我也；五嶽所以鎮厚地，地不畏其軋於己也。故山澤之氣上騰，天應之則爲雲、爲雨；台輔之精下降，君得之則稱帝、稱皇。是以採羣疑者，終不能成大功；推至信者，必有以來大順。況朕志先定，臣誠素通，偃七十年之干戈，垂千萬代之竹帛，非我獨斷，安能遽行？某官某，生知禮樂，神授機符，移孝資忠，本仁祖義。學弄之始，晝地而壁壘勢成；言兵之時，聚米而山川形具〔一〕。象賢秉哲，脱俗遺榮。慕清淨以爲宗，會富貴之來逼。自居劇鎮，亟立殊勳〔二〕。〔馬注：屢敗承宗兵。〕威定兩藩，〔馬注：成德、昭義。〕化行八郡。〔馬注：盧龍諸州。〕日者除凶淮甸，〔馬注：平齊蔡。〕易帥常山。〔馬注：以弘正代承先。〕張吾犄角之雄，賴爾股肱之力。加以深衷早達，密款屢聞。〔馬注：總自憲宗十三年已上疏，願奉朝請。〕求奉浮圖之真，願棄全燕之重。誠嘉素尚，難遂過中〔三〕。縱妻子之可捐，豈君父之能捨〔四〕？朕惟鄒魯之地，鄆實居多。俗尚師儒，人推朴厚〔五〕。施之美化，豈無衆善之因〔六〕；革其非心，寧失大雄之旨〔七〕。是用正名台座，重委藩方。爾其張我四維，敷我五教。握龍節以率下，露蟬冕以行春。宜體夔龍之令圖〔八〕，勿徇巢由之獨行。可守司徒兼侍中、使持節鄆州諸軍事、守鄆州刺史、充天平軍節度、鄆曹濮等州觀察處置等使〔九〕，散官，勳、封如故。主者施行。

【校勘記】

〔一〕具：原作「其」，據殘宋浙本、馬本、叢刊本、《全唐文》卷六四八改。

〔二〕亟立殊勳：《英華》卷四五四作「亟集殊切」。

〔三〕過：《英華》作「適」。

〔四〕父：《英華》作「臣」。

〔五〕朴厚：《英華》作「古朴」。

〔六〕因：《英華》作「恩」。

〔七〕雄：《英華》作「權」。

〔八〕夔龍：《英華》作「皋陶」。

〔九〕《英華》無第一個「鄆州」兩字。

許劉總出家制

門下：朕聞西方有金仙子，自著書云：「昔我於無量刼中，捨國城妻子，以求法要。」朕嘗聞其語，未見其人，安知股肱之間，目驗兹事！脱身羈網，誠樂所從；捨我縶維，能無永歎！遂其高尚，良用憮然。具官劉總，五嶽孕靈，三台降瑞，位兼將相，代襲勳庸。視軒冕若浮雲，棄妻孥猶脱屣。屢陳章表，懇願捨家，勉喻再三，終然不奪。朕又移之重鎮，（馬注：天平軍。）寵以上公，莫顧中人之情，遂超開士之跡。於戲！張良卻粒，尚想高縱；范蠡登舟，空瞻遺象。功留鼎鼐，誓著山河。長存魚水之歡，勿忘香火之願〔一〕。宜賜法號大覺，仍賜僧臘五十夏。主者施行。

【校勘記】

〔一〕願：盧校宋本作「念」。

加烏重胤檢校司徒制

門下：古之命將，莫不登諸齋壇，告於郊廟，分其閫限，推其車轂，非所以寵異崇大而姑息之。蓋先王之懋典，授之專柄，然後遷延者必罪，選懦者必懲。式所以使恩威並流，而人人無辭於賞罰也。横海軍節度、滄德棣等州觀察處置等使、銀青光禄大夫、檢校司空、使持節滄州諸軍事兼滄州刺史、御史大夫、上柱國、邠國公食邑三千户烏重胤，嘗以懷汝之師，南伐叛蔡〔一〕，〔馬注：帝伐淮西，重胤以河陽節度使討賊，帝割汝州隸其軍。大小百戰，三年賊平。〕博大持重，不要奇勝。不用鈇鉞，不嚴刁斗，舉必示信〔二〕，戰必尅期。寇讎知其仁，士卒懷其惠。梟獍就執，第其勳庸，雖坐樹不言，而圖功甚大。先皇帝分命水土，换其旌旄。俾廉於滄，以長横海。幽鎮既亂，人心或摇。師衆無譁，而湯池自固者，重胤蓋有之矣。而又明於斥候，善揣敵情。動静以聞，〔馬注：建言河朔屢拒朝命者，以刺史失權，鎮將大重，云云。〕兹實賴汝。是用升其秩序，以大威聲，進位上公，式光戎律。此所以慰薦爾之忠力也，爾其勉之！於戲！甘之誓曰：「用命賞于祖，不用命戮于社。」朕奉祖宗而守社稷也，其能私賞罰於天下乎？賞既不俟於成功，罰固難期於後効矣。若鷙之寵，無忘戒之。可檢校司徒，依前充横海軍節度使。

【校勘記】

〔一〕伐：原作「代」，據殘宋浙本、馬本改。

〔二〕示：《全唐文》卷六四八作「樂」。

元稹集卷第四十三

制誥

授李愿檢校司空宣武軍節度使制

門下：昔者魯侯伯禽，徒以周公之故，遂荒大東；重耳以定傾之勞，子孫不絶於晉。昔我太師西平王，〔馬注：李晟。〕在德宗時，能復京邑，〔馬注：興元元年，平朱泚。〕書于鼎彝。〔馬注：帝紀其功，自爲碑文，命太子書之，後又圖象于凌煙閣。〕每懷宫廟之安〔一〕，實念山河之永。而又繼其英哲，克生令人，惟弟惟兄，莫非頗牧。〔馬注：晟有十五子，聞者愿憲愬聽云。〕尚想德施於十代，何吝恩積於一門〔二〕？鳳翔節度使李愿〔三〕，生長綺紈之中，而素風自得；藴鬱驍雄之氣，而性與温恭。怡怡於季孟之間，翼翼於班行之内。始爲夏帥，〔馬注：元和初，領夏綏銀宥節度使。〕遂著能名。蹄角齒毛之良，一無取於夷落，而不貪之寶〔四〕，大布朔陲。〔馬注：按本傳，愿爲夏帥時，失名馬，後人歸失馬，並獻良馬贖罪，愿還失馬而縱其良，亦其一也。〕洎領徐方〔五〕，〔馬注：爲武寧節度使。〕會征淮右。〔馬注：時適征蔡。〕鄰寇陰狡，將助鴟張。來犯東郊，冀延晷刻。〔馬注：李師道數遣兵攻徐州，愿遣王智興擊破之。〕爾乃提持戈戟，淬礪卒徒。一戰而蜂蠆盡殲，不時而梟獍就戮。聿來岐下，〔馬注：鳳翔。〕號令益明。繕完甲兵，爲我保障。朕以浚郊〔馬注：今開封符離縣，即古浚儀也。〕重地〔六〕，尤藉良材〔七〕，俾爲司空，以表東夏，持我邦憲，用清爾人。夫四海九州非不廣也，然而靈武魏博至于大梁，斷長補短，方數千里，皆爾伯仲，又何加焉！〔馬注：時愬節度魏博，聽節度靈武，而愿復爲宣武帥。〕於戲！睢陽在爾之東，張巡效忠之誠尚在〔八〕；夷門在爾之境，侯嬴報恩之跡猶存。又安知憧憧往來之徒，不有以仁義匡於爾者？勉服休命，其惟戒之〔九〕。可檢校司空兼汴州刺史、宣武軍節度使，散官，勳如故。

【校勘記】

〔一〕宫：《英華》卷四五四、《全唐文》卷六四八作「宗」。

〔二〕吝：《英華》作「憚」。

〔三〕「使」字下，《英華》、《全唐文》有「檢校尚書左僕射」七字。

〔四〕寶：《英華》作「實」。

〔五〕洎：《英華》作「旋」。

〔六〕地：《英華》作「鎮」。

〔七〕良：原作「長」，據馬本改。殘宋浙本（日本賜蘆文庫藏本）作「長」。

〔八〕誠尚在：《英華》作「城未毀」。

〔九〕惟：原無，據《英華》、《全唐文》補。

授劉悟檢校司空幽州節度使制〔馬注：長慶元年七月，幽州軍士囚其節度使張弘靖以反，故以悟爲節度使。〕

門下：朕聞將星明則英豪用，靈旗指則氛祲銷〔一〕。勁草可以受疾風，盤根然後見利器。苟非處劇，何以用長。況幽并少年，燕趙奇士，居常以紫騮自騁，失意則白刃相讎。將領司難〔二〕，是先才傑。昭義軍節度副大使知節度事、澤潞磁邢洺等州觀察制置使、金紫光禄大夫、檢校尚書右僕射兼潞州大都督府長史、御史大夫、上柱國、彭城郡王食邑三百户劉悟，天與忠誠，人推敬讓。藴孟賁之勇，不以力聞；避廉頗之强，使之心伏〔三〕。是以居危邦以智免，臨大節以功高。嘗見委於先朝，屢作藩於右地。朕以遼陽巨鎮，自我康寧。姑欲撫之以仁，然後示之以禮。〔馬注：初，劉總以弘靖寬簡得衆，故舉自代。〕而守臣嬰疾，〔馬注：弘靖莊默自尊，涉旬一出。〕幕吏擅權，〔馬注：判官韋雍輩嗜酒豪恣，損刻糧賜，詬責將士，軍中怨怒。〕撓政行私，虧恩剥下，過爲箠楚，妄作威稜。不均饗士之羊，徒養乘軒之鶴。致茲擾變，職此之由，不有將才，孰懲兒戲？敷求朕志，深謂汝諧。是用拔奇，式冀宣力。帖以亞相，寵之上公。俾光十乘之行，以壯三軍之氣。可檢校司空兼幽州大都督府長史、御史大夫、充幽州盧龍軍節度副大使、知節度事、觀察處置押奚契丹兩蕃經略盧龍等使〔四〕，散官、勳、封如故。

【校勘記】

〔一〕氛祲：《英華》卷四五四作「妖祲」。

〔二〕司：《英華》、《全唐文》卷六四八作「斯」。

〔三〕伏：通「服」，《全唐文》作「服」。

〔四〕《英華》無「盧龍軍節度副大使知節度事觀察處置押奚」十八字。

授劉悟昭義軍節度使制〔一〕

〔馬注：悟本昭義節度，朱克融反，議者假威名以壓其亂，移守盧龍。至邢州，會王廷湊之變，悟以克融方强，請徐圖之，似還昭義軍。〕

門下：昔潢池驟變，則龔遂亟行；河内去思，而寇恂來復，所以順人情而急時病也。况雞澤衡漳，附于上黨；控帶河洛，扼束燕趙〔二〕。其土塉，其人勁，養理訓習，尤所重難。而幽州盧龍軍節度使、檢校司空劉悟，前臨是邦，其政方睦。甲兵完利〔三〕，師徒具嚴。刑當罪而人不冤，賞當功而財不費。軍政威而非虐〔四〕，吏道察而不苛。州里行信讓之風，鄉曲除武斷之患。方將久次，以惠斯人。而難起幽陵，救深焚溺，輟於既理，與彼惟新。乘軒纔及於邢郊，妖彗忽生於冀分。空沉台座，未辯魁渠〔五〕，予懷震驚，物聽傾駭。校其遠邇，當有後先。遂駐腹心之雄，以供臂指之用。復還龍節，再息棠陰。勉受新恩，無移舊貫。可依前檢校司空兼潞州大都督府長史兼御史大夫、昭義軍節度副大使、知節度事、澤潞磁邢洺等州觀察使，勳、封如故。

【校勘記】

〔一〕授劉悟昭義軍節度使制：馬本作「劉悟可依前昭義軍節度使制」。

〔二〕扼：《英華》卷四五四作「搤」。

〔三〕利：《英華》作「備」。

〔四〕非：《英華》作「無」。

〔五〕辯：《英華》作「辨」。魁渠：《英華》作「渠魁」。《書經・胤征》：「殲厥渠魁，脅從罔治」。

加陳楚檢校左僕射制〔一〕

門下：昔楚師多寒，楚子巡而撫之，士皆如挾纊，明號令之可以動人也。由是天以雷霆蘇蟄氣〔二〕，兵以鼓鼙作戰力，高官重秩，其爲號令也，不亦多乎〔三〕！我無愛焉。加以戎師，亦所以作萬夫之氣，增一鼓之雄也。義武軍節度使、檢校工部尚書陳楚〔四〕，茂昭之甥，酷似其舅，總齊義武，於今六年。以兩郡〔馬注：易、定。〕之賦輿，備三軍之供費，民不勞耗，而兵能繕完，政有經矣。今遼陽冀分，紛亂交虐，楚實間居於此，其勤可知。自非國之干城，總之利器，安能爲我堡障，芟夷寇讎？欲將激其壯心〔五〕，夫何恪於好爵。加之左揆，以盛中權，苟有庸功，豈無後命。於戲！《書》云「功懋懋賞」，言其當也。《傳》曰「捨爵策勳」，言其速也。今則寇未平而進律，韍方獻而先恩，吾於將臣，可謂無所負也。苟不自効，其如法何？可檢校左僕射、使持節定州諸軍事兼定州刺史、充義武軍節度使，散官，勳、封如故。主者施行。

【校勘記】

〔一〕加陳楚檢校左僕射制：《全唐文》卷六四八作「加陳楚檢校左僕射義武軍節度使」。

〔二〕霆：馬本、《全唐文》作「震」。

〔三〕其爲號令也，不亦多乎：《全唐文》作「可以興起人之壯心」。

〔四〕武：原作「成」，據新舊《唐書》本傳改。

〔五〕壯心：《全唐文》作「茂勳」。

授馬總檢校刑部尚書天平軍節度使制〔一〕

門下：吏久其職，人安其業，此前代所以稱理古也〔二〕。況奪三軍慈愛之帥〔三〕，换百姓仁惠之長。有迎新送故之困〔四〕，朝令夕改之煩。自非有爲而爲，曷若且仍其舊。前天平軍節度使、檢校禮部尚書馬總，始以檄奏翩翩，早從軍府。儒學之外，〔馬注：總故明于儒術。〕自此知兵〔五〕。踐歷他官，所至皆理。處馭南海，仁聲甚遥。〔馬注：元和中，爲安南都護，夷獠安之。〕還珠之祥，前事復出。先皇帝以淮夷未殄，命相出征。總雖元僚，亦佐參畫，〔馬注：總以刑部侍郎兼御史大夫，爲宣慰副使。〕大憝既剪，台衡復歸，〔馬注：度復入知政事。〕遂以丞相度旌旗授之於總，〔馬注：爲彰義留後。〕總果善於其職〔六〕，蔡人宜之。會鄆寇底平，復换麾棨，〔馬注：由淮西徙天平。〕丕變汙俗，大蘇悍嫠。不時成功，周月報政。朕飽其聲績，渴見儀形，如聞就路之初，頗有擁轅之戀。〔馬注：長慶初，劉總上幽鎮地，詔徙（劉）總天平，而召（馬）總還，將大用之。會（劉）總卒，穆宗以鄆人附賴（馬）總，復詔還鎮。〕由是罷徵黄霸，復借寇恂，誠阻急賢之心，姑務從人之欲。仍加憲部，以壯戎藩，勉服新恩，用彰前効。可檢校刑部尚書〔七〕，餘如故。

【校勘記】

〔一〕授馬總檢校刑部尚書天平軍節度使制：《全唐文》卷六四八作「加馬總檢校刑部尚書制」，馬本作「加馬總檢校刑部尚書仍前天平軍節度使制」。

〔二〕代：原作「伐」，據殘宋本、錢校、馬本、《英華》卷四五四改。

〔三〕帥：原作「師」，據《英華》改。

〔四〕困：《英華》、《全唐文》作「弊」。

〔五〕兵：原作「其」，據殘宋浙本、馬本、叢刊本、《英華》改。

〔六〕於其職：《英華》作「理」。

〔七〕「尚書」下，《英華》、《全唐文》有「依前天平軍節度使」八字，無下文「餘如故」三字。

授田布魏博節度使制〔一〕

門下：《經》曰：「父母之讎不同天。」雖及匹夫，而猶寢苫枕干〔二〕，以期必報。是以子胥不徇伍奢之死，卒能發既葬之墓，鞭不義之屍，取貴春秋，垂名萬古。而況於身登將壇，父死人手，家讎國恥，併在一門。當懷嘗膽之心，豈俟絶漿之禮！金革無避，其在兹乎？前四鎮北庭行軍兼涇原節度使、檢校右散騎常侍、御史大夫田布：咨爾先臣，惟國元老，首自河朔，來朝帝庭。而又東取青齊，北討深趙〔三〕，提挈義旅，勤勞王家。冒白刃而不疑，推赤心而自信。屬冀方求帥，余所重難，輟自大名，付兹巨鎮，而中台暗拆，上將妖侵。蟊賊潛置於腹心，豺狼勃興於肘腋。人神憤痛，朝野驚嗟，深軫予懷，誓擒元惡。以爾布《詩》《書》並習，忠孝兩全。嘗用魏師，克征淮孽，素行恩信，共著勳庸。豈無奮激之徒，爲報寇讎之黨。且魏之諸將，由爾父之崇高；魏之三軍，蒙爾父之仁愛。昔既同其美利，今豈忘其深冤？爾其淬礪勇夫，敬恭義士，一飯之飽，必同於卒伍；一毫之費，必用其干矛〔四〕。非算畫勿萌於心，非軍旅勿宣於口。居則席藁，寒則抱冰，以喪禮處之。若哀心感著，必有爲横身刎頸，感智捐軀，下報營魂，旁清醜類。於戲！至誠可託，稔惡難逃，矧彼凶狂〔五〕，去將安往？墨縗居體，玄纛在前，題鼓執金〔六〕，無忘哀敬。可起復寧遠將軍、守右金吾衛大將軍、員外同正員、檢校工部尚書兼魏州大都督府長史、御史大夫、充魏博等州節度觀察處置等使，勳、賜如故。主者施行。

【校勘記】

〔一〕馬本、《全唐文》卷六四八題作「起復田布魏博節度等使制」。

〔二〕干：原作「于」，據殘宋浙本、馬本、叢刊本、《英華》卷四五四改。

〔三〕深：《英華》、《全唐文》作「燕」。

〔四〕其干：《英華》作「於戈」。

〔五〕狂：《英華》作「殘」。

〔六〕題鼓：《英華》作「提劍」。

元稹集卷第四十四

制誥

授楊元卿涇原節度使制〔一〕

門下：士之捐妻子、冒白刃，勇於爲國〔二〕，輕於爲身〔三〕，貢先見之明於羣疑之際者，大則書竹帛以示後，次則建麾棨以臨戎。功不見圖，則勞者何勸？忠不見賞〔四〕，則悖者何誅〔五〕？聿求其人，用激爾類。守右金吾衛將軍、權句當左街事楊元卿〔六〕，衣冠貴胄，文武長材。嘗求三略之師，恥學一夫之敵。是以陷豺狼之穴，履尾甚危；〔馬注：元卿爲吴少陽判官。〕蓄鷹鶻之心〔七〕，卑飛待擊。請分金以間楚，願奉璧以伐虞。〔馬注：元卿奏事長安，具以淮西虚實及取元濟之策告。〕身以智全，家因義喪。〔馬注：元濟殺元卿妻及其四男，以圬射堋。〕誅蔡之始，實有力焉。及典方州，尤彰績効。自居環尹，益茂勳勤。西旅未平，實資良帥。拔於不次〔八〕，以式佇奇功。爾其闢我土疆，謹我封守。視我士卒如爾子，攘我夷狄如爾仇。勉竭乃誠，以敷朕意。珥貂持簡，用示兼榮。可朝散大夫、檢校左常侍、使持節涇州諸軍事兼涇州刺史、御史大夫〔九〕、充四鎮北庭行軍兼涇原等州節度觀察處置等使，勳、賜如故。主者施行。

【校勘記】

〔一〕馬本題作「楊元卿可涇原節度使制」。

〔二〕勇於爲國：《英華》卷四五四、《全唐文》卷六四八作「忠於許國」。

〔三〕輕於爲身：《英華》、《全唐文》作「勇於忘家」。

〔四〕賞：《英華》作「用」。

〔五〕悖：原作「勃」，據《英華》、《全唐文》改。

〔六〕「守」字上，《英華》有「游擊將軍」四字。　權句當左街事：《英華》作「御史大夫」。

〔七〕鶻：《英華》作「鸇」。按《左傳》：「見無禮于其君者誅之，如鷹鸇之逐鳥雀也」。

〔八〕拔於：《英華》作「授以」。

〔九〕左常侍：《英華》、《全唐文》作「左散騎常侍」。

授牛元翼深冀州節度使制〔一〕

門下：鷹隼擊則妖鳥除，弧弓張則天狼滅；湯沐具而蟣虱相弔，鍼石熾而癰疽立潰。苟得韓盧，而示之狡兔，則可備俎豆而俟於脯醢矣，復何憂於越逸乎？夫將者，亦蟣聚之湯沐，而渠魁之韓盧也。我得之矣，又何患焉？檢校右散騎常侍、深州刺史牛元翼，挺生河朔之間，〔馬注：趙州人。〕迥鍾海嶽之秀。幼爲兒戲，營壘已成；長學神樞，風雲暗曉。衆推然諾，已任功名；善用奇兵，尤精技擊〔二〕。陳安之矛丈八，顔高之弓六鈞，或山立於軍前，或肉飛於馬上，而又謙能養勇，孝以資忠。雖膽力過人，而心誠許國。自常山作沴，上將罹災，慟哭轅門，誓清妖孽。羽書三奏，馹騎四馳，上請廟謀，旁徵鄰援，指期斬叛，尅日圖功〔三〕，斷自予衷，開懷用爾。夫以爾之材力，而取彼之凶殘，是猶以火焚枯，以石壓卵。螳臂拒轍〔四〕，雞肋承拳，萬萬相殊，破之必矣。而況於鎮之黎人，皆朕之赤子，爾之部曲，即鎮之卒徒。聞爾鼙鼓之音，懷爾椒蘭之德。吾知此輩，誰不革心？爾其寒者衣之，飢者食之，無廢室廬，無害農稼。苟獲戎首，置之藁街，下以報忠臣之冤，上以告先帝之廟，則蚩蚩從亂，予又何誅？於戲！殺人盈城，爾其深戒。孥戮誓衆，朕不忍言。再換蟬冠，特新武節〔五〕。恩不虛授，爾其敬之。可檢校左常侍、深冀等州節度觀察等使〔六〕。

【校勘記】

〔一〕馬本題作「牛元翼可深冀等州節度使制」。

〔二〕技：《英華》卷四五四作「攻」。

〔三〕日：原作「已」，據《英華》改。

〔四〕蝗：原作「蟲」，據《英華》改。

〔五〕特新：叢刊本作「持新」。殘宋浙本（日本不忍文庫藏本）、《英華》、《全唐文》卷六四八作「新持」，似是。

〔六〕左常侍：《英華》、《全唐文》作「右散騎常侍充」。

授牛元翼成德軍節度使制

門下：王庭湊，山東一叛卒也。非有席勳藉寵之資，强大結連之勢，一朝驅朕赤子，弄吾甲兵，是猶以羊將狼，其下必當潰其心腹〔一〕，而猶越月踰時，莫見春其喉者，豈非常山無帥，趙子弟未有所歸耶〔二〕？翕而受之，我有長畫。某官某〔三〕，燕趙間號爲飛將，望其旗幟者，莫不風靡雨散〔四〕，圖其戰伐〔五〕，不可勝書〔六〕。而又忠孝謹廉，慈仁和惠，愛養士伍，均如鳲鳩，鎮之三軍，争在麾下。自領深冀，殷然雷霆，居四戰之中，堅一城之守。以少擊衆，以智料愚，鼓角不驚，而梯衝自隕。人願爲用，寇不敢前，掃吾氛煙，捨此安往？前所謂我有長畫，莫若命爾以來鎮人〔七〕。是用益以二州，超之八座，帥我成德，廉其四封。爾宜來者懷之，迷者諭之，老者視之，幼者撫之，狂者遏之，逆者絶之。惟是六者，爾其懋哉！可鎮州大都督、成德軍節度使、深冀趙等州觀察處置等使〔八〕。

【校勘記】

〔一〕其下必當：《英華》卷四五四作「莫不以」。

〔二〕未有：《英華》作「無」。

〔三〕某官某：《英華》作「深冀節度使檢校右散騎常侍牛元翼」，《全唐文》卷六四八作「檢校右散騎常侍深冀等州節度觀察等使牛元翼」。

〔四〕靡：盧校宋本作「飛」。

〔五〕其：原作「而」，據《英華》、《全唐文》改。

〔六〕書：原作「盡」，據《英華》、《全唐文》改。

〔七〕命：《英華》作「用」。

〔八〕「可」字下，《英華》有「檢校工部尚書充」七字。

韓皋吏部尚書趙宗儒太常卿制

敕：今天下官人之道，或幾乎息矣。禮樂之用，又安能施設於俗化哉？是以選賢與能之柄，或礙於胥徒；冠婚喪祭之儀，不行於卿士。蠹理害教，斯孰甚焉！改而更張，我則未暇。就爲之制，其在於選任素重之望以鎮之乎？金紫光禄大夫、檢校尚書右僕射韓皋，銀青光禄大夫、守吏部尚書趙宗儒等，仕宦臺閣，周環大僚，或三四朝，或五十載。新進趨風之士，更至迭處於將相間，而皋等精義不渝，物務尤勁，事朕小子，猶吾祖宗。肆予沖人，庭實彪炳。夫銓鏡萬品，不無倦勤，簫韶九成，頗延頤養〔一〕。更用舊老，以均勞逸。至於官業，非予敢知，祇聽法儀，庶用咨禀。换保傅之重，仍端揆之榮，唯恐不多，無以優異。皋可檢校尚書右僕射兼吏部尚書，宗儒可守太子少傅兼太常卿事，散官，勳、封如故。

【校勘記】

〔一〕延：盧校宋本作「近」。

授趙宗儒尚書左僕射制〔一〕

敕：銀青光禄大夫、守太子少傅兼判太常卿事趙宗儒：昔叔孫通徒以綿蕝草具之功〔二〕，遂獲封侯之賞。況朕始見天地，初朝祖宗，哀勵祇嚴，不克是懼。惟爾肇自清廟，逮于還宮〔三〕，贊導法儀，踰於四百。俛伏趨數，訖無尤違。夫何叔孫可用是比〔四〕？顧朕沖昧〔五〕，實賴老成。不有甄陞，孰明勤盡。奉常正秩，左揆兼榮。六樂九儀，興替在此。無忘勗率，已厚人倫。可檢校尚書左僕射兼太常卿。散官，勳如故。

【校勘記】

〔一〕《英華》卷三九六題作「授趙宗儒太常卿制」。　左：《舊唐書·趙宗儒列傳》作「右」。

〔二〕葩：《英華》作「蕞」。

〔三〕于：《英華》作「予」。

〔四〕可用是比：《英華》作「用是爲比」，盧校作「用是比類」。

〔五〕朕：《英華》作「此」。

授韓皋尚書左僕射制〔一〕

敕：夫一邑之政，而猶資老者之智，用壯者之決。況朝廷之大，得不以耆年重望，居表正之地，以儀刑百辟乎〔二〕？惟爾金紫光禄大夫、檢校尚書右僕射兼吏部尚書韓皋，始以直言事代宗皇帝，司諫諍；復以文章政術事德宗皇帝，爲舍人中丞京兆尹，在順宗、憲宗時，出領藩方，入備卿長，逮于小子，歷事五君，勤亦至矣。而又處權近之位〔三〕，未嘗以恩幸自寵於一時；當趣嚮之間，終不以薄厚見窺於衆目。豈所謂徐公之行已有常，而詩人之風雨不改耶？日者銓覈羣才，兼榮揆務，頗煩倫擬，有異優崇。罷去職勞，正名端揆〔四〕。俾絕積薪之歎，且明尚齒之心。凡百庶僚，無忘咨禀。可守尚書左僕射，餘如故。

【校勘記】

〔一〕《英華》卷三八五題作「授韓皋左僕射制」。下《譜》認爲此制是「長慶元年二月甲戌撰」，「左」係「右」之訛，非。查《舊唐書·韓皋列傳》，知皋先於長慶元年拜尚書右僕射，二年轉左僕射，且《制》中已稱皋爲「尚書右僕射」，顯係長慶二年再授之制。

〔二〕以儀刑：《英華》作「儀刑於」。

〔三〕位：《英華》作「際」。

〔四〕揆：《英華》作「右」。

授李絳檢校右僕射兼兵部尚書制

敕：中大夫、守御史大夫、賜紫金魚袋李絳：昔先皇帝誨予小子曰：「堯時有神羊在廷，屈軼指佞，汝知之乎？夫邪正在人，焉有異物？朕有臣李絳，猶漢臣之汲黯也。我百歲後，爾其用之，爲神羊屈軼斯可矣。」予小子銘鏤丕訓，夙夜求思。是用致理之初，付授邦憲，且欲吾丞相以降，皆俾下之，以示優遇〔一〕。朕亦嘗命安其步武，無爲屑屑之儀，而絳屢以疾辭，不寧其職，又焉敢以勞倦之故，煩先帝舊臣。昔晉僕射何季玄病足未免〔二〕，猶命坐家視事。張子孺拜大司馬〔三〕，仍令兼録尚書，則卧理不獨專於郡符，端右可以旁綏戎政，由古道也。爾其處議持平，勉居喉舌，慎所觀聽，爲人司南。可檢校尚書右僕射兼兵部尚書。散官，勳、封如故。

【校勘記】

〔一〕且欲吾丞相以降，皆俾下之，以示優遇：錢校、《全唐文》卷六四八注：「一本作『且欲爲吾丞相以示優遇。』」　俾：《英華》卷三八六作「卑」。

〔二〕未：殘宋浙本、錢校、馬本、《英華》作「求」。

〔三〕孺：《英華》、《全唐文》作「儒」。

元稹集卷第四十五

制誥

授王播刑部尚書諸道鹽鐵轉運等使制

敕：漢諸儒議鹽鐵者百輩，終莫能罷。以其均口賦利，則貴賤盡征於王府矣。而國家歲漕關東之粟帛，以實京師，亦重事也。并是兩者，非才勿居。劍南西川節度副大使、知節度事、中散大夫、檢校户部尚書兼成都尹、御史大夫、賜紫金魚袋王播：昔我憲宗章武皇帝梟琳〔馬注：楊惠琳。〕於夏，擒闢〔馬注：劉闢。〕於蜀，縛錡〔馬注：李錡。〕於吴，而又繼之以元濟師道之役。十五年間，盡煩費矣。然而資用饒，而人不加賦，朕甚異焉。謀及耆艾，以求其故，皆曰〔一〕：蜀帥播是時司筦榷者八年，忠而能勤，善於其職。先皇帝咨訪委遇，用之不疑。下竭其才，而上專其任也。是用徵自益部，授之刑曹，復以舊務煩之，式所以藉爾奉力之熟耳。於戲！知人則哲，憲考能之。顧兹不明，敢有貳事。爾其追奉先眷，佐予冲人，忠盡始終，以服休命。可守刑部尚書、充諸道鹽鐵轉運等使。散官，勳如故。

【校勘記】

〔一〕皆：原作「昔」，據殘宋浙本、錢校、馬本、叢刊本改。

授杜元穎户部侍郎依前翰林學士制〔一〕

敕：元穎〔二〕：昔我憲宗章武皇帝熏灼威名，兵定八極，大索俊乂，以徵謀猷。其在禁林，尤集賢彦。越正月夕庚子，將棄倦勤，付朕眇末，乃詔元穎，佑予冲人，以導揚丕訓。爾亦祗奉顧命，咨授舊章，輔釐哀憂，俾克依據。是夜而六宫承式，厥明而百吏受遺。草定法儀，茲實賴汝，官不稱事，予懷慊然。而又詞源奥深，機用周敏，授之以詔而益辨〔三〕，扣之以疑而益明〔四〕，慎獨以修身，推誠以事朕。職勞可舉，德懋宜升，不俟踰時，寧拘滿歲。綸誥清秩，版圖劇曹，例無兼榮，特以甄寵〔五〕。予以國士待汝，汝以忠臣報予，効乃肺肝，司朕耳目。可守尚書户部侍郎、知制誥，依前翰林學士。散官，勳如故。

【校勘記】

〔一〕《英華》卷三八四題作「授學士杜元穎加侍郎制」。

〔二〕「元」字上，《英華》、《全唐文》卷六四八有「朝散大夫守中書舍人充翰林學士護軍賜紫金魚袋杜」二十二字。

〔三〕授之以詔：《英華》作「申之以疊委之詔」。 辨：《英華》作「辨」。
〔四〕疑而：《英華》作「疑似之問而」。
〔五〕以：《英華》、《全唐文》作「示」。

沈傳師授中書舍人制〔一〕

敕：《書》云：「臣作朕股肱耳目。」言天下不可一人理也。今國家崇建執事，以任股肱；妙選侍臣，實司耳目。股肱良則心膂正，耳目審則視聽明。苟非端人，何以近我？而朝議郎、守尚書兵部郎中、知制誥、充翰林學士、上護軍、賜紫金魚袋沈傳師，潔淨精微，風流儒雅，名自道勝〔二〕，信在言前。謙而愈光，卑以自牧，專對無不達，羣居若不知。而又煥有文章，發爲訶誥〔三〕，使吾禁中無漏露之患，而朕語言與三代同風，勤亦至矣。事我滿歲，命汝即真〔四〕。勉竭乃誠，以輔台德。可守中書舍人，依前翰林學士。散官，勳，賜如故。

【校勘記】

〔一〕《英華》卷三八四題作「授學士沈傳師加舍人制」。
〔二〕自：殘宋浙本、《英華》、《全唐文》卷六四八作「因」，馬本、叢刊本作「俱」。
〔三〕發：原作「務」，據殘宋浙本、馬本、叢刊本、《英華》、《全唐文》改。

〔四〕命：原作「命命」，衍一「命」字，故删。

崔倰授尚書户部侍郎制〔一〕

敕：朝議大夫、權知尚書户部侍郎、判度支、上柱國、賜紫金魚袋崔倰：惟朕憲考，亟征不庭〔二〕，薰剔幽妖，擒滅罪戾，用力滋廣，理財是切。而姦臣乘上之急，刻亂以充其求。帝用憫然，思克憂濟，乃詔南服，傳置甚繁。爾倰授以耗登之書，俾陳生聚之術。倰亦善於其職，嚴而不殘。辟名用物者逃無所入，滅私奉公者得以自明。吏不敢欺，人不加賦。公費當其所則不吝，上求非其故則不獻。挺直廉厚，真爲吏師，試可甄明，歲滿當陟。朕保其始，爾思其終。始終不渝，乃可用乂。可守尚書户部，依前判度支。散官、勳、賜如故。

【校勘記】

〔一〕馬本題作「崔稜可守尚書户部侍郎制」。倰：原作「稜」，據本集卷五十四《有唐贈太子少保崔公墓誌銘》、新舊《唐書》本傳改，下同。

〔二〕庭：馬本、叢刊本、《全唐文》卷六四八作「廷」。

授裴向左散騎常侍制

敕：周文王侍從之臣，無可使結襪者，我知之矣。左右前後，無非令人。朕以將壯之年，臣妾天下，司其忿速〔一〕，其在於持重温良之士以鑿之乎？前陝虢等州都防禦觀察處置等使、中散大夫、守陝州大都督府長史、賜紫金魚袋裴向〔二〕，搢紳之徒，言其閨門之行，僅至於衣無常主，兒無常父矣。推是爲政，仁何遠乎？〔馬注：按本傳，向能以學行持門户，内外親屬百餘口，禄俸必均，世稱其孝睦。〕是以發自王畿，至于陝服，多歷年所，終無尤違。每移孝友之風，以懲强暴之俗，甘棠之下，廉讓興焉。予欲用爲垂璫夾乘之官，以代吾盤盂韋弦之戒，不亦可乎？可守左散騎常侍，餘如故〔三〕。

【校勘記】

〔一〕速：《全唐文》卷六四八作「懥」。按《大學》：「心身有其忿懥，則不得其正。」

〔二〕「長史」下，《英華》卷三八〇有「兼御史中丞萬泉縣（河東有萬泉縣，無萬全縣）開國子」廿一字。

〔三〕常侍，餘如故：《英華》作「常侍散官封賜如故」。

崔鄘授諫議大夫

敕：鄘〔一〕：昔我太宗文皇帝以魏徵爲人鏡，而姦膽形於下，逆耳聞於上。及徵没，而猶歎過失之不聞。夫以朕之不敏不明，託于人上，月環其七，而善惡蔑聞。豈諫争之臣未盡規於不德耶〔二〕？朕甚懼焉！以爾鄘端厚誠明，濟之文學，柔而能立，謙而逾光，命汝弼予，式冀無過。於戲！宋景公一諸侯耳，而陳星退之詞〔三〕；齊威王獨何人哉？能辨日聞之佞。爾其極諫〔四〕，朕不漏言。可守諫議大夫，餘如故。

【校勘記】

〔一〕「鄘」字上，《英華》卷三八一、《全唐文》卷六四八有「朝散大夫守尚書吏部郎中上護軍崔」十五字。

〔二〕争：與「諍」通。《英華》作「議」。

〔三〕而陳星退：《英華》作「尚感列星」。

〔四〕「諫」字下，《英華》有「無隱」二字。

白居易授尚書主客郎中知制誥

敕：先帝付朕四海九州之重，尚賴威靈。天下甫定，思獲論議文章之臣，以在左右〔一〕。俾之詳考今古，周知物情。而朝議郎、行尚書司門員外郎白居易，州里舉進士，有司升甲科。元和初，對詔稱旨，翺翔翰林，藹然直聲，留在人口。朕嘗視其詞賦，甚喜與相如並處一時。由是召自南賓，序補郎位。會牛僧孺以御史丞解制誥職，嗣掌書命，人推爾先。予亦飽其風猷，爾宜副兹超異。可守尚書主客郎中、知制誥。餘如故。

【校勘記】

〔一〕在：原作「自」，據《全唐文》卷六四八改。

李拭授宗正卿等〔一〕

敕：李拭、韋虔度等：明皇而下，其屬未遠，諸王在閤，朕得其寒温〔二〕。睿宗而上五十餘族，長幼秩序盡委之於大宗正，苟非能賢〔三〕，不敢輕授。以爾拭踐履中外，論倫古今〔四〕，主宗之盟，綽有餘譽〔五〕。而執事者又曰，殿中丞總六尚以供名物，當進圭進爵之時，不可虛位〔六〕。僉以虔度文學儒素，旁通政經，執憲南臺，挺直不撓，以之代拭，允謂其良，仍假左貂之冠，加於宗正之首，朕不敢無私於吾屬也〔七〕。拭可檢校左散騎常侍兼宗正卿，虔度可守殿中監。餘如故。

【校勘記】

〔一〕《全唐文》卷六四九題作「授李拭宗正卿韋虔度殿中監制」，《英華》卷三九九題作「授李拭等宗正卿殿中監制」，馬本題作「李拭可宗正卿韋虔度可殿中監制」。

〔二〕得其：《英華》、《全唐文》作「得時序其」。

〔三〕能賢：《英華》作「賢能」。

〔四〕倫：《英華》、《全唐文》作「備」。

〔五〕譽：《英華》、《全唐文》作「裕」。

〔六〕可：馬本、叢刊本、《全唐文》作「敢」。

〔七〕敢無私：《英華》、《全唐文》作「能無意」。

裴武授司農卿

敕：農，天下之本也。故國有九列，而司農氏居其一焉。前代非牟融之循理，康成之儒學，不在兹選。今海内無事，思與公卿等樹立根柢，以制四方。是用外選方伯之善職者〔一〕，入補兹任，謂之恩榮。具官裴武〔二〕，予聞其先始以孝友，書其國籍，其後累有丞相，爲唐名臣，賢彦因仍，代濟不絶。武亦嗣其忠孝，益熾家聲，鬱爲元僚，所至稱理。嘗居内史，屢入正卿，自華至荆，無非劇地。鈐轄豪右，衣食煢嫠，嚴而不殘，仁而有制，鎮定南服，予方賴之。而亟請來朝，因求内任，嘉其戀我，難奪乃誠。假以秩宗之榮，用制國泉之重，費而不屈，其在勉之〔三〕。可檢校禮部尚書兼司農卿，餘如故。

【校勘記】

〔一〕是用：《英華》卷三九七作「於是」。

〔二〕具官：《英華》作「前荆南節度觀察處置等使、中散大夫、守江陵尹兼御史大夫、上柱國、賜紫金魚袋」。

〔三〕其在：《英華》、《全唐文》卷六四九作「爾其」。

元稹集卷第四十六

制誥

盧士玫權知京兆尹制

敕：朕日出而御便殿，召丞相已下計事，而大京兆得在其中，非常吏也。誠以爲海内法式，自京師始。輦轂之下，盜賊爲先。尹正非人，則賢不肖阿枉。奏覆隔塞，則上下不通。假之恩威，用讋豪右。具官盧士玫，自居郎署，執政者言其温重不回，守法專固。副内史事，物議歸之。日者景陵〔馬注：憲宗陵。〕將建，龜筮有時。予心怛然，懼不克濟。爾嘗倅職，應其供求。和而不同，儉而不溢〔一〕，端於己事〔二〕，朕甚嘉焉。試命元僚，亦既不撓〔三〕。今圜丘甫及，慶澤將施，攘剽椎埋，必有幸生之者。案牘卒吏，亦當因緣爲姦。公費則多，而利不下究。惟是數者，爾司其憂，爲爾正名，無吝操剸。可權知京兆尹，餘如故。

【校勘記】

〔一〕儉：原作「撿」，據《全唐文》卷六四九改。

〔二〕端：《全唐文》作「竣」。

〔三〕既：盧校宋本作「極」。

劉士涇授太僕卿制

敕：卿寺甚重，不易其人。其或以勳以親〔一〕，以報以勸，又何愛焉？檢校大理少卿、駙馬都尉劉士涇〔二〕，去歲西戎跳入涇上，〔馬注：時吐蕃數入寇。〕京師戒嚴。朕慨然有思廉頗、李牧之志。而習事者言爾父司空〔馬注：名昌。〕之在涇也，築平涼等八城二堡塹〔三〕，保定平原，使涇人益樹麥禾，以復后稷、公劉之教，十有六年犬戎不敢東顧。〔馬注：貞元七年，劉昌爲涇原節度使，城平涼，開地二百里，扼彈箏峽，又西築保定，扞青石嶺，凡七城二堡。昌在軍十五年，軍有羨糧，兵械鋭新，邊妥寧。〕朕聞其人，思見其後。果有令子，在吾懿親。〔馬注：士涇尚順宗女雲安公主。〕與之討論，自亦奇士。鋪陳將略，殊有父風。訪其班資，則曰亞卿之間〔四〕，嘗十年矣。〔馬注：時涇官少卿已十餘年。〕今乃除其憂服，命以大僚〔五〕。豈惟報爾先臣，榮吾戚里，亦欲使緣邊諸將，視其愛子，爲我竭誠。可守太僕卿、駙馬都尉，餘如故。

【校勘記】

〔一〕《英華》卷三九七無「其」字。

〔二〕「檢校」上，《英華》有「銀青光禄大夫前」七字。

〔三〕二：《全唐文》卷六四九作「一」。

〔四〕亞卿：原作「亞諸卿」，「諸」爲衍文，故删。

〔五〕大僚：《英華》作「太僕」。

裴堪授工部尚書致仕制〔一〕

敕：《書》曰：「沖子嗣，則無遺壽耇。」朕以眇末，憲章祖宗。是用錫于邦伯庶尹，至于舊有位人。式示加恩〔二〕，以期于理。而裴堪等奉事先帝，無非舊老。更歷中外，備有典刑。以疾以年，皆致厥政。遺名自遂，勇退推高。並沐新恩，例升榮級。裨朕闕德，猶俟安車。可依前件。

【校勘記】

〔一〕授：《全唐文》卷六四九作「加」。

〔二〕加：馬本、叢刊本、《全唐文》作「知」。

于季友授右羽林將軍制

敕：具官于季友：天子六軍，必有材官，佽飛超乘挽强之士在焉。董之以威，待之以信。分八舍之衆寡，均二廣之勞逸。不吴不揚，不掉不挫，皆將軍之命也〔一〕。是以李大亮上直禁中，而文皇甘寢，則心腹爪牙之任斯不細矣。以爾季友，時予舊姻，念往興懷，度才思用，榮以服色，列於藩垣。爾其敬恭〔二〕，無替朕命。可守右羽林將軍、知軍事，仍賜紫金魚袋。

【校勘記】

〔一〕命：《英華》卷四〇二作「令」。

〔二〕敬恭：《全唐文》卷六四九作「恭敬」。

邵同授太府少卿充吐蕃和好使〔馬注：穆宗即位，遣秘書少監田洎往告。虜欲會盟，洎含糊應之。由是顯言：「洎許我盟，我是以來。」逼涇一舍止。詔右軍中尉梁守謙，發神策軍合八鎮兵進援。貶洎郴州司户參軍，以太尉少卿邵同持節爲和好使。〕

敕：邵同：修好息人，古之善政，至於兵交，而猶使在其間。況西戎舅甥之國，爲日久矣。

〔馬注：自中宗以雍王守禮女爲金城公主，妻贊普，世爲舅甥之國。〕前命使臣洎、介臣賈持節訃告，且明不侵不叛之誠。而洎等詿誤戎王，爲國生事，廢我成命，咎有所歸。而猶彼國君長，戒吏乞盟，無言不酬，思有以報。以爾同科甲言語，職宣詞令，備習地訓，周知物情。識汲黯之便宜，得月氏之要領。命汝報聘，達予深誠。夫用爾之直去其疏，用爾之權去其詐，用爾之剛去其忿，用爾之慎去其疑。繼魏絳之和，奮由余之智，使朕高枕無西顧之憂者，在同此去，同其勉之。授以亞卿，仍兼獨坐，回無辱命，賞有彝章。可守太府少卿兼通事舍人兼御史中丞、持節、充入吐蕃答請和好使，餘如故。

元宗簡授京兆少尹制〔一〕

敕：元宗簡、劉約等：叙彝倫，節浮競，必在於遷次有準，以崇廉讓之風。是以置具員，限資考，而猶幸得貪求之士，不絶於埃塵間，今古之常也。聞爾等端静廉雅，行浮於名，非公事未嘗至於卿相之門，何其自持之優也。内史貳秩，重而不煩，中臺諸郎，清而無雜。各勉榮授，無移素風。宗簡可權知京兆少尹，約可行尚書司門員外郎，並散官，勳、賜如故。

【校勘記】

〔一〕《全唐文》卷六四九題作「授元宗簡權知京兆少尹劉約行尚書司門員外郎制」。

劉師老授右司郎中制〔一〕

敕：侍御史内供奉劉師老、郭行餘等：曩者劉悟以全齊之地，斬叛來獻。惟帝念功，始以鈇鉞棨戟、玄纛青旗，命悟建行臺於鄭滑，得置軍司馬以下官屬。妙選賢彦，以司謨猷。師老、行餘皆以天子命爲悟僚介。會悟遷領他鎮，爾等實來。握蘭懷芸，皆授清秩〔二〕。出入甄異，又何加焉！師老可尚書右司郎中，行餘可守秘書省著作郎，餘如故。

【校勘記】

〔一〕《全唐文》卷六四九題作「授劉師老尚書右司郎中郭行餘守秘書省著作郎制」。

〔二〕清：原作「漬」，據馬本、叢刊本、《全唐文》改。

楊嗣復授尚書兵部郎中

敕：吏部郎中楊嗣復：官天下之文武〔一〕，重事也。兵部郎中二員，一在侍從，不居外省，旁求其一，頗甚難之。而執事者皆曰：「近以文章詞賦之士爲名輩。」由此者，坐至公卿，閑達憲章，用是稀少。而吏曹郎嗣復，州里秀異，議論宏博，宜其以所長自多。然而操劑吏事，細大無遺。用副虚求〔二〕，允謂宜稱。爾其試守兹任，爲予簡稽。苟能修明，旋議超陟。可權知尚書兵部郎中〔三〕，餘如故。

【校勘記】

〔一〕之文武：原作「文武之」，據馬本、《英華》卷三九〇、《全唐文》卷六四九改。

〔二〕虛：《英華》作「簡」。

〔三〕尚書：原無，據《英華》與本題補。

鄭涵授尚書考功郎中馮宿刑部郎中制〔一〕

敕：二帝三王之所以仁聲無窮，績用明而刑罰當也。尚書郎專是兩者，疇將若予。僉曰：「涵文無害〔二〕，可以彰善惡；宿思無邪〔三〕，可以盡哀敬〔四〕。」庶尹百吏之能否，四海九州之性命。用汝參斷，汝其戒之。夫刻則害善，放則利淫，滯則不通，流則自撓。惟是四者，時考之難。亟則失情，緩則留獄，深則礙恕，縱則生姦。惟是四者，時刑之難。八者不亂，然後可以有志於理矣。朕所注意〔五〕，爾其盡心，可〔六〕。

【校勘記】

〔一〕《英華》卷三八九無「尚書」二字。

〔二〕「涵」字上，《英華》、《全唐文》卷六四九有「前國子博士充史館修撰鄭」十一字。《舊唐書》卷一五八有《鄭澣傳》，「涵」係「澣」之原名。

〔三〕「宿」字上，《英華》、《全唐文》有「守歙州刺史馮」六字。

〔四〕敬：張校宋本作「矜」。

〔五〕所：《英華》作「實」。

〔六〕可：《英華》、《全唐文》作「涵可考功郎中，宿可刑部郎中，餘如故」。

高允恭授尚書户部郎中判度支案制〔一〕

敕：允恭〔二〕：《書》云：「明德慎罰。」明猶慎之，況朕不德。兹用省于有司之獄，莫不伏念隱悼，周知物情〔三〕。惟爾允恭，告我祥刑，罔不率協。稽爾明効，陟于他曹〔四〕。〔馬注：允恭以刑部郎中陟户部。〕大比生齒之書，仍掌折毫之牘。戎車方駕，物力未豐。剖滯應期，斯任不細。推爾惟吝之意，罔或失財；用爾無害之文，以懲刻下。惟不欲過〔五〕，過則不逮〔六〕；文不欲繁，繁則不逮〔七〕。率是數者〔八〕，時惟厥中。可守尚書户部郎中、判度支案〔九〕，散官、勳如故。

【校勘記】

〔一〕《英華》卷三八九無「尚書」二字。

〔二〕「允恭」上，《英華》、《全唐文》卷六四九有「行刑部員外郎飛騎尉高」十字。
〔三〕物：《英華》作「其」。
〔四〕于：原作「予」，據馬本改。
〔五〕惟：《英華》、《全唐文》作「吝」。
〔六〕逮：《英華》、《全唐文》作「終」。
〔七〕文不欲繁，繁則不逮：原無，據《英華》、《全唐文》與下文之「數者」補。
〔八〕數：《英華》、《全唐文》作「二」。
〔九〕同〔一〕。

高允恭授侍御史知雜事制

敕：御史府不以一職名官，蓋總察羣司，典掌衆政。副其丞者，是選尤難。而御史丞僧孺，〔馬注：時牛僧孺爲御史中丞，例得奏除御史。〕首以朝議郎、守尚書户部郎中、判度支案、飛騎尉高允恭聞於予曰：「允恭始以儒家子，能文入官。在監察御史時，分務東臺，無所顧慮。爲刑部郎中，能守訓典。復以人曹郎佐掌邦計，懸石允釐，撓而不煩，簡而不傲，静專勤直，志行修明。乞以臺郎，兼授憲簡，雜錯之務，一以咨之。」朕俞其言，爾其自勉無他。僧孺狹於知人〔一〕，可以本官兼侍御史、知雜事，餘如故。

【校勘記】

〔一〕狹：《英華》卷三九四作「昧」。

柏耆授尚書兵部員外郎制〔一〕

敕：守起居舍人、賜緋魚袋柏耆：朕聞亟遷則彝倫斁，滯賞則勞臣怠，兼用兩者，謂之政經。夫南憲右掖，至於中臺，〔馬注：耆先是由左拾遺守起居舍人，今轉兵部員外郎。〕我朝之極選也。俾爾環歲之内，周歷兹任，豈無意焉？元和中，盜殺丞相，疾傷議臣〔二〕。齊冀之間，交以禍端相嫁。耆自青溪窨中，提轉丸捭闔之書，馳於諸鎮，〔馬注：耆杖策淮西謁裴度，願得天子一節掉舌定河北，度爲言遣之。〕使承宗疑否隔塞，一朝豁然，納質獻地，克終於善。承宗既没，承元授事，〔馬注：徙義成節度使。〕耆又將朕教告命于承元。萬衆無譁，〔馬注：時成德軍以賚錢不至，舉軍諠議。〕一方底定，此而不録，將何以勸。凡百多士，無急病之心〔三〕。可守尚書兵部員外郎，賜緋魚袋〔四〕。

【校勘記】

〔一〕《英華》卷三九二無「尚書」二字。

〔二〕疾：《英華》作「賊」。

〔三〕無：《英華》、《全唐文》卷六四九作「無忘」。

〔四〕《英華》無「賜緋魚袋」四字。

元稹集卷第四十七

制誥

高釴授起居郎[一]

敕：行而不息者，時也；久而不可泯者，書也。微史氏，吾其面牆於堯、舜、禹、湯之事矣。尚書郎亦有會計奏議之重，非博達精究之才，其可以充備兹選乎？高釴、何士乂等，富有文章，優於行實，捃拾匡益，殆無闕遺。前以東觀擇才，因而命釴。視其所以，足見書詞。俾伺朕之起居，遂編之於簡牘，不亦詳且實耶？而士乂亦以久次當遷，移補郎位，允膺清秩，無忘慎終。釴可守起居郎，依前充史館修撰，士乂可尚書水部員外郎。餘如故。

【校勘記】

〔一〕《全唐文》卷六四九題作「高釴守起居郎依前充史館修撰何士乂尚書水部員外郎制」。

班肅授尚書司封員外郎〔一〕

敕：朝議郎、前坊州刺史、賜緋魚袋班肅：馳競之徒，能於寒暑之際，不以憂畏移其薄厚之道者鮮矣。聞爾爲祠部員外郎，值吾黜姦之日。遊其門者，莫不跧竄奔迸，懼罹其身。唯爾私分不渝〔二〕，進退有素，〔馬注：皇甫鎛貶崖州，肅以嘗僚獨餞于野。〕搢紳之論〔三〕，有以多之。復爾中臺，以厚吾俗。勉慎其始，無輕所從。可行尚書司封員外郎，餘如故。

【校勘記】

〔一〕《英華》卷三九一無「尚書」二字。

〔二〕私：《英華》、《全唐文》卷六四九作「安」。

〔三〕搢：與「縉」同。

獨孤朗授尚書都官員外郎〔一〕

敕：殿中侍御史、充史館修撰獨孤朗，左拾遺韋瓘：汝等皆冠圓冠，曳方屨，以儒服事朕，朕甚偉之。朗能彰善癉惡，屬詞可觀。瓘嘗旅進廷爭，極言無隱，求所以補朕過失，從而記之。而又書丞相已下百執事舉措，以爲來代法，非爾而誰？是用命爾遞遷諫列〔二〕，次補外郎，竄定闕文，裁成義類，此仲尼春秋之職業也。爾等自謂何如哉？其可上下心手於愛惡是非乎？朗可尚書都官員外郎，依前史館修撰；瓘可守右補闕、充史館修撰。餘如故。

【校勘記】

〔一〕「郎」字下，《全唐文》卷六四九有「韋瓘守右補闕同充史館修撰制」十三字。

〔二〕列：原作「則」，據馬本、叢刊本、《全唐文》改。

范季睦授尚書倉部員外郎

敕：權知倉部員外郎、判度支案范季睦：野有餓殍不知發，狗彘食人之食不知檢，此經常之失政也。而況於戎車未息，飛輓猶勤，新熟之時，豈宜無備？乃詔執事，聿求其才，乘我有秋，大實倉廩。僉曰季睦，副予虛懷。汝其往哉，予用訓汝。夫廉賈五之，不争之謂也。出納必吝，有司之常也。貳上下之價，則茫昧者受弊；雜苦良之貨〔一〕，則豪右者受贏〔二〕。惟一惟公，乃罔不同；惟平惟實，乃罔不吉。爾其戒之，無替朕命。可尚書倉部員外郎，依前判度支案、充京西京北糴使，餘如故。

【校勘記】

〔一〕苦：原作「若」，據馬本、叢刊本改。按《周禮·天官·典婦功》：「辨其苦良。」

〔二〕羸：疑當作「羸」。

楊汝士授右補闕

敕：朕聞袞職有闕，仲山甫補之。蓋所以節宣天子之嗜欲〔一〕，而彌縫其不及也。我國家設司諫署，以神明其耳目。凡在兹選，實難其人。監察御史楊汝士等，文擅菁華，言無枝葉，更佐大府，爲時聞人。是用置爾於左右前後拾遺補闕。苟言之而不用，時予之不明；或抑之而不言，惟爾之不恪。方我傾聽之始，命爾司聰之榮。各懋厥誠，無悼後悔〔二〕。可依前件。

【校勘記】

〔一〕宣：原作「置」，據馬本、叢刊本、《全唐文》卷六四九改。

〔二〕悔：盧校宋本作「害」。

唐慶萬年縣令

敕：朝議郎、守尚書比部郎中、賜緋魚袋唐慶：輦轂之下，豪黠慓輕。擾之則獄市不容，緩之則囊橐相聚。是以前代惟京令得與御史丞分進道路，以其捕逐之急也。執事言爾慶，榷束池鹵，生息倍稱。布露飭散於羅落之間，而盗賊終不敢近。推是爲理，真吾所求之劇令也。無或畏避，以艱惸嫠。可守萬年縣令，餘如故。

裴注侍御史

敕：諸道鹽鐵轉運、東都留後兼侍御史裴注等〔一〕：法者，古今所公共也。一日去之，則百職盡墜，是以秦漢以降，御史府莫不用剛果勁正之士，以維持紀綱。季代而還，埋輪破柱之徒，絶不復出，朕甚異焉。去歲已來，比命御史丞爲宰相〔二〕，蓋欲慰薦人之不敢爲也。爾等或以吏最，或以學文〔三〕，當僧孺〔馬注：時僧孺爲御史中丞。〕慎揀之初，遇朝廷渴用之日，又安可迴惑顧慮於豪黠，而姑以揖讓步趨之際爲塞職乎〔四〕？可依前件。

【校勘記】

〔一〕「裴注」上，《英華》卷三九四有「水部員外郎」五字。

〔二〕比：《英華》作「俾」。
〔三〕學文：馬本、《全唐文》卷六四九作「文學」，《英華》作「學聞」。
〔四〕職：《全唐文》作「責」。

李翊監察御史〔一〕

敕：前監察御史裏行李翊：比制多以詳練法理者行於御史府，或滿歲即真，或不時署位，亦試可之義也。以爾翊文學周敏，操行端方，執喪有聞，俯以就制。復爾故秩，勉修乃誠。可行監察御史。

【校勘記】

〔一〕馬本題作「李翊起復似前監察御史制」。

王永太常博士

敕：前東都留守推官、將仕郎兼監察御史王永：朕明年有事于南郊，謁清宫朝太廟，繁文縟禮〔一〕，予心懵然。雖舊章具存，而每事思問，求可以教諸生習儀於朝廷者，有司以永來上。永其勉慎所職，無令觀聽者有云。可守太常博士。

【校勘記】

〔一〕縟：原作「編」，據馬本、叢刊本、《全唐文》卷六四九改。

李從易宗正丞〔一〕

敕：朝議郎、京兆府士曹參軍李從易：昔劉氏子孫，在屬籍者十餘萬。我唐光有天下，二百餘年。伯仲叔季，幼子童孫，可勝道哉？第其賢能，以次序昭穆，皆吾宗寺之職也。凡在選任，每難其人。以爾天屬謹良，修明吏理，檢身好學，有儒者法儀。宗長以聞，朕不敢議。承上莅下，無忘敬恭。可守宗正寺丞。

【校勘記】

〔一〕馬本題作「李從易可守宗正丞制」，《全唐文》卷六四九作「授李從易宗正寺丞制」。

盧均等三人授通事舍人

敕：守門下省符寶郎、賜緋魚袋盧均等：辨色而朝百辟，輯瑞以會萬方。正錯立族談之儀，宣注意登庸之命。鏘鏘濟濟，進退以時。名爲侍臣，以贊導吾左右者，通事舍人之任也。今郊丘有日，事務方殷，爾等各茂聲光，副朕茲選，宜膺寵命，無廢國容。可依前件。

顔峴右贊善大夫

敕：安邑解縣兩池搉鹽巡官、監察御史裏行顔峴：古者公卿之子，代爲公卿，所以貴貴也。況賢者之後，死政之孤，寧繫班資，以礙升奬。惟爾峴嘗與從父太師深犯蜂蠆，毒螫之下，太師没焉。爾之不回，幸而能脱。終超逆地，來謁奉天。〔馬注：魯公陷希烈軍中，希烈逼使上疏雪己，魯公不從，乃詐遣兄子峴與從吏數輩繼請，德宗不報。〕列聖念功，訪求太師之後，有司昧蔽，不以爾聞。今朕將建東朝，深思贊諭。異時使朕愛子知忠孝之道如爾峴，吾何患焉！可守太子右贊善大夫，餘如故。

荆浦左清道率府率

敕：奉天定難功臣、壯武將軍、行右清道率府率、上柱國、賜紫金魚袋、左龍武軍宿衛荆浦等：初朕宅憂西朝〔一〕，祇受丕訓。爾或執攜金吾，清道前馬；或操總戈戟，立陛周廬。星拱翼舒，誰何不若！乃詔超陟，因及序常。用報有勞，且升久次。各揚其職，無棄厥司。可依前件〔二〕。

【校勘記】

〔一〕朝：《全唐文》卷六四九作「廟」。

〔二〕依前件：原無，據《全唐文》補。

王惠超左清道率府率

敕：奉天定難功臣、壯武將軍、守右内率府率、充左街副使、上柱國王惠超等：率侍衛以導從吾於黄麾左右者，皆東朝之勤吏也。乘我出震之憂，逢時作解之慶，咸當序進，式示加恩，並列周防，宜勤夙夜。可依前件。

元稹集卷第四十八

制誥

崔弘禮鄭州刺史

敕：朕讀《詩》至於《羔裘》、《緇衣》之章，未嘗不三復沉吟。蓋明有國善善之功，且思舍命不渝之君子也。春秋時，鄭多良士，是以師子大叔之政，而羣盜之氣潛消〔一〕；聞潁考叔之言，而孝子之心不匱。山川在地，日月在天。今古雖殊，人存政舉。文林郎、守相州刺史兼御史中丞、賜紫金魚袋崔弘禮，操心尚氣，餘力有文，感慨風雲，號爲奇士。〔馬注：《傳》稱其磊落有大志，通兵略。〕累更大郡，備有休聲〔二〕，予聞則多，未校其實。侍中弘正以課來上，書爲第一。不有升陟，謂之蔽能，得於信臣，予用丕允。郊圻密邇，美惡日聞。爾其歌《雞鳴》以自勤，稽《風雨》以守度，與我共理，副其所知。可使持節鄭州刺史，餘如故。

【校勘記】

〔一〕潛：盧校宋本作「自」。

〔二〕休：原作「体」，據殘宋浙本、馬本、叢刊本、《全唐文》卷六四九改。

元佑洋州刺史

敕：朝散大夫、守京兆尹、上騎都尉元佑：風俗之薄厚，由長吏之所尚也。聞爾佑以甲乙科爲校書郎，甚有名譽。一朝以先臣不幸爲黜，而自晦其身者二十年，何其爲子之多也。自歷朝序，仁聲益彰，不雜風塵，而徽猷遂遠。洋州近郡，美惡足以流京師，將以慈惠廉讓之道長理之，此吾有望於爾矣。可使持節洋州刺史。

袁重光雅州刺史李踐方大理寺丞

敕：盧國郡貫平羌江〔一〕，帶邛峽關，西南蠻經略之地也。大理寺專獄犴，視刑書，我國家生人之司命也。任非其才，爲患不細。前鄜坊丹延等州觀察判官、侍御史、内供奉、賜緋魚袋袁重光，佐觀風於鄜時，聞有能名。前湖南都團練判官兼監察御史李踐方，參練卒於湘中，號爲柔立。宜當慈惠之選，且盡哀敬之心。姑務勝殘，無或枉撓。佇爾布政，叶予好生。重光可使持節雅州刺史，散官、勳、賜如故；踐方可大理寺丞。

【校勘記】

〔一〕國：馬本、《全唐文》卷六四九作「山」。 貫：原作「書」，據馬本、叢刊本、《全唐文》改。

齊煚饒州刺史王堪澧州刺史

敕：尚書刑部郎中齊煚、岳州刺史王堪等：隸江之西，饒爲沃野。澧亦旁荆之劇郡，而鄱陽有鎔銀擷茗之利。俗用傈輕〔一〕，政無刑威，盜賊多有。沅、湘間沉怨抑激，有屈原遺風。吏無廉平，人用愁苦。惟爾煚洎堪等，皆踐臺閣，亟歷名部，號爲良能。俾分兩地之憂，佇聽二天之諺。煚可使持節饒州刺史，堪可使持節澧州刺史，餘如故。

【校勘記】

〔一〕傈：《全唐文》卷六四九作「剽」。

元藇杭州刺史等〔一〕

敕：饒州刺史元藇等〔二〕：自天子至于侯甸男邦，大小之勢不同，子育黎元，其揆一也。是以郎官出宰百里，牧守入爲三公，此所以前代稱理古也〔三〕。近俗偷末，倒置是非。省寺以地望自高，郡縣以勢卑自劣。盤牙不解，稂莠不除，比比有之，患由此起。今餘杭、鍾離、新安、順政〔四〕，三有財用〔五〕，一鄰戎狄。將有所授，每難其人。以蕒之理課甄明，以弘度之奏議詳允，以玄亮之學古從政，以公逵之守道立身〔六〕，僉命爲邦〔七〕，庶可勝殘而去殺矣。敬奉詔條，用慰惸獨。可依前件。

【校勘記】

〔一〕馬本題作「元蕒等可餘杭等州刺史制」，《英華》卷四一〇作「授元輿等杭濠歙泗（疑當作輿）諸州刺史制」，《全唐文》卷六四九作「授元蕒（一作輿）等餘杭等州刺史制」。

〔二〕「饒」字上，《英華》有「朝散大夫守」五字。　蕒：《英華》作「輿」。

〔三〕《全唐文》無「古」字。

〔四〕新安順政：《英華》注：「乃興州。」

〔五〕用：《英華》作「賦」。

〔六〕公逵：《英華》作「達」。

〔七〕僉：原作「愈」，據以上諸本和錢校改。

韓察明州刺史等〔一〕

敕：朕子育兆人，懍乎懼一物之不至〔二〕，將我德澤流布于遠邇者，其惟良二千石乎？前京兆府富平縣令韓察等〔三〕，久於吏職，皆著能名。或嘗奉詔條〔四〕，風聲尚在；或歷居郊館〔五〕，惠養有方。命汝臨人，勿違其俗。夫明近於海，懦則姦生；通理於巴，急則吏擾；沔當津會，滯則怨起〔六〕。推是三者，引而伸之，然後可以憂人之憂矣〔七〕。爾其勉之，可依前件。

【校勘記】

〔一〕馬本題作「韓察等可明通等州刺史」，《英華》卷四一〇題作「授韓察等明通沔三州刺史制」。

〔二〕懔乎懼：馬本、叢刊本作「保乎混」。

〔三〕前京：原作「前事」，據殘宋浙本、馬本、叢刊本、《全唐文》卷六四九改，《英華》作「朝議郎前守京」。「令」字下，《英華》有「賜緋魚袋」四字。

〔四〕或：馬本、叢刊本、《全唐文》作「昔」。

〔五〕郊：盧校宋本作「甸」。館：殘宋浙本、《英華》作「甸」。

〔六〕怨起：《英華》作「人怨」。

〔七〕憂人之：《英華》作「分吾」。

韋行立處州刺史

敕：守衛尉少卿、襲邗國公韋行立：聞爾貴遊之子也，出入省寺二十餘年，終無尤違，斯亦鮮矣。江南諸郡，户籍非少，皆有賦入之難，爾爲吾往理縉雲，以宣朕化。無虐惸獨，俾傷惠和。可使持節處州刺史。

王進岌冀州刺史

敕：元從奉天定難功臣、行右羽林軍大將軍兼御史大夫王進岌：冀方陶堯之所理也。其俗質强，有古人遺風。兵興已來，習爲奮武之地，非勇毅仁隱之者，不能兼牧其甿。以爾戰伐居多〔一〕，班資已重，副朕兹選，必有可觀。夫理亂繩唯緩之，襲遂之政也；忠信可以服暴强，仲尼之言也。率是兩者，以臨其人，吾無憂於千里之内矣。式兼亞相，周責外臺。可開府儀同三司、使持節行冀州刺史兼御史大夫、充本州團練守捉使。功臣，勳、封如故。

【校勘記】

〔一〕伐：原闕，據殘宋浙本、馬本、叢刊本、《全唐文》卷六四九補。

論倚忻州刺史

敕：前使持節守忻州刺史、賜紫金魚袋論倚：日者議鎮之勞，例皆甄獎。有吏姚泌，早聞其勤，因以泌爲忻州刺史。會泌隱惡彰敗，不終其功〔一〕。司空度上言前刺史倚，忻人懷之，復换他守，人用不協，遂仍其故〔二〕，以便於忻，勉居舊邦，無替前効。可使持節忻州刺史。

【校勘記】

〔一〕功：馬本、《全唐文》卷六四九作「任」。

〔二〕其故：馬本、《全唐文》作「命爾」。

王元琬銀州刺史

敕：夏綏銀等州節度都虞候、檢校太子詹事王元琬〔一〕：河朔之間，豐有水草，内附諸夷〔二〕，多以畜養爲事。吏二千石已上，不能拊循，競致侵剥〔三〕，藉其蹄角齒毛之異。廉者半價而買，貪者豪奪其良。困於誅求，起爲盜賊，朕甚患焉。近以戎臣祐〔馬注：李祐。〕旁領四郡，奉宣詔條。祐以元琬僉曰公幹，乞爲圁陰。罔或不臧，貽祐之恥。可使持節都督銀州刺史、充本州押蕃落使，餘如故。

【校勘記】

〔一〕都虞候：馬本作「觀察使」。

〔二〕内附諸夷：馬本、叢刊本作「爾能當事」。

〔三〕剥：馬本、叢刊本、《全唐文》卷六四九作「削」。

陳諫循州刺史

敕：封州刺史陳諫，倜儻好奇之士。常患於不慎所從，負累於俗，過而能改，人其捨諸。〔馬注：諫爲王叔文之黨，故云。〕以爾諫敏於儒學，志於政經。自理臨封，尋彰美化。分憂是切，滿歲宜遷。始求循吏之才，以撫遠方之俗。爾宜樹德，朕不記瑕。可使持節循州刺史。

萬憬皓端州刺史

敕：前順州刺史、借紫金魚袋萬憬皓〔一〕：赦所以宥不幸也。爾爲郡守，無違詔條，而以疾罷去，非不幸歟？今朕還爾符印，俾臨高要之人，守吾憲章，愆則有辟。可使持節端州刺史，餘如故。

【校勘記】

〔一〕借：馬本、《全唐文》卷六四九作「賜」。

趙真長户部郎中兼侍御史等〔一〕

敕：臣播洎逢吉、尚書於陵所請劍南西川節度判官某官趙真長等〔二〕，皆以文學政事，得參公選。觀其列狀，尉薦甚勤，人各有知，朕無不可。矧以羊祜之風流盡在，文翁之學校復興。咨爾真長等，無替令猷，勉當眦贊。淮河之師旅近息，荆江之賦入素殷。咨爾應等，無瘝厥官，以擾生聚，各揚乃職，用副朕懷。真長可行某官，依前充職；應可某官、充户部巡官，勾當河南、淮南等道兩税。餘如故。

【校勘記】

〔一〕馬本、《全唐文》卷六四九題作「趙真長等加官制」。

〔二〕播：原作「藩」，據《資治通鑑》、《舊唐書》，劍南西川節度使是「王播」，故改。

王沂河南府永寧縣令等〔一〕

敕：前汴宋亳潁等州觀察推官、殿中侍御史内供奉、賜緋魚袋王沂，前宣武軍節度推官、監察御史裹行范傳規等：比制諸侯史〔二〕，府罷則歸之有司，以叙常秩。近或不時以聞，謬異前詔。朕申明之，以復故典。而去歲司徒弘〔馬注：韓弘。〕以沂等入覲，因獻其能。越在後庚之前，且寵上台之請。命汝好爵，時予加恩，勉字邦畿，無虐黎獻。沂可河南府永寧縣令，傳規可陝州安邑縣令，餘如故。

【校勘記】

〔一〕馬本題作「王沂可河南府永寧縣令范傳規可陝州安邑縣令制」，《全唐文》卷六四九題作「授王沂河南府永寧縣令范傳規陝州安邑縣令制」。

〔二〕諸：原作「謝」，據馬本、叢刊本、《英華》卷四〇七、《全唐文》改。

吉旼京兆府渭南縣令

敕：前河南府登封縣令吉旼：畿邦之宰，任得其人，蓋有以乂我黎庶，足以張吾京師也。自輦轂在鎬，瀍洛務輕，長命之善康東人者〔一〕，往往移隷内史。今京兆尹季同，〔馬注：許季同。〕以旼有幹蠱之稱，流聞于西，遂陳换縣之求，無替字人之術。可守京兆府渭南縣令。

【校勘記】

〔一〕命：馬本、《全唐文》卷六四九作「令」。

駱怡壽州長史〔一〕

敕：前江州司馬員外同正員駱怡等：一眚而去其人，則改行自新之徒，蔑由進矣。況吏議不一，負累多門，原涉不必終於廉夫，而周處卒爲名士，此亦曰曩時之明驗也。爾等受譴既久，省宥斯頻，各勵日新，以期天秩，並復資品，宜乎慎終。可依前件。

【校勘記】

〔一〕馬本、《全唐文》卷六四九題作「駱怡等復職制」。

裴温兼監察御史裏行充清海軍節度參謀〔一〕

敕：前洛陽縣尉裴温等：南極北向户，北至于桂林，旁帶邕容，分置征鎮。而南海尤居劇地，舊制輒得臨莅諸管，參酌庶務。兹惟郡寮温等，受知於人，爲報不易，勤盡檢白，可以無瑕。可依前件。

【校勘記】

〔一〕「裴温」下，馬本、《全唐文》卷六四九有「等」字。

韓克從太子通事舍人

敕：前河中府參軍韓克從：聞爾之齒長矣，而猶趨馳冉冉，其何以堪？今命爾爲東朝舍人，以司贊引，豈獨加之恩獎，抑亦示其優容。宜勤厥官，以服休命〔一〕。可守太子通事舍人，餘如故。

【校勘記】

〔一〕服：原作「朕」，據殘宋浙本、馬本、叢刊本、《全唐文》卷六四九改。

崔方實試太子詹事

敕：容州兵馬使、試殿中侍御史崔方實：蠻蜑之間，有黄賊者，跧竄窟穴，代爲侵攘。南人患之，爲日固久。而公素〔馬注：容管經略使嚴公素。〕破其酋長，大獲俘囚，檄奏以聞，朕實嘉尚。是用錫其使者，金幣器服。而又試爲崇班，俾耀遠人，以勸來効〔一〕。可試太子詹事，餘如故。

【校勘記】

〔一〕効：原作「勑」，據殘宋浙本、馬本、叢刊本、《全唐文》卷六四九改。

李歸仙兼鎮州右司馬〔一〕

敕：成德軍節度衙前馬步都知兵馬使、檢校右散騎常侍、使持節澶州刺史兼御史大夫，充本州防禦使李歸仙：去歲成德换帥之際，人皆効忠。惟爾職在轅門，位兼符竹，功實居最，議當甄升。而弘正以牧長親人，遥領非便，司武故事，兼可理戎。並仍帖秩之榮，式遂上台之請。可檢校右散騎常侍兼鎮州右司馬替元闕兼御史大夫，餘如故。

【校勘記】

〔一〕兼：原無，據馬本與本文補。

齊煦華州定縣令〔一〕

敕：齊煦等〔二〕：令一邑之長，古一國之君也。刑罰綱紀〔三〕，約略受制於朝廷。大抵休戚與奪之間，蓋一專於令長矣〔四〕。然而天下至大，百吏至衆，吾安能以一耳一目，觀聽其短長？煦等皆奉詔條，爲人求瘼，慰薦於爾。豈某等皆欺予〔五〕？各勉厥誠，以臻于理。煦可鄭縣令，諷可越州剡縣令〔六〕。

【校勘記】

〔一〕《英華》卷四一五題作「授齊煦崔諷等鄭縣剡縣令制」，《全唐文》卷六四九題作「授齊煦等縣令制」。

〔二〕齊煦等：《英華》作「前横海軍節度判官、監察御史裏行齊煦，前衢州須江縣令崔諷」。

〔三〕綱紀：《英華》作「紀綱」。

〔四〕蓋一專：《英華》作「盡專之」。

〔五〕某等皆：《英華》作「其」。

〔六〕鄭縣令，諷可越州剡縣令：原無，據《全唐文》補。

韋珩京兆府美原縣令

敕：韋珩等〔一〕：昔先王眚災肆赦，則殊死已降，無不宥免。而受賄枉法者，獨不在數〔二〕，常常罪之，以此防吏。吏猶有豪奪於人者，朕甚憫焉。日者覃懷有過籍之賦，使吾百姓無聊生於下，非珩等爲吾發覺，則吾終不得聞東人之疾苦矣。今美原藍田，皆吾甸内之邑〔三〕，爾其爲吾養理生息，以惠困窮，使天下長人之吏，知朕明用廉激貪之意焉〔四〕。

【校勘記】

〔一〕韋珩等：《全唐文》卷六四九作「河陽節度參議兼監察御史韋珩，前懷州武德令李鄂等」。

〔二〕盧校宋本無「獨不在數」四字。

〔三〕皆：原作「昔」，據殘宋浙本、錢校、馬本、叢刊本改。

〔四〕「焉」字下，《全唐文》有「珩可守美原令，鄂可藍田令」。

裴詷檢校尚書庫部郎中充河南節度判官〔一〕

敕：守京兆府醴泉縣令裴詷等：昔竇憲以元舅出征，大開幕府，以致賢彥。是以銘燕然，備勳籍，用參畫也。爾等佐釗，斯任不細，苟或無狀，其思有尤。可依前件。

【校勘記】

〔一〕南：《舊唐書》卷一二〇《郭釗列傳》作「陽」。

蔡少卿兼監察御史

敕：容管經略左押衙兵馬使蔡少卿：蠻之有黄賊者，東南人之虺蜮也。經略臣公素隳哲妖巢，收復故地，俾爾以如和縣等捷書來上，道路悠遠，其勤可嘉。寵以憲官，用光戎秩。可。

李立則檢校虞部員外郎知鹽鐵東都留後

敕：李立則：國有移用之職曰轉運使，每歲傳置貨賄於京師。其大都要邑之中，則委吏以專留事，瀍洛之間，蓋其一也。而柳公綽言爾强白幹舉，吏難其倫，乞以臺省官假借恩榮，俾專劇務，勉服所職，無忘謹廉。可。

常亮元權知橋陵臺令〔一〕

敕：常亮元等：大宗正言，爾等或親或能，備識其行。誠盡才辨，可以修奉園陵。吾先帝之衣冠所在，夙夜思念，哀敬不忘，爾其盡恭〔二〕，以勗諸吏。可依前件。

【校勘記】

〔一〕馬本、《全唐文》卷六四九無「臺」字。

〔二〕爾：原作「示」，據馬本、叢刊本、《全唐文》改。

杜載監察御史

敕：杜載：西旅違言，侵坑縣道〔一〕。雖有備無患，而予心惕然。惟爾載奉捷潛奏，乘馹以奔。吉語亟來，人用胥悅。念毆攘之略，誠在將軍；獎飛馳之勞，宜加憲秩。歸語爾帥，無忘乃庸。可。

【校勘記】

〔一〕坑：盧校宋本作「掠」。

崔蒇檢校都官員外郎兼侍御史

敕：崔蒇等：自元和以來，有大勳烈於天下。先帝賚予以保衡者，唯司空度。度亦齊慄祗畏，不自滿大。慎簡其屬，毗于厥政。惟蒇及洙，咸在茲選。是用輟我糾察〔一〕，副其勤求。惟爾敬玄舊佐，藩服效誠，予長議以序遷。峩峩鐵冠，皛皛銀印，受之以任，其樂所從。可依前件。

【校勘記】

〔一〕糾：原作「扎」，據馬本、叢刊本、《全唐文》卷六四九改。

元稹集卷第四十九

制誥

范傳式河南府壽安縣令

敕：范傳式：御史府多以法律見徵，苟覆視之不明，於薄責而何逭？傳式在先朝時，嘗爲監察御史。會孫革以廏牧競田之獄來上，朝廷意其未具，復命傳式理之。不能精求，盡□□□〔一〕，使岐人衆來告我。職爾之由，須示薄懲，用明失實。嗟乎！長□□吏〔二〕，信在言前。當革非心，無因故態，過而不改，寧罔後艱。可。

【校勘記】

〔一〕□□□：馬本、《全唐文》卷六四七作「以前卻」，盧校宋本作「改前奏」。

〔二〕□□：馬本、叢刊本、《全唐文》作「人之」。

王炅兼侍御史[一]

敕：王炅等：乃祖乃父，勤勞邦家，佐吾先臣相國，捍患摧凶，世爲勳籍[二]。故吾聞成德諸將，心猶悚然。爾等初喪元戎，能以衆整，送迎新舊之際，不無夙夜之勞，言念功庸，宜升秩序。□□憲署，命之崇班[三]，特示加恩，匪用彝典。可依前件。

【校勘記】

〔一〕馬本、《全唐文》卷六四七題作「王炅等升秩制」。

〔二〕世：原闕，據馬本、叢刊本、《全唐文》補。

〔三〕□□：盧校宋本作「庸以」。

高端婺州長史[一]

敕：高端等：周官歲終則稽其醫事，以制其食，斯亦賞勞之□也[二]。爾等皆執藝術，待詔公車，和六飲六膳以會其時，察五色五聲以知其變[三]。朕嘗因苦口，必念沃心，每思藥石之臣，咸聽肺肝之語[四]。凡百多士，無以美疢愛予。因爾厥官，用警有位。

【校勘記】

〔一〕馬本、《全唐文》卷六四七題作「高端等授官制」。

〔二〕□：馬本作「意」，《全唐文》作「典」。

〔三〕色：原闕，據馬本、叢刊本、《全唐文》補。

〔四〕聽：原闕，據馬本、叢刊本、《全唐文》補。

李昆滑州司馬〔一〕

敕：李昆：日者王承元以成德喪師之狀來告，爾實將之。能使承元之意上通〔二〕，朝廷之澤下究，昆有力焉。將議獎勞，是宜加秩〔三〕。郡丞憲吏，用表兼榮。可權知滑州司馬兼監察御史。

【校勘記】

〔一〕馬本、《全唐文》卷六四七題作「李昆可權知滑州司馬兼監察御史制」。

〔二〕使：原闕，據馬本、《全唐文》補。

〔三〕加：原闕，據馬本補。《全唐文》作「遷」。

劉頗河中府河西縣令〔一〕

敕：劉頗：朕以自鄜而北，夷夏雜居，號爲難理。乃詔執事求□以綏懷控壓之者〔二〕，皆曰頗在兹選。且言其伐蔡之役，常參□於懷汝之師〔三〕。部分弛張，允協軍政，遂命試領銀州郡事。衆□寧附〔四〕，邑人宜之〔五〕。連帥以聞，議請甄奬。河西近邊，擇吏惟精。勿吝牛刀〔六〕，爲我烹割。可依前件〔七〕。

【校勘記】

〔一〕《英華》卷四一五題作「授銀州刺史劉頗河中府河西縣令制」。

〔二〕□：馬本、《全唐文》卷六四七作「才」，《英華》作「所」，盧校作「可」。

〔三〕□：馬本、《全唐文》作「謀」，《英華》作「事」，盧校宋本作「軍」。

〔四〕□：馬本、《全唐文》作「庶」，《英華》作「果」。作「庶」似是。

〔五〕邑：原作「邊」，據盧校宋本改。

〔六〕勿：原闕，據馬本、叢刊本、《全唐文》補。

〔七〕依前件：原闕，據《英華》補。

王迪貶永州司馬

敕：王迪爲吏不廉，受賄六十餘萬〔一〕。據其贓罪，合置重條。言事者以爲伐蔡之時，陷其家屬，適遭蜂蠆，並爲鯨鯢。尚念爾于茲〔二〕，當從末減。議遷郡佐〔三〕，無忘悛心。可守永州司馬，員外置同正員，仍所在驛發遣。

【校勘記】

〔一〕十：《全唐文》卷六四七作「千」，疑非。

〔二〕于：原闕，據馬本、叢刊本補。

〔三〕議遷：盧校宋本作「儀同」。

王悦昭武校尉行左千牛備身

敕：執千牛刀以侍奉吾左右者，命子弟之選也。莊憲皇后姪王悦等，或勳戚蔭餘，或公卿貴胤。佩觿有趨蹌之美〔一〕，釋褐參侍從之榮。勉奉我朝廷之儀〔二〕，敬順爾父兄之教。可依前件。

【校勘記】

〔一〕鱺：盧校宋本作「玉」。

〔二〕奉：張校宋本作「學」。

崔適翊麾校尉守左千牛備身

敕：三品子崔適等：左右備身，在吾旒扆之側，非貴遊子弟之可親信者，不在選中。爾等閥閱甚崇，教誨斯至，事我猶事父，畏法猶畏師，勿惰勿佻，以期無誨〔一〕，斯可與成人並行於朝廷矣。可依前件。

【校勘記】

〔一〕誨：與「悔」通。

姚文壽右監門衛將軍知内侍省事〔一〕

敕：姚文壽出入中外，備嘗劇職，静以自勝，高而益謙。先皇帝以其忠厚謹信〔二〕，知書有文，每決務宫中，付以密命，已事而復，終無漏言。朕方藉良能，奪其情禮，起自哀疾〔三〕，命爲監臨。和而有常，威而不侮，修身處衆，兩得其宜。憂服既除，庸功可獎，崇階厚秩，兼以命之。無忘慎修，用副毗倚。可冠軍大將軍、行右監門衛將軍、知内侍省事，封、賜如故。

【校勘記】

〔一〕「右」字上，《全唐文》卷六四七有「可冠軍大將軍」六字。

〔二〕厚：原作「愿」，據盧校宋本改。

〔三〕疾：馬本、叢刊本作「疚」。

徐智岌右監門衛將軍〔一〕

敕：徐智岌：邠之地，后稷、公劉之所理也。俗饒稼穡，土宜六擾，内扞郊圻，外攘夷狄。故吾特命《禮》、《樂》、《詩》、《書》之上將，俾爲長城，立監臨戎，亦慎兹選。以爾自更事任，已著公方。端介而不失人心〔二〕，謙和而能宣朕命。寵以將軍之號，仍加内省之榮。復職舊藩，勉終前効。可雲麾將軍、右監門衛將軍、知内侍省事，餘如故。

【校勘記】

〔一〕「右」字上，《全唐文》卷六四七有「可雲麾將軍」五字。

〔二〕介：盧校宋本作「謹」。

邵常政内侍省内謁者監

敕：天子有内諸臣，所以參侍奉，備傳達，而將外諸臣之復也。其或久吏事任，績効甄明者，必擇其良能而分命焉。元從興元、朝議郎、行内侍邵常政等，或扈從於艱難之際，或服勤著廉善之名，宜序班資，用優階秩。夫奠東司而臨象教，爾無忘於肅清；將成命以察戎行，爾無忘於畏慎；正闈闥以親賓客，爾無忘於敬恭。行是三者，可以長守其禄位，而不離於榮近矣。各揚爾職，稱朕意焉。可依前件。

宋常春等内僕局令

敕：近制選内臣之善於其職者，監視諸鎮，蓋所以將我腹心之命，達于爪牙之士也。宣義郎、行内侍宋常春等，皆以謹信多才，得參侍從，更掌上府，尤見吏能。守官無毫髮之瑕，勵己有冰霜之操。跡其聲實，可備監臨，汝其往哉，予用訓爾。夫處衆莫若順，犯衆則不安；約身莫若廉，奉身則不足。推是兩者，引而伸之，然後入可以近天子之光，出可以護將軍之旅矣。罔或失墜，以貽後艱。勉當柱國之榮，無忘立表之誓。全實可宣德郎〔二〕、行内侍省宫闈局令、員外置同正員；常春可徵仕郎、内侍省内僕局令、員外置同正員。

【校勘記】

〔一〕寶：《全唐文》卷六四七作「實」。

青州道渤海授金吾將軍等放還蕃〔一〕

敕：慎能至王姪大公則等：洲東之國，知義之道，與華夏同風者，爾輩是也。冒越深阻，和會於庭。予嘉乃誠，命以崇秩。用奮威衛，保爾恩榮。無怠無違，永作藩服。可依前件。

【校勘記】

〔一〕「等」字上，馬本、《全唐文》卷六四七有「慎能至王姪大公則」八字。

青州道渤海等授諸衛將軍放還蕃〔一〕

敕：大定順王姪大多英等：我十有二衛將軍，以率其屬，皆匡備左右，爲吾近臣，自非勳庸，不以輕授。以汝各贄琛賮，勞於梯航，俾耀遠人，宜示恩寵。歸撫爾類，知吾勸來。可依前件。

【校勘記】

〔一〕「等」字上，馬本、《全唐文》卷六四七有「大定順王姪大多英」八字。

令狐楚等加階

門下：朕聞君法天大，臣體君命，數名等威，上下以兩。昔漢丞相金印紫綬，黄扉黑轓，亦所以異車服於百辟也。今朕宰相階級不稱，甚無謂焉。既當行慶之恩，宜用加崇之典。守門下侍郎、同中書門下平章事、賜紫金魚袋令狐楚，端慎嚴恪，夙夜在公，按度懸衡，守而不失。守中書侍郎、同中書門下平章事、賜紫金魚袋蕭俛，深敏敬恭，寤寐思理，伏蒲焚稿，知無不爲。守中書侍郎、同中書門下平章事、賜紫金魚袋段文昌，坦易堅白，風雨有常，推賢舉能〔二〕，如恐不及。咨汝三后，弼予一人。汝爲股肱耳目以賚予，予敷心腹腎腸以告汝。汝其一乃志以奉上，周乃惠以接下，敬乃事以臨官，是三者，孫叔敖嘗用之於楚矣。位愈高而士愈戴，禄愈厚而人愈懷。夫以朕之不敏不明，尚克用濟，實賴吾二三臣朝夕之誨。《詩》云：「無言不讎〔三〕，無德不報。」爰因進等之詔，用申交警之詞，各竭乃誠，同底于道。康天下，平太階，而後越級之賜行焉。兹謂叙常，非以爲報。楚可太中大夫，俛可朝議大夫，文昌可中散大夫。餘各如故。

【校勘記】

〔一〕舉：原作「與」，據馬本、《全唐文》卷六四七改。

〔二〕讎：原作「訓」，據《詩經·大雅·蕩》改。

蕭俛等加勳

某等：越正月，惟朕憲考集大命于朕躬，宅憂昏逾，罔克攸濟。惟爾俛屢贊大儀，以詔予一人；惟爾文昌作策度，以道揚末命，俾小子審訓弗違，時乃之休。王功曰勳，兹用報汝。尚克納誨，無忘協心〔一〕。銘于太常，永作元輔。可〔二〕。

【校勘記】

〔一〕無：馬本、叢刊本作「毋」。

〔二〕「可」字下，疑有脱文。

蕭俛等加封爵

門下：列爵惟五，所以褒有德也。朝議大夫、守門下侍郎、同中書門下平章事、上騎都尉、襲徐國公、賜紫金魚袋蕭俛等，外撫四夷，内順百度，同德比義，以堯舜之道事予，厥惟懋哉。遂行益地之詔，俛乃讓封於弟，亦協推恩。開國承家，永綏厥後，惟克恭敬，以和神人。可依前件。

李逢吉等加階〔一〕

某官李逢吉〔二〕，是朕皇子時侍讀也〔三〕。忠孝之訓，何嘗忘之！惟祕洎瓘〔四〕，實惟藩臣〔五〕。克壯威猷，用以垣翰〔六〕。楊造等祇事内外，夙夜惟寅，並沐前恩，遞升榮級。上下有等，式示彝章。可依前件。

【校勘記】

〔一〕《英華》卷四一七題作「授李逢吉章秘等加階制」。

〔二〕「某」字上，《英華》有「門下」二字。

〔三〕皇子：《英華》作「皇太子」。

〔四〕瓘：《英華》作「璀」。

〔五〕惟：《全唐文》卷六四七作「爲」。

〔六〕用以：《英華》作「以固」。

李光顔加階〔一〕

門下：朕聞有天下者，道德仁義以爲理，城郭溝池以爲固。故曰不教人戰，是謂棄之，有備無患，可以應卒。此先王驅攘戎狄〔二〕，保障黎元之大略也。五原居宥夏靈慶之中，當蛇豕豺狼之突〔三〕，將搤咽喉之要，爰命腹心之臣，厥有成功，宜膺茂典〔四〕。邠寧慶等州節度觀察處置等使、金紫光禄大夫、檢校司空兼邠州刺史、上柱國、武威郡開國公李光顔〔五〕，氣敵三軍，心師百行。有卞莊之勇，守之以仁；有日磾之誠，濟之以武。叱咤則風雲迴合，開宴則樽俎周旋〔六〕。蓋文武之令才〔七〕，真古今之良將。是以淮蔡之役，百勝功高；青齊之師〔八〕，一面居最。朕以蕭關尚警，馬嶺猶虞，五餌之詐可羞，百雉之城爰度〔九〕。先是屬役，每難其人，惟爾良能，果諧予願。程功而不愆于素，訖事而不勞于人。比命有司，褒乃實力〔一〇〕。僉曰：「古諸侯勳德優盛，則就加特進以寵之。」我國家封植崇重，有朝請一字以異之〔一一〕。予嘉乃勤，兼用兩者，兹謂上賞，爾惟欽哉！可特進，餘如故〔一二〕。

【校勘記】

〔一〕《英華》卷四一七題作「授李光顔加階並賜一子官制」。

〔二〕驅：原作「歐」，據《全唐文》卷六四七改。

〔三〕突：《英華》作「窟」。
〔四〕膺：《英華》作「加」。
〔五〕「刺史下」，《英華》有「御史大夫」四字。
〔六〕開：原作「間」，據《英華》改。
〔七〕令：《英華》作「全」。
〔八〕青：原作「貴」，據馬本、叢刊本、《英華》、《全唐文》改。
〔九〕城：《英華》作「防」。
〔一〇〕力：《英華》作「効」。
〔一一〕字：《英華》作「子」。
〔一二〕餘如故：《英華》作「仍與一子正員四品常參官，餘如故。主者施行。」

王仲舒等加階

門下：階陛所以升堂奥也，歷清貫者，亦由是而登進焉。國朝由散官而命爲大夫者，凡十一等，以銀青朝散爲名者，非我特制，則不克授。蓋門户有棨戟之榮，腰佩有龜緺之異也。朝議郎、守中書舍人王仲舒等，或歷職清近，代予格言；或分命藩方，宣我程品；或懸車以請老，或持節以臨人；或親或能，或勞或久，皆承霈澤之慶，宜當並命之榮。凡爾四十有三人，各服我休命，並朝散大夫，餘如故。

郭釗等轉勳

粵若十有二勳，以馭親賢，以詔勞舊，以稽秩序，以行慶賜。而刑部尚書兼司農卿郭釗，實我元舅，寅亮朕躬。傳師洎肇，共司予言。發揚書命，倭貳教官。長財善物，證居環尹。夜警晝巡，堪致厥政。時惟舊老高陽而下五十有六人，分命內外，祗勤于理。越二月，發大號于天下，延寵庶官，錫爾崇勳，無替嘉命。

武儒衡等加階

某乙等：古人以朝散大夫爲榮，是以自矜於歌詠，況今由是級者，則服色驟加，誠足貴矣。儒衡等，皆吾內外之臣，並在賢能之選，頃因慶澤，第許崇階。朕不食言，勉當嘉命。

崔元略等加階

某官某乙〔一〕：階之設二十〔二〕，有庸有事，有叙有加。用是四者，以詔百吏。由鄙而上至于元略，曰加曰叙；進而下至于景〔三〕，曰事曰庸。光我侍從之臣，且優致政之老〔四〕。詔賢詔德，於是乎在。堂奥益近，爾其敬之。

【校勘記】

〔一〕某官某乙：《英華》卷四一七作「敕：崔元略等」。

〔二〕二十：《英華》、《全唐文》卷六四七作「二十有九」。

〔三〕進而下至于景：《英華》作「由灃而下至于弘景」。

〔四〕政：盧校宋本作「仕」。

胡証授定遠將軍〔一〕

門下：寧遠將軍兼左金吾衛大將軍、御史大夫、充左街使、賜紫金魚袋胡証等：近古赦天下，則勳秩階爵，因緣而行，亦欲與卿大夫同美利也。爾等率其屬部，分義甚明，皆吾勞臣，是有恩獎。益進榮級，宜其允恭。可依前件。

【校勘記】

〔一〕馬本、《全唐文》卷六四七題作「胡証等加階制」。

諸使收淄青叙録將士等授官爵勳

某等：能執干戈，討定逋孽，功懋懋賞，厥惟舊哉。分命庶官，秩建五等。次用于十有二勳，式示等威，蓋以勞之小大爲上下也。

劍南西川節度使下將士叙勳〔一〕

門下：劍南西川節度使下准制叙勳將士、朝議大夫、試太子家令、上護軍史憲等：蜀形勝之地也，南控蠻蜑，西摿戎羌，厲禁之勞，實賴汝三千八百六十有六人之力。使之必報，並賜崇勳。各懋乃誠，勗率以敬。可依前件。

【校勘記】

〔一〕「叙」字上，馬本、《全唐文》卷六四七有「史憲等」三字。

鄭氏封才人

敕：古者天子設六宫以詔内理，是以《關雎》樂得淑女，憂在進賢，將聽《雞鳴》之詩，豈惟魚貫之序。鄭氏，山東令族，海内良家。每師班女之文，嘗慕樊姬之德。桃姿焜燿，蘭行馨香。爰用擇才，冀無傷善。勉當選進之重，無忘和平之心。可才人。

七女封公主〔一〕

門下：長女等：抱子弄孫之榮，貴賤之大情也。朕以四海奉皇太后於南宮，問安之時，諸女侍側。螽斯之慶，上慰慈顔。鳲鳩之仁，内懷均養。雖穠華可尚〔二〕，出閤未期，而湯沐先施，分封有據。宜加美號，以表令儀。可依前件，主者施行。

【校勘記】

〔一〕馬本、《英華》卷四四六、《全唐文》卷六四七題作「第七女封公主制」。

〔二〕可尚：《英華》、《全唐文》作「尚少」。

王承宗母吴氏封齊國太夫人

敕：故成德軍節度、鎮冀深趙等州觀察處置等使、金紫光禄大夫、檢校尚書左僕射、贈侍中王承宗母，燕國太夫人吴氏：魯文在手，燕夢徵蘭，道以匡夫，仁而訓子。教日殫竭誠之操，義必資忠；戒陳嬰自大之心，明於處順。是以承宗辭代之際，承元領務之初，或輟哭以據牀，每形言於憂國。人知趣向，道實光明，宜受進封之恩，用表貫霜之節。可封齊國太夫人。

元稹集卷第五十

制誥

李愬妻韋氏封魏國夫人

敕：夫尊於朝，婦貴於室，由古道也。安有邦君之妻，而無湯沐之地乎？涼國公李愬妻韋氏〔一〕，德宗皇帝之外孫也。笄年事愬，克有令儀。天蔭雖高，猶執婦道。持其門户，使愬有姻族之和；奉其蘋蘩，使愬有蒸嘗之潔。愬當分閫之際，終無内顧之憂者，由此婦也。今愬積行累功，以致爵位，六遷重鎮，〔馬注：愬歷爲隋唐鄧山南東道、鳳翔、武寧、昭義、魏博六節度使。〕名列上台。而韋氏猶限彝章，未嘗開國，甚不稱也。因愬大名之邦，式建小君之號。可封魏國夫人。

【校勘記】

〔一〕「涼」字上，《英華》卷四一九有「況魏博等州節度使特進檢校左僕射同中書門下平章事」二十三字。

贈田弘正父庭玠等

門下：朕聞昔者明王之以孝理天下也，莫不因嚴以教敬，推類以明恩。朕以眇身，欽承大寶，爲億兆人之君父，奉十一聖之宗祧。捧烏號，知羣臣有良弓之思；瞻彼蒼，念羣臣有所天之感。是用仲月五日，申命有司，大錫追崇，式彰餘慶。而魏博等州節度觀察處置等使、魏州大都督府長史田弘正亡父、贈兵部尚書庭玠等：教必以忠，殁而不朽。茂仲弓之德，而位屈當年；副孔父之恭，而福流來裔。惟爾弘正，爲朕方叔，以殿大邦。惟爾夷簡，爲朕河間，〔馬本、《全唐文》注：李夷簡宗室宰相，故云。〕以光宗籍。惟爾度，爲朕吕望，以司專征。子有勞於王家，父豈忘於錫命？進以師長之贈，加之保傅之尊。咨爾三臣，告是五廟，永錫忠孝，賚于邦家。可依前件。

贈烏重胤父承玭等

敕：朕聞水積者不涸，德積者不窮。肆我高祖武皇帝傳序累聖，逮予沖人〔二〕，嗣守朝廷之常，不克是懼。而侯甸藩服，亦克用乂，誠賴吾邦伯庶君之不墜吾祖宗之典也。追念本始，無忘爾先，永錫追榮，用章彝訓。檢校司空、使持節滄州刺史烏重胤亡父、贈工部尚書承玭等，根本粹茂，源流浚發，載誕頗牧，降生申甫。或並列藩方，或常參鼎鼐。承我制詔，備陳孝思。皆曰閱禮資忠，實賴先臣之教。欲報之德，願言克從。遂命褒崇，以□幽顯[二]。可依前件。

【校勘記】

〔一〕予：原作「子」，據馬本、叢刊本、《全唐文》卷六四七改。

〔二〕□：馬本、《全唐文》作「示」，盧校宋本作「光」。

贈韓愈父仲卿尚書吏部侍郎

敕：國子祭酒韓愈父、贈祕書少監仲卿等，子生則射桑弧蓬矢，以告四方。三月孩而名之，十年出就外傅。孔丘雖欲遠於鯉也，而猶教之《詩》、《禮》，所以相承先而重後嗣也。然而免水火之災，從師友之後，服軒冕以爲卿大夫者，一族幾何人？惟爾愈雄文奥學，秉筆者師之。與緘等各用所長，列官朝右，榮則至矣，其父皆不及焉。殁而有知，能不望顯揚於地下？贈以崇秩，慰其幽魂。推吾永懷，示用怛然於此。可依前件。

贈韋審規父漸等

敕：朕嗣立之二月五日，在宥天下，澤被幽顯。凡百執事，延崇于先。而守尚書左司郎中韋審規父、大理卿漸等〔一〕，生有列爵，歿有懿行，德積于身，慶儲于後。嘉乃令子，爲吾望郎，遂可有司之奏，以錫先臣之命。可依前件。

【校勘記】

〔一〕韋：原作「章」，據本文題目改。

贈田弘正母鄭氏等

門下：檢校司徒田弘正母、贈韓國太夫人鄭氏等，《詩》云：「哀哀父母，生我劬勞。」「欲報之德，昊天罔極。」子欲養而親不待之詞也。朕有臣弘正等，皆社稷之臣也。或寄重股肱，或親連肺腑，而克忠于國，克孝于家。歌康公念母之詩，感日磾見圖而泣。朕方推廣孝，以闡大猷，乃詔有司，深惟贈典。若曰幽魏并揚〔一〕，實鎮之大。既以命于勳賢，齊晉清河，惟號之美，可用光于窀穸〔二〕，永錫爾類，予何愛焉〔三〕？嗚呼！子爲列嶽之崇〔四〕，母用追封之禮，亦可謂生榮死哀，孝子事親之終也。惟爾欽哉，無或失墜。可依前件。

【校勘記】

〔一〕揚：原作「楊」，據《全唐文》卷六四七改。

〔二〕可：《全唐文》作「何」。

〔三〕予：原作「子」，據馬本、《全唐文》改。

〔四〕子：原作「予」，據馬本、叢刊本、《全唐文》改。

追封孔戣母韋氏等

敕：顥考叔食美而思遺其親，此孝子不違於一飯也。而況於萬石在前，累茵在側，慰心不及，非贈而何？尚書吏部侍郎孔戣母、贈扶風郡太君韋氏等，柔以睦姻，明於訓子；惟嬪之禮，始自敬姜，擇鄰之規，優於孟母。慶鍾嗣子，皆我藎臣。祗告有司，丕序先烈，錫以大邑，達其深誠。庶無風樹之嗟，且壯秋霜之節。可依前件。

追封李逢吉母王氏等

敕：孝子之於事親也，貧則有啜菽之歡，仕則有捧檄之慶，離則有陟屺之歎，殁則有累茵之悲，推而言之，其揆一也。不有追錫，何以達情？檢校吏部尚書、使持節襄州刺史李逢吉母、贈平陽郡太夫人王氏等，皆朕公卿之母也。或象感台階，生申及甫；或氣鍾河嶽，非羆則黄。出入恩榮，羽儀中外，苟無善訓，安得令人？簡想徽猷，用弘封邑，式光子道，以盛母儀。可依前件。

追封李遜母崔氏博陵郡太君

敕：檢校禮部尚書、使持節許州刺史李遜母、贈義封縣太君崔氏等，昔康公貴爲諸侯，而念母之詞甚悲，悲親之不逮也。曾參仕三釜而其心甚樂，樂及於親也。今遜等有地千里，有禄萬鍾，頤指氣使，無不隨順。所不足者，其唯風樹寒泉之思乎？朕方推廣孝，豈吝加恩？並封啓邑之榮，咸慰循陔之念。可依前件。

追封王潛母齊國大長公主〔馬注：潛父繇尚玄宗女永穆公主。〕

敕：檢校兵部尚書王潛母、贈晉國大長公主，於朕祖宗之姑姊妹也。始以肅雍之德，下嫁於公侯，淑問怡聲，禮無違者。訓其愛子，有過嚴君，不因恩澤以求郎，每致忠貞而事主。使勤貴富〔一〕，戒斁廉能。鬱爲勳臣，實資聖善。徽猷盡在，典禮宜加。猶狹平陽之封，式廣營丘之地。克宣朕命，用慰潛心。可贈齊國大長公主。

【校勘記】

〔一〕貴富：《全唐文》卷六四七作「富貴」。

追封王璠母李氏等

敕：守起居舍人、賜緋魚袋王璠母、贈成紀縣太君李氏等：古人云：「生願爲人兄。」欲奉養之日長也。若此，則及子之貴，顯親之榮，能幾何人？是以聖王因心以設教，由是揚名追孝之禮生焉。朕宅帝位，思弘大孝，乃詔執事，追用疏封。而璠等，皆以諷賦語言，得參侍從，欲報之歎，發乎肺肝。追加啓土之榮，用深罷社之痛。可依前件。

贈鄭餘慶太保

敕：朕聞仲尼殁而魯公誄之，柳莊死而衛靈請往。夫以區區魯衛，而猶念賢臣碩德也如是。況朕小子，獲承祖宗，實賴一二元老，朝夕教誨，以儀刑于四方〔一〕。天胡不仁，遽爾殲奪，而今而後，誰其屏余？故金紫光禄大夫、檢校司徒兼太子少師鄭餘慶〔二〕，始以衣冠禮樂，行於山東，餘力文章，遂成儒學。出入清近，盈五十年，再任台衡，〔馬注：貞元十四年拜中書侍郎同平章事，元和元年復以尚書左丞同平章事。〕屢分戎律。〔馬注：歷爲山南西道鳳翔節度使。〕凡所劇職，無不踐更，貴而能謙〔三〕，卑以自牧。謇直行於臺閣，柔睦用於閨門。受命有考父之恭，待士有公孫之廣。焚書逸禮，盡所口傳〔四〕；古史舊章，如因心匠。朕方咨禀，庶罔昏逾。神將祝予，痛悼何及。乞言既阻，贈典宜加。追書保養之榮〔五〕，用彰明允之德。可依前件。

【校勘記】

〔一〕刑：原作「形」，據《詩·大雅·文王》「儀刑文王，萬邦作孚」改。

〔二〕「少師」下，《全唐文》卷六四七有「上柱國滎陽郡開國公食邑二千户」十四字。

〔三〕謙：《全唐文》作「貧」。

〔四〕所：《全唐文》作「可」。

〔五〕榮：盧校宋本作「名」。

贈王承宗侍中〔一〕

敕：天子之於百辟也，公則有君臣之義，私則有父子之恩，生則有列爵以報功，没則有加榮以錫命，遠則罷朝以申悼，近則幸第以臨喪。而況於代濟勳庸，時方委遇，死而可作，吾何愛焉？故檢校尚書右僕射王承宗，海岱孕靈，弓裘襲藝。詩書禮樂，禀訓於祖先；勇敢謨猷，自生於誠腑。逮居劇鎮，益辨長材。每懷戀闕之誠，遂行割地之効。屢陳密款，方俟來朝。天不與年，素志没地，表章前上，忠懇備存。不以二子爲憂，且曰三軍求帥。承元繼志，雅有兄風。雄藩既耀於連枝，寵秩宜加於幽穸。上台之首，左輔之崇，特越彝章，用明加等。忠魂尚在，期爾有知。可贈侍中，仍令所司備禮册命，賻布帛五百段，米粟三百石。委度支逐便支送。

【校勘記】

〔一〕馬本、《全唐文》卷六四七題作「贈賻王承宗制」。

贈裴行立左散騎常侍〔一〕

敕：秦郡守分土疆以牧人，漢刺史乘軺車而按部，兼是兩者，才唯艱哉！而況於鎮定遠荒，經略逋寇，毗倚方切，忽焉薨殂，〔馬注：爲安南都護召還道卒。〕不有追崇，曷彰憫悼？故朝散大夫、持節桂州刺史兼御史中丞裴行立，積德之門，代濟英哲。班超奮筆，志在功名；酈寄秉心，義先忠孝。累更事任〔二〕，益見良能。龔遂著稱於潢池，處默去思於交趾。遺風尚在，錫命宜加，寵以貂蟬，賻之縠帛。用光幽穸，式慰營魂。可贈左散騎常侍，賻布帛三百段，米粟二百石。仍委度支逐便支送。

【校勘記】

〔一〕馬本、《全唐文》卷六四七題作「贈賻裴行立制」。

〔二〕更：《全唐文》作「及」。

贈陳憲忠衡州刺史

敕：故元從奉天定難功臣、柳州刺史陳憲忠，在德宗時，執羈靮以從，遂加戡難之名；在憲宗時，沐雨露之恩，實被念功之詔。朕敬承先志，崇獎舊勳，爰命有司，用申常典。生有熊當其軾，殁有雁隨其車，可謂男子之哀榮矣。可贈使持節衡州諸軍事、衡州刺史。

贈楚繼吾等〔一〕

敕：故容州本管經略招討、左押衙兼行營中軍兵馬使、檢校太子詹事楚繼吾，故廉州古丘營鎮將、試殿中監衛弘本等：比以荒服不虔，侵掠縣道〔二〕，乃詔毅勇，〔馬注：蠻賊黄少卿，自貞元以來，數爲寇害，貞元十四年，桂管觀察使裴行立、容管經略使陽旻，争請討之。上詔二管，大發江湖兵會討，士卒瘴癘，死者不可勝計。安南乘之，遂殺都護及官屬部曲千餘人，繼吾等想亦以此時遇害。〕爲人驅攘。而繼吾等奮不顧身，深入巢穴。豺狼雖殪，蜂蠆誤加。方聞振臂之雄，忽有歸元之歎。其帥旻具上其功伐〔三〕，請議褒崇，言念云亡〔四〕，尤用憫悼。不有異等，孰以勸忠？□追有土之榮〔五〕，用明死政之節。繼吾可贈使持節都督、容州諸軍事、容州刺史。弘本可贈使持節都督、邕州諸軍事、邕州刺史。

【校勘記】

〔一〕「等」字下，馬本、《全唐文》卷六四七有「刺史制」三字。

〔二〕掠：原闕，據馬本、叢刊本、《全唐文》補。

〔三〕旻：原作「是」，據盧校宋本改。　伐：盧校作「代」。

〔四〕言念：盧校宋本作「旻亦」。

〔五〕□：盧校宋本作「並」，馬本、《全唐文》作「特」。

贈于頔謚〔一〕

昔羽父爲無駭請謚於魯侯，而衛君亦自稱公叔文子之跡，則孝行必在於有司，賜謚或行於君命久矣。某官祇奉三朝〔二〕，〔馬注：順、憲、穆。〕横鎮襄漢。雖便宜從事，難以法繩；〔馬注：頔爲山南東道節度使，慢上持下，有專漢南意。〕而武毅立名，實爲威克。來朝而後，〔馬注：憲宗立，始入朝。〕亦既降心。敬以事君，明能知子。朕以禮存錫命，恩在展親。〔馬注：憲宗女惠康公主，下嫁嶼次子季友。〕考以慮深通敏之文，參用追悔前過之義。深詔執事，宜謚曰思。〔馬注：始太常謚頔曰「厲」，後季友從穆宗獵苑中，求改父謚「會」，李愬亦爲之請，改賜今謚。〕

【校勘記】

〔一〕《全唐文》卷六四七題作「更賜于頔謚制」。

〔二〕某官：馬本、《全唐文》作「故致仕太子賓客燕國公于頔」。

追封宋若華〔一〕

敕：司徒之妻有禮，齊加石窌；延鄉之母有德，漢置封丘。生既不渝，没亦宜及。故宋若華，我德宗孝文皇帝躬勤庶務，寤寐以之，乃命女子之知書可付信者，省奏中宮。而若華等伯姊季妹，三英粲兮，皆在選中，參掌宥密。班妃「裂素」之詠，謝氏「散鹽」之章，琤然玉音，記在彤管。先皇帝乙夜觀書之際，亦嘗傳「窈窕」、「德象」之篇於若華，言念云亡，禮宜加等。特追封邑，豈礙彝章。可贈河南郡君。

【校勘記】

〔一〕「華」字下，馬本、《全唐文》卷六四七有「河南郡君制」五字。

入朝奚大首領梅落悟孤等二十五人授官階制

敕：某等各以貴寶會于明庭，既飲食以勞之，又爵秩以遣之，式所以示懷柔於遠人也。爾宜將我皇風，慰彼黎獻。可依前件。

授入朝契丹首領達于只枕等二十九人果毅别將

敕：朕聞德教加于四海，則遠人斯届。余德不類，而爾等實來，良用愧于厥衷，是以置野廬以勞其勤，委舌人以通其意。始於郊迓，還以禮成，寵秩仍加，厚意斯在。被服冠冕，無忘敬恭。可各授。

劉惠通授謁者監制

敕：宣議郎、内侍省宫闈局令、賜緋魚袋劉惠通：顧吾愛之，俾在左右，將我密命，達于四方。去盡行人之詞，還致諸臣之復。言必忠信，事無尤違，使朕不出户而知三軍之意者，爾有力焉。深念其勤，將以爲報，階秩兼進，用示恩榮。各依前件。

元稹集卷第五十一

序　記

白氏長慶集序

《白氏長慶集》者，太原人白居易之所作。居易，字樂天。樂天始言〔一〕，試指「之」、「無」二字，能不誤〔二〕。具樂天與予書〔三〕。始既言，讀書勤敏，與他兒異。五六歲識聲韻，十五志詩賦，二十七舉進士。貞元末，進士尚馳競，不尚文，就中六籍尤擯落。禮部侍郎高郢始用經藝爲進退，樂天一舉擢上第。明年，拔萃甲科。由是《性習相近遠》、《求玄珠》、《斬白蛇》等賦〔四〕，及百道判，新進士競相傳於京師矣。會憲宗皇帝册召天下士，樂天對詔稱旨，又登甲科。未幾，入翰林〔五〕，掌制誥，比比上書言得失。因爲《賀雨》、《秦中吟》等數十章，指言天下事，時人比之《風》《騷》焉。

予始與樂天同校祕書之名〔六〕，多以詩章相贈答。會予譴掾江陵，樂天猶在翰林，寄予百韻律詩及雜體，前後數十章〔七〕。是後，各佐江、通，復相酬寄。巴蜀江楚間洎長安中少年，遞相倣傚，競作新詞，自謂爲「元和詩」。而樂天《秦中吟》、《賀雨》諷諭等篇〔八〕，時人罕能知者。然而二十年間，禁省、觀寺、郵候牆壁之上無不書，王公妾婦、牛童馬走之口無不道。至於繕寫模勒，衒賣於市井，或持之以交酒茗者，處處皆是。揚、越間多作書模勒樂天及予雜詩〔九〕，賣於市肆之中也。其甚者，有至於盜竊名姓〔一〇〕，苟求自售，雜亂間廁，無可奈何！予於平水市中〔一一〕，鏡湖傍草市名。見村校諸童競習詩〔一二〕，召而問之，皆對曰：「先生教我樂天、微之詩。」固亦不知予之爲微之也。又雞林賈人求市頗切〔一三〕，自云：「本國宰相每以百金換一篇〔一四〕。其甚僞者，宰相輒能辯别之〔一五〕。」自篇章已來，未有如是流傳之廣者。

長慶四年，樂天自杭州刺史以右庶子詔還。予時刺會稽〔一六〕，因得盡徵其文，手自排纘，成五十卷，凡二千一百九十一首〔一七〕。前輩多以前集、中集爲名，予以爲陛下明年當改元〔一八〕，長慶訖於是，因號曰《白氏長慶集》。大凡人之文各有所長，樂天之長可以爲多矣。夫以諷諭之詩長於激〔一九〕，閑適之詩長於遣〔二〇〕，感傷之詩長於切，五字律詩、百言而上長於贍，五字七字、百言而下長於情，賦贊箴戒之類長於當，碑記叙事制誥長於實，啓表奏狀長於直，書檄詞策剖判長於盡。總而言之，不亦多乎哉！至於樂天之官秩景行〔二一〕，與予之交分淺深，非叙文之要也，故不書。長慶四年冬十二月十日微之序〔二二〕。

【校勘記】

〔一〕樂天：《英華》卷七〇五作「始年二歲未」。

〔二〕誤：《英華》作「誤事」。

〔三〕予：原作「于」，據宋蜀本、馬本與文意改。

〔四〕「等」字上，《全唐文》卷六五三、《唐文粹》卷九二（題作「刑部尚書白居易文集序」）有「劍」字。

〔五〕入：《英華》作「選入」。

〔六〕盧校宋本無「校」字。　之名：《英華》、《全唐文》、《唐文粹》作「前後」。

〔七〕章：《唐文粹》作「首」，《英華》作「軸」。

〔八〕「諷諭」下，《英華》、《全唐文》、《唐文粹》有「閑適」二字。

〔九〕揚：《英華》作「杭」。　書：《英華》作「碑」。　勒：疑當作「寫」。《全唐文》無此段注文。

〔一〇〕《英華》無「有」字，疑衍。

〔一一〕於：《英華》、《唐文粹》、《全唐文》作「常於」。

〔一二〕競：宋蜀本、《唐文粹》作「競相」。　詩：《英華》、《全唐文》作「歌詠」。

〔一三〕又：原作「又云」，「云」字衍，據《英華》、《全唐文》删。

〔一四〕百：《全唐文》作「一」。

〔一五〕辯：與「辨」通。

〔一六〕刺：《英華》、《全唐文》作「刺郡」，《唐文粹》作「刺部」。

〔一七〕一百九：《全唐文》作「二百五」。

〔一八〕明年：原作「明年秋」，「秋」字衍，故删。《文苑英華辨證》卷四《年月》對此已有辨證。長慶四年，穆宗崩，敬宗繼位，明年改元即正月也，不能謂之「秋」。

〔一九〕夫：張校宋本作「是」。

〔二〇〕遺：原作「遣」，據宋蜀本、錢校、馬本、叢刊本、《唐文粹》改。

〔二一〕秩：原作「族」，據《全唐文》改。

〔二二〕十日：《英華》作「四日」。　序：《英華》作「叙」。《白氏長慶集》五帙都五十卷。通後集七十卷三千七百餘首。」

永福寺石壁法華經記

按沙門釋惠皎自狀其事云：永福寺〔一〕，一名孤山寺，在杭州錢塘湖心孤山上。石壁《法華經》在寺之某所。始以元和十二年嚴休復爲刺史時惠皎萌厥心，卒以長慶四年白居易爲刺史時成厥事。上下其石六尺有五寸，短長其石五十七尺有六寸。座周於下，蓋周於上，堂周於石，砌周於堂。凡買工鑿經六萬九千一百有五十錢〔二〕，十經之數〔三〕。經既訖，又立二石爲二碑。其一碑，凡輸錢於經者，由十而上，皆得名於碑。其輸錢之貴者，若杭州刺史、吏部郎中嚴休復，中書舍人、杭州刺史白居易，刑部郎中、湖州刺史崔玄亮，刑部郎中、睦州刺史韋文悟〔四〕，處州刺史韋行立，衢州刺史張聿，御史中丞、蘇州刺史李乂〔五〕，御史大夫、越州刺史元稹，右司郎中、處州刺史陳岵。九刺史之外，搢紳之由杭者，若宣慰使、庫部郎中、知制誥賈餗以降，鮮不附於經石之列〔六〕。必以輸錢先後爲次第，不以貴賤老幼多少爲先後。其一碑，僧之徒思得名聲人文其事以自廣〔七〕。予始以長慶二年相先帝無狀，譴於同。又明年徙會稽〔八〕，路出於杭，杭民競相觀覩。刺史白怪問之，皆曰：「非欲觀宰相，蓋欲觀曩所聞之元白耳。」由是，僧之徒誤以予爲名聲人，相與日夜攻刺史白，乞予文。予觀僧之徒所以經於石文於碑，蓋欲相與爲不朽計〔九〕，且欲自大其本術。今夫碑既文，經既石，而又九諸侯相率貢錢於所事。由近而言，亦可謂來異宗而成不朽矣；由遠而言，則不知幾萬千歲而外〔一〇〕，地與天相軋，陰與陽相蕩，火與風相射，名與形相滅，則四海九州，皆大空中一微塵耳，又安知其朽與不朽哉？然而羊叔子識枯樹中舊環，張僧繇世世爲畫師，歷陽之氣，至今爲城郭。狗一吠而異世卒不可化〔一一〕，鍛之子學數息則易成〔一二〕。此又性與物一相遊，而終不能兩相忘矣，又安知夫六萬九千之文，刻石永永，因衆性合成，獨不能爲千萬刧含藏之不朽耶？由是思之，則僧之徒得計矣。至於佛書之妙奥，僧當爲予言，予不當爲僧言〔一三〕，況斯文止於紀石刻，故不及講貫其義云。長慶四年四月十一日，浙江東道都團練觀察處置等使、通議大夫、使持節都督越州諸軍事、越州刺史兼御史大夫、上柱國、賜紫金魚袋元稹記。

【校勘記】

〔一〕「永」字上，《唐文粹》卷七六有「孤山」二字。

〔二〕工：原作「二」，據宋蜀本、馬本、《唐文粹》、《全唐文》卷六五四改。

〔三〕十經：原作「經」，據《全唐文》補「十」字。

〔四〕悟：《唐文粹》、《資治通鑑》作「恪」。

〔五〕乂：《唐文粹》、《全唐文》作「諒」。

〔六〕鮮：原闕，據宋蜀本、《唐文粹》、《全唐文》補。

〔七〕名聲：原作「聲名」，據宋蜀本、《唐文粹》與下文改。

〔八〕又：《唐文粹》、《全唐文》作「州」，從上句作「同州」。

〔九〕蓋欲相與爲不朽計：《唐文粹》作「蓋欲爲不朽」。

〔一〇〕萬千：張校宋本作「萬」。

〔一一〕狗一叱：張校宋本作「苟一吐」。

〔一二〕子：張校宋本作「中」。

〔一三〕予：原無，據《唐文粹》、《全唐文》補。

翰林承旨學士記〔一〕

舊制學士無得以承旨爲名者，應對顧問，參會旅次，班第以官爲上下〔二〕。憲宗章武孝皇帝以永貞元年即大位，始命鄭公爲承旨學士〔三〕，位在諸學士上，居在東第一閤。乘輿奉郊廟，輒得乘廄馬。自浴殿由内朝以從，揚雞竿〔四〕，布大澤，則昇丹鳳之西南隅〔五〕。外賓客進見於麟德，則止直禁中以俟〔六〕。大凡大詔令〔七〕、大廢置、丞相之密畫、内外之密奏、上之所甚注意者，莫不專對〔八〕，他人無得而參。非自異也，法不當言。用是十七年間，由鄭至杜，十一人而九參大政，其不至者，衛詔及門而返〔九〕，事適然也。禁省中備傳其事〔一〇〕。臣至於張，則弄相印以俟其病間者久之，卒不興〔一一〕，命也已。若此，則安可以昧陋不肖之稹，繼居九丞相、二名卿之後乎？俛仰瞻覵，如遭大賓。每自誨其心曰：以若之不俊不明，而又使欲惡欹曲攻於内，且決事於冥冥之中，無暴揚報効之言〔一二〕，不忿行私易也〔一三〕。然而陰潛之神，必有記善惡之餘者，以君父之遇若如是，而猶舉枉措直，可乎哉？使若之心，忽而爲他人盡，數若之所爲，而終不自愧，斯可矣。昔，魯共王餘畫先賢於屋壁以自警〔一四〕，臨我以十一賢之名氏，豈直自警哉？由是，謹述其遷授〔一五〕，書于座隅。長慶元年八月十日記。

【校勘記】

〔一〕《全唐文》卷六五四題作「翰林承旨學士廳壁記」，《宋史·藝文志》二作「承旨學士院記」。又，宋洪遵輯《翰苑羣書上》有云：元稹，長慶元年二月十六日，自祠部郎中知制誥行中書舍人翰林學士，仍賜紫金魚袋。其年十月十九日拜工部侍郎，出院，二年二月拜本官平章事。……丁居晦《重修承旨學士壁記》：「尚書元稹《承旨學士廳記》，舊題在東廡之右，歲月滋久，日爍雨潤，牆屋罅缺，文字昧没，不稱深嚴之地。」（知不足齋本）

〔二〕旅次班第：《英華》卷七九七作「班第旋次」。

〔三〕鄭公：《英華》作「鄭公絪」。

〔四〕揚：《英華》、《全唐文》作「揭」。

〔五〕昇：原無，據《英華》補。

〔六〕止直：《英華》作「上」。

〔七〕凡：《全唐文》作「禮」。　詔：原作「誥」，據《英華》改。

〔八〕專對：《英華》、《全唐文》作「專受專對」。

〔九〕衛：《英華》、《全唐文》作「衛公」。

〔一〇〕「禁省」以下八字，《英華》、《全唐文》無。　禁：原作「業」，據叢刊本改。

〔一一〕興：原作「典」，據錢校、《英華》改。

〔一二〕無：《英華》作「若之無」。　言：《英華》、《全唐文》作「慮」。

〔一三〕不忿行私易也：《英華》作「遂忿行於私易易也」。

〔一四〕魯共王：即魯恭王。　屋壁：《英華》作「壁」。

〔一五〕述：原無，據《英華》、《全唐文》補。

元稹集卷第五十二

碑銘

沂國公魏博德政碑[一]

陛下以元年正月壬戌詔臣積曰：「朕有臣弘正，自魏入鎮，魏人思之。因守臣愬狀其德政，乞文[二]。爾司予言，其文以付。」臣拜稽首。退而奏書於陛下曰：始，安禄山以玄宗四十三年盜幽州兵，劫擊郡縣，踰關據京，天下掉撓。肅宗征之，海内甫定，而夾河五十餘州，或服或叛。更立迭奪，廢置征伐，朝覲賦入之宜，皆自爲意。五紀四宗，容受隱忍。田承嗣兹有魏、博、相、衛、貝、澶之地[三]，承嗣卒，以其地傳兄子悦，悦傳緒，緒傳季安。既而季安悍誕淫驕，風勃蠱蠹，發則喜殺左右[四]，漸及於骨肉，往往顧妻子曰：「安用此？」由是，内外惴悸。妻元氏，因人不忍，移置他所，餘一月乃卒。是歲先皇帝元和之七年八月也。季安子懷諫，始十餘歲。衆襲故態[五]，名之爲副大使，而家臣蔣士則逆虐用事。士衆不分服，日夜相告曰：「田中丞興博大孝敬，於軍謹廉，讀儒家書，好言君臣事，儻可依倚爲將帥乎？」聞者皆踴躍，一朝牙旗下衆來捧附。興仆地不肯起，衆亦不肯去，乃大言曰：「爾輩即欲用吾語，能不殺副大使，且許吾取天子恩澤〔六〕，洗汝痕穢〔七〕，使千萬衆知君臣父子之道，從我乎？」皆曰：「諾。」遂殺蔣士則等十數人〔八〕。以興知留後事，移懷諫於外，明年歸之朝，蓋七年之十月四日也。興乃圖六州之地域，籍其人與三軍之生齒，自軍司馬已下〔九〕，至于郡邑吏之廢置〔一〇〕，盡獻於先帝。先帝詔興以工部尚書長魏博相衛貝澶之地，仍敕司封郎中知制誥裴度使於興，且以錢一百五十萬緡賜其軍〔一一〕。曲赦管內，使百姓一年勿復事，問耆羸，賑乏困，褒殮誅之不以法者。魏之人相喜曰：「歸天子乃如是耶？」興又悉取魏之僭服、異器，人臣所不當爲者，斥去之。先帝曰：「興吾六州善心者，田興也。使興弘吾至正，不亦可乎？」因名曰弘正。

先是魏諸賓，猶僕役也，將卒無畏避。弘正始求副節度以下於朝，至則迎迓承奉，功雖勳將，莫不乘者避，謁者趨，付授咨度，始用賓禮。先是諸將之外有權者，莫不拘劫妻子以爲固；四方之來聘問者，莫不防礙出入以爲密。士吏工賈，限其往來，人多懼愁，稀復會聚，至是皆曠然矣。魏之人又相喜曰：「人之生不當如是耶？」

滑以水害聞於朝，請移河於衛之四十里〔一二〕。且役衛工三萬餘，詔弘正議之。皆曰：「壞吾地〔一三〕，役吾人，以利他邑，古無有也。」弘正曰：「魏於滑信彼此矣，朝廷何異焉？」不時興工，以教人讓，魏俗丕乂〔一四〕，先帝多之，以右僕射就加焉。十三年又加司空，以子布之會蔡有勞也。是歲，李師道燒河陰，驚洛邑，陰通元濟，詔弘正誅之。明年，破賊五萬於東阿，進收鄆之陽谷，距其城四十里營焉。二月壬戌，劉悟斬師道〔一五〕，加司徒平章事，復歸於魏。其年八月朝京師，先帝待之有加焉。乞留不獲，詔加侍中以遣之。又明年，陛下以成德喪師，詔弘正入焉。初，王武俊以戰朱滔功，得有趙地，傳子孫凡三十九年矣。至承宗爲盧從史李師道所詿誤，先皇帝征而赦之者再，憂畏蹙恧，不克來覲。既而，聞陛下天覆海深，悉包悉受，乃果自信，將朝有時。未行會病，將歿，以志付其弟承元，聽命於朝。陛下語宰相曰：「弘正在魏，吾何患焉？」即日内出五詔，詔弘正爲中書令，節度於鎮〔一六〕。且詔父子皆爲帥，以大其威。十一月甲寅，成德獻狀曰：「弘正自至魏，魏人哭之，鎮人歌之。奉宣詔條，除去僭異，猶魏政也。且臣聞之，德之至者有二，政之大者有三。三政：一曰仁，爲惠政；二曰法，爲善政；三曰謙，爲和政。二德：一曰忠，爲令德；二曰孝，爲吉德。今弘正獻魏博六州之地，平淄青四代之寇，入鎮冀不測之泉，可以爲忠矣。祖考食宗廟，父子分土疆，兄弟羅軒冕，可以爲孝矣。始初山東鍵閉束縛，泳而游之，歌而舞之，可以爲仁矣。始初山東逼越廢怠，裁而制之，舉而用之，可以爲法矣。始初山東傲恨侵取，地以讓之〔一七〕，功以助之，可以爲謙矣。謙法仁孝，資之以忠，不曰德政，謂之何哉？」臣請奉制，以一百九十二字付守臣愬，銘之石，用申約束。銘曰：

帝命弘正，予言是聽。理亂有數，其道甚明〔一八〕。亂則隱約，理由亂生。既理復亂，生於玩輕。唐受天命，海内承平〔一九〕。高祖太宗，不荒不寧。玄宗抑厄，其否乃革。四十三年，奄有丕宅。始祖燕寇，胡雛弄兒。雖我寵重，彼將胡爲。所細所忽，忽焉而罹。四后垂顧，山東不夷。逮我聖父，殷憂儉克。乘其淫驕，乃伐乃殛。爾視羣孽，胡爲而亡？僭久而大，頑昏暴狂。爾亦自視，胡爲而昌？憂畏逼側，永思悠長。曩爾之無，今爾之有。既克而有，在克而守。惟爾惟我，而今而後，爾雖穹崇，無忘辱詬。我雖平寧，無忘燕寇。銘之戒之〔二〇〕，以永聲臭。

【校勘記】

〔一〕《英華》卷八六六九題作「魏博節度使田弘正碑」。

〔二〕乞文：《英華》、《全唐文》卷六五四作「乞文於碑」。

〔三〕兹：馬本、叢刊本、《英華》、《全唐文》作「始」。

〔四〕則：《英華》作「時」，注曰：「集作具。」

〔五〕故態：原作「能」，據宋蜀本、馬本、《英華》、《全唐文》補改。

〔六〕許：《英華》作「使」。

〔七〕汝：宋蜀本作「此」。

〔八〕十數：《英華》作「數十」。

〔九〕軍：原作「寅」，據宋蜀本、馬本、《英華》、《全唐文》改。

〔一〇〕吏：原作「史」，據《英華》、《全唐文》改。

〔一一〕五十：《英華》作「十」。

〔一二〕四十：《英華》作「十四」。

〔一三〕壞：原作「壤」，據宋蜀本改。

〔一四〕乂：《英華》、《全唐文》作「變」。

〔一五〕「師道」句下，《英華》有「以其首歸於弘正，正入鄆，而十二州之地平。以功」十九字。

〔一六〕節度：《英華》作「節度德棣」。

〔一七〕以讓：《英華》、《全唐文》作「以德讓」。

〔一八〕道：《英華》作「數」。

〔一九〕海内承：《英華》作「既理既」。　承：宋蜀本作「悉」。

〔二〇〕戒：原作「戎」，據宋蜀本、馬本、《英華》、《全唐文》改。

唐故開府儀同三司檢校兵部尚書兼左驍衛上將軍充大内皇城留守御史大夫上柱國南陽郡王贈某官碑文銘

南陽王姓張氏，諱奉國，本名子良，以某年月日薨于家。其子岌哭於其黨曰：「唐制三品已上，殁既葬，碑於墓以文其行。我父當得碑，家且貧，無以買其文，卿大夫誰我肯哀者？」由是因其舅捧南陽王所受制詔凡八通，歷抵卿大夫之爲文者，予與焉。予故聞南陽王忠功，每義之，然其請。明日，子岌狀其故聞官閥以告曰：

我南陽西鄂人。我高祖盈，左武衛將軍、閑廐使。我曾祖蘭，朝散大夫、沙州別駕。我祖景春，朝請大夫、太僕少卿。我父南陽王，太僕府君之第某子也。少學讀經史子，至古今成敗之言，尤所窮究，遂貫穿於神樞鬼藏之間，而盡得擒縱弛張之術矣。大曆末，始以戎服事郭汾陽於邠。建中中，以騎五百討希烈於蔡，遭太夫人喪，號叫請罷，遂克終制。僕射張建封以壽帥移於徐，始以渦口三城授於我。僕射殁而徐師亂，子乘亂以自立。王不忍討，以師二萬歸于潤。德宗異之，詔召至京，授侍御史，復職于浙西，就加御史中丞，又加國子祭酒，是元和之元年也。二年，李錡叛，王擒之以獻，加檢校工部尚書兼右金吾衛將軍、御史大夫、上柱國，進封南陽郡王，食實封一百五十户，遂錫嘉名。尋遷檢校刑部尚書、充振武麟勝等州節度營田觀察處置等使，復以刑部尚書兼左金吾衛將軍、御史大夫。歷左龍武統軍鴻臚卿，就加檢校兵部尚書，轉左驍衛上將軍、充大內皇城留守。以疾薨，壽八十三，特詔贈某官。我南陽郡夫人能氏，祖元晧〔一〕，皇朝禮部尚書、左金吾衛將軍進國公。岌與嵩，南陽夫人之二子也。嵩任某官。岌以某官奪喪制，葬以某年月日於某地。岌不肖，能言先將軍之職官，而不能知先將軍之勳業矣。乞爲碑。

予按僕射張建封以貞元十六年薨于徐，徐人立其子愔求命。南陽王不義其所爲，以渦之衆盡棄去，由是泗濠之守皆據郡。愔不能令卒帖徐，由南陽王之斷其臂也。元和之二年，潤帥錡求覲京師，既許之，不克覲，辱中貴人，殺其臣寮以令下。楊帥鍔以叛告，朝廷甚憂之。初，錡管鹽於潤有年矣，削虐暴狠，其下甚畏之，而庫庾之藏以億計〔二〕。潤之師故南陽韓晉公之所教訓〔三〕，弩勁劍利，號爲難當。是時初定蜀，兵始散，物力未完，加誅於錡，甚難之。憲宗皇帝不得已下誅詔。不浹日，露章自潤曰：「十月十二日，錡就擒，從亂者無遺餘。」問其狀，則曰：「錡既叛，以是月十一日命南陽王、田少卿、李奉仙率鋭衆以圖池。南陽王喜養士，又能爲逆順言。明日，與一將誓所部迴討〔四〕，錡城守不敢出。環其城，是夕攻愈急。錡衆潰散〔五〕，縋于城下，遂就擒。」自是南陽王勳名顯於代，性卑順不伐〔六〕。在振武時，以檢儉同士卒勞苦，居餘官皆謹慎專至如不及。在朝廷十餘年，似無功能者，未嘗圖進取。薨之日，家甚貧，幾無以葬其身。天子憐之，廢視朝，賻布帛〔七〕，給班劍鼓吹以葬之。

嗚呼〔八〕！舉三十年爲言，其間至將相者凡百數，耳目相遠之後，非其子孫能識其姓名者，十不能一二焉。若南陽王縛錡棄愔，全徐完潤〔九〕，自取爵位，以貽不朽，無幾希矣。碑於其墓，不亦宜乎。銘曰：

在昔徐帥〔一〇〕，知于南陽。付授兵柄，渦口爲防〔一一〕。徐喪其帥，徐人恃强。强以愔嗣，不歸其喪。我欲盡殄，愔亦與亡。不忍自我，焚其構堂。我或不去，愔童必猖。猖甚則蹶，其能久長〔一二〕？乃挈萬衆，賓于鄰疆。愔果惴惴，不假不狂〔一三〕。逮及終歿，全歸其吭。潤錡待我，不踰于行。一日叛誕〔一四〕，肆其昏荒〔一五〕。我乃遽取，歸之天王。非不可殺，示人不戕。報愔以惠，報錡以常。稱示厚薄，俾之相當〔一六〕。克勇克義〔一七〕，不伐不揚。銘于墓石，以永無疆。

【校勘記】

〔一〕晧：《全唐文》卷六五四、《唐文粹補遺》卷二作「皓」。

〔二〕庚：原作「便」，據宋蜀本、馬本、《全唐文》、《唐文粹補遺》改。

〔三〕南陽：原作「南」，據盧校與上文改。

〔四〕一：宋蜀本、馬本、叢刊本、《全唐文》作「二」。

〔五〕潰：原作「壞」，據宋蜀本改。
〔六〕性：原作「姓」，據馬本、《全唐文》、《唐文粹補遺》改。
〔七〕帛：宋蜀本作「泉」。
〔八〕嗚呼：原作「嗚啼」，據宋蜀本、錢校、馬本、《全唐文》改。
〔九〕全：原闕，據宋蜀本、馬本、《全唐文》、《唐文粹補遺》補。
〔一〇〕帥：原作「師」，據《全唐文》、《唐文粹補遺》與下文改。
〔一一〕口：宋蜀本、馬本、叢刊本、《全唐文》、《唐文粹補遺》作「俾」。
〔一二〕童必猖猖甚則蹶：原闕，據《全唐文》、《唐文粹補遺》補。
〔一三〕不假：原闕，據馬本、叢刊本、《全唐文》、《唐文粹補遺》補。
〔一四〕誕：原闕，據宋蜀本、《全唐文》、《唐文粹補遺》補。
〔一五〕肆其：原闕，據宋蜀本、《全唐文》、《唐文粹補遺》補。
〔一六〕之：原作「文」，據馬本、《全唐文》、《唐文粹補遺》改。
〔一七〕克勇：原作「失勇」，據宋蜀本、馬本、《全唐文》、《唐文粹補遺》與文意改。

元稹集卷第五十三

碑銘

唐故越州刺史兼御史中丞浙江東道觀察等使贈左散騎常侍河東薛公神道碑文銘

天下萬族，言多大冠冕人物者，凡八姓，薛其一也。自晉安西將軍懿避寇汾陰，後世子孫遂與裴氏、柳氏爲河東三著姓。近世諸薛羣從伯季，死喪猶相功緦者數十人，迭居中外要秩，皆邠州刺史寶胤之二世、三世孫。公諱戎，字元夫。父曰湖州長史、贈刑部尚書同。母曰贈某郡太夫人陸氏，尚書景融女。祖曰河南縣令、贈給事中練〔一〕。河南於邠州爲季子。刑部五男，乂終郎，丹終賓客，擁終御史，公實刑部府君第某子。今尚書兵部侍郎、集賢殿學士放於公爲季弟。公初不樂爲吏，徒以家世多貴富，門户當有持之者。會兩弟相繼舉進士，皆中選，公自喜，遂入陽羨山，年四十餘不出。

李衡爲刺史，能以禮下公。及衡觀察江西，求公爲幕中賓，公許衡。衡遷，復爲觀察使齊映乞自佐。映卒，湖南觀察使李巽遽辟之。未幾，福建觀察使柳冕奏署書下，詔公判冕觀察府中事，累遷殿中侍御史。冕俾公攝行泉州刺史事。時貞元中，寵重方鎮。方鎮喜自用，不用朝廷法。公在郡用朝廷法，不用冕所自用者，冕惡之。先是宦者薛盈珍譖馬總爲泉州別駕，冕諭公陷總。總無罪，公不忍陷。冕怒，并囚之。值冕病，俱得脱。公由總以義聞。冕卒，閻濟美代冕使福建，復請公副團練事，始受五品服。濟美使浙東，公亦隨副之，轉侍御史。給事中穆質有直氣，愛公稱於朝，因拜尚書刑部員外郎，改河南令。王師出征，以中貴人護諸將，州府吏迎迓館穀畏不及，持畚斸於道路者相接。唯公境内按故，道塗無所役，且制闤闠無得授。留守卒壞公制，公命置諸獄。留守怒，遣將率徒略出之，公不與卒致留守，諸市人皆賴之。遷衢州刺史，到所部，視前刺史所爲皆便俗，公忻然無所改。不周月而政就，移刺湖州。其最患人者，荻塘河水瀦淤，逼塞不能負舟，公濬之百餘里。改刺常州，不累月，遽刺越州，仍以御史中丞觀察團練浙東、西。所部郡皆禁酒，官自爲壚。以酒禁坐死者，每歲不知數。而産生祠祀之家，受酒於官，皆醨僞滓壞，不宜復進於杯棬者，公即日奏罷之。舊制包橘之貢取於人，未三貢鬻者，罪且死。公命市貢之鬻者無所禁，旬月之内，越俗無餘弊，朝廷宜之，積累歲不遷。長慶元年，以疾自去。九月庚申，薨于蘇州之私第。始生歲丁亥，至是七十五年矣。天子廢視朝，使使者贈賵、賻祭臨，且以左散騎常侍追加焉。十一月庚申，洎夫人韋氏葬偃師河南府君之墓左。公後娶李夫人，亦又歿于夭。子曰泝〔二〕，始九歲。洽次之。有女四人，皆及其嫁。

公始以隱者心爲吏，不尚約束，不求名譽，隨人便安，尤惡苛雜。爲郡時，有善歸之所部縣；爲鎮時，有善歸之所部郡。是以在郡、在鎮時，無灼灼可驚者。既去人思，賦斂多饒裕人。然而儉於用，予視其庫庾案牘盈羡無逋負。予在中書時，公既歿，浙東使上公所羡之財貫緡積帛之數，凡三十有九萬，則其去他郡也可知矣。惜乎今之人揚善政者少，公既不自稱，人亦莫能盡知公之所以理。至於脱馬總之禍，抗居守之略，弛酒禁，市貢橘，惠施於人，而歿而盈羡，皆予之適知者，非公之不能有以多於此也。性誠厚温重，然而歡愛親戚，及爲大官，遠近多歸之。衣食婚嫁之外無餘財，一旦盡所有分遺親戚曰：「吾病矣，爾輩各爲歸去資。」親戚故舊皆哭泣，盡散去。及公去越之日，徒御不過數十人，觀者嗟歎多出涕。公爲河南令，余以御史理東臺，自是熟公之所爲。又嘗與公季弟放爲南北曹侍郎。公歿矣，非我傳信，孰當傳焉？銘曰：

婉婉邠州〔三〕，厥生九子。子又生孫，實大以祉。祉延于公，有浙之東。仲氏臨汝，季氏南宫。門户有赫，有赫斯融。我禄斯美，我族斯豐。朋舊親戚，羈離困窮。無遠無邇，有來斯雍。公之喪矣，族亦瘁止。分散舟車，各自鄉里。有今之季〔四〕，悲哀不已。前年孟亡，今年仲死。撫視遺孤，瞻望墳壘。何以推之？古今同此。貽之斯文，以永來祀。

【校勘記】

〔一〕練：宋蜀本、馬本、叢刊本、《全唐文》卷六五四作「縑」。

〔二〕浙：《全唐文》作「沂」。

〔三〕邠：叢刊本作「汾」。

〔四〕季：宋蜀本作「貴」。

故中書令贈太尉沂國公墓誌銘

長慶二年某月某日，司禮氏持第一品幰弩已下備衛，椎鉦鼓鳴鐃簫笳笛，前導我沂國公洎某國夫人某氏合葬於某縣某鄉某里某原。先是沂國嗣子肇乞予銘墓石。按沂國公姓田氏，諱某，字某，平州盧龍人。曾祖璟，官至鄭州別駕。祖延惲，官至安東都護府司馬。沂國既貴，贈尚書右僕射。父庭玠，官至銀青光禄大夫、相州刺史中丞。沂國既貴，累贈至司空〔一〕。公本諱興，司空第某子。幼敏雋，年十八爲魏博衙前都知兵馬使。自是魏劇地劇職盡更之，由太子賓客、沂國公，累加殿中御史、侍御史、中丞、祕書監。元和七年同節度副使、步射之衆皆隸焉。魏帥季安卒，子懷諫始十餘歲，惡輩樹之。不累月，魏法大壞。

一旦，萬衆相鼓噪〔二〕，皆曰：「田中丞當爲帥。」公曰：「叱叱止止。」衆曰：「何謂也？」公曰：「爾輩牽制孺子猶一累，吾焉能受？爾輩即欲受吾使，用我乎？」皆曰：「諾。」公曰：「孺子之家敢有辱者死，擅殺人者死，掠財者死，天子未命敢有言吾麾節者死，訖吾世敢有不從吾忠孝者死，汝輩可乎？」皆曰：「可。」公乃狀其事於先帝。先帝大悦，降工部尚書、魏博相衛貝澶六州節度、支度營田觀察處置制，刻節以授之。而又賜緡錢，赦死罪，復租入。公乃獻地圖，編口籍，修職貢，上吏員。凡魏之廢置，不關於有司者悉罷，軍司馬已下，皆請命於廷，然後斬暴亂，叙勞舊，除僭異，弛禁閉，家家始以燈火相會聚，親戚吉凶通弔問，出入封無所詰〔三〕。魏之人，老者聞見平時多出涕，少者不知所以然，百辟四方皆奉賀。明年，錫嘉名，又明年，加僕射，十三年，子布功於蔡，加司空，十四年，帥師克東平，加司徒平章宰相事，八月，朝京師，乞侍從。先帝付以山東，加侍中實封以遣之。十五年，會上新即位，成德表帥，上曰：「非吾勳賢，莫可入者。」轉中書令以往焉。是日命子布節度河陽以張之。公既入鎮，去就事法猶在魏。魏之人相與立石乞文於陛下，陛下詔臣稹爲文以付之。先是瀛之樂壽博野入於鎮，公乃奏歸之。長慶元年七月，幽州亂，公即日命將悉帥麾下集於境。鎮人初受制，未慣用於王，是月二十八日潛作亂。公薨于師，年至五十八。天子震悼，罷五日朝，册贈太尉。下詔徵天下兵，且命子布脱縗絰總魏師以自報。

兵勢未合，布冤憤自殺，遂罷討。三年，鎮人歸其喪，詔葬有加焉。

嗚呼！魏之法虐切疑忌，諸將以才多死者。公既故爲刺史子，又多才，好讀書，識理亂形勢，孝友信義，士衆多附服，官望已重，不宜免。然而晦養謹慎，不下三十年〔四〕，訖無禍。用是建大勳，更大鎮，模樣聲名，施於後世。身以忠歿，子以孝歿，纍纍在墳下者，如公幾何人？公若干男，若干女。子布，終魏博節度使。子肇，鳳翔府少尹。子犨，某將軍。子某，某官。子某，某官。女邵氏，某氏婦。近世勳將，尤貴富者言李、郭，然而汾陽、西平猶不得父子並世爲節制。公與子布同日登將壇，諸子洎伯季，龜緺金銀，被腰佩者十數人，不亦多乎哉？銘曰：

忠乎仁乎，可以用於彼，而不可用於此乎？何魏人之不我以異，而鎮人之不與我爲徒？化萇弘而爲血，辨青旂於萑蒲。感異物之先兆，豈人力之能圖？送横之客歌《薤露》，于嗟沂公今已乎。

【校勘記】

〔一〕累贈：原作「贈累」，據宋蜀本、《全唐文》卷六五五改。

〔二〕鼓：原作「叫」，據宋蜀本改。

〔三〕「封」字下，疑脱一字。

〔四〕不：原作「物」，據宋蜀本、馬本、《全唐文》改。　三：馬本、《全唐文》作「二」。

唐故京兆府盩厔縣尉元君墓誌銘

唐盩厔縣尉諱某，字某，姓元氏，於有魏昭成皇帝爲十四世孫。曾曰尚食奉御某。（按：《元和姓纂》云：尚食奉御，延祚也。）祖曰綿州長史、（按：《元和姓纂》云：平叔也。）贈太子賓客某。父曰都官郎中、（按：《元和姓纂》云：持也。）岳州刺史某。母曰某望閤夫人。妻曰隴西李氏女。子曰某，曰某。女曰某。君始以蔭入仕，四仕爲盩厔尉。丁太夫人憂，遂不復仕。享年五十五，以疾殁於衢州。元和十五年四月某日〔一〕，歸祔於咸陽縣之某鄉某里。君少孤力學，通五經書，善鼓琴，能爲五言、七言近體詩。事親愉愉然，終身不忘嬰兒之慕。奉兄恭恭然，若童子之愛敬〔二〕。臨弟姪妻子煦煦然，窮年無慍厲。居官以謹廉，貞順而仁愛。寮友之悍誕鄙異者，游於君則必怡然，無自疑於我矣。嗚呼！總是數者，非古之所謂淑人君子歟？不壽不達，命適然也。是月二十一日，猶子晦跪於予曰：「某日孤子震襄祔事，請銘于季父」。由是銘。銘曰：

或仁而夭，或鄙而壽。天乎不識〔三〕，人乎安究？我之北原，五世其墓。子子孫孫，前後左右。殁有令人，乃克來祔。斯焉克終，亦又何疚？

【校勘記】

〔一〕某：原無，據馬本、《全唐文》卷六五四補。

〔二〕敬：宋蜀本作「教」。

〔三〕天：原作「夭」，據宋蜀本、馬本改。

元稹集卷第五十四

碑銘

有唐贈太子少保崔公墓誌銘

公諱倰，字某〔一〕，以孝公（馬注：按《唐書》，崔沔官太子賓客、贈禮部尚書，謚孝。）爲從祖父，則其官族可知也。沔弟濤，官至大理少卿。濤生儀甫，官至大理丞、贈刑部侍郎。公即刑部之第某子。母曰范陽盧氏，贈本郡太君〔二〕。公再娶，前夫人滎陽鄭之尚女，後夫人范陽盧國倚女封范陽郡君。七女三男，三女既嫁，鄭出也。兩男三女出於盧，逞千牛，乃明經，迅挽郎。公以長慶三年二月四日薨於洛陽時邕里，壽至七十一年。官至户部尚書、贈太子少保，階至正議大夫，勳至上柱國，爵至安平縣開國男〔三〕，紫服金魚之賜其尚矣。葬以其年十一月之某日於某地〔四〕。

公始以太廟郎，再任爲東陽主簿。刺史李衡，一一自得〔五〕。衡遷湖南，賓置之府。罷授宣州録事參軍。觀察使崔衍狀爲南陵〔六〕。會南陵賦錢三萬，税輸之户，天地相遠，不可等度〔七〕。由是歲累逋負，人被鞭迫。而又屠牛鑄錢，則殺吏卒〔八〕，莫敢禁止者〔九〕。公始至，怙怙然無約束。適有屠牛鑄錢之徒敗覺者，盡窟穴誅之，羣盜皆散走。一旦，命負擔者三四人〔一〇〕，悉以米鹽醯醬之具置於擔，從十數輩，直抵里中佛舍下。因召集老艾十餘人與之坐，遍謂：「里中賦輸之粗等者，吾不復問，貧富高下之大不相當〔一一〕，亟言之。不言，罪且死。不實，罪亦死。」既言之，皆筆於書〔一二〕。然後取所負米鹽醯醬，飽所從而去。又一里亦如之。不十數日〔一三〕，盡得諸里所傳書。因爲户輸之籍，有自十萬錢而降于千百者〔一四〕，有自千百錢而登於十萬者，卒事懸於門，莫敢隱匿者〔一五〕，是歲前逋負盡入焉。宣使駭異之，當去復留者凡七載。歙州闕刺史〔一六〕，府中賓皆願去，宣帥衍不遣去，以公攝理之〔一七〕，用能也。累遷京兆府司録，拜侍御史，轉膳部員外郎、轉運判官〔一八〕。會朝廷始置兩税使，俾之聽郡縣，授公檢校膳部郎中，襄州湖鄂之税皆蒞焉。且主轉運留務於江陵，公乃取一大吏，劾其贓，其餘眇小不法者牒按之。所蒞皆震竦。歲餘計奏，憲宗皇帝深嘉之，面命金紫，加檢校職方郎中。移治留務於楊子〔一九〕，仍兼淮浙宣建等兩税使，尋拜蘇州刺史，遷湖南都團練觀察處置使兼御史中丞、潭州刺史。破壞豪黠，除去冗費。歲中，廩藏皆羨溢。憲宗驛召至京城，擢拜户部侍郎、判度支。不累月，會上新即位，頓掌内外，修奉景陵。一日下詔移五鎮，幽州、鎮州賜錢皆億萬。郊天地，上徽名，太和公主嫁可汗，吐蕃請降使，使者往返凡數輩。幽州囚將帥，鎮州殺將帥，食饟半天下兵。自七月至十二月，一出外有司，則其供辦之能可知也。陛下特加工部尚書以償之。會鳳翔闕節度，宰相奏名皆不可。上曰：「得之矣。」明日出白麻書，以公爲檢校禮部尚書兼鳳翔府尹、御史大夫、充鳳翔隴州節度觀察處置使。先是岐吴諸山多椽櫟、柱棟之材，而薪炭、粟芻之類，京師藉賴焉。負氣勢者名爲相市，實出於官，公則求者無所與。由是負氣勢者相與皆怨恨，又無可爲毀，乃揚言曰：「以崔之峭刖廉隘[二〇]，好是非人，士衆不願久爲帥。」陛下一旦問宰相，予雖心知其不然，然亦惑於衆口，卒不能堅辨上意。賴上仁聖不受讒，乃以公爲檢校禮部尚書、河南尹。是後岐下諸將，比比有來者。予謂曰[二一]：「公於里閭間，吾不復問矣。軍怨乎，吏怨乎，何爲謗？」皆曰：「舉其一二可知也。凡軍之怨，怨不均也。先是岐之軍食於府者同一斛[二二]，食於省者盈一一焉[二三]。公乃歲以六十四萬斛就其盈[二四]。由是言之，怨乎哉？吏之怨，怨不厚也。先是鄭少師得請于上[二五]，吏之俸有加焉。然而後鄭者輒以所加之俸管於庫，其府吏以下未嘗獲一錢[二六]。公乃悉出所餘，命糾掾已下均取之，因著令曰[二七]，自是加俸貯於克府，賞信易取也，人人皆便之。」言者歎憤[二八]，多出涕。理河南不旬月，家家自謂有崔尹，卒吏無敢過其門[二九]。識事者皆曰：「三五十年無是尹都者[三〇]。」是歲七月抗疏言：「臣七十當致仕。」詞意不可遏，朝廷嘉之，拜户部尚書以遂志。近世未有心膽既强，聲勢方穩，而能自引去者。明年春，暴疾薨於家〔三一〕。

予與公更相知善有年矣。公之氣性剛方，理家理身，廉儉峻直，頗有文章。考公之所尚，仁孝友愛，内外死喪婚嫁之不能自持者，莫不己任之。嘗以户部侍郎爲其兄乞换一散品致仕官〔三二〕，天子憐其意，特以太子諭德與其兄。至於親戚僚友間無所闕〔三三〕。由是議論不能饒借所無者，而所無者亦以是畏避之〔三四〕。爲理尚嚴明，勤於舉察，胥吏輩始皆難於公。然而終卒無大過〔三五〕。詞色明厲，若不可支梧。然而下於己者，能以理決之〔三六〕，無不即時换己見，此其所多也。銘曰：

勇怯聲佞〔三七〕，直特勁正根乎性〔三八〕；抑厄病横，耉壽景盛由乎命。我以其勁〔三九〕，齒與位併。銘于子孫，用我爲鏡。

【校勘記】

〔一〕某：馬本、《全唐文》卷六五四作「德長」。

〔二〕郡：《全唐文》作「部」。

〔三〕安：原闕，據宋蜀本、馬本、叢刊本、《全唐文》補。

〔四〕其：馬本作「某」。　某曰：原闕「某」字，據宋蜀本、馬本、叢刊本、《全唐文》補。

〔五〕一：原闕第二個「一」字，據《全唐文》補，馬本、叢刊本作「以」。　一一：宋蜀本作「一見」。

〔六〕衍：原闕，據宋蜀本、《全唐文》補。馬本、叢刊本作「某」。
〔七〕度：原闕，據宋蜀本、《全唐文》補。
〔八〕則：《全唐文》作「賊」。
〔九〕禁：原闕，據宋蜀本、《全唐文》補。馬本、叢刊本作「遽」。
〔一〇〕擔：原作「檐」，據宋蜀本、馬本、《全唐文》改，下同。
〔一一〕下：原闕，據宋蜀本、馬本、《全唐文》補。
〔一二〕筆：原闕，據馬本、叢刊本、《全唐文》補。宋蜀本作「傳」。
〔一三〕不十：原闕，據宋蜀本補。馬本、叢刊本作「凡十」。
〔一四〕降于：原闕，據宋蜀本、《全唐文》補。馬本、叢刊本作「至於」。
〔一五〕隱匿：原闕，據馬本、叢刊本、《全唐文》補。宋蜀本作「有語」。
〔一六〕闕：原作「關」，據宋蜀本、馬本、叢刊本、《全唐文》改。
〔一七〕之：原闕，據宋蜀本、馬本、叢刊本、《全唐文》補。
〔一八〕運判：原闕，據宋蜀本補，馬本、叢刊本作「運使」。
〔一九〕楊：《全唐文》作「揚」。
〔二〇〕削：宋蜀本、馬本、叢刊本、《全唐文》作「削」。

〔二一〕予：原作「柔」，據宋蜀本、馬本、叢刊本、《全唐文》改。
〔二二〕府：原闕，據宋蜀本、《全唐文》補。
〔二三〕一一：疑當作「二」。
〔二四〕就其：原闕，據宋蜀本、《全唐文》補。
〔二五〕請于：原闕，據宋蜀本、《全唐文》補。
〔二六〕府：原闕，據宋蜀本、《全唐文》補。
〔二七〕因：原闕，據馬本補。宋蜀本、《全唐文》作「仍」。
〔二八〕者：原闕，據馬本補。宋蜀本、《全唐文》作「訖」。
〔二九〕過：馬本作「入」。
〔三〇〕三五：《全唐文》作「五」。
〔三一〕疾：原闕，據宋蜀本、馬本、叢刊本、《全唐文》補。
〔三二〕散：原闕，據宋蜀本、馬本、叢刊本補，《全唐文》作「五」。
〔三三〕僚友間：原闕，據馬本、叢刊本、《全唐文》補。宋蜀本「僚」作「朋」。
〔三四〕是畏：原闕，據宋蜀本、《全唐文》補。馬本、叢刊本作「起畏」。
〔三五〕終卒：原闕，據宋蜀本、馬本、叢刊本、《全唐文》補。

〔三六〕決之：原闕，據宋蜀本、馬本、叢刊本補。

〔三七〕勇：原闕，據馬本、叢刊本補。按：《史記》：「民勇于公戰，怯于私鬭。」宋蜀本「勇」作「謽」。

〔三八〕特：《全唐文》作「持」。

〔三九〕以：原闕，據馬本、叢刊本補。宋蜀本、《全唐文》作「用」。

唐故中大夫尚書刑部侍郎上柱國隴西縣開國男贈工部尚書李公墓誌銘

按李發事魏，爲横野將軍申國公，十一世而生有唐綏州刺史明。明生太子中允進德。進德生昌明令珍玉。珍玉生雅州别駕、贈禮部尚書震。公即尚書第三子，諱建，字杓直。始以進士第二人試校祕書郎、判容州招討事，復調爲本官。會德宗皇帝選文學，公被薦，上問少信臣，皆曰：「聞而不之面。」唯宰相鄭珣瑜對曰〔一〕：「臣爲吏部侍郎時，以文入官當校祕書者八，其七皆馳他人書〔二〕，建不馳，故獨得。」上嘉之，使居翰林中，就拜左拾遺。會德宗皇帝崩，鄆帥擅師于曹，詔歸之，公不肯與姑息。時王叔文恃幸〔三〕，異公意不隨，卒用公意，鄆果怗。後一年，司直詹事府〔四〕。會朝廷以觀察防禦事授路恕治於鄜，恕即日就公求自貳〔五〕，降拜六而後許。詔賜五品服，供奉殿中以貳焉。會恕復取不宜爲賓者〔六〕，公罷去，歸爲殿中侍御史。有詔天下侯三節來獻〔七〕。先是襄帥均〔馬注：裴均。〕獻在邸，丞相命侯節以獻之，公力争，不果〔八〕，意作謬官詩。尋爲員外比部郎，轉兵部吏部。始命由文由課而仕者〔九〕，歲得調，編類條式，以便觀者罷成勞書，凡成否之狀急一月，人皆便之。遷本曹郎，换兵部郎中、知制誥。丞相視草時，微有竄益，遂不復出，樂爲少京兆。會仲兄尚書遜被口語〔一〇〕，〔馬注：高霞寓與吴元濟戰敗，言爲遜所撓，下遷太子賓客，更貶恩王傅。〕上疏明之〔一一〕，出刺澧州〔一二〕。入以亞太常，於禮部中覈貢士，用已鑒取文章，不用多薦説者〔一三〕，遂爲禮部侍郎，遷刑部，權於吏部官衆品〔一四〕。一夕無他恙，而奄忽將盡，舉族環之，請召咒妖巫，摇首若不欲者。寡嫂至，斂衣若禮焉，竟不克言而遂薨〔一五〕，年五十八，是歲長慶元年之二月二十有三日也。上爲之一日不視事，以工部尚書追命之。後四月，祔先君於鳳翔府某縣某鄉某里，實五月之二十有五日。

夫人渭源縣君房氏，容州濟之女，在太尉琯爲猶孫。生五男，長曰訥，始二十。朴、恪、慤、碩次第焉。二女皆十年而下。長於議論，用體識爲文章，於朋友間好盡言。然而未嘗以勝負形喜愠。進退之際，幾微不苟。受官法與操行牢不奪，亦未嘗皎皎自辨。性潔廉，而沓貪有才者皆進之〔一六〕。考行取友甚峻〔一七〕，能銖兩人倫，而滔滔者莫見其厚薄。終肯延薦人〔一八〕，常爲諱避其短。善承受得喪，故没身無誕歎之言。没之日，會上合百辟宴御史吏，驟聞其喪，聞者皆怛然愛惜無異詞。

公始校祕書時，與同省郎白居易、元稹定死生分，至是稹與白哭泣不自勝〔一九〕，且相謂曰：「杓直常自言〔二〇〕，在江陵時無衣食，賴伯兄造焦勞營爲，縱兩弟游學。不數年，與仲兄遂舉進士〔二一〕，並世爲公卿。而伯兄先杓直歿，今杓直復不以疾聞於許，一旦發其喪，其兄何如哉？」許信至，果誨其猶子訥曰：「爾父有不朽行，宜得知者銘。吾悲橈不忍爲，爾其告若父之執。」子訥遂來告曰：「爲誌且銘。」銘曰：

日出入安歸，今日之日是，前日耶非？ 君去此安之，念君夢君兮，是君耶非？ 之死信冥冥兮，安用銘此爲？ 死而尚可識兮，魚膏大夜，安忍觀此詞？

【校勘記】

〔一〕鄭：原闕，據宋蜀本、馬本、《全唐文》卷六五五補。叢刊本作「罪」。

〔二〕七皆：原闕，據宋蜀本補。

〔三〕時：原闕，據馬本、叢刊本、《全唐文》補。

〔四〕詹：原闕，據宋蜀本補。叢刊本作「給」。

〔五〕求：原闕，據馬本、《全唐文》補。宋蜀本作「乞」，叢刊本作「乃」。

〔六〕會：原闕，據馬本、《全唐文》補。

〔七〕俟：原作「挨」，據馬本、《全唐文》改。
〔八〕果：原闕，據宋蜀本補。馬本、叢刊本、《全唐文》作「可」。
〔九〕課：原闕，據宋蜀本補。馬本、叢刊本、《全唐文》作「部」。
〔一〇〕語：原闕，據宋蜀本、馬本、《全唐文》補。
〔一一〕之：原闕，據宋蜀本補。馬本、《全唐文》作「白」。
〔一二〕出：原闕，據宋蜀本、馬本、《全唐文》補。
〔一三〕不：原闕，據宋蜀本補。馬本、《全唐文》作「選」。
〔一四〕官：原闕，據宋蜀本補。
〔一五〕竟：原作「競」，據宋蜀本、馬本、《全唐文》改。
〔一六〕皆進：原作「若□」，據馬本、叢刊本補改。宋蜀本作「並容」。
〔一七〕考：宋蜀本作「老」。
〔一八〕終肯：原闕，據馬本、叢刊本、《全唐文》補。宋蜀本「肯」作「始」。
〔一九〕「稹」字下，宋蜀本有空闕六字，始接「與白哭泣不自勝」。
〔二〇〕常：原作「當」，據錢校、馬本、叢刊本改。
〔二一〕舉：原闕，據宋蜀本、馬本、叢刊本、《全唐文》補。

元稹集卷第五十五

碑銘　行狀

唐故福建等州都團練觀察處置等使中大夫使持節都督福州諸軍事守福州刺史兼御史中丞上柱國賜紫金魚袋贈左散騎常侍裴公墓誌銘

公諱某，字某，河東聞喜其望也。唐故長安縣令諱安期、贈左散騎常侍諱後巳、贈工部尚書諱郜，其父祖其曾也。贈晉陽縣太君王氏，其母也。故清河縣君房氏，其室也。昭應縣令稷，虔州刺史蕰，盩厔縣令及，其季也。進士誨，進士謩，其子也。辛少穆、李堯一、陽覿、李及，其壻也。參軍於彭，尉於洛，丞於湖城，復尉於奉先，主簿於太常，録事於華，户曹於京兆，檢校水部員外郎、侍御史佐於襄，令於醴泉，檢校庫部員外郎、侍御史兼中丞團練觀察於福建，其官也。中大夫、上柱國、紫綬金魚，其階其勳其賜也。歲某月之某日，癸卯某月之某日，甲辰某月之某日，其始其薨其葬也。某縣某鄉某里之某原，其墓也。少好學，家貧，甘役勞於師，雨則負諸弟以往，卒能通開元禮書，中甲科。在湖城時，杖刺史若初寵卒，返致若初謝。在華時，會刺史故相郢將至，舊法盡取行器於人，公不取給，官司所有粗陳之，其他廉法不撓皆稱是。刺史郢卒以上下考酬之〔一〕，初狀請白京兆尹於陵〔二〕，由是奏爲劇曹掾。佐襄時，新換帥，公爲新帥均馳撫其師。會衆卒將食舊帥賓，公遏之，不果食。既而均至，傲佷不用禮，公去之。在坊時，歲旱，廩庫空少，不數年皆羨溢。在鄭時，朝廷有事淄蔡，驢車粟芻，一出於鄭。均次征役〔三〕，征人用不擾。義成節度光顔將出師，乞自副，且專留事，訖師還，不絶糧饟。義成換帥，仍爲副，皆帶刺史事。理鄭凡三年，鄭人宜便。觀察福建時，遠俗佻剽，食税重繁，急則散去，緩則偷苟，持之五載不失所。逮其就徵，内外以才自許，爲劇職者皆開路。不幸薨於揚〔四〕。天子聞之，罷一日朝，降使者賻粟帛，仍以左散騎常侍追加焉。

予與公姻懿〔馬注：公繼室裴氏。〕相習熟，及予來東，自謂與公會於途，晨涉淮而夕聞其訃。其子誨，雅知予有舊，因請銘。大凡公之行，孝愛友順，顯揚前人。冬曹晉陽，寵備幽穸。而又勤盡讓，不爲競爭。官卑時多爲官重者所與，居重官人皆以經慣吏理爲美談，不如是，安能富貴其身哉？銘曰：

實而無文，行則不振。不有好辭，安知令聞？我有禄位，榮于子孫。亦又記誌，其期不泯。

【校勘記】

〔一〕卒：宋蜀本作「平」。

〔二〕初：宋蜀本作「仍」。

〔三〕征役：原作「役役」，據馬本、《全唐文》卷六五五改。

〔四〕揚：原作「楊」，據《全唐文》改。

故金紫光禄大夫檢校司徒兼太子少傅贈太保鄭國公食邑三千户嚴公行狀

曾祖方約皇利州司功參軍、贈太常少卿；祖挹之皇徐州符離縣尉；父丹皇殿中侍御史、東川租庸鹽鐵青苗等使、贈禮部尚書。某州某縣某鄉某里嚴某，字某，年七十七。公少好學，始以大曆八年舉進士，禮部侍郎張謂妙選時彦，在選中。不數年，補太子正字，歷櫟陽尉，試爲大理評事福州支使〔一〕，復以監察裏行爲宣歙觀察判官，轉殿中兼侍御史，充團副，加檢校著作郎，賜章服。入拜尚書刑部員外郎，一年轉太原少尹，賜金紫，尋加北都副留守兼御史中丞，又加行軍司馬、檢校司封郎中。特命爲銀青光禄大夫、檢校工部尚書、河東節度支度營田觀察處置等使兼太原尹、御史大夫、北都留守〔二〕，再命加檢校尚書右僕射，三命加金紫光禄大夫、檢校尚書左僕射、扶風郡開國公，食邑二千户。四命加檢校司空。始特命至是凡九年。朝京師，真拜尚書右僕射，依前檢校，尋以檢校司空，拜荆南節度觀察支度等使兼江陵尹、御史大夫，進封鄭國公，食邑三千户，後累歲遷山南東道節度、觀察處置、支度營田等使兼襄州刺史、司空大夫，皆如故。就加淮西招撫使，徵拜太子少保，依前檢校司空。换檢校司徒兼太子少保，判光禄卿事。復换太子少傅，依前檢校司徒。疾告久之，有司上言：「百日不視事當絶俸。」特詔有司無絶俸。長慶二年五月二十七日，薨于家，上爲一日不聽朝，詔贈太保，出内帛以贈賻之，恩有加也。

初，貞元中，宣歙觀察使劉贊以公勤信精盡，深所委異。十年之間，政無細大，一以咨之。及贊府除，掌贊餘務。德宗皇帝善公之所爲，是有刑曹之命，且欲任用焉〔三〕。會太原節度使李説嬰疾曠廢，遂命副助之，其實將代説矣。公事説愈謹，待下愈謙〔四〕。及説薨而人人皆願爲帥，德宗皇帝因人焉。

元和初，楊惠琳反於夏，公上言曰：「陛下新即位，惠琳不誅，威去矣〔五〕。臣請偏師斷其頭。」優詔許之。公乃秣芻以載於車，烝糧以曝於日〔六〕，齎輓輕重〔七〕，人利百倍。惠琳誅，是有金紫大夫、尚書左揆開國扶風之命焉。明年，賊闢刼蜀兵以叛，詔公分師以會伐，令司空光顔將往會〔八〕。公乃悉出帳下衛以驍果之柄以付之，然後豐其資賞，副以兼乘，涉棧道者五千餘騎，人無徒步而進者。馬有羨力，兵不勞困，蜀人駭竄，自我功爲多。役罷，是有檢校司空之命焉。

公之始帥太原也，内外乘馬不過千餘匹。三年，皂而秣之者六千匹〔九〕，出之於野者以萬數，及今十不能一二焉〔一〇〕。嘗大閲於并城東，種落畢會，旗幟滿野，周迴七十里不絶〔一一〕。時迴鶻梅禄將軍來在會〔一二〕，聞金鼓震伏〔一三〕。其在江陵也〔一四〕，蠻酋張伯靖殺長吏，刼據辰錦諸州，連九洞以自固，詔公討之。公上言曰：「緣溪諸蠻，狐鼠跧竄，王師步趨，不習嵌嶮。泝水行舟，進寸退里，晝不得戰，夜則掩覆，攻實危道，招可懷來。臣今謹以便宜，未宣討詔，先遣所部將李志烈齎書諭旨，俟其悛心。」不十餘日，伯靖果以隸黔六州之地乞降下公，天子褒異，一以委公。公命志烈復往，伯靖遂以其下舒秀和等來就戮，詔公皆署麾下將以撫之。由是六州平，而伯靖亦卒爲我用。荆俗不理室居，架竹苫茅，卑庳褊逼，風旱摩戛，熇然自火。公乃陶瓦積材〔一五〕，半入其直，勉勸假借，俾自爲之。數月之間，廛閈如化，災害減少，人始歌之。

及朝廷有淮蔡之師，乃命公爲襄陽節度以招撫之。既至，再旬而王師濟漢〔一六〕，器備車徒，皆若素具。俸秩廩禄，一以資軍。公之大略〔一七〕，推誠厚下，善用人之所長，故誅琳破闕，柔伯靖、秀和，皆談笑指麾，而人人自輸其効。理身理家，和易孝敬，親喪不自支，事兄嫂有過人者。前後四顯親，而先府君位尚書，先夫人封號國。朋友姻戚，泳游於德宇者如歸焉。自始建牙選將，開幕壁，於今纔二十年矣。目擊爲將相者，逮不肖凡九人焉。其餘從公而同奉朝請者，可知也。

公之先自兩漢至隋氏，郡守、列侯、駙馬、御史、郡丞、將軍、刺史、著作郎，數百年冠冕不絶代。若公之出入更踐，位與壽極，其上無如也。高祖協，貞觀中文皇征遼，爲海東運糧使、洮州都督。自高祖至王考禮部府君，爲政皆嚴明無畏避。初，府君爲松滋江陵令，恃豪賴軍目氣勢者，比比皆杖殺，邑人相與刻石歌詠之。先是開元、天寶間，安之尉京劇，挺之更右職，破壞豪黠如神明。至是挺之子武洎府君又著稱。有唐言剸斷者，先嚴氏焉。自公始用儒，素謙廉見推於早歲，及爲大官，益自勞謹。貴貴尊尊，而哀賤下於己者，雖走胥負卒，幼子童孫，終不得聞辱詬之言，而窺怠惰之容矣〔一八〕。用是享年七十七。仕五十年，一爲尚書，三歷僕射，六兼大夫，五任司空，再踐司徒，三居保傅。階崇金紫，爵極國公。荆并襄皆天下重地也，繼爲統帥者十有四年。前後奏名刺率百辟以慰慶吉凶者凡八載，然而褫免之誚，不聞於耳，憂悔之緒，不萌於心。非夫上取信於其君，下取信於其友，權近不疑於畏逼，戎旅賴我以安全〔一九〕，其孰能如此哉？《詩》所謂「終温且惠，淑慎其身」，於實敢信，備録聞諸有司，謹狀上尚書考功。

稹燮贊無狀，孤負明恩。天付郡符，官未稱責。日夜憂畏，豈暇爲文？無何，太保公諸子，以稹門吏之中，恩顧偏厚，具狀官閥，且訃日時。願布有司，以旌懿行。其間親承講貫，子孫不得而聞者，往往漏略，恐他人纂撰，益復脱遺。感念曩懷，遂書行實。其所行事，由荆而下，皆所經見。由荆而上，莫非傳信。飾終定謚，期在至公。謹狀。

【校勘記】

〔一〕州：原闕，據馬本、叢刊本、《全唐文》卷六五五補。宋蜀本作「建」。

〔二〕河東：馬本、《全唐文》作「河南」。　支度：原作「支使」，據《全唐文》改。

〔三〕焉：原作「爲」，據宋蜀本、馬本、叢刊本、《全唐文》改。

〔四〕謙：原作「謹」，據宋蜀本改。

〔五〕威：原作「威」，據宋蜀本、馬本、叢刊本、《全唐文》改。

〔六〕糧：宋蜀本作「粱」。

〔七〕輕：《全唐文》作「輊」。

〔八〕令：原作「今」，據《全唐文》改。

〔九〕皂：原作「早」，據宋蜀本、馬本、叢刊本、《全唐文》改。

〔一〇〕今：原作「命」，據《全唐文》改。

〔一一〕七：《全唐文》作「數」。

〔一二〕梅禄：原作「悔緑」，據宋蜀本、新舊《唐書》改。

〔一三〕金鼓震伏：宋蜀本作「鼓鼙震動」。

〔一四〕宋蜀本無「其在江陵也」五字。

〔一五〕瓦：原作「九」，據宋蜀本、馬本、叢刊本改。

〔一六〕王：原闕，據馬本、《全唐文》補。宋蜀本作「全」。

〔一七〕略：原闕，據宋蜀本補。馬本、《全唐文》作「概」。

〔一八〕惰：原作「墮」，據《全唐文》改。

〔一九〕戎：原作「我」，據馬本、《全唐文》改。宋蜀本作「武」。

元稹集卷第五十六

碑銘

唐故使持節萬州諸軍事萬州刺史賜緋魚袋劉君墓誌銘

歲長慶之癸卯五月日乙亥，處士禄汾以予友保極喪訃於予，且告保極遺意，欲予誌卒葬。予哭泣受妻子賓友弔，又哭泣退叙事。保極諱頗，姓劉氏。漢燕王子孫之在其國者，皆稱昌平人。後世有清夷軍使拯，爲清夷軍使時，會侯希逸叛，遼海側近軍郡守將皆棄走〔一〕。拯獨不棄軍，軍亂，害及拯，朝廷忠之，以平州刺史告其第。平州生表裏。表裏官至深州長史，亦用忠戰死於軍。長史生子騫。子騫官至銀青光禄大夫、唐州刺史，與周增等謀潰李希烈，覺皆殺之。君實唐州之長子，希烈不忍其幼，養之麾下，凡攻戰必攜去。年十四五，始讀書，希烈死，得脱，舉進士。文詠詞調，有古時人氣候，不肯學蹙蹙近一題者〔二〕。試一不中，遂不復試。復田於唐，唐刺史願得君爲壻。君不願爲刺史壻，刺史怒，暴租其田。君乃大集里中諸老曰：「刺史謂田足以累我耶？」由是火其居，出契書投火中，盡畀諸老田，棄去汝上，讀書賦詩，厚自期待。刺史陸長源器異之。三十餘試授祕書省校書郎，復以協律郎從事於鄜。元和初，高崇文方下蜀，宰相杜黄裳以君爲大理評事晝於軍〔三〕。後爲壽安主簿。適烏重胤以懷汝之師來伐蔡，請君爲監察御史、判懷汝營田事，尋改節度判官，賜章服。是時，賊始盛，陳許懷汝之衆，怯怯未振舉。都統韓弘在大梁，君乃請於烏曰：「青陵故城，地高要，得之，可以據賊矣。公能使我於韓，可以得。」烏使之。韓一見奇之，竟夕與語，遂命陳許懷汝大梁之衆據青陵，克日遂據之。自是官軍乃大振，凡烏之戰陣、謀取、案牘、書奏之事，皆咨之。嘗爲烏啓事京師，憲宗皇帝語及陣法，曰：「卿何以知戰？」對曰：「臣固淮西之戰者也，讀書餘事耳。」遭太夫人喪，服闋，以從來所賦詩投宰相令狐楚，楚屢吟賞於有文章者。宰相段文昌在蜀時，愛君之磊落，善呼吸人，遂相奏天子，以君爲殿中侍御史、銀州長史、知刺史事。

先時，銀之長不命於朝數十年矣。諸將攝理〔四〕，奪其馬牛。夷人苦，益復叛遠。君始受命，指贏輸之白四足者謂予曰：「君爲我識之，此馬苟無死，不復易矣。」至所治，党項諸羌來會聚，君告以忠信廉儉，皆出涕，無敢違告者。歲餘受代，酋長拓拔建宗等七百餘衆遮擁不欲去，君馳去之。建宗等稍稍隨至境，果以贏輸之白四足者歸京師，自外無餘畜。及君之殁，諸羌之長不絶聘〔五〕。尋授河西令。侍中弘方在蒲，得君喜甚，因請自貳，朝廷以水部員外郎兼侍御史、充河中節度副使。又歲餘，君所善元稹爲宰相，朝謂君曰：「君將展矣。」亟薦之，積竟不能用。尋除萬州刺史，病於汝。竟以長慶三年某月日卒所寓〔六〕，年若干，以某月日葬某所。

君五男二女。李氏婦洎處子，皆女也。統明、既明、越明、坎明、聰明，皆男也。處士禄汾，始終視其喪。始君善交人，凡氣志豪健尚功名者多師之，投分誓且死。爲收長用慈儉，閭里皆愛惜。少爲陸尚書長源、李尚書元素、鄭司徒餘慶、杜司空黄裳所知，羣公更處重位，君亦不能遂所欲。烏之知且委也？事以喪廢，韓之器且薦也，卒不獲用，命也已。予爲監察御史時，始與君更相許與爲將相。予果爲相，而不能毫髮加於君，非命也，予罪也。抑不能專善善惡惡之柄耶？不然，何二世死忠之家，既生如是之傑，而卒不能成就之！

嗚呼！銘曰：

氣成鬱噎，必爲風雲。有志不洩，死當能神。神固不昧，故吾有云。天子思我，朋嫉我恩〔七〕。雖我悴蹙，心我不泯。誓致堯舜，封山侍巡。慟告君墓，報君知人。

【校勘記】

〔一〕軍：宋蜀本作「江」。

〔二〕一：原闕，據宋蜀本、馬本、叢刊本、《全唐文》卷六五四補。

〔三〕畫：原作「晝」，據《全唐文》改。

〔四〕將：宋蜀本作「州」。

〔五〕長：宋蜀本作「酋」。

〔六〕寓：原作「萬」，據馬本、叢刊本、《全唐文》改。　所寓：疑當作「寓所」。

〔七〕恩：原作「思」，據《全唐文》改。

唐故工部員外郎杜君墓係銘并序〔一〕

叙曰：予讀詩至杜子美，而知小大之有所總萃焉〔二〕。始堯舜時，君臣以賡歌相和。是後，詩人繼作，歷夏、殷、周千餘年，仲尼緝拾選練，取其干預教化之尤者三百篇〔三〕，其餘無聞焉。騷人作而怨憤之態繁，然猶去風雅日近，尚相比擬。秦漢已還，採詩之官既廢，天下俗謡民謳〔四〕、歌頌諷賦、曲度嬉戲之詞，亦隨時間作。逮至漢武賦《柏梁》而七言之體具〔五〕，蘇子卿、李少卿之徒，尤工爲五言。雖句讀文律各異，雅鄭之音亦雜，而詞意簡遠，指事言情，自非有爲而爲，則文不妄作。建安之後，天下文士遭罹兵戰，曹氏父子鞍馬間爲文，往往横槊賦詩，故其抑揚怨哀悲離之作〔六〕，尤極於古〔七〕。晉世風概稍存，宋齊之間，教失根本，士以簡慢、歙習、舒徐相尚〔八〕，文章以風容、色澤、放曠、精清爲高，蓋吟寫性靈、流連光景之文也。意義格力，無取焉。陵遲至於梁陳，淫豔、刻飾、佻巧、小碎之詞劇，又宋齊之所不取也。唐興，官學大振，歷世之文，能者互出〔九〕，而又沈宋之流，研練精切，穩順聲勢，謂之爲律詩。由是而後，文變之體極焉〔一〇〕。然而莫不好古者遺近〔一一〕，務華者去實；効齊梁則不逮於魏晉，工樂府則力屈於五言，律切則骨格不存，閑暇則纖穠莫備。至於子美，蓋所謂上薄風騷，下該沈宋，古傍蘇李〔一二〕，氣奪曹劉〔一三〕，掩顔謝之孤高，雜徐庾之流麗，盡得古今之體勢，而兼今人之所獨專矣〔一四〕。使仲尼考鍛其旨要尚不知貴，其多乎哉！苟以爲能所不能，無可不可〔一五〕，則詩人以來，未有如子美者。時山東人李白，亦以奇文取稱，時人謂之李杜。予觀其壯浪縱恣，擺去拘束，摸寫物象及樂府歌詩，誠亦差〔馬注：次也。〕肩於子美矣。至若鋪陳終始，排比聲韻，大或千言，次猶數百，詞氣豪邁而風調清深，屬對律切而脱棄凡近，則李尚不能歷其藩翰，況堂奥乎！

予嘗欲條析其文〔一六〕，體别相附，與來者爲之准，特病懶未就。適子美之孫嗣業〔一七〕，啓子美之柩，襄祔事於偃師，途次於荆〔一八〕，雅知予愛言其大父爲文，祈予爲誌〔一九〕。辭不可絶，予因係其官閥而銘其卒葬云。

係曰：晉當陽成侯姓杜氏，下十世而生依藝〔二〇〕，令於鞏。依藝生審言，審言善詩〔二一〕，官至膳部員外郎。審言生閑，閑生甫。閑爲奉天令。甫字子美，天寶中，獻《三大禮賦》，明皇奇之〔二二〕，命宰相試文，文善，授甫曹屬〔二三〕。京師亂，步謁行在，拜左拾遺。歲餘，以直言失官〔二四〕，出爲華州司功，尋遷京兆事〔二五〕。旋又棄去，扁舟下荆、楚間，竟以寓卒，旋殯岳陽。享年五十九。夫人弘農楊氏女，父曰司農少卿怡，四十九年而終。嗣子曰宗武，病不克葬，殁，命其子嗣業。嗣業貧〔二六〕，無以給喪，收拾乞匄，焦勞晝夜，去子美殁後餘四十年，然後卒先人之志，亦足爲難矣。銘曰：

維元和之癸巳，粤某月某日之佳辰，合窆我杜子美於首陽山之前〔二七〕。嗚呼！千歲而下，曰：此文先生之古墳。

【校勘記】

〔一〕《唐文粹》卷六九題作「唐工部員外郎杜甫墓誌銘并序」。

〔二〕小大之：《全唐文》卷六五四、《唐文粹》作「古人之才」。

〔三〕取、篇：原無，據宋蜀本、《全唐文》、《唐文粹》補。

〔四〕俗：原作「妖」，據《全唐文》、《唐文粹》改。

〔五〕《全唐文》、《唐文粹》「柏梁」下有「詩」字。

〔六〕怨：原作「冤」；悲：原作「存」，均據《全唐文》、《唐文粹》改。故其抑揚怨哀：《全唐文》、《唐文粹》作「故其遒文壯節，抑揚怨哀」。

〔七〕極：原作「拯」，據《全唐文》、《唐文粹》改。
〔八〕歙習舒徐：《唐文粹》作「矯飾」。
〔九〕出：《唐文粹》作「書」。
〔一〇〕變之體：《全唐文》作「體之變」。
〔一一〕然而莫不：《唐文粹》作「而又」。
〔一二〕古傍：《全唐文》、《唐文粹》作「言奪」。
〔一三〕奪：《全唐文》、《唐文粹》作「吞」。
〔一四〕今：宋蜀本、馬本、叢刊本作「人」，《全唐文》、《唐文粹》作「昔」。
〔一五〕不可：《全唐文》、《唐文粹》作「無不可」。
〔一六〕條析：原作「件拆」，據《全唐文》改。
〔一七〕孫：原作「子子」，據《全唐文》與本文末宗武之子乃嗣業改。
〔一八〕途：原無，據《全唐文》、《唐文粹》補。　荆：《全唐文》、《唐文粹》作「荆楚」。
〔一九〕祈：原作「拜」，據《唐文粹》改。
〔二〇〕十：原無，據《四部叢刊》影宋本《分門集註杜工部詩》、《全唐文》、《唐文粹》補。
〔二一〕審言：原無，據《唐文粹》補。

〔二二〕皇：原作「帝」，據《全唐文》、《唐文粹》改。

〔二三〕甫：《全唐文》、《唐文粹》作「率府」。

〔二四〕失：原無，據《全唐文》、《唐文粹》補。

〔二五〕京兆事：《全唐文》、《唐文粹》作「京兆功曹。劍南節度使嚴武，狀爲工部員外參謀軍事」。

〔二六〕貧：《全唐文》作「以家貧」。

〔二七〕山之前：原作「之前山」，據《全唐文》改。

元稹集卷第五十七

碑銘

唐故朝議郎侍御史内供奉鹽鐵轉運河陰留後河南元君墓誌銘

有魏昭成皇帝十一代而生我隋朝兵部尚書府君，諱某，後五代而生我比部郎中舒王府長史府君，諱某。君即府君之第二子也，諱某，字玄度。娶清河崔鄰女，生四子：長曰易簡，滎陽尉；次從簡，曲沃尉；次行簡，太樂丞；幼弘簡。長女適劉中孚，中孚早卒；次嬰疾室居；次適蘇京，舉進士；次適李殊，殊妻早夭。君始以恒王參軍附太學治春秋，中授左清道府録事參軍，歷湖丞，秩罷，丁比部府君憂〔一〕。服闋，調興平長安萬年尉。事滎陽太君憂〔二〕。服闋，除萬年丞，遷監察御史、知轉運永豐院事、殿中侍御史。留務河陰〔三〕，加侍御史，賜緋魚袋。元和十四年以疾去職，九月二十六日殁於季弟虢州長史積之官舍。嗚呼！我尚書府君有大勳烈於周隋氏，我比部府君積大學行搢紳間，我諸父法尚嚴，家極貧，而事事於喪祭賓客，雖帚除薪水〔四〕，不免於吾兄。貞元初，蝗且儉，我先太君白府君貨女奴以足食，君泣曰：「太夫人專門户，不宜乏使令，取新婦氏媵婢以給貨。」向是三十年，養育八男女。始元和中，乃復奴婢之籍焉。先府君叢集羣言，裁成百葉書抄，君懼不得授，乃日一食以齋其心者一月。先太君憐而請焉，由是盡付其書。是歲貨婢足食之一日也〔五〕，日一粥而課寫千言，三歲乃卒業。先府君違養之歲〔六〕，前累月而季父侍御史府君捐館。予伯兄由官阻於蔡，叔季皆十年而下，遺其家唯環堵之宫耳。皆曰：「貨是以襄二事可也。」君跪言於先太君曰：「斯宇也，尚書府君受賜於隋氏，乃今傳七代矣。敢有失守以貽太夫人憂，死無以見先人於地下。」由是匍匐乞以終其喪。自興平長安萬年尉，俸不過三四萬，然奉顔色，潔礿祀〔七〕，備吉凶，來賓客，無遺焉，均也。己雖遊，千里貿費，毫釐未嘗不疏之於書，還啓先太君，下示仲叔季，且曰：「尊夫人慈不我責，不如是自束，陷不義矣。」其在于京邑，專捕盜者八年。破囊橐，掘盤牙，不可勝數，莫不刑者不愬，强者不暴。其在河陰也，朝廷有事於淄蔡，累百萬之費，一出於是。朝令朝具〔八〕，夕發夕至者，周五星歲而後功成役罷。凡主供饋之百一於君者，皆以課遷。唯君終不言賞，賞亦不及。嗚呼！君之生六十七年矣〔九〕，四十年事親，無一日之怠；三十年養下，無一詞之倦。撫諸弟無正色之訓，而亦不至於不恭；教諸子無鞭笞之責，而亦不至於不令。以閑處劇，而吏不忍欺；以直立誠，而忤不及物。没之日，三子不侍，無一言之念，知叔季之可以教姪也。室空牆壁，無一顧之憂，知叔季之可以任喪祭也。嗚呼！愛我者張仲，知我者鮑叔。予生幾何〔一〇〕，懼不克報。或不忘，記之斯文。銘曰：

唐元和之己亥，惟孟年十一月十六日仲月之良辰，合葬我元君于咸陽縣之洪瀆川。從先太君之後域，而共閟于夫人崔之墳。

【校勘記】

〔一〕丁：原作「下」，據宋蜀本、馬本、叢刊本、《全唐文》卷六五五改。

〔二〕事：馬本、《全唐文》作「丁」，宋蜀本作「遭」。

〔三〕留：原作「粜」，據宋蜀本、馬本、叢刊本、《全唐文》改。

〔四〕帚：疑當作「掃」。

〔五〕婢：原闕，據宋蜀本、《全唐文》補。

〔六〕違：原闕，據宋蜀本、《全唐文》補。

〔七〕礿：原作「杓」，據宋蜀本、馬本、叢刊本、《全唐文》改。

〔八〕令：原作「今」，據宋蜀本、馬本、叢刊本、《全唐文》改。

〔九〕十七：《全唐文》作「七十」。

〔一〇〕予：原作「子」，據宋蜀本、馬本、《全唐文》改。

唐故建州浦城縣尉元君墓誌銘

君諱某，字莫之。有魏昭成皇帝十七世而生某，官某，君即某官之次子也。少孤，母曰渤海封夫人，提捧教訓，不十四五，其心卓然。讀書爲文，舉進士，每歲抵刺史以上，求與計去，且取衣食之資以供養，意義漸聞於朋友間。無何，宗姪義方觀察福建，子幼道遠，自孤其行。拜言勤求，請君俱去。太夫人曰：「吾有爾兄養足矣，爾其遂行。」旋授建州浦城尉。宗姪之心腹耳目之重，以至閨門之令，盡寄於君。上下不怨，誠且盡也。又無何，宗姪觀察鄜坊，君亦俱去，心腹耳目之寄皆如初。宗姪觀殁〔一〕，子公慶號駭迷謬無所據〔二〕，君自始至卒任持之。公慶事公雖及喜慍不敢專。元和中，丁封夫人喪，痛毒哽咽，結氣膏肓。既喪，遂卒不散。十五年八月二日，終于京城南，享年五十八。公慶盡襄其事〔三〕。夫人濮陽吴氏，賢善恭幹。生一女，女亦惠和，夭君前累月。嗚呼！吴夫人可謂生人太苦矣。予與君伯季之間，十歲相得，師學然諾，出入宴游，無不同也。及逾三十年，予亦竊位偷名，官進不已，然而終無濡縷之力及於君。君何足悲？適自悲耳。銘曰：

維元和庚子十一月之四日，四禽交加六神没〔四〕，吁嗟元君歸此室〔五〕。

【校勘記】

〔一〕觀：原無，據宋蜀本補。

〔二〕子：宋蜀本作「嗣」。

〔三〕盡：原無，據宋蜀本補。

〔四〕四：原無，據宋蜀本補。

〔五〕吁：原作「于」，據《全唐文》卷六五五改。

元稹集卷第五十八

碑銘

夏陽縣令陸翰妻河南元氏墓誌銘

陸氏姊事父母以孝聞〔一〕，事姑如事母。善伯仲以悌達，事夫如事兄〔二〕，睦族以惠和，煦下以慈愛，四者謂之吉德。然而不壽也〔三〕。嗚呼！享年三十有□〔四〕，歿世於夏陽縣之私第，是唐之貞元二十五年十二月之初五矣〔五〕。冬十月十有四日，歸葬於河南洛陽之清風郡平樂里之北邙原〔六〕。從祖姑兆上〔七〕，永貞之元年歲乙酉，朔旦景申，辰在己酉，須時順也。始祖有魏昭成皇帝，後失國〔八〕，今稱河南洛陽人焉。六代祖諱嚴，在周爲内史大夫，以諫廢〔九〕，在隋爲兵部尚書昌平公，中□〔一〇〕。君子曰：「忠之後必復。」降五世而生我皇考府君。府君諱某，以四教垂子孫，孝先之，儉次之，學次之，政成之。當乾元、廣德之間，郡國多事，由雲陽昭應尉馮翊猗氏長遷于殿中侍御史，或未環歲，或未浹時，而五命自天。非夫公不來則人不蘇，公不遷則善不聳，何是之速也。董芳書草奏議者凡八人〔一一〕，其在比部郎中也，宗人得罪有不察。夫玉與珉類而不雜者屈〔一二〕，我府君爲虢州别駕，累遷舒王府長史，至則懸車息□宴如也〔一三〕。嘗著百葉書要，以萃羣言，祕牒一開，則萬卷皆廢。由是懼夫百氏之徒〔一四〕，一歸於我囿，所不樂也，故世莫得傳。嗚呼！聖德大業至矣〔一五〕！不峻其位，不流其化，時哉！時哉！

我外祖睦陽鄭公諱濟〔一六〕，官族甲天下；我太夫人聖善六姻〔一七〕，訓子婦以憫默〔一八〕，罰婢僕傭保以莊勵爲鞭笞，用至於兒稚不能有夏楚〔一九〕，而嗃嗃於他門〔二〇〕。肆我伯姊，穆其嚴風，柔以慈旨，於人有加矣〔二一〕。生十四年，遂歸於靈郡陸翰〔二二〕。翰，國朝左侍極兼宰相信之玄孫〔二三〕，臨汝令祕之元子〔二四〕，魏出也。魏之先文貞，有匡君之大德。翰少孤，事親以至行立，釋褐太平主簿，我姊由是而歸之。逮陸君之宰夏陽也，事姑垂二十年矣。姑愛之若慈母，婦敬之若嚴君。雖母兄之饋，不授於姑則不至，而況於私其財乎？閨門之內，未嘗以往復之言聞婢僕，而況於相色乎？及太夫人之沉痼也，夫人亦不利行有年矣〔二五〕。然而藥不嘗於口則不進，衣不出於手則不獻。冬之夜，夏之日，環侍其側者一二三歲〔二六〕，衣不釋體，倦不形色，曾不以己之疾爲痡矣。嗚呼！閔之養其親也，方於此何如？吾不知也。至於陸君之在疚也，克哀敬以終之。舊疾暴加，不數日而釁作〔二七〕。陸君縻職他縣，至則無及矣。將訣之際，子號女泣。問其遺訓，則曰：「吾幼也辭家〔二八〕，報親日短，今則已矣。不見吾親〔二九〕，親乎親乎！」西望而絶。痛夫！孝於親，敬於姑，順於夫，友於兄弟。辭世之日，母不獲撫，夫不及決，兄不得臨，弟不得侍，天乎淑善，反以爲罪乎？二女曰燕曰迎，兩男師道嶠。夫人兄沂兄秬，弟積弟稹，或遊遠，或守官，或歸養，皆不克會葬。陸君先是職于使，又不克董喪。從父季廙〔三〇〕，以二子襄事，禮也。尊夫有命于小子稹曰：「吾大懼夫馨香之行，莫熾于後，爾其識之。」是用銜恤隕涕，篆銘于壙。銘曰：

嗚呼！有唐陸氏孝夫人元氏之墓。

【校勘記】

〔一〕「陸」字上，宋蜀本、《全唐文》卷六五五有「予」字。

〔二〕善伯仲以悌達，事夫如：原作「善伯以悌」下空闕數字，據宋蜀本、《全唐文》改補。

〔三〕不壽也：宋蜀本、《全唐文》作「不貴不壽夭也」。

〔四〕有□：宋蜀本、《全唐文》作「有五」，馬本作「有一」。

〔五〕是唐：宋蜀本、《全唐文》作「是歲有唐」。　貞元二十五年：「五」字當衍。按：貞元只有二十一年。又，死于「貞元二十五年十二月」，怎麽能「十月」葬呢？如説次年十月葬，則八月即改元永貞，因此，「十二月初五」疑當是「十月初五」死，「十月十四日歸窆」，「二」字當衍。

〔六〕葬：宋蜀本作「窆」。　郡：宋蜀本、《全唐文》作「鄉」。
〔七〕「姑」字上，宋蜀本有「如」字。　「兆」字下，《全唐文》有「太」字。
〔八〕後：宋蜀本、《全唐文》作「後嗣」。
〔九〕廢：原無，據宋蜀本、《全唐文》補。
〔一〇〕中□：宋蜀本、《全唐文》作「忠進」。
〔一一〕芳：宋本、《全唐文》作「方」。　草：原無，據宋蜀本補。　人：宋蜀本作「轉」。
〔一二〕者：原闕，據馬本、《全唐文》補。　宋蜀本作「用」。
〔一三〕□宴：宋蜀本、《全唐文》作「宴浩」。
〔一四〕是：原無，據宋蜀本補。
〔一五〕嗚呼聖德大：原闕，據宋蜀本、《全唐文》補。
〔一六〕「睦」字下，宋蜀本、《全唐文》有「州刺史滎」四字。
〔一七〕「善」字下，宋蜀本有「儀」字。
〔一八〕訓子婦：原闕，據《全唐文》補。　宋蜀本「訓」作「諸」。
〔一九〕有夏：原闕，據《全唐文》補。　宋蜀本作「名櫝」。　「夏楚」即「櫝楚」。
〔二〇〕於他：原作「他於」，據宋蜀本、錢校、馬本改。

〔二二〕有加：原闕，據宋蜀本、《全唐文》補。
〔二三〕靈：宋蜀本、馬本、《全唐文》作「吴」。
〔二三〕宰相：宋蜀本、馬本、《全唐文》作「右相敦」。
〔二四〕祕：宋蜀本、《全唐文》作「泌」。
〔二五〕行：宋蜀本、《全唐文》作「行作」。
〔二六〕「者」字下，宋蜀本有「周」字。
〔二七〕舋：原作「亹」，據《全唐文》改。
〔二八〕家：原闕，據宋蜀本、《全唐文》補。
〔二九〕吾：原作「我」，據宋蜀本、錢校、馬本與上文改。
〔三〇〕巽：原闕，據宋蜀本、《全唐文》補。

唐左千牛韋珮母段氏墓誌銘

唐少保贈僕射韋公幼子左千牛珮，母曰武威段氏，故衢州司田參軍岌之第二女也。其四代祖褒國公、揚州都督、贈輔國大將軍，生曾祖宣州長史，諱弘珪。生大父鄜州刺史，諱懷本。先是僕射裴夫人早世，女抱子幼，思所以仁之者，命主養之〔一〕。始長安令至于都留守，持門户主婚嫁者，殆十五歲，當貴大之家，處謙謙之勢。然而不怨不德〔二〕，禮得其宜，信難矣。今僕射喪益不失，非盛勳列之後，其孰能如此哉？元和四年九月十九日，暴疾終於覆信第，享年四十。定其年十二月二日，葬于河南縣龍門鄉之午橋村。

凡韋氏之族姻聞其喪，莫不親者悲、疏者歎，不亦善處其身哉？故僕射諸子洎諸女，皆服兄弟之母服，而哀有加焉。始，予亡妻生不月而先夫人歿，免水火之災，成習柔之性，用至於妝櫛、針組、書誡、琴瑟之事無遺訓，誠有以賴焉。是以，予之妻言於予曰：「離則思，思則夢，夢則悲，疾則泣。」戀戀然，予不知其異所親矣。訣予之際〔三〕，切以始終於敬爲託焉〔四〕。今日之誌其終乎？銘曰：

母以子貴，貴必因人〔五〕。人本乎祖，祖盛厥勳。昔我稚室，没懷其仁〔六〕。仁莫之報，没而有云〔七〕。今復泯矣，報之斯文。

【校勘記】

〔一〕養：原闕，據《全唐文》卷六五五補。宋蜀本作「視」。

〔二〕德：宋蜀本作「偪」。「偪」同「逼」。

〔三〕訣：原作「决」，據《全唐文》改。

〔四〕切：宋蜀本作「且」。

〔五〕因人：宋蜀本作「有因」。

〔六〕没：原無，據《全唐文》補。

〔七〕没：原作「没没」，衍一「没」字，故删。

葬安氏誌

予稚男荆，母曰安氏，字仙嬪，卒於江陵之金隈鄉莊敬坊沙橋外二里媪樂之地焉。始辛卯歲，予友致用憫予愁，爲予卜姓而授之，四年矣。供侍吾賓友〔一〕，主視吾巾櫛，無違命。近歲嬰疾，秋方綿痼，適予與信友約爲浙行〔二〕，不敢私廢。及還，果不克見。大都女子由人者也，雖妻人之家，常自不得舒釋。況不得爲人之妻者，則又閨衽不得專妬於其夫，使令不得專命於其下〔三〕，外已子不得以尊卑長幼之序加於人〔四〕，疑似逼側，以居其身〔五〕，其常也。況予貧，性復事外，不甚知其家之無。苟視其頭面無蓬垢，語言不以飢寒告，斯已矣。今視其篋笥，無盈餘之帛〔六〕，無成襲之衣，無完裹之衾〔七〕。予雖貧，不使其若是可也，彼不言而予不察耳〔八〕。以至於其生也不足如此，而其死也大哀哉！稚子荆方四歲，望其能念母亦何時？幸而立〔九〕，則不能使不知其卒葬，故爲誌且銘。銘曰：

復土之骨，歸天之魂。亦既墓矣，又何爲文？且曰有子，異日庸知其無求墓之哀焉。

【校勘記】

〔一〕矣供：原作「供矣」，據宋蜀本、馬本、叢刊本、《全唐文》卷六五四改，「矣」從上句。

〔二〕爲：原無，據宋蜀本、盧校宋本補。

〔三〕下：原無，據宋蜀本、《全唐文》補。

〔四〕已子：原闕，據宋蜀本、《全唐文》補。

〔五〕其：原闕，據宋蜀本、《全唐文》補。

〔六〕餘：宋蜀本、《全唐文》作「丈」。

〔七〕完：原作「帛」，據宋蜀本改。

〔八〕予不察：原作「予察」，據宋蜀本、馬本、《全唐文》補「不」字。

〔九〕幸而：原闕，據宋蜀本、《全唐文》補。

元稹集卷第五十九

祭文

告贈皇考皇妣文

嗣子稹等，謹以常饌嘉蔬之奠，敢昭告于皇考贈右散騎常侍，皇妣贈滎陽郡太君：今皇帝二月五日制書，澤被幽顯。小子稹，參奉班榮，得用封贈。越七月二十八日〔一〕，乃詔先夫人曰滎陽郡太君，洎八月之九日，復詔先府君曰右散騎常侍。祇命隕越，哀號不逮，追念顧復，若亡生次。惟積洎稹，幼遭閔凶。積未成童，稹生八歲，蒙騃孩稚，昧然無識。遺有清白，業無樵蘇。先夫人備極勞苦，躬親養育。截長補敗，以禦寒凍。質價市米，以給脯旦。依倚舅族，分張外姻。奉祀免喪，禮無遺者。始亡兄集〔二〕，得尉興平。然後衣服、飲食之具，粗有准而猶卑薄儉貧〔三〕，給不假足〔四〕。慈訓備至，不肖乃立。積初一命，稹始奉朝。供養未遑，奄爾遺棄。釁罪不死〔五〕，重罹纓裳〔六〕。遷換因循，遂階榮位。大有車馬，豐有俸秩。書扇雖存，舊老已盡。顧是所有，將焉用之。嗚呼！生我者父母，享此者妻子。勤顇者兄嫂，優餘者婢僕。追孝不過於一奠，薦寵不過於揚名。哀哀劬勞，亦又何報？摧圮殞裂，酸傷五情。謹於先太君載誕之日，祇告贈典。并焚黄制以獻，號慕及〔七〕，痛肝心〔八〕。伏惟尚饗。

【校勘記】

〔一〕宋蜀本無「二」字。

〔二〕亡：原闕，據宋蜀本、《全唐文》卷六五五補。

〔三〕准：《全唐文》作「常」。

〔四〕假：《全唐文》作「暇」。

〔五〕舋：原作「亹」，據《全唐文》改。

〔六〕罹：原作「羅」，據宋蜀本改。

〔七〕及：《全唐文》作「莫及」，宋蜀本作「罔及」。

〔八〕痛：宋蜀本、《全唐文》作「痛毒」。

告贈皇祖祖妣文

孝孫稹，敢昭告于皇祖陳州南頓縣丞、贈尚書兵部員外郎府君、祖妣贈晉昌縣太君唐氏：

惟元統運，嘗宅區夏。選諫賢善，俾公彭城。公實能德，延于後嗣。降及兵部，爲隋巨人。抑揚直聲，扶衛衰俗。户部績紹，傳于魏州。藴欝懿粹，族用繁昌。始兵部賜第於靖安里，下及天寶，五世其居。冕弁駢比〔一〕，羅列省寺。一日秉朝燭者〔二〕，凡十四五。叔仲伯季，姊妹諸姑，洎友壻彌孫，歲時與會集者〔三〕，百有餘人。冠冕之盛，重於一時。燕寇突來，人士駭散。蔭籍朘削，龜繩用稀。我曾我祖，仍世不偶。先尚書盛德大業，屈於郎署。小子稹蒙幸餘福，據有方州。今皇帝嗣位之初，澤被幽顯。尚書府君洎滎陽郡太夫人，當進封贈。小子稹伏念先尚書嘗以比部郎乞换追命，朝例不許〔四〕，大孝莫申。是用追述先志，乞回恩於祖父祖妣。是歲八月十八日詔，以兵部員外郎、晉昌縣太君來告第，摧慕感咽〔五〕，五情傷殞。謹以仲冬日至，修奉常薦，焚獻制書，昭告神几。伏惟尚饗。

【校勘記】

〔一〕弁：原作「昪」，據宋蜀本、《全唐文》卷六五五改。

〔二〕燭者：原闕，據《全唐文》補。

〔三〕集：宋蜀本、《全唐文》作「聚」。

〔四〕例：原作「列」，據宋蜀本改。

〔五〕慕：原作「暮」，據宋蜀本、叢刊本、《全唐文》改。

告祀曾祖文

孝曾孫稹，謹以清酌庶羞之奠，敢昭告于曾祖岐州參軍府君：禮稱礿禘蒸嘗，一歲用是，四者而已。唐制，位五品皆廟祀，廟祀亦以求吉日。其餘未廟祀者，各奉家傳，疏數每異。昔我先府君深惟孝思，終已不怠。每歲换正，至涉佳辰，覩兒孫賓遊相會聚，未嘗無悲。是用日至暨正旦，仲夏之五日，季秋之初九，莫不修奉祠祀，以達事生之意焉。逮小子稹，冒華官榮〔一〕，當立廟以事先人於京師，會值譴出，未果修構。宗子積，牧民於金，復不克以上牲陪祀。每衣裘葛，酸傷五情。今謹依約廟則，每歲以二至二分暨正旦〔二〕，與宗積彼此奉祀於治所，始用變禮，不敢不告。伏惟尚饗。

【校勘記】

〔一〕華：宋蜀本作「幸」。官：《全唐文》卷六五五作「靦」。

〔二〕二至二：《全唐文》作「二至二」。

告畬三陽神文

維元和十三年歲次戊戌十一月辛巳朔十日庚寅，通州司馬稹用肴酒爲州人告于畬三陽之神。圖籍鐫載，耆艾傳述。通之盛時，户四萬室。耕稼駢緻，謡謳湧溢。壓閑珠玉，樓雉丹漆〔一〕。孝順子孫，廉能吏卒。軒然神功，坐受嘉栗。政式不虔，人用不謐。奪富撓豪，軋窮役疾。弱者逋播，悍者憤怫。饑饉因仍，盗賊倉卒。閭落焚爇，城市剽拂。人民遂空，萬不存一。神居毁蕩，神氣蕭颾。再完陋宫，榻不容膝。僅有雞豭，無復芬苾。豺虎號噪，麇鹿幽噎。厲鬼瘴人，貪吏殄物。闤闠丘墟，門户蒿蓽。神又何情，受人祈乞。嗚呼！罔天軸地，羅星走日。水火炎潤，原隰生出〔二〕。古不獨加，今不獨屈。化由人興，胡不爲率。我貳兹邑，星歲三卒。熟視民病，飽聞政失。自喪守侯〔三〕，月環其七。弊深力薄，未暇纖悉。都盧虚持〔四〕，先後排比。附防風俗，簡用紀律。功不甚農，虚不勝實。乃勸州人〔五〕，大課芟銍。人人自利，若受鞭抶〔六〕。旋六十里〔七〕，功旬半畢。嗚呼！教則人功，理有陰騭。農勸事時，賞信罰必。市無欺奪，吏不侵軼。非神敢煩，在我有術。雷蟄雨枯，蒸頑曝欝。導祥百來〔八〕，呵厲四逸。非我敢知，有神之吉。惟我惟神，各恤其恤。神永是邦，我非常秩。繼我者誰？爲神斯慄。尚饗。

【校勘記】

〔一〕雉：原作「稚」，據馬本、《全唐文》卷六五五改。

〔二〕隰：原作「濕」，據宋蜀本改。

〔三〕侯：馬本、《全唐文》作「後」。

〔四〕盧虛：原作「虛盧」，據《全唐文》改。

〔五〕州：原闕，據馬本、《全唐文》補。宋蜀本作「居」。

〔六〕抶：原作「秩」，據宋蜀本、《全唐文》改。

〔七〕十：原作「千」，據宋蜀本、馬本、《全唐文》改。

〔八〕導祥：原作「□導」，據宋蜀本補改。

告畬竹山神文

稹聞天好平施，而特累山嶽，許其嵩崇。聖王亦視子公侯〔一〕，不惜牲幣。蓋以其鎮定區宇，舒貯風雲，毓欒櫨楝礎，洎百穀萬貨，以資養於人也。至於蒙翳薈羅，惡木穴窟，蚘蜥虎豺〔二〕，迎礙吞噬，以遂其高傲堅頑之勢，非天意也。按通之載號神，爲名山川，且邇邑屋，而扶道途。然而不祚不穫，不礎不柱，蓁集貙蟒，蔽弊道路，將五十年矣。實人力之不足於山也，非神之過。今天子斬三叛之明年，通民畢賦，用其閑餘〔三〕，夾津而南，開山三十里，爲來年農種張本。自十月季旬，周甲癸而功半就。郡司馬元稹，率屬攸置酒肴，以告于神曰：「通之邑居，纔一二百室。一旦爲神剪翳穢，戮豺狼，幅員六十里之地，亦足爲用力於神，神其戒哉！」敬用嘉祝，祝曰：爲山輸力，爲民豐食，廩以萬億。蟊賊以殛，報用黍稷，謚用正直。播布不殖，淫厲不息，風雨不式。猳麋不比，俾民無得，將他山是嗇。棄神之域，爲神之羞，永永無極。神其畏哉！尚饗。

【校勘記】

〔一〕子：宋蜀本、錢校、馬本、叢刊本作「之」。

〔二〕蚘：宋蜀本作「蛇」，馬本、《全唐文》卷六五五作「虺」。

〔三〕閑：馬本、《全唐文》作「間」。

報三陽神文

維元和十三年九月十五日〔一〕，文林郎、守通州司馬、權知州務元稹，謹遣攝録事參軍元叔則〔二〕，以清酒庶羞之奠，以報于三陽神之靈：越九月始踐朔，霖雨既旬，式從榮典，俾吏拜稽首，祈三辰克霽于神〔三〕。神初饗若不踰祈。幽妖靈虬不克〔四〕，負輪穫熟者賴神之仁。仁必報，式備報典不敢諼。伏惟尚饗。

【校勘記】

〔一〕三：原作「二」，據《全唐文》卷六五五與本卷《告畬三陽神文》改。

〔二〕叔：宋蜀本作「淑」。

〔三〕神：宋蜀本、《全唐文》作「明神」。

〔四〕克：宋蜀本、《全唐文》作「克亂」。

祈雨九龍神文

積始以長慶二年夏六月相天子無狀〔一〕，降居于同，愁慚焦勞，求念人隱〔二〕，思有以報陛下莫大之恩。涉歲于兹，理用不效，冬不時雪，春不時雨。越二月，宿麥不滋，耒耜不刺〔三〕，大懼兹歲，患成于人，以羞陛下之獎寄。刻責罪悔，罔識攸咎〔四〕。凡天降疵厲〔五〕，必因於人，豈予心之虚削孤獨，依倚氣勢耶？將予刑之僭濫失所，冤哀無告耶？或予政之抑塞和令，開洩閉藏耶？舉動云爲，罔不在我。神怒天譴，降災于我身，我不敢讓。今夫蠢蠢何罪？物物何知？使不肖者長理〔六〕，而災害隨至。無乃天之降罰，不得其所耶？痛毒惻怛，無所赴露，惟龍司水于同，同人神之。謹齋戒沐浴，叩首揮淚，願以小子積爲千萬請命於龍，龍其鑒之。克三日，雨我田疇，其有以報〔七〕。不然，災于予身，亦足以謝。伏惟尚饗。

【校勘記】

〔一〕始以：原無「以」字，據宋蜀本、《全唐文》卷六五五補。

〔二〕人：原無，據宋蜀本、《全唐文》補。

〔三〕刺：《全唐文》作「利」。

〔四〕攸咎：原無「咎」字，據宋蜀本、《全唐文》補。馬本作「攸由」。

〔五〕凡：宋蜀本、《全唐文》作「大凡」。

〔六〕理：原作「埋」，據宋蜀本、馬本、《全唐文》改。

〔七〕有：原作「育」，據宋蜀本、馬本、《全唐文》改。

報雨九龍神文

同州刺史元稹，謹以清酌庶羞之奠，敬祭于九龍之神：是月己巳，刺史稹以二從事蒙受塵露〔一〕，百里詣龍，爲七邑民赴訴不雨。予固慚惻，言訖涕下。親爲龍言，龍意享若。是夕而應，庚午而降。辛未而洽，癸酉而飫。甲戌而霽，乙亥而報。報典不渝，龍祐宜永。訖是嘉穀，勿旱勿淫。歲其有成，無忘龍德。尚饗。

【校勘記】

〔一〕露：原作「路」，據宋蜀本、馬本、《全唐文》卷六五五改。按《舊唐書·禮儀志》：「魏徵明堂議曰：臣等親奉德音，思竭塵露，微增山海。」

元稹集卷第六十

祭文

祭淮瀆文

維元和九年歲次甲午十二月朔甲辰某日辰，使謹遣某，用少牢醴酒之奠，昭禱于淮瀆長源公之靈：浩浩靈源，滔滔不息。流謙處順〔一〕，潤下表德。清輝可鑑，浮穢不匿。月映澄鮮，霞明焕赩。經界區夏，左右萬國。百川委輸，萬靈受職。越海貢誠，載舟竭力。明哲用興，凶戾潛殛。眇爾吴頑，蔑然蝨賊。鴟張蔡郊，蟻聚淮側。喪父禮虧，干君志愎〔二〕。天子命我，滌除妖慝。卒乘桓桓〔三〕，戈鋋嶷嶷。電淬爪牙，雷憤胸臆。王心示懷，士剪猶抑。柔叛誘衷〔四〕，取順捨逆〔五〕。咨爾有神，逮爾有極。彼暴我仁，彼枉我直。歸我者昌，倍我者闢。不斬祠祀，不湮溝洫。不殄渠魁，不虐畏逼。不進梯衝，不耀矛戟。火滅燎原，人歸壽域。然後潔神牛羊，奉神黍稷。告神有成，謂神不忒〔六〕。尚饗。

【校勘記】

〔一〕處順：原作「順處」，據宋蜀本、《全唐文》卷六五五改。

〔二〕干：原作「于」，據宋蜀本、叢刊本改。

〔三〕桓桓：原闕，據宋蜀本、《全唐文》補。

〔四〕誘：原闕，據宋蜀本、《全唐文》補。

〔五〕捨：原作「拾」，據宋蜀本、《全唐文》改。

〔六〕忒：原作「惑」，據《全唐文》改。

祭翰林白學士太夫人文

維元和六年七月某日。文林郎、守江陵府士曹參軍元稹，謹遣弟某姪男，祇酌捧饌，敢昭告于白氏太夫人之靈：嗚呼！分同伯仲，古則拜親。既陪長幼之列，遂生骨肉之恩。禮由情展，情以義殷，情至則爾，豈獨古人？況稹早歲而孤，資性疏愚，既不得爲達識者所顧〔一〕，亦不願與順俗者同趨。行過二十，塊然無徒。及太夫人令子藝成，學茂德馨，一舉而搴芳蘭署，再舉而振藻彤庭。愚亦乘喧濫吹，謬列莖英，跡由情合〔二〕，言以心誠，遂定死生之契〔三〕，期於日月可盟。堅同金石〔四〕，愛等弟兄，每均捧檄之禄，迭慶循陔之榮。用至於二門之童孺，莫不達廣孝之深情。逮稹謫居東洛，泣血西歸，無天可告，無地可依，喘息未盡〔五〕，心魂已飛。太夫人推擠壑之念〔六〕，憫絶漿之遲，問訊殘疾，告諭禮儀，減旨甘之直，續鹽酪之資。寒温必服，藥餌必時。雖白日屢化，而深仁不衰。天乎是感，人乎詎知？不幸餘生苟活，重戴冠纓，再展升堂之拜，旋爲去國之行。□澤畔之云幾〔七〕，奄天禍之無名。訃告朋友〔八〕，慰問縱横。猶恍恍而期誤，忽浪浪而淚盈。處衆憫默，入門屏營。移疾於趨府之辰，孰知潛慟，視惟幼女在側，無處言情。行吟倚歎，夢哭魂驚。往往不寐，晨鍾坐聽。豈由禮而當爾，蓋感深之所縈。嗚呼！仁之莫報，哀不得申。□太夫人以猶在，感今古之同塵。嗚呼哀哉！太夫人族茂姬姜〔九〕，仁深聖善，勵諸子以學，故大被擇鄰〔一〇〕；示諸子以正，故寸葱方判。保參不疑，戒歌非淺〔一一〕。仲則金鑾之英〔一二〕，季則蓬山之選，豈無因地而德〔一三〕，所貴飭躬而顯。何昊天之不吊，罔終惠於哲人，既生賢與種德，何憔悴之相因？見聚螢而肄業，知織縷之嘗勤。方將期於萬石〔一四〕，曾不待夫重茵。嗚呼哀哉！雖非顧復，我實艱辛〔一五〕。疾有萌漸，禍無因緣。哀感行路，況乃令子之交親？雖千詞之稠疊，終萬恨之莫陳。嗚呼哀哉！伏惟尚饗。

【校勘記】

〔一〕既：原闕，據《全唐文》卷六五五補。

〔二〕情：原作「静」，據馬本、《全唐文》改。

〔三〕遂：原作「遠」，據宋蜀本、馬本、《全唐文》改。

〔四〕堅：原闕，據宋蜀本補。

〔五〕未：原闕，據宋蜀本補。馬本、《全唐文》作「將」。

〔六〕擠：原作「濟」，據宋蜀本改。

〔七〕視下文，「澤」字上當闕一字，宋蜀本作「河」，非。

〔八〕訃告：原無，據馬本、《全唐文》補。　訃告朋友：叢刊本作「朋友訃告」。

〔九〕姬姜：原闕，據宋蜀本補。

〔一〇〕擇：原作「澤」，據宋蜀本、《全唐文》改。

〔一一〕歌：宋蜀本、《全唐文》作「歎」。

〔一二〕仲：原作「重」，據宋蜀本、《全唐文》改。

〔一三〕無：原闕，據宋蜀本補。

〔一四〕方：原闕，據宋蜀本補。

〔一五〕艱辛：原闕，據宋蜀本補。

祭禮部庾侍郎太夫人文

外孫女婿、朝議郎、守尚書祠部郎中、知制誥元稹〔一〕，謹以清酌嘉蔬之奠，敢昭告于庾氏太夫人、扶風郡太君韋氏之靈：赫赫韋門，祁祁騫騫。蹷蓄峻峙，洛澤清源。公卿委累，賢彦駢繁。金玉不耗，芝蘭有根。厥生孟母，德盛教尊〔二〕。訓下以順，睦族以姻。猶子猶女，惟弟惟昆。至者處者，終無間言。他族之長，豈無豐温。自我均養，人用不怨。佛氏有云，世火焚燔。慧劍斷網〔三〕，摩尼照惛。心焉獨得〔四〕，深入妙門。嗚呼！良人早世，素業空存。戒歡以義〔五〕，爲軻避喧。教自髫齔〔六〕，成于冠婚〔七〕。鬱爲重器，瑚璉璵璠。南北臺省，東西掖垣。更踐迭處，以慰朝昏。孝女視膳，令婦執笲。封燔茅社〔八〕，抱弄荃蓀〔九〕。陔蘭始茂，隙駟俄奔。神不可恃〔一〇〕，天何足論？嗚呼哀哉！白日入地，晝翣羅軒。燎火宵燼〔一一〕，銘旌曉翻。望望踰閾，遲遲改轅。佳城故兆，風樹秋原。哀子泣血，行人斷魂。稹也幼婦，時惟外孫。合姓異縣〔一二〕，謫任遐藩。升堂不及，執紼空敦。伏讀哀誄，跪薦芳樽。辭訣有禮，悽愴無垠。嗚呼哀哉！尚饗。

【校勘記】

〔一〕婿：原作「甥」，據宋蜀本、《全唐文》卷六五五改。

〔二〕教：原作「敬」，據宋蜀本、馬本、叢刊本、《全唐文》改。
〔三〕綢摩：原作「摩綢」，據馬本、《全唐文》改。
〔四〕心焉：原作「□心」，據宋蜀本、《全唐文》補改。
〔五〕戒歡：原闕，據《全唐文》補。宋蜀本「歡」作「歌」。
〔六〕齓：原作「飢」，據宋蜀本、馬本、《全唐文》改。
〔七〕于：原作「千」，據宋蜀本、錢校、馬本改。
〔八〕燔：宋蜀本、《全唐文》作「祟」。
〔九〕蓀：原作「孫」，據宋蜀本、叢刊本、《全唐文》改。
〔一〇〕恃：原闕，據宋蜀本、《全唐文》補。
〔一一〕燎火：原作「□燎」，據宋蜀本、《全唐文》補改。
〔一二〕合：原作「令」，據《全唐文》改。

祭亡妻韋氏文

嗚呼！敍官閥，誌德行，具哀詞，陳薦奠，皆生者之事也，於死者何有哉？然而死者爲不知也，故聖人以無知□□〔一〕。嗚呼！死而有知，豈夫人而不知予之心乎〔二〕？尚何言哉！且曰人必有死，死何足悲？死且不悲，則壽夭貴賤，縗麻哭泣，藐爾遺稚，蹙然鰥夫，皆死之末也，又何悲焉？况夫人之生也，選甘而味，借光而衣，順耳而聲，便心而使。親戚驕其意，父兄可其求〔三〕，將二十年矣，非女子之幸耶？逮歸于我，始知賤貧，食亦不飽，衣亦不溫。然而不悔于色，不戚於言。他人以我爲拙，夫人以我爲尊；置生涯於濩落，夫人以我爲適道；捐晝夜於朋宴，夫人以我爲狎賢，隱于幸中之言。嗚呼！成我者朋友，恕我者夫人，有夫如此其感也，非夫人之仁耶？嗚呼歔欷，恨亦有之。始予爲吏，得禄甚微，愧目前之戚戚〔四〕，每相緩以前期。縱斯言之可踐〔五〕，奈夫人之已而。况攜手於千里，忽分形而獨飛。昔慘悽於少別，今永逝與終離。將何以解予懷之萬恨？故前此而言曰：「死猶不悲。」嗚呼哀哉！惟神尚饗。

【校勘記】

〔一〕以無知□□：宋蜀本、馬本、叢刊本作「有無知」。

〔二〕夫：原作「無」，據宋蜀本、馬本、叢刊本改。

〔三〕可：原作「何」，據錢校宋本改。

〔四〕愧目：原作「□日」，據宋蜀本補改。

〔五〕踐：原闕，據宋蜀本、錢校宋本、馬本、叢刊本補。

祭亡友文

嗚呼！英英君子，汲汲仁義。壽則道亨，夭亦德熾。滔滔衆人，没没名利。材不稱官，老不識事。紫綬榮身，黄髪垂穗。徒擲天年，竊耀名器。石頑慧明，亦有何貴？君雖促齡，實大其志。呼吸風雲，擺落塵膩。泥濊珠玉，糞土名位。瞪目凡流，傾心俊異。譬如不聞，毁亦不忌。不求近効，直詣殊致。圈檻豺狼，籠御鵬驥。壍山堙海，吞河噴渭〔一〕。嶽立英髦，粉碎庸媚。德我者煌煌，虐我者惴惴。赫赫其門，揚揚其氣。念昔日之盡言，此唯君之大意。天不降年，志亦没地。我輩猶在〔二〕，尚可晞冀。故曰：交本乎道，道通乎類。身没類存，道則不墜。信後圖之未忘，奈目前之歔欷。昔江瀆之送君，每重宵而疊醉。曾不易其津涯，忽莫陳於喪次。孀婦號呼，哀胤提稚。拜我者曩日之舊童，示我者絶時之遺字。埋萬恨於深心，洒終天之别淚〔三〕。嗚呼哀哉！尚饗。

【校勘記】

〔一〕河：原作「呵」，據宋蜀本、《全唐文》卷六五五改。

〔二〕猶：原作「尤」，據宋蜀本、《全唐文》改。

〔三〕洒：原作「泗」，據宋蜀本、《全唐文》改。

集外文章

上令狐相公詩啓時爲膳部郎中。此一篇見《長慶小集》及《舊唐書·列傳》〔一〕。

稹初不好文，徒以仕無他技〔二〕，强由科試。及有罪譴棄之後，自以爲廢滯潦倒，不復以文字有聞於人矣。曾不知好事者抉摘芻蕪，塵穢尊重〔三〕。竊承相公特於廊廟間道稹詩句〔四〕，昨又面奉約〔五〕，令獻舊文。戰汗悚踊，慚忝無地。

稹自御史府謫官，於今十餘年矣〔六〕，閑誕無事，遂專力於詩章〔七〕。日益月滋，有詩向千餘首〔八〕。其間感物寓意，可備矇瞽之諷者有之〔九〕，詞直氣粗，罪尤是懼〔一〇〕，固不敢陳露於人。唯盃酒光景間，屢爲小碎篇章，以自吟暢。然以爲律體痺下〔一一〕，格力不揚，苟無姿態，則陷流俗。常欲得思深語近〔一二〕，韻律調新，屬對無差，而風情宛然，而病未能也〔一三〕。江湖間多新進小生〔一四〕，不知天下文有宗主，妄相倣傚，而又從而失之，遂至於支離褊淺之詞，皆目爲元和詩體〔一五〕。

稹與同門生白居易友善，居易雅能爲詩，就中愛驅駕文字，窮極聲韻，或爲千言，或爲五百言律詩，以相投寄。小生自審不能以過之，往往戲排舊韻，別創新詞，名爲次韻相酬，蓋欲以難相挑耳。江湖間爲詩者〔一六〕，復相倣傚，力或不足，則至於顛倒語言，重複首尾，韻同意等，不異前篇，亦自謂爲元和詩體。而司文者考變雅之由，往往歸咎於稹。嘗以爲雕蟲小事，不足以自明。始聞相公記憶，累旬已來，實懼糞土之牆，庇以大厦，便不摧壞〔一七〕，永爲版築之誤〔一八〕，輒寫古體歌詩一百首〔一九〕，百韻至兩韻律詩一百首，合爲五卷，奉啓跪陳。或希構厦之餘，一賜觀覽，知小生於章句中，欒櫨榱桷之材，盡曾量度，則十餘年之邅迴，不爲無所用矣〔二〇〕。詞旨瑣劣，冒黷尊嚴〔二一〕，俯伏刑書〔二二〕，不敢逃讓。死罪死罪。

【校勘記】

〔一〕文：《全唐文》卷六五三作「文章」。

〔二〕他技：原作「它歧」，據《英華》卷六五七改。

〔三〕穢：《英華》、《全唐文》作「黷」。

〔四〕特：《唐文粹》卷八五作「直」。

〔五〕約：《英華》、《唐文粹》、《全唐文》作「教約」。

〔六〕「於」字下，《英華》、《唐文粹》、《全唐文》有「外」字。

〔七〕專：《英華》、《唐文粹》、《全唐文》作「用」。

〔八〕《唐文粹》無「向」字。

〔九〕「諷」字下，《英華》、《唐文粹》、《全唐文》有「達」字。
〔一〇〕尤：《英華》、《唐文粹》、《全唐文》作「戾」。
〔一一〕痺：《唐文粹》作「卑」。
〔一二〕常：原作「當」，據《英華》、《唐文粹》、《全唐文》改。
〔一三〕宛然而：《英華》、《唐文粹》、《全唐文》作「自遠然而」。
〔一四〕湖：《英華》作「湘」。　多：《英華》、《唐文粹》、《全唐文》作「多有」。
〔一五〕目：《英華》作「自謂」，似是。
〔一六〕湖：《英華》、《全唐文》作「湘」。
〔一七〕不摧：《英華》、《唐文粹》作「不復摧」。　壞：原作「攘」，據叢刊本、《英華》、《唐文粹》、《全唐文》改。
〔一八〕永：《英華》、《全唐文》作「實」。　築：《英華》、《全唐文》作「築者」。　誤：原作「娛」，據《英華》改。
〔一九〕輒：《英華》、《唐文粹》作「輒敢撰」，《全唐文》作「輒繕」。
〔二〇〕無所用：《英華》、《全唐文》作「無用」。　矣：《唐文粹》作「心耳」。
〔二一〕尊：原作「專」，據叢刊本、《英華》、《唐文粹》、《全唐文》改。
〔二二〕俯伏：《唐文粹》、《全唐文》作「伏候」。

元稹集外集補遺

卷第一

詩

馬元調輯

夢遊春七十韻〔一〕

昔君夢遊春〔二〕，夢遊何所遇？夢入深洞中，果遂平生趣。清泠淺漫溪〔三〕，畫舫蘭篙渡。過盡萬株桃，盤旋竹林路。長廊抱小樓，門牖相回互。樓下雜花叢，叢邊繞鴛鷺。池光漾彩霞〔四〕，曉日初明煦。未敢上階行，頻移曲池步。烏龍不作聲，碧玉曾相慕。漸到簾幕間，徘徊意猶懼。閑窺東西閣，奇玩參差布。格子碧油糊〔五〕，駝鈎紫金鍍。逡巡日漸高，影響人將寤。鸚鵡飢亂鳴，嬌娃睡猶怒〔六〕。簾開侍兒起，見我遥相諭。鋪設是紅茵〔七〕，施張鈿妝具。潛褰翡翠帷，瞥見珊瑚樹。不見花貌人〔八〕，空驚香若霧〔九〕。回身夜合偏〔一〇〕，斂態晨霞聚〔一一〕。睡臉桃破風，汗妝蓮委露。叢梳百葉髻，金蹙重臺屨。批軟殿頭裙〔一二〕，玲瓏合歡袴。鮮妍脂粉薄，闇澹衣裳故。最似紅牡丹〔一三〕，雨來春欲暮。夢魂良易驚，靈境難久寓。夜夜望天河，無由重沿泝。結念心所期，返如禪頓悟。覺來八九年，不向花回顧〔一四〕。雜洽兩京春〔一五〕，喧闐衆禽護。我到看花時，但作懷仙句。浮生轉經歷，道性尤堅固。近作《夢仙》詩，亦知勞肺腑。一夢何足云，良時自婚娶〔一六〕。當年二紀初，嘉節三星度。朝蕣玉珮迎，高松女蘿附。韋門正全盛，出入多歡裕。甲第漲清池〔一七〕，鳴騶引朱輅。廣榭舞萎蕤，長筵賓雜厝。青春詎幾日，華實潛幽蠹。秋月照潘郎，空山懷謝傅。紅樓嗟壞壁，金谷迷荒戍。石壓破欄干，門摧舊梐枑。雖云覺夢殊，同是終難駐。悰緒竟何如？棼絲不成絇。卓女《白頭吟》，阿嬌《金屋賦》。重璧盛姬臺，青塚明妃墓。盡委窮塵骨，皆隨流波注。幸有古如今，何勞縑比素？況余當盛時，早歲諧如務。詔册冠賢良，諫垣陳好惡。三十再登朝，一登還一仆。寵榮非不早，邅迴亦云屢。直氣在膏肓，氛氳日沉痼。不言意不快，快意言多忤。忤誠人所賊，性亦天之付。乍可沉爲香，不能浮作瓠。誠爲堅所守，未爲明所措。事事身已經，營營計何誤。美玉琢文珪，良金填武庫。徒謂自堅貞，安知受礱鑄？長絲羈野馬，密網羅陰兔。物外各迢迢，誰能遠相錮？時來既若飛，禍速當如鶩。曩意自未精，此行何所訴？努力去江陵，笑言誰與晤。江花縱可憐，奈非心所慕。石竹逞姦黠，蔓菁誇畝數〔一八〕。一種薄地生，淺深何足妬。荷葉水上生，團團水中住。瀉水置葉中，君看不相污。

【校勘記】

〔一〕原題作「夢遊春詞三十六韻樂天集云七十韻，是。今盡缺其半矣」，今據《才調集》卷五、《全唐詩》卷四二二補齊，故改作「七十韻」。又據《白居易集》卷十四《和夢遊春詩一百韻并序》可補此詩之序「斯言也，不可使不知吾者知；知吾者亦不可使不知。樂天知吾也，吾不敢不使吾子知」數句，原序之全文已佚。

〔二〕君：《才調集》、《全唐詩》作「歲」。

〔三〕溪：《才調集》、《全唐詩》作「流」。

〔四〕彩霞：《才調集》、《全唐詩》作「霞影」。

〔五〕格：《才調集》、《全唐詩》作「隔」。

〔六〕狌：原作「娃」，據陳寅恪《元白詩箋證稿》之考證改。

〔七〕是：《才調集》、《全唐詩》作「繡」。

〔八〕見：《才調集》、《全唐詩》作「辨」。

〔九〕霧：《才調集》作「露」。

〔一〇〕回身：《才調集》、《全唐詩》作「身回」。

〔一一〕斂態：《才調集》、《全唐詩》作「態斂」。

〔一三〕批軟殿頭裙：《才調集》、《全唐詩》作「紕軟鈿頭裙」，似是。
〔一三〕似：原作「是」，據《才調集》、《全唐詩》改。
〔一四〕回：《才調集》、《全唐詩》作「迴」。
〔一五〕洽：《才調集》、《全唐詩》作「合」。
〔一六〕自：《才調集》、《全唐詩》作「事」。
〔一七〕「甲第」句至篇末，共三十四韻，原闕，今據《才調集》卷五補。
〔一八〕菁：《全唐詩》作「青」。

古豔詩二首〔一〕即傳所謂立綴《春詞》二首，是也。

春來頻到宋家東，垂袖開懷待好風。鶯藏柳闇無人語，惟有牆花滿樹紅。

深院無人草樹光，嬌鶯不語趁陰藏。等閑弄水流花片〔二〕，流出門前賺阮郎。

【校勘記】

〔一〕《才調集》卷五題作「春詞」，僅有「深院」首。
〔二〕流：《才調集》、《全唐詩》卷四二二作「浮」。

古決絶詞三首〔一〕

乍可爲天上牽牛織女星，不願爲庭前紅槿枝。七月七日一相見，相見故心終不移〔二〕。那能朝開暮飛去，一任東西南北吹。分不兩相守，恨不兩相思。對面且如此，背面當何如〔三〕？春風撩亂伯勞語，況是此時抛去時。握手苦相問，竟不言後期。君情既決絶，妾意亦參差〔四〕。借如死生別，安得長苦悲！

噫春冰之將泮，何予懷之獨結？有美一人，於焉曠絶。一日不見，比一日於三年，況三年之曠別。水得風兮小而已波〔五〕，筍在苞兮高不見節。矧桃李之當春，競衆人之攀折〔六〕。我自顧悠悠而若雲，又安能保君皚皚之若雪〔七〕？感破鏡之分明，覩淚痕之餘血。幸他人之既不我先，又安能使他人之終不我奪〔八〕？已焉哉！織女別黄姑，一年一度暫相見，彼此隔河何事無。

夜夜相抱眠，幽懷尚沉結。那堪一年事，長遣一宵説。但感久相思，何暇暫相悦？虹橋薄夜成，龍駕侵晨列。生憎野鶴性遲回〔九〕，死恨天雞識時節。曙色漸曈曈〔一〇〕，華星欲明滅〔一一〕。一去又一年，一年何時徹〔一二〕？有此迢遞期，不如生死別〔一三〕。天公隔是妒相憐，何不便教相決絶！

【校勘記】

〔一〕《樂府詩集》卷四一題作「決絶詞」。

〔二〕《樂府詩集》、《全唐詩》卷四二二無「相見」二字，疑衍。

〔三〕何如：《才調集》卷五、《全唐詩》作「可知」。《樂府詩集》作「何知」，疑非。

〔四〕亦：《才調集》、《樂府詩集》、《全唐詩》作「已」。

〔五〕水：原作「冰」，據《才調集》、《樂府詩集》、《全唐詩》改。

〔六〕之：《才調集》、《全唐詩》作「而」。

〔七〕皚皚之若：《樂府詩集》作「皓皓之如」。

〔八〕使：《才調集》作「後」。

〔九〕鶴：《才調集》、《樂府詩集》作「鵲」。

〔一〇〕曈曈：《才調集》、《樂府詩集》作「曈曨」。

〔一一〕欲：《才調集》、《樂府詩集》作「次」。

〔一二〕時：《才調集》、《全唐詩》作「可」。

〔一三〕如：原作「知」，據《才調集》、《樂府詩集》、《全唐詩》改。

離思詩五首〔一〕

自愛殘妝曉鏡中，環釵謾篸緑雲叢〔二〕。須臾日射臙脂頰，一朶紅酥旋欲融。

山泉散漫繞階流〔三〕，萬樹桃花映小樓。閑讀道書慵未起，水晶簾下看梳頭。

紅羅着壓逐時新，杏子花紗嫩麴塵〔四〕。第一莫嫌才地弱〔五〕，些些紕縵最宜人。

曾經滄海難爲水，除卻巫山不是雲。取次花叢懶回顧〔六〕，半緣修道半緣君。

尋常百種花齊發，偏摘梨花與白人。今日江頭兩三樹，可憐枝葉度殘春〔七〕。

【校勘記】

〔一〕《才調集》卷五題作「離思六首」，其第一首即本集之《鶯鶯詩》。

〔二〕謾篸緑雲：《才調集》作「慢篸緑絲」。雲：《全唐詩》卷四二二亦作「絲」。

〔三〕漫：原作「縵」，據《才調集》、《全唐詩》改。

〔四〕杏子：《才調集》作「吉了」。

〔五〕才：《才調集》、《全唐詩》作「材」。

〔六〕回：《才調集》、《全唐詩》作「迴」。

〔七〕枝：《才調集》、《全唐詩》作「和」，似勝。

雜憶詩五首

今年寒食月無光，夜色纔侵已上牀。憶得雙文通内裏，玉櫳深處闇聞香。

花籠微月竹籠煙，百尺絲繩拂地懸〔一〕。憶得雙文人静後，潛教桃葉送鞦遷。

寒輕夜淺繞迴廊，不辨花叢闇辨香。憶得雙文籠月下，小樓前後捉迷藏。

山榴似火葉相兼，亞拂低牆半拂簷〔二〕。憶得雙文獨披掩，滿頭花草倚新簾。

春冰消盡碧波湖，漾影殘霞似有無。憶得雙文衫子裏〔三〕，鈿頭雲映褪紅酥。

【校勘記】

〔一〕尺：《全唐詩》卷四二二注：「一作丈。」

〔二〕低牆：《才調集》卷五、《全唐詩》作「塼階」。

〔三〕裏：《才調集》、《全唐詩》作「薄」，似勝。

按：元稹恐另有《雜憶詩十二首》，已佚。因讀錢謙益《苦海集》，見有《和元微之雜憶詩十二首》，該詩亦收于《有學集·補遺》，今録于此，供參考：

春燈試罷早梅開，風景催人次第來。憶得隔牆明月夜，滿身花露立蒼苔。

黄綾方勝繫紅絲，裹疊相思在此時。憶得玉環初解贈，叮嚀記我耳邊垂。

愁到無愁恨轉生，侍兒欲唤卻忘名。憶得阿圓來送酒，隔樓聞詠《玉臺》聲。
粧成忽報槫聲催，欲别堂前首重迴。憶得徘徊難寄語，向人佯道幾時來。
雁頭箋杳卻三秋，惆悵佳晨似水流。憶得早寒鬟未整，爐香親送一停眸。
經年信隔似銀河，一見相看掩翠蛾。憶得門前方問訊，憑欄低語淚痕多。
相思無地恨偏長，斂衽纖纖拜覺王。憶得證明通姓氏，因緣都仗一爐香。
全憑雙鯉寫相思，二六時中數寄詞。憶得封緘編甲乙，要予裁報莫參差。
情魔難遣病魔侵，不謂陽明變厥陰。憶得良醫都未識，凡方何用寫黄芩。
姊妹行中笑語稀，春懷都被野蜂知。憶得掩關寒食夜，月明人静兩相疑。
晚涼天氣麥秋時，手折花枝慰所思。憶得奚奴傳好信，平安欲報幾驚疑。
香蕉金鴨是離情，三月花開百媚城。憶得樓中人乍起，曉鶯殘月半天明。

鶯鶯詩〔一〕

殷紅淺碧舊衣裳，取次梳頭闇澹妝。夜合帶煙籠曉日〔二〕，牡丹經雨泣殘陽。依稀似笑還非笑〔三〕，彷彿聞香不是香〔四〕。頻動横波嬌不語〔五〕，等閑教見小兒郎。

【校勘記】

〔一〕《才調集》卷五作《離思六首》之首篇。

〔二〕日：《才調集》作「月」。

〔三〕依稀似笑還非笑：《才調集》作「低迷隱笑元無笑」。還非笑，《全唐詩》卷四二二作「原非笑」。

〔四〕彷彿聞香不是香：《才調集》、《全唐詩》作「散漫清香不似香」，似勝。

〔五〕嬌不語：《才調集》、《全唐詩》作「嗔阿母」。

春曉

半欲天明半未明，醉聞花氣睡聞鶯。狌兒撼起鐘聲動〔一〕，二十年前曉寺情。

【校勘記】

〔一〕狌：原作「娃」，據《全唐詩》卷四二二改。

贈雙文

豔時翻含態〔一〕，憐多轉自嬌。有時還自笑〔二〕，閑坐更無聊〔三〕。曉月行看墮，春酥見欲銷。何因肯《垂手》？不敢望《迴腰》。

【校勘記】

〔一〕時、態：《才調集》卷五、《全唐詩》卷四二二作「極」、「怨」。

〔二〕自：《才調集》、《全唐詩》作「暫」。

〔三〕更：《才調集》作「愛」。

賦

大合樂賦以「王者之政備于樂聲」爲韻

樂者，制也。所以道天和，全人性。故作之以崇德，審之以知政，王者敬其事而闡其道，順其時而行其令。逮夫季春戒期，乃命有司，且曰：羣萌達矣，播樂安之，重以國經，不可闕躬，理必以時。訂一作將齊度於節奏，被選樂於聲詩。撰乃吉日，總於樂師，是用資於詢爾，亦無忝於命夔。由是司儀辨等，庶工守位，備弦管之聲，陳匏竹之器，柷敔邐迤而就列，簨簴嶙峋而居次，克展禮容而告樂備。天子於是率九卿暨三事，必虔心而有待，俾陪扈而斯致。既親覿於宮懸，又何假以庭試？若乃曲度是并，不可殫名。雜以韶頀，間以英莖。追宣尼之前聞，是能忘味；念師乙之舊說，各辨遺聲。考彼廢興，存乎清濁。安以樂，且知治世之音；哀以思，不雜異方之樂。類飛聲於垂仁，等潤物於流渥。足使魏文侯之卧聽，已悟前非；吴季子之備觀，難施先覺。既盡美矣，又何加乎？諒從律而罔惑，將克諧而不渝。必在聽和，知其樂也洩洩；是惟反朴，變其風也于于。具舉不患乎聲希，統同寧貴於和寡。奚必響鈞天之靈貺，而有殊焉；想洞庭之異音，更思古者。誠夫天祚我皇，恩歷遐昌。掩邃古之嘉樂，軼三代之盛王。竊賀聲明之巨麗，敢聯《雅》《頌》之遺章。

簫韶九成賦以「曲終九成百獸皆舞」爲韻

聖人順天道、防人欲，布和以調其性，宣樂以察其俗。氣將道志，五聲發以成文；化盡歡心，百獸率而叶曲。茫茫太空，樂生其中。聲隨化感，律與天通。交四氣之薄暢，貫三光乎昭融。將君子以審樂，故先王以省風。致同和於天地，諒難究其始終。惟樂之廣，于何不有。包陰陽兮不集不散，降神靈兮或六或九，故季札聆音而感深，宣尼忘味於耳盈。昭覆幬兮煦嫗，召游泳以飛走。演自窅冥，發於性情。將不動而爲動，自無聲而有聲。五者通三，我則貫三才而作；陽數有九，我則至九變而成。不然者何以調大中，何以繼光宅？作終樂於數四，歷君子之凡百。其聲轉融，其道彌赫。大哉至樂，于以洪覆。收之而合乎希夷，張之而散乎宇宙，感八神與地祇，格靈禽與仁獸。扇風化而以攢，則雍熙之可就。大韶命曲，大章同濟，既和且樂，亦孔之皆。且簫爲器之所細，鳳爲王之所懷。若湝灃之音，感清浄之化，乖則歌已而於狂客，孰來儀於克諧。恭惟我君，配天作主。命工典樂，考法師古。浹聲教之汪濊，合堯禹之規矩。士有聞韶嘉於藴道，擊壤希乎可取。同鳥獸之歸仁，承德音而率舞。

聞韶賦以「宣父在齊三月忘味」爲韻

韶則盡美，聽何可忘，況至德之斯過，聆奇音之孔揚。天縱多能，信以嘉乎擊拊；神資博學，知具美於典章。用而不匱，樂亦無荒，若充乎四門之術，不離乎數仞之牆。驗則足徵，用之可貴，聖者妙而合道，志者仰而自慰。悦五音而四直，孰謂其聾；致六府之和平，自忘於味。省風而八風協暢，觀德而九德昭宣。季子懈遊於魯地，穆公徒饗於鈞天。曷若觀率一作于舞，聆薰絃，變態罔已，周流自然。可以深骨髓而期富壽，豈徒資視聽而娱聖賢。至若清磬虚除，朱絃疏越，鼗鼓以之迭奏，笙鏞於焉閒發。以感陰陽於宇宙，耀光明於日月。自表虞德之不衰，豈效文王之既没。是知武也未善，護也有慚。鈞化歸於二八，讓德明乎再三。所以其道不窮，厥監斯在。驗率舞於百獸，想同和於四海。如其樂正，非關自衛而來；儻俟風移，有栘從周而改。愔愔不極，杳杳乍迷，俄將復矣，抑又揚兮。夢周公而不見，想聖德而思齊。聞斯行諸，厥不踰矩。感心駭目，是何其覩。悠然而往，三歎如在夫寥天；滌爾而施，萬籟已吟於九土。詎忘味於三月，諒永懷於千古，幸賦韶樂之遺音。美哉尼父。

按：以上三賦，馬元調輯爲元稹作，不知何據。今楊軍《評〈元稹集〉點校中的訛誤》（見《古籍整理研究學刊》一九九七年第六期），依據《文苑英華》之目録和索引（皆中華書局編製）及《全唐文》（清嘉靖年間編），將《大合樂賦》定爲李程作、將《簫韶九成賦》定爲裴度作、將《聞韶賦》定爲陳庶作，似不足據。因爲《李程表狀》已佚，《英華》于此篇下並未署作者名，裴度《書儀》集已佚，《英華》于此篇下亦未署作者名，而《英華》收以上三篇是緊接在元稹《奉制試樂爲御賦》之後，題下均無署名。馬元調收録在前，雖不知其根據，但絶不會無所依據，《全唐文》編纂在後，同樣不知所據，《英華》的目録和索引與正文並不相符。因此，本人以爲存疑爲上。

元稹集外集補遺

卷第二

啓

賀裴相公破淮西啓

某啓。伏見當道節度使牒，伏承相公生禽吴元濟，歸斬闕下，功高振古，事絶稱言，億兆歡呼，天下幸甚。某聞：舉世非之，而心不惑者謂之明；羣疑未亡，而計先定者謂之智。日者天棄淮蔡，蓄爲汙瀦。五十年間，三后垂顧。眇爾元濟，繼爲凶妖。謂君命可逃，以父死爲利。聖上以睿謨神算，方議剪除；羣下守見習聞，咸懷阻沮。公英猷獨運，卓立不回，内排疑惑之詞，外輯異同之旅。三軍保任，一意誅鋤。投石之卵雖危〔一〕，拒輪之臂猶奮。賴閣下忠誠憤激，親自拊巡。靈旗一臨，餘沴電掃。此所謂俟周公而後淮夷服，得元凱而後吴寇平。凡在陶甄，孰不忻幸！況某早趨門館，抃躍尤深。僻守遐荒，不獲隨例拜賀。無任踴躍徘徊之至。

【校勘記】

〔一〕石：原作「后」，據《全唐文》卷六五三改。

上興元權尚書啓

某啓。某聞周諸侯生桓文時，而不列於盟會，則夷狄之，以其微不能自達於盟主也。元和以來，貞元而下，閣下主文之盟，餘二十年矣。某亦盜語言於經籍，卒未能效互鄉之進，甚自羞之。自陛下以環梁十六州之地授閣下，麾蓋鐵棨，玄纛青旌。晨一作泉，皆可疑。魚符竹信，車朱左右轓。府置軍司馬以下官屬〔一〕，刻節而總制之，則某實爲環内之州司馬，而又移族謁醫〔二〕，在閣下治所。私心歡欣，願改前恥。然而吏通之初，有言通之州幽陰險蒸、瘴之甚者。私又自憐其才命俱困，恐不能復脱於通。由是生心，悉所爲文，留置友善，冀異日善惡不忘於朋類耳〔三〕。筐篋之内〔四〕，遂無遺餘，方創新一作雜詞，以須供一作洪贊。不幸瘡痍暴侵，手足沉廢，恐一旦神棄其形，終不得自進於閣下。因用官通已來所作詩及常記憶者〔五〕，共五十首。又文書中得《遷廟議》、《移史官書》、《戡難紀》，並在通時叙詩一章，次爲卷軸，封用上獻。塵黷尊重，帖伏迴遑。謹以啓陳不宣。謹啓。

【校勘記】

〔一〕下：《全唐文》卷六五三作「上」。

〔二〕族：《英華》卷六五七作「疾」。

〔三〕忘：《英華》作「妄」。

〔四〕内：《全唐文》作「類」。

〔五〕憶：原作「臆」，據《英華》、《全唐文》改。

表

論裴延齡表〔一〕

臣某言。臣昨二十五日宰臣伏宣聖旨：以陸贄敗官罪狀，不可書於詔命。陛下慈仁愛人，恩宥愚直，仍令後有所見，得以上聞。臣忝職諫司，不勝大幸。臣等前所上表，言陸贄等得罪之由，起於讒構。此皆延齡每自倡言〔二〕，以弄威寵。及奉宣示，奸詐乃明。陸贄久在禁垣，復典樞要，今之譴責，固出聖衷。竊以李充勵志郵人〔三〕，勤身奉職，惠愛之化，洽於細微。頃以公事之間，與延齡相敵，未貶之月，延齡亦以語人。讒構之端，羣情是惑。

臣聞大臣之體，出於讒辭，安可持密勿之言，爲忿怒之柄。朝廷側目，遠邇揺心，百官素不能親附延齡者，屏氣私門，不知自保。陛下聖德下照，物無所遺，豈獨厚於一夫，而乃薄於天下。伏惟發誠謹中官，備問閭里。有言延齡無罪，李充有過。臣實微眇，敢逃天誅。李充覆族亡家，於臣何害？事關大本，不敢自私。延齡奸計萬殊，方司邦賦，必能公用財賄，陰結匪人，則他時之過，彰聞路絶。伏以貞觀遺訓，日經宸心，去其邪謀，以慰天下，幸甚幸甚。臣不勝懇迫之至。

【校勘記】

〔一〕《英華》卷六二五題注曰：「德宗。」並有按語曰：「陸贄貞元十年貶，元稹元和元年除拾遺，相去十一年。二表決非稹作，集亦無之。」今録于此，備考。

〔二〕倡：《英華》作「昌」。

〔三〕充：《全唐文》卷六五〇作「克」，下同。

又論裴延齡表〔一〕

臣某言。間者陛下親授臣以直言之詔，又命臣以言責之官。奉職以來，未嘗忘死，誓將忠懇，上答鎔造。竊以裴延齡虧損聖德，瀆亂典章。逞其心欲，以蟄毒黎元；逞其苛刻，以動搖邊鄙。弄陛下爵位，以公授私人；盜陛下威權，以誘脅忠善。賢愚注耳，朝野同辭。臣固不敢飾其繁文，再擾聰明。所以晝夜感憤、不能自寧者，以陛下執刑賞之柄，不僭在人，延齡狡詐公行，曾不爲念。伏見去年十二月五日敕：度支計管李玘配流播州〔二〕，張勛配流崖州，仍各決六十。斯則延齡自快怒心，曲遂其狀。陛下聽之以誠，謂爲當辠；峻其所罰，用直羣司。罪名及加，冤聲大振。陛下深鑒其事，詔命中留，曾不旬朝，馳聞海內。使遠方之人，疑陛下明有所擁〔三〕，令無必行，奸以陷君，孰任其咎？儻二人獨決延齡之手，死不得言，化理之失，豈不重乎？陛下常以登聞之鼓，置之於庭；必欲人情纖微，不滯於外。比來或事繫度支，御冤上訴，皆不即驗問，盡付延齡。縲囚衣冠，攘奪孤賤。身不足償其怒，家無以應其求，怨痛内緘，誰與爲理？矰繳盈路，動而見拘，咫尺天門，不敢上訴。延齡之威益熾，疲人之苦日深。陛下以延齡爲賢〔四〕，言者皆妄，不若明白其罪，昭示萬方，使延齡無辜，辨之何害。儻兇惡滋蔓，鬱於人心，決之不時，所傷豈細。臣實寒心銷肉，用是爲憂。伏惟俯鑒聖情〔五〕，召臣問狀，有一非據，罪在面欺。臣不勝迫切之至。

〔馬注：二《表》見《文苑英華》。舊注：陸贄貞元十年敗，元稹元和元年除拾遺，相去十一年，疑非稹作。愚按：微之以十五明經及第，二十八中制科，爲拾遺，當裴之盛，雖未爲諫官，而已年十八、九矣。二《表》或是代人之作，蓋公《與樂天書》，叙貞元十年已後事云：心體悸震，若不可活，思欲發之久矣。則裴亦時事之尤舛者也，況公生長京城，代人作《表》論裴，想當然爾。〕

【校勘記】

〔一〕《英華》卷六二五題注曰：「德宗。」

〔二〕播：《英華》作「潘」。

〔三〕擁：《全唐文》卷六五〇作「壅」。

〔四〕以：《英華》作「必以」。

〔五〕鑒：《英華》作「降」。　聖：《全唐文》作「衆」。

議

錢重物輕議

右，臣伏見中書門下牒，奉進止：以錢重物輕，爲病頗甚，宜令百寮各隨所見，作利害狀類會奏聞者。臣備位有司，謬總邦計，權物變弊，職分所當，固合經心，自思上達，豈宜待問，方始啓謀。臣伏以作法於人，必求適中，苟非濟衆，是作不臧。所以夙夜置懷，重難其術。伏奉制旨，旁採庶寮。臣實有司，敢不知愧。既不早思所見，上沃聖聰；今乃備數庶官，肩隨奏議，無乃失有司奉職之體，負尸位素餐之責。況道謀孔多，是用不集，盈庭之言，自古所知。至於業廣即山，税徵穀帛。發公府之朽貫，禁私室之滯藏。使泉流必通，物定恒價，羣議所共，指事皆然〔一〕。但在陛下行之，有司遵守利害之説，自足可徵。若更將廣引古今，誕飾詞辯，有齊畫餅，無益國經，恐重空文，不敢輕議。謹議。

【校勘記】

〔一〕指：原作「措」，據《英華》卷七六九、《全唐文》卷六五二改。

元稹集外集補遺

卷第三

判

錯字判

丁申文書上，尚書省按之，辭云：「雖誤可行用。」

對

文奏或差，本虞行詐。此例可辨，必有原情。苟異因緣之姦，則矜過誤之罰。丁也方將計簿，忽謬正名，曾不戒於爰毫，遂見尤爲起草。然以法存按省，誤有等差。倘以百爲千，比賜縑而難赦；若當五而四，縱闕馬而何傷。苟殊魚魯相懸，宜恕甲由未遠。按其非是，雖懷三豕之疑；訴以可行，難書一字之貶。請諸會府，棄此小瑕。非愚訴人，在法當爾。

易家有歸藏判

甲爲處士，家畜《歸藏易》，常以七八爲占。鄰人告其左道，不伏。

對

四營成易，本用窮神。三代演圖，孰云疑衆？甲志敦素履，學洞青囊，不言非聖之書，忽招誣善之告。雖九六布卦，我則背於周經；而七八爲占，爾盍觀於殷道。徒驚異象，曾是同歸，辨數雖冠履相暌，得意而筌蹄可忘。且穆姜遇艮，足徵麟史之文；尼父得坤，亦驗《歸藏》之首。以斯償責，可用質疑。

修堤請種樹判

乙修堤畢，復請種樹功價，有司以爲不急之務。乙固請營繕。令諸侯水堤内不得造小堤，及人居其堤，内外各五步，並堤上種榆、柳雜樹。若堤内窄狹地種，擬充堤堰之用。

對

善防既畢，固合程功。柔木載施，亦將補敗。乙之亟請，誰謂過求？隱椎之役雖終，列樹之思尚切。有司見阻，無備實難。苟忞養材之資，蓋非長利；遠求爲捷之用〔一〕，豈不重勞。當有取於繕完，顧何煩於藝植。且十年可待，五步足徵，防在未萌，著之先甲。因而致用，庶無瓠子之災；言之不從，恐累匏瓜之繫〔二〕。

【校勘記】

〔一〕捷：《英華》卷五二六、《全唐文》卷六五二作「捷」。

〔二〕累：《英華》作「類」，似是。

夜績判〔一〕

得縣申，歲十月，入人里，胥使婦人相從夜績，每月課四十五功，聽其歌詠，行人善之，徇於路。按察禁之，太師以失職致詞。

對

天迴地旋，陽生陰息。玉衡指孟冬之野，促績鳴寒；金昴臨短景之昏，厥人當燠。相彼同色疑作邑，懋哉惟時。戒坐塾之里胥，稽其既入；率同巷之衆婦，績以相從。素緒霜梁〔二〕，共紛如於永漏〔三〕；紅光炎上，俱省費於餘輝。夜兼功以日多，日存課而年最。若廉叔之勸蜀，襦袴興謳；類古公之居豳，茅綯斯誦。故令風俗翕習，家室乃宜。有未得其所然，或心傷而發詠。則摽梅求吉，編王化之音；采芑懷征，列雅章之内。行人掌乎宣布，載在搜揚。得詠言於此邦，將遐徇以遒邁。太師典樂，允被克諧之恭；按察觀風，何爲失職之禁。先王制法，寧罰有詞。

【校勘記】

〔一〕夜績判：《英華》卷五二六作「井田判」。

〔二〕梁：《全唐文》卷六五二作「柔」。

〔三〕共：《全唐文》作「其」。

田中種樹判

乙於田中種樹，鄰長責其妨五穀，乙乃不伏。《漢書・食貨志》：「種樹必雜五穀，以備災傷。田中不得有樹，用妨五穀。力耕數耘，收穫如寇盗之至。環（志作還）廬樹桑」云云。〔一〕

對

百草麗地，在物雖佳；五稼用天，於人尤急。乙姑勤樹事，頗害農收。列植有昧於環廬，播穡遂妨於終畒。雖椅桐梓漆，或備梓人之材；而黍稷稻粱，宜先后稷之穡。苟虧冒隴，焉用成蹊，縱有念於息陰，豈可侔於望歲。植之場圃，合奉周官；置在田疇，殊乖漢制。既難償責，無或順非。

【校勘記】

〔一〕《英華》卷五二六、《全唐文》卷六五二無此注。

屯田官考績判

戊爲營田，使申屯田，官考課違常限，省司不收，辭云：待農事畢，方知殿最。

對

要會有期，誠宜獻狀。籍斂未入，何以稽功。戊也將俟農收，方明績用。三時罔害，然有別於秏登；五稼未終，安可議其誅賞。當從責實，寧俾課虚。苟欲考於歲成，姑合畢其田事。雖賢能是獻，比要宜及於計偕；而稼穡其難，收功當俟於協入。詳徵著令，固有常規。農扈之政不乖，蘭省之非斯在。

怒心鼓琴判

甲聽乙鼓琴，曰：爾以怒心感者。乙告，誰云詞云粗厲之聲。

對

感物而動，樂容以和。苟氣志憤興，則琴音猛起。倘精察之不昧，豈情狀之可逃。況乎乙異和鳴，甲惟善聽。克諧清響，將窮舞鶴之能；俄見殺聲，以屬捕蟬之思。憑陵内積，趨數外形。未平君子之心，翻激小人之愠。既彰蓄憾，詎爽明言。詳季札之觀風，尚分理亂；知伯牙之在水，豈曰譸張。斷以不疑，昭然無妄。宜加黜職，用刺褊心。

迴風變節判

甲鼓琴，春叩商，秋叩角。樂正科愆時失律，訴云：能迴風變節。

對

八風從律，氣必順時；五音迭奏，和則變節。絲桐之妙苟極，寒暑之應或隨。甲務以相宣〔一〕，因而牙動。和飯牛之唱，白露乍結於東郊；授舞鶴之聲，青陽忽生於南呂。鼓能氣至，藝與天同，且異反常之妖，何傷應感而起。惡夫典樂，曾是濫科。涼風徐動於鄭奏，遽云失節；寒谷倘移於鄒律，何以加刑。克協之薰，無令置棘。

【校勘記】

〔一〕宣：《全唐文》卷六五二作「宜」。

五品女樂判

辛爲五品官，有女樂五人。或告於法，訴云：三品已上有一部，不伏。

對

聲樂皆具，以奉常尊。名位不同，則難踰節。辛也榮沾五命，始用判懸。僭越三人，終乖儀制，非道不處，多備何爲。苟耽盈耳之繁，遂過粲兮之數。廣張女列，徒効尤於馬融；内顧何功，欲思齊於魏絳。罔循唐令，空溺宋音，雖興一部之詞，其如隔品之異。請懲擾雜，以償人言。

學生鼓琴判

巳爲太學生，好鼓琴。博士科其廢業，訴云：非鄭衛之音。

對

夙夜惟寅，雖無捨業。琴瑟在御，誰謂溺音？苟未爽於克諧，亦何傷於不撤。乙也良因釋卷，雅尚安弦。期青紫於通經，喜趨槐市；鼓絲桐之逸韻，協暢薰風。好濫既異於文侯，和聲豈乖於曾子。欲科將落，合辨所操。儻雜桑間之淫，須懲煩手；若經杏壇之引，難責平心。未詳緑綺之音，何速青衿之刺。忝司綿蕝，當隸國章。載考繩違，恐非善教。

毁方瓦合判

太學官教胄子毁方瓦合，司業以爲非，訓導之本不許。

對

教以就賢，雖無黷下。俾其容衆，則在毁方。太學以將務發蒙，宜先屈己。君子不器，須懷虚受之心。至人無方，何必自賢於物。爰因善誘，式念思恭，將戒同塵之誡，遂申合土之譽。況卑以自牧，仲尼嘗述於爲儒；禮貴用和，子張亦非於拒我。義存無傲，道在可嘉。長善之本不乖，成均之言何憒。

元稹集外集補遺

卷第四

制

授韋審規等左司户部郎中等制

敕：尚書郎會天下之政，上可以封還制誥，下可以昇負牧守，居可以優游殿省，出可以察視違尤。非第一流不議兹選。守職方郎中、上騎都尉韋審規等，皆歷踐臺閣，閑達憲章，或滿歲當遷，或擇才斯授。皆極一時之妙，足爲三署之光。於戲！提紀綱而分命六聰，左右司之職甚重；登生齒以比董九賦，人曹郎之任非輕。勉竭彌綸之心，勿虚俊茂之舉。可依前件。

授蕭祐兵部郎中制

敕：兵部郎中佐夏官，理邦國，以平不若。辨九法、九伐之重輕，稽五兵、五楯之衆寡。非踐更臺閣，從容聞望者，不在茲位。流品既清，選任彌重。朝議郎、守尚書考功郎中、上護軍、賜緋魚袋蕭祐，才行忠信，達於予聞。課吏陟明，誕若攸職。拾青紫於儒術，擅金石之揮毫。允謂賢能，宜當慰薦。可守尚書兵部郎中。散官、勳、賜如故。

授羅讓工部員外郎制

敕：義成軍前度支判官、朝議郎、檢校刑部員外郎兼侍御史、上柱國、賜緋魚袋羅讓：昔陶弘景一代高人，始願四十爲尚書，而猶不遂。國朝選署，尤用其良。以爾讓敏而好學，直而能温。甲乙亟登，班資歷踐。頃將軍辟士，權資孫楚之坐籌；今會府掄材〔一〕，復獎馬宮之射策。無忘辨護，以宣程品。日省月試，用勸百工。可尚書工部員外郎。

【校勘記】

〔一〕會：《全唐文》卷六四八作「曹」。

授丘紓陳鴻員外郎等制

敕：朝議郎、行左補闕、上柱國丘紓：諫諍之臣，入言於密勿之際，羣下莫得而知。然而政有汙崇，由爾之得失也。朝議郎、行太常博士、上柱國陳鴻，禮秩之官，草儀於朝廷之内，四方之所觀聽，是以察其事，爲見爾之能否矣。以爾紓久於侍從，可以序遷；以爾鴻堅於討論，可以事舉。並命省闥，足謂恩榮。慎乃攸司，無違夙夜。紓可膳部員外郎，鴻可虞部員外郎。

授嗣虢王溥等太僕少卿制

敕：正議大夫、行宗正丞嗣虢王溥，守隨州司馬、員外置同正員李逢等：昔我憲宗章武皇帝法堯睦族，深惟本枝，乃詔執事曰：「伯父叔季幼子童孫在屬籍者，必命卿長以才行聞。」而溥等國族之良，雅副兹選。糾訓羣僕，允釐王官。各率乃誠，無替厥職。溥可權知太僕少卿，逢可守袁王府長史。餘如故。

授張籍祕書郎制

敕：張籍：《傳》云：「王澤竭而詩不作。」又曰：「采詩以觀人風。」斯亦警予之一事也。以爾籍雅尚古文，不從流俗，切磨諷興，有助政經。而又居貧晏然，廉退不競。俾任石渠之職，思聞木鐸之音。可守秘書郎。

授張奉國上將軍皇城留守制

敕：環太微諸星，有上將、次將之例。所以拱衛宸極，誰何不若。句予置上將軍以禦侮，率是道也。前皇城留守張奉國，謙能養勇，明以資忠，卑飛翕翼於未擊之前，痛心疾首於見危之際。常一作能擒狡猾，克定妖氛，行賞計功，屢昇榮級。朕愛其忠厚，難以外遷，稍移要胃之間，不失爪牙之任。爲吾守禁，勉爾干城。可檢校兵部尚書兼左衛上將，依前充皇城使。

授杜叔良左領軍衛大將軍制

敕：十二衛大將軍典掌禁旅，張皇六師，猶藩垣之捧宸極也。爲任不細，是以出則授以弧矢，驅犬羊於虜庭；入則委以爪牙，領貔貅於魏闕。中外遞用，僉謂恩榮。前朔方靈鹽定遠等城節度副大使、知節度事、觀察處置、押蕃落等使、元從奉天定難功臣、開府儀同三司、檢校工部尚書兼靈州大都督府長史大夫、上柱國、安定郡王、食邑三千户杜叔良，將門之子，不墜弓裘，頗閱《詩》《書》，素明韜略。頃以五原近寇，禦侮才難，遂俾毆攘，實資毅勇。星霜屢换，節制斯勤，雖不立奇功，而無忘慎固。尚多毗倚，乃命徼巡。勉服新恩，以彰前効。可驃騎大將軍、行左領軍衛大將軍，元從功臣，勳、封如故。

授劉泰清左武衛將軍制

敕：劉泰清：文武並用，必推其才。久次不遷，則有昇叙，以爾踐更吏職，星歲頗淹，例當酬勞，用進常秩。奮我武衛〔一〕，以列周廬，斯亦信臣之任也。其勤厥職，式副予恩。可游擊將軍、守左武衛將軍。

【校勘記】

〔一〕奮：《全唐文》卷六四八作「分」。

授薛昌朝絳王傅制〔一〕

敕：薛昌朝等：國有政職之要，其一曰具員，所以稽績用而昇秩序也。爾等典掌衆務，勤歷一作勞歲時，無畏一作瘝厥官，能舉其政。擇才以佐諸邸，選士以列東朝，亦吾藴崇本枝之意也。爾無易之，可依前件。

【校勘記】

〔一〕絳王傅制：《全唐文》卷六四八作「等王傅等制」。

授王自勵原王府諮議制

敕：王自勵：左右禁旅，非材力過人而忠厚謹信者，不在壁壘庫樓之地。惟爾自勵，備吾選中。平蔡之師，亦有功伐。追思舍爵之賞，擢授曳裾之寮。特示新恩，且仍舊職。可檢校太子賓客兼原王府諮議參軍，依前殿中侍御史如故。

授郭皎冀王府諮議制〔一〕

敕：郭皎：材任爪牙，姻連肺腑〔二〕。領轅門之右廣，假桂苑之元寮。夙著威名，嘗頒勇爵。元戎啓狀，慶澤覃恩。宜輟豹韜之雄，以資鴈沼之畫。可行冀王府諮議參軍。餘如故。

【校勘記】

〔一〕皎：《全唐文》卷六四八注：「一作旼。」

〔二〕連：《全唐文》作「聯」。

授薛昌族等王府長史制

敕：建邦之王府，置長史司馬，以紀掾屬之秩序，而稽其職業也。前寧州刺史薛昌族、前泌州刺史烏重儒等，皆勳伐之子孫，並良能之牧守。朕河山在念，肯忘獎勞，藩邸求才，實思高選。昔阮孚以嘯詠自樂，龐秀有忠烈可佳。更任王官，咸稱國器。今之榮授，其在兹乎！佇移汝理郡之方，以助予維城之固。昌族可行絳王府長史，重儒可守冀王府司馬。散官，勳如故。

元稹集外集補遺

卷第五

制

授王承迪等刺史王府司馬制

敕：莒王府司馬王承迪、恭王府諮議參軍賜緋魚袋王承慶等：乃祖乃父，有勞邦家，而承迪等亦効忠於我，伯仲叔季，罔漏恩榮。或典方州，或昇清貫，惟恐未稱，豈礙彝章。兼秩憲臺，勉當優異。承迪可守普州刺史，承慶可莒王府司馬兼侍御史。賜如故。

授楊巨源郭同玄河中興元少尹制

敕：具官楊巨源，詩律鏗金，詞鋒切玉，相如有凌雲之勢，陶潛多把菊之情。朝請郎、前守華陰縣令郭同玄，文戰得名，吏途稱最，劉超推出納之善，王渙著抑挫之名，皆用己長，各居官守。因其滿秩，議以序遷。稽其器局之良，宜參尹正之亞。巨源可守河中少尹，同玄可權知興元少尹。

授裴寰奉先縣令制

敕：裴寰等：尹正務重，自掾屬已下，至于邦畿之長，往往選署以聞，從而可之，亦委任責成之義也。以爾等或理謀居最，或保任稱能，將委劇曹，亦專近邑。各懋乃職，用酬爾知。可依前件。

授衛中行陝州觀察使制

敕：邵伯聽事於棠陰之下，而人勿翦其樹。我知之，非忠信仁愛以得之耶？今自關東由洛而右，數百里之地，盡置爲軺車臣所理。蓋有以表率方夏，張皇京律〔一〕，聿求其良，用副憂寄〔二〕。朝諸大夫、守華州刺史兼御史中丞衛中行，始以詞賦深美，軒然有名。甲乙符昇，遂拾青紫。逮其書命，文鋒益銛。能搴菁華，以集麗則。出補近郡，號爲廉能。勤而不煩，簡而不苟。郊迓館穀，賓至如歸。長劭農人，咸用胥悦。移領巨鎮，疇將爾先。況封壤因連習俗，參合用之政。又闕陝之甿，吾固有虞於爾矣。至於觀聽他邑，儀刑下寮。旁臨傅説之巖，特假趙堯之印。遺風未泯，官業具存。苟能行之，無患不至。可守陝州大都督府長史兼御史大夫、充陝虢等州都防禦觀察處置等使。

【校勘記】

〔一〕律：《全唐文》卷六四八作「洛」。

〔二〕憂：《全唐文》作「優」。

授蕭睦鳳州周載渝州刺史制

敕：前劍南三川榷鹽判官、殿中侍御史内供奉蕭睦，前知鹽鐵轉運、山南東道院事、殿中侍御史周載等：由文學古，施於有政。三驗所至，莫匪良能。河池近蕃，南平東險。綏戎阜俗〔一〕，必藉長才。副我虛求一作懷，牧茲凋瘵〔二〕。事時農勸，用節人安。三年有成，惟乃之効。睦可鳳州刺史，載可渝州刺史。

【校勘記】

〔一〕戎：原作「戍」，據《英華》卷四一〇、《全唐文》卷六四八改。

〔二〕瘵：原作「癈」，據《全唐文》改。

授王師魯等嶺南判官制

敕：王師魯等：古稱南海爲難理，蓋蠻蜒獠俚之雜俗，有珠璣瑇瑁之奇貨。爲吏者不能潔身，無以格物。是以非吴處默之清德，不可以耀遠人；非孫子荆之長才，不可以參密畫。爾等皆當茂選〔一〕，取重元戎。更職命官，各如來奏。可依前件。

【校勘記】

〔一〕選：《全唐文》卷六四八作「遷」。

授鄭仁弼檢校祠部員外充横海判官制

敕：鄭仁弼：諸侯辟士，古實有之。近制二千石以上，乘軺車者則開幕選才，由古道也。仁弼等有勞參畫，重亂以聞。威等著稱詞華，翶亦致請臺省。茂膺兼命，式示恩榮。無忘切磨，用副匡益。可依前件。

授王陟監察御史充西川節度判官制

敕：王陟等：列諸侯之賓者，遷次淹速，得與上臺比倫。其或饋餉務繁，參畫禮重，亦得輟自他職，副其所求。爾等或以政聞，或以藝舉，守臣上請，信不予欺。各竭乃誠，以修厥績。可依前件。

授盧甹監察裏行宣州判官制

敕：盧甹等：宣城重地，較緡之數，歲不下百餘萬。管幹劇職，靈鹽近戎。分務簡僚，不易宜稱。爾等研究儒術，修明政經。勉慎所從，以承其長。可依前件。

授崔鄘等澤潞支使書記制〔一〕

敕：崔鄘、鄭翺等：近制藩府臣僚，自軍司馬以下，皆得選任其良，執事者所移異職。而鄘等事愬以狀聞，各以秩遷，毗于新邑。勉爾誠志，俾無尤違。鄘可監察裏行、充澤潞等州觀察支使，翺可協律郎、充昭義軍書記。

【校勘記】

〔一〕澤潞支使書記：《全唐文》卷六四八作「監察裏行等官」。

授楊進亳州長史制

敕：楊進：頃者師道潛遣兇徒，將焚京洛。姦謀指日，忠告先期。俾無頳尾之災，實賴赤心之効。雖居禁衛，未免食貧。言念前勞，宜沾厚秩。式佐郡府，仍壯軍容。尚旌撲滅之功，以示優崇之賞。可守亳州長史，仍令宣武軍節度收隨要中驅使。

封烏重胤妻張氏鄧國夫人制

敕：古者夫爲大夫，則妻爲命婦。況在小君之位，未加大國之封，豈唯有廢徽章，抑亦無以勸忠力也。某官烏重胤妻張氏，以鳴鳩之德，作合邦君，輔成勳猷，馴致爵位，雖從夫貴，未授國封。今以南陽，本邦善地，錫爲湯沐，加號夫人。兹乃殊榮，足光閨閫。可封鄧國夫人。

按：此文入《文苑英華》，接在元稹《封李愬妻韋氏魏國公夫人制》之後，題下未署名，其目録和索引編在白居易名下。查《白居易集》卷五十二，有《烏重胤妻張氏封鄧國夫人制》篇，與本文雖略有異文，但可視爲白居易所作，承楊軍撰文（見《古籍整理研究學刊》一九九七年第六期）指出，按此以表感謝。

授烏重胤山南西道節度使制

門下：惟梁州會險形束，襟帶皇都。南開蜀國，西控戎落。地宜用武，政必兼文。茲惟信臣，膺是專委。橫海軍節度使烏重胤，才本雄勇，器惟温茂。承累將之業，不以驕人；歷重兵之權，每思下士。沉威不耀，至信自彰。立奇節於遏亂之初，成休勳於盪寇之日。焯然來効，夙簡朕心。自經理海邦，訓齊戎旅，災荒之後，安阜爲難。政以和均，人斯悦勸。善績可舉，壯猷克宣。是用遷鎮近藩，更弘遠略。恢復西土，伊正南都。式寵忠勳，宜服榮獎。可檢校司空、充山南西道節度使。

授盧捷深州長史制〔一〕

敕：前成德軍節度巡官盧捷：朕以鎮冀數州之地，刑賞廢置，盡委之於弘正，度爾才能，宜爲長佐。且顧兼榮，允吾台臣，是用兩可。饒陽大邑，無陋厥官。可依前件。

【校勘記】

〔一〕捷：《英華》卷四一四作「揵」，下同。

元稹集外集補遺

卷第六

鶯鶯傳〔一〕

唐貞元中，有張生者，性温茂，美丰容〔二〕，内秉堅孤，非禮不可入。或朋從遊宴，擾雜其間，他人或洶洶拳拳〔三〕，若將不及，張生容順而已，終不能亂。以是年二十二〔四〕，未嘗近女色。知者詰之。謝而言曰：「登徒子非好色者，是有淫行耳〔五〕。余真好色者，而適不我值。何以言之？大凡物之尤者，未嘗不留連於心。是知其非忘情者也。」詰者哂之〔六〕。無幾何，張生遊於蒲。蒲之東十餘里，有僧舍曰「普救寺」，張生寓焉。適有鄭氏孀婦〔七〕，將歸長安，路出於蒲，亦止兹寺。崔氏女〔八〕，鄭婦也〔九〕。張出於鄭，緒其親，乃異派之從母。是歲，渾瑊薨於蒲。有中人丁文雅，不善於軍，軍人因喪而擾，大掠蒲人。崔氏之家，財産甚厚，多奴僕。旅寓惶駭，不知所託。先是，張與蒲將之黨友善，請吏護之，遂不及於難。十餘日，廉使杜確將天子命以統戎節〔一〇〕，令於軍，軍由是戢。鄭厚張之德甚，因飾饌以命張，中堂坐之〔一一〕。復謂張曰：「姨之孤嫠未亡，提攜幼稚。不幸屬師徒大潰，實不保其身。弱子幼女，猶君之生也。豈可比常恩哉！今俾以仁兄禮奉見，冀所以報恩也。」命其子，曰歡郎，可十餘歲，容甚温美。次命女：「出拜爾兄，爾兄活爾〔一二〕。」久之，辭疾。鄭怒曰：「張兄活爾之命〔一三〕，不然，爾且虜矣。能復遠嫌乎？」久之，乃至。常服悴容，不加新飾，垂鬟接黛，一作鬟垂黛接。雙臉斷紅而已〔一四〕。顔色豔異，光輝動人。張驚，爲之禮。因坐鄭旁，以鄭之抑而見也，凝睇怨絶，若不勝其體。問其年紀，鄭曰：「今天子甲子歲之七月，終於貞元庚辰，生十七年矣。」張生稍以辭導之，不對。終席而罷。張自是惑之，願致其情，無由得也。

崔之婢曰紅娘。生私爲之禮者數四，乘間遂道其衷。婢果驚沮，潰然而奔〔一五〕。張生悔之。翼日，婢復至。張生乃羞而謝之，不復云所求矣。婢因謂張曰：「郎之言，所不敢言，亦不敢泄。然而崔之族姻，君所詳也。何不因其德而求娶焉？」張曰：「予始自孩提，性不苟合。或時紈綺間居，曾莫留盼。不謂當年，終有所蔽。昨日一席間，幾不自持。數日來，行忘止，食忘飽，恐不能逾旦暮。若因媒氏而娶，納采問名，則三數月間，索我於枯魚之肆矣。爾其謂我何？」婢曰：「崔之貞順自保，雖所尊不可以非語犯之。下人之謀，固難入矣。然而善屬文，往往沉吟章句，怨慕者久之。君試爲喻情詩以亂之。不然，則無由也。」

張大喜，立綴《春詞》二首以授之。是夕，紅娘復至，持采箋以授張，曰：「崔所命也。」題其篇曰《明月三五夜》，其詞曰：「待月西廂下，迎風户半開。拂牆花影動，疑是玉人來。」張亦微喻其旨。是夕，歲二月旬有四日矣。崔之東有杏花一樹[一六]，攀援可踰。既望之夕，張因梯其樹而踰焉。達於西廂，則户半開矣。紅娘寢於牀，生因驚之。紅娘駭曰：「郎何以至？」張因紿之曰：「崔氏之箋召我矣，爾爲我告之。」無幾，紅娘復來，連曰：「至矣，至矣。」張生且喜且駭，謂必獲濟。及崔至，則端服嚴容，大數張曰：「兄之恩，活我之家，厚矣。是以慈母以弱子幼女見託，奈何因不令之婢，致淫泆之詞？始以護人之亂爲義，而終掠亂以求之。是以亂易亂，其去幾何？誠欲寢其詞，則保人之姦，不義。明之於母，則背人之惠，不祥。將寄於婢妾[一七]，又懼不得發其真誠。是用託短章，願自陳啓。猶懼兄之見難，是用鄙靡之辭，以求其必至。非禮之動，能不愧心？特願以禮自持。毋及於亂！」言畢，翻然而逝。張自失者久之。復踰而出，於是絶望。

數夕，張君臨軒猶寢[一八]，忽有人覺之。驚欻而起[一九]，則見紅娘斂衾攜枕而至，撫張曰：「至矣，至矣！睡何爲哉！」設衾枕而去[二〇]。張生拭目危坐久之，猶疑夢寐。然修謹以俟。俄而紅娘捧崔氏而至。至，則嬌羞融冶，力不能運肢體，曩時端莊，不復同矣。是夕，旬有八日也。斜月晶瑩，幽輝半牀。張生飄飄然，且疑神仙之徒，不謂從人間至矣。有頃，寺鐘鳴，天將曉，紅娘促去。崔氏嬌啼宛轉，紅娘又捧之而去，終夕無一言。張生辨色而興，自疑曰：「豈其夢邪！」及明，覩妝在臂，香在衣，淚光熒熒然，猶瑩於裀席而已。是後又十餘日，杳不復知。張生賦《會真詩三十韻》，未畢，而紅娘適至，因授之，以貽崔氏。自是復容之。朝隱而出，暮隱而入，同安於曩所謂西廂者，幾一月矣。張生常詰鄭氏之情。則曰：「知不可奈何矣〔二一〕。」因欲就成之。無何，張生將之長安，先以情喻之。崔氏宛無難辭，然而愁怨之容動人矣。將行之再夕，不復可見，而張生遂西。

不數月〔二二〕，復遊於蒲，舍於崔氏者又累月。崔氏甚工刀札，善屬文。求索再三，終不可見。張生往往自以文挑之，亦不甚觀覽〔二三〕。大略崔之出人者，藝必窮極，而貌若不知；言則敏辯，而寡於酬對。待張之意甚厚，然未嘗以詞繼之。時愁豔幽邃，恒若不識，喜慍之容，亦罕形見。異時獨夜操琴，愁弄悽惻。張竊聽之。求之，則終不復鼓矣。以是愈惑之。張生俄以文調，及期，又當西去。當去之夕，不復自言其情，愁歎於崔氏之側。崔已陰知將訣矣，恭貌怡聲，徐謂張曰：「始亂之，終棄之，固其宜矣。愚不敢恨。必也君亂之，君終之，君之惠也。則沒身之誓，其有終矣。又何必感深於此行〔二四〕？然而君既不懌，無以奉寧。君嘗謂我善鼓琴，嚮時羞顏，所不能及。今且往矣，既君此誠。」因命拂琴，鼓《霓裳羽衣序》，不數聲，哀亂〔二五〕，不復知其是曲也。左右皆歔欷。崔亦遽止之，投琴，泣下流連，趨歸鄭所，遂不復至。明旦而張行。

明年，文戰不勝，遂止於京。因貽書於崔，以廣其意。崔氏緘報之辭，粗載於此，曰：「捧覽來問，撫愛過深。兒女之情，悲喜交集，兼惠花勝一合，口脂五寸，致耀首膏唇之飾。雖荷殊恩，誰復爲容？覩物增懷，但積悲歎耳。伏承使於京中就業，進修之道，固在便安。但恨僻陋之人，永以遐棄。命也如此，知復何言！自去秋以來，常忽忽如有所失。於諠譁之下，或勉爲語笑，閑宵自處，無不淚零。乃至夢寐之間，亦多叙感咽幽離之思〔二六〕，綢繆繾綣，暫若尋常。幽會未終，驚魂已斷。雖半衾如暖，而思之甚遥。一昨拜辭，倏逾舊歲。長安行樂之地，觸緒牽情。何幸不忘幽微，眷念無斁。鄙薄之志，無以奉酬。至於始終之盟，則固不忒。鄙昔中表相因，或同宴處。婢僕見誘，遂致私情〔二七〕。兒女之情，不能自固。君子有援琴之挑，鄙人無投梭之拒。及薦寢席，義盛意深。愚細之情〔二八〕，永謂終託。豈其既見君子〔二九〕，而不能定情。致有自獻之羞，不復明侍巾櫛〔三〇〕。没身永恨，含歎何言！倘仁人用心，俯遂幽劣〔三一〕，雖死之日，猶生之年。如或達士略情，捨小從大，以先配爲醜行，謂要盟之可欺〔三二〕。則當骨化形銷，丹誠不泯，因風委露，猶託清塵。存没之情〔三三〕，言盡於此。臨紙嗚咽，情不能申。千萬珍重，珍重千萬！玉環一枚，是兒嬰年所弄，寄充君子下體所佩。玉取其堅潔不渝，環取其終始不絶。兼亂絲一絇，文竹茶碾子一枚。此數物不足見珍。意者欲君子如玉之貞，俾志如環不解。淚痕在竹，愁緒縈絲。因物達誠〔三四〕，永以爲好耳。心邇身遐，拜會無期。幽憤所鍾，千里神合。千萬珍重！春風多厲，强飯爲佳。慎言自保，無以鄙爲深念。」張生發其書於所知，由是時人多聞之。

所善楊巨源好屬詞，因爲賦《崔娘》詩一絶云：「清潤潘郎玉不如，中庭蕙草雪消初。風流才子多春思，腸斷蕭娘一紙書。」

河南元稹亦續生《會真詩三十韻》，曰：「微月透簾櫳，螢光度碧空。遥天初縹緲，低樹漸葱朧。龍吹過庭竹，鸞歌拂井桐。羅綃垂薄霧，環珮響輕風。絳節隨金母，雲心捧玉童。更深人悄悄，晨會雨濛濛。珠瑩光文履，花明隱繡龍。瑶釵行彩鳳〔三五〕，羅帔掩丹虹。言自瑶華圃〔三六〕，將朝碧帝宫〔三七〕。因遊洛城北〔三八〕，偶向宋家東。戲調初微拒，柔情已暗通。低鬟蟬影動，迴步玉塵蒙。轉面流花雪，登牀抱綺叢。鴛鴦交頸舞，翡翠合歡籠。眉黛羞頻聚〔三九〕，脣朱暖更融。氣清蘭蕊馥，膚潤玉肌豐。無力慵移腕，多嬌愛斂躬。汗光珠點點〔四〇〕，亂髮緑鬆鬆〔四一〕。方喜千年會，俄聞五夜窮。留連時有限，繾綣意難終。慢臉含愁態，芳辭誓素衷。贈環明運合，留結表心同。啼粉流清鏡〔四二〕，殘鑪遶暗蟲〔四三〕。華光猶冉冉，旭日漸曈曈。乘鶩還歸洛〔四四〕，吹簫亦上嵩。衣香猶染麝，枕膩尚殘紅。幕幕臨塘草，飄飄思渚蓬。素琴鳴怨鶴，清漢望歸鴻。海闊誠難渡，天高不易衝。行雲無定所〔四五〕，蕭史在樓中。」張之友聞之者莫不聳異之，然而張亦志絶矣。稹特與張厚，因徵其辭。張曰：「大凡天之所命尤物也，不妖其身，必妖於人。使崔氏子遇合富貴，乘嬌寵，不爲雲爲雨，則爲蛟爲螭，吾不知其變化矣。昔殷之辛，周之幽，據萬乘之國〔四六〕，其勢甚厚。然而一女子敗之。潰其衆，屠其身，至今爲天下僇笑。予之德不足以勝妖孽，是用忍情。」於時坐者皆爲深歎。後歲餘，崔已委身於人，張亦有所娶。適經其所居，乃因其夫言於崔，求以外兄見。夫語之，而崔終不爲出。張怨念之誠，動於顔色。崔知之，潛賦一章，詞曰：「自從消瘦減容光，萬轉千廻懶下牀。不爲傍人羞不起，爲郎憔悴卻羞郎。」竟不之見。後數日，張生將行，又賦一章以謝絶之曰：「棄置今何道，當時且自親。還將舊來意〔四七〕，憐取眼前人。」自是，絶不復知矣。

時人多許張爲善補過者矣。予嘗於朋會之中，往往及此意者，夫使知者不爲，爲之者不惑。貞元歲九月，執事李公垂宿於余靖安里第，語及於是。公垂卓然稱異，遂爲《鶯鶯歌》以傳之。崔氏小名鶯鶯，公垂以命篇。歌曰〔四八〕：「伯勞飛遲燕飛疾，垂楊綻金花笑日。緑窗嬌女字鶯鶯，金雀婭鬟年十七。黄姑上天阿母在，寂寞霜姿素蓮質。門掩重關蕭寺中，芳草花時不曾出。」

【校勘記】

〔一〕宋趙令畤《侯鯖録》卷五《元微之崔鶯鶯商調蝶戀花》詞序稱元微之所述題曰《傳奇》。今見卞孝萱引唐陳翰《異聞集》載元稹此文亦題曰《傳奇》。

〔二〕丰：《太平廣記》卷四八八作「風」。

〔三〕或：《太平廣記》作「皆」。

〔四〕二十二：《太平廣記》作「二十三」。

〔五〕淫行耳：《太平廣記》作「兇行」。

〔六〕哂：《太平廣記》作「識」。

〔七〕鄭：《太平廣記》作「崔」。

〔八〕女：《太平廣記》作「婦」。

〔九〕婦：《太平廣記》作「女」。

〔一〇〕統：《太平廣記》作「總」。

〔一一〕坐：《太平廣記》作「宴」。

〔一二〕爾兄：原無，據《太平廣記》補。

〔一三〕活：《太平廣記》作「保」。

〔一四〕斷：《太平廣記》作「銷」。

〔一五〕潰：《太平廣記》作「腆」。

〔一六〕樹：《太平廣記》作「株」。

〔一七〕妾：《太平廣記》作「僕」。

〔一八〕猶：《太平廣記》作「獨」。

〔一九〕欬：《太平廣記》作「駭」。

〔二〇〕設衾枕：《太平廣記》作「並枕重衾」。

〔二一〕知：《太平廣記》作「我」。

〔二二〕不：《太平廣記》作「下」。

〔二三〕觀：《太平廣記》作「覩」。

〔二四〕感深：《太平廣記》作「深感」。

〔二五〕哀亂：《太平廣記》作「哀音怨亂」。

〔二六〕叙感咽幽離：《太平廣記》作「感咽離憂」。

〔二七〕情：《太平廣記》作「誠」。

〔二八〕細：《太平廣記》作「陋」。

〔二九〕其：《太平廣記》作「期」。
〔三〇〕櫛：《太平廣記》作「幘」。
〔三一〕劣：《太平廣記》作「眇」。
〔三二〕謂：《太平廣記》作「以」。　之：同上作「爲」。
〔三三〕情：《太平廣記》作「誠」。
〔三四〕誠：《太平廣記》作「情」。
〔三五〕瑶：《才調集》卷五作「寶」。
〔三六〕圃：《才調集》、《太平廣記》作「浦」。
〔三七〕帝：《太平廣記》作「玉」。
〔三八〕洛：《才調集》作「李」。
〔三九〕頻：《才調集》、《太平廣記》作「偏」。
〔四〇〕光：《太平廣記》作「流」。
〔四一〕鬆鬆：《才調集》、《太平廣記》作「葱葱」。
〔四二〕流：《才調集》作「留」。　清：《太平廣記》作「宵」。
〔四三〕鑪遠：《太平廣記》作「燈遠」。鑪：《才調集》亦作「燈」。

〔四四〕乘鶩：《才調集》作「警乘」。

〔四五〕定：《才調集》、《太平廣記》作「處」。

〔四六〕萬乘：《太平廣記》作「百萬」。

〔四七〕來：《太平廣記》作「時」。

〔四八〕「歌曰」以下，《太平廣記》無。

元稹集外集續補

冀勤輯

卷第一

詩

桐花落

莎草遍桐陰，桐花滿莎落。蓋覆相團圓，可憐無厚薄。昔歲幽院中，深堂下簾幕。同在後門前，因論花好惡。君誇沉檀樣，云是指撝作。暗淡滅紫花，句連蹙金萼。都繡六七枝，鬬成雙孔雀。尾上稠疊花，又將金解絡。我愛看不已，君煩睡先著。我作繡桐詩，繫君裙帶着。別來苦修道，此意都蕭索。今日竟相牽，思量偶然錯。

夢昔時

閑窗結幽夢，此夢誰人知？夜半初得處，天明臨去時。山川已久隔，雲雨兩無期。何事來相感，又成新別離。

恨妝成

曉日穿隙明，開帷理妝點。傅粉貴重重，施朱憐冉冉。柔鬟背額垂，叢鬢隨釵斂。凝翠暈蛾眉，輕紅拂花臉。滿頭行小梳，當面施圓靨。最恨落花時，妝成獨披掩。

櫻桃花

櫻桃花，一枝兩枝千萬朵。花塼曾立摘花人，窣破羅裙紅似火。

曹十九舞綠鈿

急管清弄頻，舞衣纔攬結。含情獨搖手，雙袖參差列。騕褭柳牽絲，炫轉風迴雪。凝眄嬌不移，往往度繁節。

閨晚

紅裙委塼階，玉爪剺朱橘。素臆光如砑，明瞳豔凝溢。調弦不成曲，學書徒弄筆。夜色侵洞房，香煙透簾出。

曉將别

風露曉淒淒，月下西牆西。行人帳中起，思婦枕前啼。屑屑命僮御，晨妝儼已齊。將去復攜手，日高方解攜。

薔薇架清水驛

五色階前架，一張籠上被。殷紅稠疊花，半緑鮮明地。風蔓羅裙帶，露英蓮臉淚。多逢走馬郎，可惜簾邊思。

月暗

月暗燈殘面牆泣，羅纓斗重知啼濕。真珠簾斷蝙蝠飛，燕子巢空螢火入。深殿門重夜漏嚴，柔□□□□年急。君王掌上容一人，更有輕身何處立？

新秋

旦暮已淒涼，離人遠思忙。夏衣臨曉薄，秋影入簷長。前事風隨扇，歸心燕在梁。殷勤寄牛女，河漢正相望。

春別

幽芳本未闌，君去蕙花殘。河漢秋期遠，關山世路難。雲屏留粉絮，風幌引香蘭。腸斷迴文錦，春深獨自看。

和樂天示楊瓊

我在江陵少年日，知有楊瓊初喚出。腰身瘦小歌圓緊，依約年應十六七。去年十月過蘇州，瓊來拜問郎不識。青衫玉貌何處去？安得紅旗遮頭白？我語楊瓊瓊莫語，汝雖笑我我笑汝：汝今無復小腰身，不似江陵時好女。楊瓊爲我歌送酒，爾憶江陵縣中否？江陵王令骨爲灰，車來嫁作尚書婦。盧戡及第嚴澗在，其餘死者十八九。我今賀爾亦自多，爾得老成余白首〔一〕。楊瓊本名播，少爲江陵酒妓。去年姑蘇過瓊叙舊，及今見樂天此篇，因走筆追書此曲。

【校勘記】

〔一〕余：《全唐詩》卷四二二注：「一作亦。」

魚中素

重疊魚中素，幽緘手自開。斜紅餘淚跡，知着臉邊來。

代九九

昔年桃李月，顏色共花宜。迴臉蓮初破，低蛾柳並垂。望山多倚樹，弄水愛臨池。遠被登樓識，潛因倒影窺。隔林徒想像，上砌轉逶迤。謾擲庭中果，虚攀牆外枝。强持文玉佩，求結麝香縭。阿母憐金重，親兄要馬騎。把將嬌小女，嫁與冶遊兒。自隱勤勤索，相要事事隨。每常同坐卧，不省暫參差。纔學羞兼妬，何言寵便移？青春來易皎，白日誓先虧。僻性嗔來見，邪行醉後知。别牀鋪枕席，當面指瑕疵。妾貌應猶在，君情遽若斯。的成終世恨，焉用此宵爲。鸞鏡燈前撲，鴛衾手下隳。參商半夜起，琴瑟一聲離。努力新叢豔，狂風次第吹。

盧十九子蒙吟盧七員外洛川懷古六韻命余和

聞道盧明府，閑行詠《洛神》。浪圓疑靨笑，波鬬憶眉嚬。蹀躞橋頭馬，空濛水上塵。草芽猶犯雪，冰岸欲消春。寓目終無限，通辭未有因。子蒙將此曲，吟似獨眠人。

劉阮妻二首〔一〕

仙洞千年一度開，等閑偷入又偷迴。桃花飛盡東風起，何處消沉去不來？

芙蓉脂肉緑雲鬟，罨畫樓臺青黛山。千樹桃花萬年藥，不知何事憶人間？

【校勘記】

〔一〕妻：《全唐詩》卷四二二注：「一作山。」

桃花

桃花淺深處，似匀深淺妝。春風助腸斷，吹落白衣裳。

暮秋

看着牆西日又沉，步廊迴合戟門深。棲烏滿樹聲聲絶，小玉上牀鋪夜衾。

壓牆花

野性大都迷里巷，愛將高樹記人家。春來偏認平陽宅，爲見牆頭拂面花。

舞腰

裙裾旋旋手迢迢，不趁音聲自趁嬌。未必諸郎知曲誤，一時偷眼爲《迴腰》。

白衣裳二首

雨濕輕塵隔院香，玉人初着白衣裳。半含惆悵閑看繡，一朵梨花壓象牀。

藕絲衫子柳花裙，空着沉香慢火熏。閑倚屏風笑周昉，枉抛心力畫朝雲。

憶事

夜深閑到戟門邊，柳遶行廊又獨眠〔一〕。明月滿庭池水淥，桐花垂在翠簾前〔二〕。

【校勘記】

〔一〕柳：《全唐詩》卷四二三作「卻」。

〔三〕翠：《全唐詩》注：「一作繡。」

寄舊詩與薛濤因成長句〔一〕序在别卷

詩篇調態人皆有，細膩風光我獨知。月夜詠花憐暗澹，雨朝題柳爲欹垂。長教碧玉藏深處，總向紅箋寫自隨。老大不能收拾得，與君閑似好男兒。

【校勘記】

〔一〕《全唐詩》卷八〇三載此詩于薛濤名下，題作《寄舊詩與元微之》，唯末句作「與君開似教男兒」。

友封體

雨送浮涼夏簟清，小樓腰褥怕單輕。微風暗度香囊轉，朧月斜穿隔子明。樺燭焰高黄耳吠，柳堤風静紫騮聲。頻頻聞動中門鎖，桃葉知嗔未敢迎。

看花

努力少年求好官，好花須是少年看。君看老大逢花樹，未折一枝心已闌。

斑竹 得之湘流

一枝斑竹渡湘沅，萬里行人感別魂。知是娥皇廟前物，遠隨風雨送啼痕。

箏

莫愁私地愛王昌，夜夜箏聲怨隔牆。火鳳有皇求不得，春鶯無伴囀空長。急揮舞破催飛燕，慢逐歌詞弄小娘。死恨相如新索婦，枉將心力爲他狂。

所思二首〔一〕

庾亮樓中初見時〔二〕，武昌春柳似腰肢〔三〕。相逢相失還如夢〔四〕，爲雨爲雲今不知。

鄂渚濛濛煙雨微，女郎魂逐暮雲歸。只應長在漢陽渡，化作鴛鴦一隻飛。

【校勘記】

〔一〕此詩亦見于《劉賓客文集》外集卷一，題曰《有所嗟》二首。

〔二〕亮：劉集作「令」。

〔三〕似：劉集作「鬭」。

〔四〕相失還：劉集作「相笑盡」。

有所教

莫畫長眉畫短眉，斜紅傷豎莫傷垂。人人總解争時勢，都大須看各自宜。

襄陽爲盧竇紀事五首

帝下真符召玉真，偶逢遊女暫相親。素書三卷留爲贈，從向人間説向人。

風弄花枝月照階，醉和春睡倚香懷。依稀似覺雙鬟動，潛被蕭郎卸玉釵。

鶯聲撩亂曙燈殘，暗覓金釵動曉寒。猶帶春酲懶相送，櫻桃花下隔簾看。

瑠璃波面月籠煙，暫逐蕭郎走上天。今日歸時最腸斷，迴江還是夜來船。

花枝臨水復臨堤，閑照江流亦照泥〔一〕。千萬春風好擡舉，夜來曾有鳳皇棲〔二〕。

【校勘記】

〔一〕江流：《全唐詩》卷四二三注：「一作清江。」

〔二〕《全唐詩》注曰：「此首一作馬戴詩，題作《襄陽席上呈于司空》。」又卷五五六馬戴《襄陽席上呈于司空》詩之題。注曰：「一作元稹詩。」查《才調集》卷五、《萬首唐人絶句》七言卷二一，均以此詩爲元稹之作。

會真詩三十韻

已見本集外集卷第六《鶯鶯傳》七八四頁，此處不重録。

（以上三十一題見《才調集》卷五）

題藍橋驛句

江陵歸時逢春雪。（見《白居易集》卷一五《藍橋驛見元九詩》）

因整集舊詩兼寄樂天句

天遣兩家無嗣子，欲將文字付誰人？（見《白居易集》卷二三《酬微之》注）

斷句

光陰三翼過。（見《唐音癸籤》卷一九《三翼》）

桃源行句

漁郎放舟迷遠近。（見《永樂大典》卷七三二八《漁郎》條）

奉和浙西大夫李德裕述夢四十韻大夫本題言贈於夢中詩賦以寄一二僚友故今所和者亦止述翰苑舊遊而已次本韻第十七句缺一字

聞有池塘什，還因夢寐遭。攀禾工類蔡，詠豆敏過曹。莊蝶玄言祕，羅禽藻思高。本篇稱六句皆夢中作，三聯亦多徵故事也。戈矛排筆陣，貔虎讓文韜。綵繢鸞凰頸，權奇驥騄髦。神樞千里應，華袞一言褒。李廣留飛箭，王祥得佩刀。傳乘司隸馬，繼染翰林毫。辨穎□超脱，詞鋒豈足櫜。金剛錐透玉，鑌鐵劍吹毛。自「戈矛」而下，皆述大夫刀筆贍盛，文藻秀麗，翰苑謨猷，綸誥褒貶，功多名將，人許三公，世總臺綱，充學士等矣。顧我曾陪附，思君正鬱陶。近酬新《樂録》，仍寄續《離騷》。近蒙大夫寄《篳篥歌》。酬和才畢，此篇續至。阿閣偏隨鳳，大夫與稹偏多同直。方壺共跨鼇。借騎銀杏葉，學士初入，例借飛龍馬。横賜錦垂萄。解已具本篇。冰井分珍果，金瓶貯御醪。獨辭珠有戒，廉取玉非叨。麥紙侵紅點，書、詔皆用麥紋紙。蘭燈燄碧高。麻制例皆通宵勘寫。代予言不易，承聖旨偏勞。稹與大夫，相代爲翰林承旨。繞月同棲鵲，驚風比夜獒。吏傳開鎖契，學士院密通銀臺，每旦，常聞門使勘契門鎖，聲甚煩多。神撼引鈴條。院有懸鈴，以備夜直。警急文書出入，皆引之以代傳呼。每用兵，鈴輒有聲，如人引。聲耗緩急具如之，曾莫之差。渥澤深難報，危心過自操。犯顔誠懇懇，騰口懼忉忉。佩寵雖緺綬，安貧尚葛袍。賓親多謝絶，延薦必英豪。自「阿閣」而下，皆言稹同在翰林日，居處深祕，與頻繁奉職、勤勞、畏慎、周密等事也。分阻盃盤會，閑隨寺觀遨。學士無過從聚會之例。大夫與稹，時時期於寺觀閑行而已矣。祇園一林杏，慈恩。仙洞萬株桃。玄都。瀣海滄波減，昆明劫火熬。未陪登鶴駕，已訃墮烏號。痛淚過江浪，寃聲出海濤。尚看恩詔溼，已夢壽宮牢。「瀣海」本篇言此兩句是夢中作，故言「夢」字。再造承天寶，新持濟巨篙。猶憐弊簪履，重委舊旌旄。「瀣海」已下，皆言舉感先恩、捧荷新澤等事。北望心彌苦，西回首屢搔。九霄難就日，兩浙僅容舠。暮竹寒窗影，衰楊古郡濠。魚鰕集橘市，鶴鸛起亭臯。越州宅窗户間盡見城郭。朽刃休衝斗，自謂。良弓枉在弢。竊論。早彎摧虎兕，便鑄墾蓬蒿。漁艇宜孤棹，樓船稱萬艘。量材分用處，終不學滔滔。

自述 一作王建《宮詞》〔一〕

延英引對碧衣郎，江硯宣毫各別牀。天子下簾親考試，宮人手裏過茶湯。

【校勘記】

〔一〕此詩見于王建《宮詞》第七首，注云：「一作元稹詩。」卞孝萱《元稹年譜・考異》曰：據《雲谿友議・瑯琊忤》云：元公以……明經制策入仕，其一篇《自述》云：「延英引對碧衣郎，紅硯宣毫各別牀。天子下簾親自問，宮人手裹過茶湯。」是時貴族競應制科，用爲男子榮進，莫若茲乎，乃自河南之喻也。王建未登科第，描寫殿試風光的《自述》的作者，應是元稹。《賓退録》卷一及卷八説：「建自有《宮詞》百篇，傳其集者，但得九十篇，蜀本建集序可考。後來刻梓者，以他人十詩足之，故爾混殽。」趙與時并指出這十首贋品是：王昌齡一首、張籍二首、白居易一首、劉禹錫二首、杜牧二首、不知其名者二首。（孝萱案：其中一首是花蕊夫人作品。）今閲南宋陳解元書籍鋪刊《王建詩集》卷十、《唐詩紀事》卷四十四《王建》門之《宮詞一百首》中，都夾有十一首贋品，除了《賓退録》所指出的十首以外，還夾有元稹《自述》一首。《萬首唐人絶句》卷三十一王建《宮中詞》一百首中，有贋品一首，即第三十六首，是元稹《自述》。可見宋人已誤以元詩入王集。

過東都別樂天二首

樂天在洛。太和中，稹拜左丞，自越過洛，以二詩別樂天，未幾，死於鄂。樂天哭之曰：「始以詩交，終以詩訣，茲筆相絶，其今日乎？」見《紀事》。

君應怪我留連久，我欲與君辭別難。白頭徒侶漸稀少，明日恐君無此歡。

自識君來三度別，這回白盡老髭鬚。戀君不去君須會，知得後迴相見無。

和嚴給事聞唐昌觀玉蕊花下有遊仙一作《玉蕊院真人降》，見《唐人絶句》。

弄玉潛過玉樹時，不教青鳥出花枝。的應未有諸人覺，只是嚴郎不得知。

贈毛仙翁并序〔一〕

余廉問浙東歲，毛仙翁惠然來顧，越之人士識之者，相與言曰：「仙翁嘗與葉法善、吴筠遊於稽山，迨兹多歷年所，而風貌愈少，蓋神仙者也。」余因得執弟子之禮，師其道焉。余嘗見圓冠方領之士，讀道書，疑其絶智棄仁。又謂其書不足以經世理國。殊不知至仁無兼愛，大智無非災，大樂同天地之和，大禮同天地之節。其可臻乎上德，冥乎大道之致，華胥終北之化，熙熙然也。又以徐市、文成之事，謂方士之流，誕妄於世，不足以爲教也。殊不知崆山高卧，汾水凝神，縱心傲世，邈然外物，王侯不可得師友也。若然，則徐氏之莠，不足以害嘉穀；文成之誕，不足以傷大教。今我仙翁真風遺骨，玄格高情，冥鴻孤鶴，不可方喻，蓋崆山、汾水之儔也。一言道合。止于山亭三日，而南棲天台，謂余曰：「入相之年，相俟于安山里。」余拜而言曰：「果如仙約。燃香拂榻，以俟雲駕焉。」抒詩一章，以爲他日之志也。

仙駕初從蓬海來，相逢又説向天台。一言親授希微訣，三夕同傾沆瀣盃。此日臨風飄羽衛，他年嘉約指鹽梅。花前揮手迢遥去，目斷霓旌不可陪。

【校勘記】

〔一〕卞孝萱《元稹年譜》認爲此詩并序是僞造：「元稹于長慶二年爲宰相，三年爲浙東觀察使。僞造者誤以爲元稹『廉問浙東』在前，『入相』在後。」日人花房英樹《元稹研究》則認爲此詩并序作于長慶三年。

戲酬副使中丞竇鞏見示四韻〔一〕

莫恨暫櫜鞬，交遊幾箇全。眼明相見日，肺病欲秋天。五馬虛盈櫪，雙蛾浪滿船。可憐俱老大，無處用閑錢。

【校勘記】

〔一〕《竇氏聯珠集》亦附此詩，寫明是元稹任武昌節度使、檢校户部尚書時所作。

贈柔之

窮冬到鄉國，正歲别京華。自恨風塵眼，常看遠地花。碧幢還照曜，紅粉莫咨嗟。嫁得浮雲婿，相隨即是家。

修龜山魚池示衆僧〔一〕

勸爾諸僧好護持，不須垂釣引青絲。雲山莫厭看經坐，便是浮生得道時。

【校勘記】

〔一〕《會稽掇英總集》卷九《寺觀》引此詩，題注曰：「此池微之新修，戒其僧以護生之意。及公垂至，見其詩而笑之。未幾，寺之僧果有罟于池中者，公垂因形于詩云。」

寄贈薛濤

稹聞西蜀薛濤有辭辯，及爲監察使蜀，以御史推鞫，難得見焉。嚴司空潛知其意，每遣薛往。洎登翰林，以詩寄之。

錦江滑膩蛾眉秀，幻出文君與薛濤。言語巧偷鸚鵡舌，文章分得鳳皇毛。紛紛辭客多停筆，箇箇公卿欲夢刀。別後相思隔煙水，菖蒲花發五雲高。

贈劉採春

新妝巧樣畫雙蛾，謾裹常州透額羅〔一〕。正面偷匀光滑笏〔二〕，緩行輕踏破紋波〔三〕。言辭雅措風流足，舉止低迴秀媚多。更有惱人腸斷處，選詞能唱《望夫歌》。即羅嗊之曲也。

【校勘記】

〔一〕謾：《雲谿友議》卷下《豔陽詞》引此作「幔」。　常：同上作「恒」。

〔二〕匀：同上作「輪」。

〔三〕破紋波：同上作「皴文靴」。

醉題東武〔一〕

役役行人事〔二〕，紛紛碎簿書。功夫兩銜盡，留滯七年餘。病痛梅天發，親情海岸疏。因循未歸得，不是憶一作戀鱸魚。

【校勘記】

〔一〕《雲谿友議》卷下《豔陽詞》引此「武」下有「亭」字。

〔二〕行：同上作「閑」。

崔徽歌

崔徽，河中府娼也。裴敬中以興元幕使蒲州，與徽相從累月，敬中便還。崔以不得從爲恨，因而成疾。有丘夏善寫人形，徽托寫真寄敬中曰：「崔徽一旦不及畫中人，且爲郎死。」發狂卒。第八句缺二字〔一〕。

崔徽本不是娼家，教歌按舞娼家長。使君知有不自由，坐在頭時立在掌。有客有客名丘夏，善寫儀容得恣把〔二〕。爲徽持此謝敬中〔三〕，以死報郎爲終始。吏感徽心關鎖開。〔四〕眼明正似琉璃缾，心蕩秋水横波清。〔五〕

【校勘記】

〔一〕據程毅中參校《緑窗新話》卷上，第八句末兩字作「終始」，今據補。（程文見《文學評論》一九七八年第三期）

〔二〕恣把：程校作「豔姿」。疑當作「把恣」。與「始」字韻。

〔三〕謝：程校作「寄」。

〔四〕此句爲程毅中據《山谷詩集》卷九《出禮部試院王才元惠梅花三種皆妙絶戲答三首》任淵注引補。

〔五〕此二句爲程毅中據《蘇東坡先生詩》卷十五《百步洪并引》「佳人未肯回秋波」句下注「《文選》傅武仲《舞賦》：『目流睇而横波。』元微之《崔徽歌》云云」補。

一字至七字詩　茶〔一〕以題爲韻，同王起諸公送白居易分司東郡作〔二〕。

茶。香葉，嫩芽。慕詩客，愛僧家。碾雕白玉，羅織紅紗。銚煎黄蕊色，椀轉麴塵花。夜後邀陪明月，晨前命對朝霞。洗盡古今人不倦，將知醉後豈堪誇。

【校勘記】

〔一〕卞孝萱《元稹年譜》將王起、李紳、令狐楚、元稹的行蹤列表，説明白居易離西京赴東都時，王起、李紳、令狐楚、元稹等人，均不在西京，更無《唐詩紀事》卷三九《韋式》門所記「悉會興化亭」賦詩之事，因此認爲此詩出于僞造。

〔二〕郡：是「都」之訛。

句

兒歌楊柳葉，妾拂石榴花。（見《紀事》）

松門待制應全遠，藥樹監搜可得知。（《文昌雜録》云：唐宣政殿爲正衙，殿庭東西有四松，松下待制官立班之地，舊圖猶存。殿門外有藥樹，監察御史監搜之位在焉。唐制：百官入宮殿門，必搜，監察所掌也。至太和元年，監搜始停。）

（以上十四題見《全唐詩》）

詠李花句

葦綃開萬朶。（見馮贄《雲仙雜記》卷七）

李娃行句

髻鬟峨峨高一尺，門前立地看春風。（見許彦周《詩話》，《全唐詩》已輯）

平常不是堆珠玉，難得門前暫徘徊。（見任淵《後山詩注》卷二《徐氏閑軒》注引，戴望舒已輯）

玉顔婷婷階下立。（見任淵《後山詩注》卷二《黄梅五首》之三注引，程毅中已輯）

送晏秀才歸江陵句

長堤纖草河邊緑，近郭新鶯竹裹啼。

早春書懷句[一]

空城月落方知曉，淺水荷香始覺春。

【校勘記】

〔一〕懷：《千載佳句》（松平文庫本）作「情」。

雨後書情句

溪上懶蒲藏釣艇[一]，窗前新笋長漁竿。

【校勘記】

〔一〕懶：《千載佳句》（松平文庫本）作「嫩」，似是。

封書句

一

每書題作上都字，悵望關東無限情。

二

寂寞此心新雨後，槐花高樹晚蟬聲。

雨後感懷句

雲際日光分萬井，煙消山色露千峯。

雨後感情句〔一〕

甕開白酒花間醉，簾卷青山雨後看。

【校勘記】

〔一〕情：《千載佳句》（松平文庫本）作「懷」。

題李端句

新笋短松低曉露，晚花寒沼漾殘暉。

春情多句

白髮鏡中慚易老，青山江上幾迴春。

薔薇句

千重密葉侵階緑，萬朶閑花向日紅。

夜花句

燈照露花何所似，館娃宫殿夜妝臺。

春詞句

一

一雙玉手十三弦，移柱高低落鬢邊。

即問向來彈了曲，羞人不道想夫憐。

二

送故人歸府句

落日樽前添別思，碧潭灘上荻花秋。

送劉秀才歸江陵句

花間祖席離人醉，水上歸帆落日行。

送裴侍御句

欲知別後思君處，看取湘江秋月明。

上西陵留別句〔一〕

□憂去國三千里〔二〕，遥指江南一道雲。

【校勘記】

〔一〕「别」字下，《千載佳句》（松平文庫本）有「詩」字。

〔三〕□：《千載佳句》作「分」。

旅舍感懷句

因依客路煙波上，迢遞鄉心夜夢中。

罷弊務思歸故國寄知友句〔一〕

如今欲種韓康藥，未卜雲山第幾峯。

【校勘記】

〔一〕國：《千載佳句》（松平文庫本）作「園」。

閉門即事句

數竿修竹衡門裏，一徑松衫落日中。

題王右軍遺跡句

生卧竹堂虚室白〔一〕，逍遥松逕遠山青。（以上十九題見《千載佳句》，據花房英樹《元稹研究》轉録）

【校勘記】

〔一〕生：《千載佳句》（松平文庫本）作「坐」。

宫詞句

外人不識承恩處，唯有羅衣染御香。（見《倭漢朗詠集》，據花房英樹《元稹研究》轉録）

再酬復言和誇州宅

會稽天下本無儔，任取蘇杭作輩流。斷髮儀刑千古學，奔濤翻動萬人憂。石緣類鬼名羅刹，寺爲因墳號虎丘。莫著詩章遠牽引，由來北郡似南州。（見孔延之《會稽掇英總集》卷一《州宅》）

遊雲門

遥泉滴滴度更遲，秋夜霜天入竹扉。明月自隨山影去，清風長送白雲歸。（見《會稽掇英總集》卷六《雲門寺》）

題法華山天衣寺

馬踏紅塵古塞平，出門誰不爲功名。到頭争似棲禪客，林下無言過一生。（見《會稽掇英總集》卷八《天衣寺》）

拜禹廟

恢能咨岳日，悲慕羽山秋。父陷功仍繼，君名禮不讎。洪水襄陵後，玄圭菲食由。已甘魚父子，翻荷粒咽喉。古廟蒼煙冷，寒庭翠柏稠。馬泥真骨動，龍畫活睛留。祀典稽千聖，孫謀絶一丘。道雖污世載，恩豈酌沉浮。洞穴探常近，圖書即可求。德崇人不惰，風在俗斯柔。菼色湖光上，泉聲雨脚收。歌詩呈志義，簫鼓瀆清猷。史亦明勳最，時方怒校酋。還希四載術，將以拯虔劉。（見《會稽掇英總集》卷八《禹廟》）

望海亭句

一峯堧伏東武小，兩峯鬬立秦望雄。自郡齋望，屹然相對，其浮圖侵雲漢。（見施宿等撰《嘉泰會稽志》卷九《山·府城》）

按：《望秦山》條注云：舊經以望秦山列秦望山之次，今因之。元微之《望海亭》詩云：「兩峯鬬立秦望雄。」自注：兩峯謂秦望、望秦二山。

和德裕晚下北固山喜松徑成陰悵然懷古偶題臨江亭句

自公鎮南徐，三换營門柳。（見盧憲《嘉定鎮江志》卷一四《唐潤州刺史》門，自傅璇琮《李德裕年譜》轉録）

山茶花句〔一〕

冷蜂寒蝶尚未來〔二〕。（見鄭元佐《朱淑真〈斷腸詩集〉注》卷二《春歸》注引）

【校勘記】

〔一〕鄭元佐《朱淑真〈斷腸詩集〉注》卷三《窗西桃花盛開》注引，題作《山茶》。

〔二〕冷蜂寒蝶：鄭元佐注朱詩卷三引作「冷蝶寒蜂」。

贈致仕滕庶子先輩

朝服歸來晝錦榮，登科記上更無兄。壽觴每使曾孫獻，勝境長攜衆妓行。矍鑠據鞍能騁健，殷勤把酒尚多情。凌寒卻向山陰去，衣繡郎君雪裏迎。（見《詩淵》册三《贈送》）

哭吕衡州〔一〕

七十峯前敝縣扉，湘雲湘樹滿郊圻。衡陽春暖雁飛過，兆率雨昏龍戰稀。（見《永樂大典》卷八六四八）

【校勘記】

〔一〕《永樂大典》在此詩前引元微之《哭吕衡州》「耒水波文細，湘江竹葉輕」二句，緊接此詩，題作「同上」，但此詩並未有「哭」意，可能是殘篇。吕氏元和六年八月卒于衡州任所。

劉採春

浙東風味果何如，廉訪句留十載餘。領略鏡湖春色好，因循原不爲鱸魚。（見清黄金石《秀華續詠》，《香豔叢書》本第二十集）

按：未見此詩輯録之依據，存此待查。

詠鶯

天上金衣侣，還能覘草萊。風流晉王謝，言語漢鄒枚。公等久安在，今從何處來？

句

山禽正嘈雜，慰我日徘徊。（見吴自牧《夢粱録》卷一八《物産》引）

無妙思帝里，不合厭杭州。（見俞文豹《吹劍三録》引）

石榴花

寥落山榴深映葉，紅霞淺帶碧霄雲。麴塵枝下年年見，別似衣裳不似裙。（見《永樂大典》卷八二一引袁文《甕牖閒評》，自李偉國校點《甕牖閒評》輯佚轉録）

按：袁文云：余觀元微之《石榴花》詩（略），謂榴花不可以比裙也。

句

鳳凰寶釵爲郎戴。（見陳元龍《片玉集注》卷二《秋蕊香》注引）

句

鳳釵亂折金鈿碎。（見同上《憶舊遊》注引）

崔徽詩句

舞態低迷誤招拍。（見同上卷八《蝶戀花》之二注引）

奉使往蜀路傍見山花吟寄樂天（代擬題）

深紅山木豔彤雲，路遠無由摘寄君。恰似牡丹如許大，淺深看取石榴裙。

向前已説深紅木，更有輕紅説向君。深葉淺花何所似，薄妝愁坐碧羅裙。（見阮閱輯《詩話總龜》卷二七引《唐賢抒情》）

元稹集外集續補

卷第二

制

授孟子周太子賓客制

敕：聞匹夫之愛其子者，猶求明哲爲之師，賢善爲之友，而況乎羽翼元子，賓遊東朝，非舊德耆年，孰副兹選？前守光禄卿、騎都尉、賜紫金魚袋孟子周，詞藝飾身，端厚居業，歷官中外，休有令聞。人推君子之風，朝洽名卿之目。副予求舊，咨爾誠明。勉修諷諭之詞，以俟元良之德。可守太子賓客，勳、封如故。（見《文苑英華》卷四〇三）

貶令狐楚衡州刺史制

忠臣之節，莫大於送往事居；君子之方，寧忘於養廉遠耻。況位崇輔相，職奉園陵，蒙蔽之過屢聞，誠敬之心盡廢。朕雖含垢，人亦有言，深念君臣之恩，難厭公卿之論。宣歙等州都團練觀察處置等使、大中大夫、持節宣州諸軍、守宣州刺史兼御史大夫、上柱國、輕車都尉、賜紫金魚袋令狐楚，早以文藝，得踐班資。憲宗念才，擢居榮近。異端斯害，獨見不明。密隳討伐之謀，潛附奇邪之黨。因緣得地，進取多門，遂參台階，實妨賢路。朕以道遵無改，事貴有終。再命黄扉之榮，專奉元宫之禮，而不能率下，罔念匡君。致於覃政牧之職，掩韋術李鄘之舉，成朕不敏，職爾之由。前命乘軺，尚期改節，人心大惑，物議置然。雖欲特容，難排衆怒。俾從謫守，猶奉詔條。予豈無恩，爾且自省。可使持節衡州諸軍事、守衡州刺史。散官，勳、賜如故，仍馳驛發遣。（見《全唐文》卷六四九）

判

對父病殺牛判

壬父病，殺牛祈禱。縣以行孝不之罪，州科違法。

力施南畝，屠則干刑；祭比東鄰，理難逢福。冠帶緃勤於侍疾，鋌刃寧同於彼祆。壬憂或滿容，殺非無故。愛人以德，未聞易簀之言，獲罪於天，遂抵椎肥之禁。志雖行孝，捨則亂常。父病誠切於肺肝，私禱豈侔於繭栗。且宋人皆用，或免乘城之虞；魏郡不誅，終非棄

市之律。令不惟反，政是以常。縣恐漏魚，州符佩犢。（見《全唐文》卷六五二）

對弓矢驅鳥鳶判

詔賜蕃官宴。有司不以弓矢驅鳥鳶，御史劾之，詞云：非祭祀之事。

蠻夷麕至，潔牛羊以宴私；弓矢載張，備鳥鳶之鈔盜。苟饋食而則爾，豈薦饗之獨然。況乎要服在庭，舌人委體，方示懷於犒飲，胡廢職於驅除？且賓主恪恭，須防墜鼠之穢；牲牢備禮，寧無攫肉之虞？曾是闕於弦弧，復何徵於擊豕。周禮盡在，既專分鳥之司；陳力自乖，宜憚乘驄之劾。（見《全唐文》卷六五二）

千歲龜判

問戊獻千歲龜，有司以欺罔舉，科訴云：得之於叢蓍之下。

獻其介物，雖合疑年。驗以生蓍，則當有數。戊得兹外骨，藉自幽叢。嘗聞見夢之神，將期百中。況察退藏之所，足辨千齡。冀令僂句不欺，誰謂蜉蝣興惑？盍徵幽贊，寧罪矯誣。居蔡於家，則吾豈敢。遊蓮有歲，視子非無。科之蓋有不知，獻者此宜無罪。（見《全唐文》卷六五二）

對蕃客求魚判

蕃官一作客至，鴻臚寺不供魚，客怒，辭云：獺未祭，朝議失隨時之義。

沙漠賓來，供宜必備，澤梁有禁，殺則以時。信能及於鯤鮞，化方行於蠻貊。彼卿之屬，得禮之中。雖喻以象胥，或聞彈鋏；而徵諸獺祭，未可振緡。既懷及物之虞，遂阻烹鮮之請。辭不失舊，事必有初。是曰國之典常，焉用隨時之義。且駒支昧禮，信未習於華風；里革當朝，返有迷於夏濫。矜其異俗，責在有知，合恕過求，姑懲輕議。（見《全唐文》卷六五二）

對宴客鼈小判

甲饗客羞，鼈小，客怒其不敬，辭云：水煩非傲。

燕以示懷，鼈於何有？姑宜飲德，豈誚水煩？責外骨之不豐，顧褊心之奚甚。甲大將展禮，旋遇過求。水潦方塗，且乏大爲貴者；壺飡苟備，何必長而食之。我惟敬於上賓，爾寧貪於介物。小不能忍，禮何以觀？儻羞南澗之毛，尚當遺味；詎勞東海之鼈，然後合歡。詞未爽於少施，怒難信於堵父。（見《全唐文》卷六五二）

對養雞猪判

甲爲郡守，令百姓養母猪及雞。督郵諫其擾人，不許。

扇以仁風，阜財爲急，教之畜擾，利俗則多。甲位列憑熊，政同佩犢，將除飢餒之患，用先蕃息之資。俾爾生生，非予擾擾。二彘既侔於龔遂，五牸足驗於陶朱。訓養雖勤，割烹斯利，既符孳貨，庶罔食貧。使荷蓧之夫，不空爲黍，倚杖而牧，豈獨刈葵。人無見卵之思，俗皆掩豆而祭。實爲務本，焉用他規。且異米鹽之煩，寧懼糾繩之諫。（見《全唐文》卷六五二）

對狗傷人有牌判

癸家養狗傷人，乙論官請償，辭云：有牌記，行者非慎。

畜狗不馴，傷人必罪。有標自觸，徵償則非。既懸迎吠之書，寧忘慎行之道。癸非用犬，乙豈尤人。防虞自失於周身，齧噬尚貪於求貨。有牌記而莫慎，則欲請庚；無標識而或傷，若爲加等。徵詞可擬，往訴何憑。（見《全唐文》卷六五二）

銘

禹穴碑銘[一]

禹穴宜載，夏與秦胡爲而不載？古而不載，遷與鄭胡爲而載？予以爲天德統萬，止言其蓋。地德統萬，止言其載。堯德統萬，止言其大。千川萬山，皆禹之會。一符一穴，不足爲最，故夏與秦俱不之載，而人以之昧。雖山之堅，雖洞之瀸，有時而堙，有時而兑。歲其萬千，風雨淘汰，亡其嵌呀，叢是蘙薈。惟鄭與遷，斯碑斯載，斯時之賴。（見《會稽掇英總集》卷十六《碑》）

【校勘記】

〔一〕《唐文粹》卷五十四載鄭魴《禹穴碑銘并序》曰：

惟帝聖世時，必有符命。在昔黄帝，始受河圖而定王籙，宓羲得神蓍而垂皇策，堯配琁璣玉衡以齊七政，舜繼成六德，文王獲赤雀丹書而演道定謨。予亦以謂禹探其穴，得開世之符而成乎水功。夫神人合謀而行變化，天地定位，陰陽潛交。五行迭王，斗建司節，岳尊山而瀆長川。乃至日星雷風，禎祥秘奥，三綱五紀，萬樂百禮，人人物物，各由身生，無非玄功冥持，至數滔合以及之者。王者奉天而行，故聖神焉，帝皇焉。彼聖如仲尼，有德而無應，故位止於旅人，福弗及生靈，乃歎曰：『鳳鳥不至，河不出圖，吾已矣夫！』然後知元命者軒，后命者羲，受命者曰唐與虞，成命者禹，備命者文。仲尼不受命，乃假人事而言，故有宗予之説。後代無作焉，立言者一仁義以束世教，瞽瞶蚩蚩，使絶其非望，使業之外，存而不論。予讀《夏書》無是説，司馬子長《自叙》始云『登會稽，探禹穴』，不然，萬禩何傳焉？惑矣！蒼山之豬呀如淵，如陵徙谷遷，此中不騫。雨洗煙空，歘然莫窮。噫！實禹跡之所始終。唐興二百八祀，寶曆景午秋九月，予從事于是邦，感上聖遺軌而學者無述，作禹穴碑，廉察使舊相河南公見而銘之曰。

今照録如上，供參考。宋人趙明誠《金石録》卷九唐《禹穴碑》載鄭魴撰序，元稹銘，韓杍材行書，時寶曆二年九月。

啓

與衛淮南石琴薦啓〔一〕

疊石琴薦一 出當州龍壁灘下

右件琴薦，躬往採獲，稍以珍奇，特表殊形，自然古色。伏惟閣下禀夔旦之至德，蘊牙曠之元蹤，人文合宫徵之深，國器專瑚璉之重。藝深攫醳，將成玉燭之調；思叶歌謠，足助薰風之化。願以頑璞，上奉徽音。闕一字響亮於五弦，應鏗鏘於六律。沉淪雖久，提拂未忘。儻垂不撤之恩，敢効彌堅之用。（見《全唐文》卷六五三）

【校勘記】

〔一〕卞孝萱《元稹年譜》謂「衛淮南」指淮南節度使衛次公。他認爲元稹與衛次公無來往，不會有該《啓》中所云「願以頑璞，上奉徽音」的關係，因此懷疑非元稹作品。

記

重修桐柏觀記〔一〕

歲大和己酉，修桐柏觀訖事，道士徐靈府以其狀乞文於余，曰：

有葛氏子，昔仙於吴。乃觀桐柏，以神其居。葛氏既去，復荒於墟。墟有犯者，神猶禍諸。

實唐睿祖，悼民之愚。乃詔郡縣，厲其封隅。環四十里，無得樵蘇。復觀桐柏，用承厥初。

俾司馬氏，宅時靈都。馬亦勤止，率合其徒。兵執鋸鋁，獨持斧鈇。手締上清，實勞我軀。

稜稜巨幢，粲粲流珠。萬五千言，體三其書。置之妙臺，以永厥圖。不及百年，忽焉而蕪。

蕪久將壞，壞其反乎。神啓密命，命友余徐。徐實何力，敢告倖餘。侯用俞止，俾來不虚。曾未訖歲，奂乎于于。乃殿乃閣，以廩以廚。始自礎棟，周於墁圬。事有終始，侯其識歟。余觀舊誌，極其邱區。我識全圮，孰煩錙銖。克合徐志，馮陳協夫。（見《全唐文》卷六五四）

【校勘記】

〔一〕此記作于大和三年。歐陽修《集古録跋尾》卷八《唐元稹修桐柏宫碑》，題下標明「大和四年」作，且云：「右，元稹撰文并書。其題云：《修桐柏宫碑》。又其文以四言爲韻語，既牽聲韻，有述事不能詳者，則自爲注以解之。」此文正作四言，而述事不詳，疑即爲碑，而注已亡矣。作年不同，當有一誤。又，董逌《廣川書跋》云：唐元稹修桐柏廟碑，昔歐陽永叔謂刻銘於碑，謂之碑銘。後世伐石刻文，既非因柱，已不宜謂之碑，則稹書此爲碑，過矣。古者，廟中庭謂之碑，故以碑爲節，然獨不可以石刻文遂謂之碑。嘗見伏滔功德銘曰：堯碑禹碣，歷古不昧。范雲亦謂：嘗見異書，堯碑禹碣，皆爲籀文，在崆峒山中，此果足信哉。余謂稹爲此碑，亦因是爲據。

序

夢遊春七十韻序殘句

斯言也，不可使不知吾者知；知吾者亦不可使不知。樂天知吾也，吾不敢不使吾子知。

（見《白居易集》卷十四《和夢遊春詩一百韻并序》）

元稹集附録

一　誌傳

唐故武昌軍節度處置等使正議大夫檢校户部尚書鄂州刺史兼御史大夫賜紫金魚袋贈尚書右僕射河南元公墓誌銘并序

白居易

公諱積，字微之，河南人。六代祖巖，隋兵部尚書，封平昌公。五代祖弘，隋北平太守。高祖義端，魏州刺史。曾祖延景，岐州参軍。祖諱悱，南頓縣丞、贈兵部員外郎。考諱寬，比部郎中、舒王府長史、贈尚書右僕射。妣滎陽鄭氏，追封陳留郡太夫人。公即僕射府君第四子，後魏昭成皇帝十五代孫也。

公受天地粹靈，生而岐然，孩而嶷然。九歲能屬文。十五，明經及第。二十四，調判入四等，署祕省校書。二十八，應制策，入三等，拜左拾遺。即日獻《教本書》，數月間，上封事六七。憲宗召對，言及時政，執政者疑忌，出公爲河南尉。丁陳留太夫人憂，哀毁過禮，杖不能起。服除之明日，授監察御史。使于蜀，按任敬仲獄，得情。又劾奏東川帥違詔條過籍稅。又奏平塗山甫等八十八家寃事。名動三川。三川人慕之，其後多以公姓字名其子。朝庭病東諸侯不奉法，東御史府不治事，命公分臺而董之。時有河南尉離局從軍職，尹不能止。監察使死，其柩乘傳入郵，郵吏不敢詰。内園司械繫人踰年，臺府不得知。飛龍使匿趙氏亡命奴爲養子，主不敢言。浙右帥封杖杖安吉令至死，子不敢愬。凡此者數十事，或奏或劾或移，歲餘皆舉正之。内外權寵臣無奈何，咸不快意。會河南尹有不如法事，公引故事，奏而攝之甚急。先是不快者，乘其便，相譟嗾，坐公專達作威，黜爲江陵士曹掾。居四年，徙通州司馬。又四年，移虢州長史。

長慶初，穆宗嗣位，舊聞公名，以膳部員外郎徵用。既至，轉祠部郎中、賜緋魚袋、知制誥。制誥，王言也，近代相沿，多失於巧俗。自公下筆，俗一變至於雅，三變至於典謨，時謂得人。上嘉之，數召與語，知其有輔弼才，擢授中書舍人、賜紫金魚袋、翰林學士承旨。尋拜工部侍郎，旋守本官同中書門下平章事。

公既得位，方將行己志，答君知。無何，有憸人以飛語搆同位。詔下按驗，無狀。上知其誣，全大體，與同位兩罷之，出爲同州刺史。始至，急吏緩民，省事節用，歲收羨財千萬，以補亡户逋租。其餘因弊制事，贍上利下者甚多。二年，改御史大夫、浙東觀察使。將去同，同之耆幼鰥獨，泣戀如別慈父母，遮道不可遏。送詔使導呵揮鞭，有見血者，路闢而後得行。

先是，明州歲進海物，其淡蚶，非禮之味，尤速壞。課其程，日馳數百里。公至越，未下車，趨奏罷。自越抵京師，郵夫獲息肩者萬計，道路歌舞之。明年，辯沃瘠，察貧富，均勞逸，以定税籍。越人便之，無流庸，無逋賦。又明年，命吏課七郡人，冬築陂塘，春貯水雨，夏溉旱苗，農人賴之，無凶年，無餓殍。在越八載，政成課高。上知之，就加禮部尚書，降璽書慰諭，以示旌寵。又以尚書左丞徵還。旋改户部尚書、鄂岳節度使。在鄂三載，其政如越。大和五年七月二十二日，遇暴疾，一日薨于位，春秋五十三。上聞之軫悼，不視朝，贈尚書左僕射，加賻贈焉。

前夫人京兆韋氏，懿淑有聞，無禄早世。生一女，曰保子，適校書郎韋絢。今夫人河東裴氏，賢明知禮，有輔佐君子之勞，封河東郡君。生三女，曰小迎，未笄；道衛、道扶，齠齓。一子，曰道護，三歲。仲兄司農少卿積，姪御史臺主簿某等，銜哀襄事。裴夫人、韋氏長女洎諸孤等，號護匶翣。以六年七月十二日，祔葬於咸陽縣奉賢鄉洪瀆原，從先宅兆也。

公著文一百卷，題爲《元氏長慶集》，又集古今刑政之書三百卷，號《類集》，並行於代。公凡爲文，無不臻極，尤工詩。在翰林時，穆宗前後索詩數百篇，命左右諷詠，宮中呼爲「元才子」。自六宮、兩都、八方，至南蠻、東夷國，皆寫傳之。每一章一句出，無脛而走，疾於珠玉。又觀其述作編纂之旨，豈止於文章刀筆哉？實有心在於安人活國，致君堯舜，致身伊皋耳。抑天不與耶？將人不幸耶？予嘗悲公始以直躬律人，勤而行之，則坎壈而不偶。謫瘴鄉凡十年，髪斑白而歸來。次以權道濟世，變而通之，又齟齬而不安。居相位僅三月，席不暖而罷去。通介進退，卒不獲心。是以法理之用，止於舉一職，不布於庶官；仁義之澤，止於惠一方，不周於四海。故公之心不足也。逢時與不逢時同，得位與不得位同，貴富與浮雲同。何者？時行而道未行，身遇而心不遇也。執友居易，獨知其心，以泣濡翰，書銘于墓。曰：

嗚呼微之！年過知命，不謂之夭，位兼將相，不謂之少。然未康吾民，未盡吾道，在公之心，則爲不了。嗟乎哉！道廣而俗隘，時矣夫！心長而運短，命矣夫！嗚呼微之，已矣夫！（《白居易集》卷七〇）

舊唐書元稹傳

元稹字微之，河南人。後魏昭成皇帝，稹十代祖也。兵部尚書、昌平公巖，六代祖也。曾祖延景，岐州參軍。祖悱，南頓丞。父寬，比部郎中、舒王府長史，以稹貴，贈左僕射。稹八歲喪父。其母鄭夫人，賢明婦人也，家貧，爲稹自授書，教之書學。稹九歲能屬文。

十五，兩經擢第。二十四，調判入第四等，授秘書省校書郎。二十八，應制舉才識兼茂明於體用科，登第者十八人，稹爲第一，元和元年四月也。制下，除右拾遺。

稹性鋒鋭，見事風生。既居諫垣，不欲碌碌自滯，事無不言，即日上疏論諫職。又以前時王叔文、王伾以猥褻待詔，蒙幸太子，永貞之際，大撓朝政。是以訓導太子宫官，宜選正人，乃獻《教本書》曰：

臣伏見陛下降明詔，修廢學，增胄子，選司成。大哉堯之爲君，伯夷典禮，夔教胄子之深旨也。然而事有萬萬於此者，臣敢冒昧殊死而言之。臣聞諸賈生曰：「三代之君，仁且久者，教之然也。」誠哉是言。且夫周成王，人之中才也，近管、蔡則讒入，有周、召則義聞，豈可謂天聰明哉？然而克終于道者，得不謂教之然耶？俾伯禽、唐叔與之遊，《禮》、《樂》、《詩》、《書》爲之習，目不得閲淫豔妖誘之色，耳不得聞優笑凌亂之音，口不得習操斷擊搏之書，居不得近容順陰邪之黨，遊不得縱追禽逐獸之樂，玩不得有遐異僻絶之珍。凡此數者，非謂備之於前而不爲也，亦將不得見之矣。及其長而爲君也，血氣既定，遊習既成，雖有放心快己之事日陳于前，固不能奪已成之習、已定之心矣。則彼忠直道德之言，固吾之所習聞也，陳之者有以諭焉。彼庸佞違道之説，固吾之所積懼也，諂之者有以辨焉。人之情，莫不欲耀其所能而黨其所近，苟將得志，則必快其所蘊矣。物之性亦然，是以魚得水而游，馬逸駕而走，鳥得風而翔，火得薪而熾，此皆物之快其所蘊也。今夫成王所藴道德也，所近聖賢也。是以舉其近，則周公左而召公右，伯禽魯而太公齊；快其藴，則興禮樂而朝諸侯，措刑罰而美教化。教之至也，可不謂信然哉！

及夫秦則不然。滅先王之學，曰將以愚天下。黜師保之位，曰將以明君臣。胡亥之生也，《詩》《書》不得聞，聖賢不得近。彼趙高者，詐宦之戮人也，而傅之以殘忍戕賊之術，且曰恣睢天下以爲貴，莫見其面以爲尊。是以天下之人人未盡愚，而胡亥固已不能分獸畜矣。趙高之威懾天下，而胡亥固已自幽於深宫矣。彼李斯，秦之寵丞相也，因讒冤死，無所自明，而況于疏遠之臣庶乎？若然，則秦之亡有以致之也。

漢高承之以兵革，漢文守之以廉謹，卒不能蘇復大訓。是以景、武、昭、宣，天資甚美，才可以免禍亂，哀、平之間，則不能虞篡弑矣。然而惠帝廢易之際，猶賴羽翼以勝邪心。是後有國之君，議教化者，莫不以興廉舉孝、設學崇儒爲意，曾不知教化之不行自貴始。略其貴者，教其賤者，無乃鄰於倒置乎？

洎我太宗文皇帝之在藩邸，以至於爲太子也，選知道德者十八人與之遊習。即位之後，雖遊宴飲食之間，若十八人者，實在其中。上失無不言，下情無不達，不四三年而名高盛古，豈一日二日而致是乎？遊習之漸也。貞觀已還，師傅皆宰相兼領，其餘宫僚，亦甚重焉。馬周以位高恨不得爲司議郎，此其驗也。文皇之後，漸疏賤之。用至母后臨朝，翦棄王室。當中、睿二聖勤勞之際，雖有骨鯁敢言之士，既不得在調護保安之職，終不能吐扶衛之一辭，而令醫匠安金藏剖腹以明之，豈不大哀也耶？

兵興已來，兹弊尤甚。師資保傅之官，非疾廢眊聵不任事者爲之，即休戎罷帥不知書者處之。至于友諭贊議之徒，疏冗散賤之甚者，縉紳恥由之。夫以匹士之愛其子者，猶求明哲慈惠之師以教之，直諒多聞之友以成之，豈天下之元良，而可以疾廢眊聵不知書者爲之師乎？疏冗散賤不適用者爲之友乎？此何不及上古之甚也！近制，宫僚之外，往往以沉滯僻老之儒，充侍直、侍讀之選，而又疏棄斥逐之，越月踰時，不得召見，彼又安能傅成道德而保養其身躬哉？臣以爲積此弊者，豈不以皇天眷佑，祚我唐德，以舜繼堯，傳陛下十一聖矣，莫不生而神明，長而仁聖，以是爲屑屑習儀者故不之省耳。臣獨以爲於列聖之謀則可也，計傳後嗣則不可。脱或萬代之後，若有周成之中才，而又生於深宫優笑之間，無周、召保助之教，則將不能知喜怒哀樂之所自矣，况稼穡艱難乎？

今陛下以上聖之資，肇臨海内，是天下之人傾耳注心之日。特願陛下思成王訓導之功，念文皇遊習之漸，選重師保，慎擇宫僚，皆用博厚弘深之儒，而又明達機務者爲之。更相進見，日就月將。因令皇太子聚諸生，定齒冑講業之儀，行嚴師問道之禮，至德要道以成之，徹膳記過以警之。血氣未定，則去禽色之娱以就學；聖質已備，則資遊習之善以弘德。此所謂一人元良，萬方以貞之化也。豈直修廢學，選司成，而足倫匹其盛哉？而又俾則百王，莫不幼同師，長同術，識君道之素定，知天倫之自然，然後選用賢良，樹爲藩屏。出則有晉、鄭、魯、衛之盛，入則有東牟、朱虛之强，蓋所謂宗子維城、犬牙盤石之勢也，又豈與夫魏、晉以降，因賤其兄弟而自翦其本枝者同年而語哉？

憲宗覽之甚悦。

又論西北邊事，皆朝政之大者。憲宗召對，問方略。爲執政所忌，出爲河南縣尉。丁母憂，服除，拜監察御史。四年，奉使東蜀，劾奏故劍南東川節度使嚴礪違制擅賦，又籍没塗山甫等吏民八十八户田宅一百一十一、奴婢二十七人、草千五百束、錢七千貫。時礪已死，七州刺史皆責罰。稹雖舉職，而執政有與礪厚者惡之。使還，令分務東臺。浙西觀察使韓皋封杖決湖州安吉令孫澥，四日内死。徐州監軍使孟昇卒，節度使王紹傳送昇喪柩還京，給券乘驛，仍於郵舍安喪柩。稹並劾奏以法。河南尹房式爲不法事，稹欲追攝，擅令停務。既飛表聞奏，罰式一月俸，仍召稹還京。宿敷水驛，内官劉士元後至，争廳，士元怒，排其户，稹襪而走廳後。士元追之，後以箠擊稹傷面。執政以稹少年後輩，務作威福，貶爲江陵府士曹參軍。

稹聰警絶人，年少有才名，與太原白居易友善。工爲詩，善狀詠風態物色。當時言詩者稱元、白焉。自衣冠士子，至閭閻下俚，悉傳諷之，號爲「元和體」。既以俊爽不容於朝，流放荆蠻者僅十年。俄而白居易亦貶江州司馬，稹量移通州司馬。雖通、江懸邈，而二人來往贈答，凡所爲詩，有自三十、五十韻乃至百韻者。江南人士，傳道諷誦，流聞闕下，里巷相傳，爲之紙貴。觀其流離放逐之意，靡不悽惋。

十四年，自虢州長史徵還，爲膳部員外郎。宰相令狐楚一代文宗，雅知稹之辭學，謂稹曰：「嘗覽足下製作，所恨不多，遲之久矣。請出其所有，以豁予懷。」稹因獻其文，自叙曰：

稹初不好文，徒以仕無他歧，强由科試。及有罪譴棄之後，自以爲廢滯潦倒，不復爲文字有聞於人矣。曾不知好事者抉擿芻蕪，塵瀆尊重。竊承相公特於廊廟間道稹詩句，昨又面奉教約，令獻舊文。戰汗悚踊，慚忝無地。

稹自御史府謫官，於今十餘年矣，閑誕無事，遂專力於詩章。日益月滋，有詩句千餘首。其間感物寓意，可備矇瞽之風者有之。辭直氣粗，罪尤是懼，固不敢陳露於人。唯盃酒光景間，屢爲小碎篇章，以自吟暢。然以爲律體卑庳，格力不揚，苟無姿態，則陷流俗。常欲得思深語近，韻律調新，屬對無差，而風情宛然，而病未能也。江湖間多新進小生，不知天下文有宗主，妄相放效，而又從而失之，遂至於支離褊淺之辭，皆目爲「元和詩體」。

稹與同門生白居易友善。居易雅能詩，就中愛驅駕文字，窮極聲韻，或爲千言，或五百言律詩，以相投寄。小生自審不能過之，往往戲排舊韻，别創新辭，名爲次韻相酬，蓋欲以難相挑。自爾江湖間爲詩者，復相倣傚，力或不足，則至於顛倒語言，重複首尾，韻同意等，不異前篇，亦目爲「元和詩體」。

而司文者考變雅之由，往往歸咎於稹。嘗以爲雕蟲小事，不足以自明。始聞相公記憶，累旬已來，實慮糞土之牆，庇之以大廈，使不復破壞，永爲板築者之誤。輒寫古體歌詩一百首，百韻至兩韻律詩一百首，爲五卷，奉啓跪陳。或希構廈之餘，一賜觀覽，知小生於章句中欒櫨榱桷之材，盡曾量度，則十餘年之邅迴，不爲無用矣。

楚深稱賞，以爲今代之鮑、謝也。

穆宗皇帝在東宫，有妃嬪左右嘗誦稹歌詩以爲樂曲者，知稹所爲，嘗稱其善，宫中呼爲「元才子」。荆南監軍崔潭峻甚禮接稹，不以掾吏遇之，常徵其詩什諷誦之。長慶初，潭峻歸朝，出稹《連昌宫辭》等百餘篇奏御，穆宗大悦，問稹安在，對曰：「今爲南宫散郎。」即日轉祠部郎中、知制誥。朝廷以書命不由相府，甚鄙之，然辭誥所出，敻然與古爲侔，遂盛傳於代，由是極承恩顧。嘗爲《長慶宫辭》數十百篇，京師競相傳唱。居無何，召入翰林，爲中書舍人、承旨學士。中人以潭峻之故，争與稹交，而知樞密魏弘簡尤與稹相善，穆宗愈深知重。河東節度使裴度三上疏，言稹與弘簡爲刎頸之交，謀亂朝政，言甚激訐。穆宗顧中外人情，乃罷稹内職，授工部侍郎。上恩顧未衰，長慶二年，拜平章事。詔下之日，朝野無不輕笑之。

時王廷湊、朱克融連兵圍牛元翼於深州，朝廷俱赦其罪，賜節鉞，令罷兵，俱不奉詔。稹以天子非次拔擢，欲有所立以報上。有和王傅于方者，故司空頔之子，干進於稹，言有奇士王昭、王友明二人，嘗客於燕、趙間，頗與賊黨通熟，可以反間而出元翼，仍自以家財資其行，仍賂兵、吏部令史爲出告身二十通，以便宜給賜，稹皆然之。有李賞者，知于方之謀，以稹與裴度有隙，乃告度云：「于方爲稹所使，欲結客王昭等刺度。」度隱而不發。及神策軍中尉奏于方之事，乃詔三司使韓皋等訊鞫，而害裴事無驗，而前事盡露，遂俱罷稹、度平章事，乃出稹爲同州刺史，度守僕射。諫官上疏，言責度太重，稹太輕，上心憐稹，止削長春宫使。

稹初罷相，三司獄未奏，京兆尹劉遵古遣坊所由潛邏稹居第，稹奏訴之，上怒，罰遵古，遣中人撫諭稹。稹至同州，因表謝上，自叙曰：

臣稹辜負聖明，辱累恩獎，便合自求死所，豈謂尚忝官榮？臣稹死罪。

臣八歲喪父，家貧無業。母兄乞丐，以供資養。衣不布體，食不充腸。幼學之年，不蒙師訓。因感鄰里兒稚有父兄爲開學校，涕咽發憤，願知《詩》《書》。慈母哀臣，親爲教授。年十有五，得明經出身，由是苦心爲文，夙夜强學。年二十四，登吏部乙科，授校書郎。年二十八，蒙制舉首選，授左拾遺。始自爲學，至於升朝，無朋友爲臣吹嘘，無親戚爲臣援庇。莫非苦己，實不因人，獨立性成，遂無交結。任拾遺日，屢陳時政，蒙先皇帝召問於延英。旋爲宰相所憎，出臣河南縣尉。及爲監察御史，又不規避，專心糾繩，復爲宰相怒臣不庇親黨，因以他事貶臣江陵判司。廢棄十年，分死溝瀆。

元和十四年，憲宗皇帝開釋有罪，始授臣膳部員外郎。與臣同省署者，多是臣登朝時舉人，任卿相者，半是臣同諫院時拾遺、補闕。愚臣既不料陛下天聽過卑，知臣薄藝，朱書授臣制誥，延英召臣賜緋。宰相惡臣不出其門，由是百萬侵毁。陛下察臣無罪，寵獎踰深，召臣面授舍人，遣充承旨翰林學士，金章紫服，光飾陋軀，人生之榮，臣亦至矣。然臣益遭誹謗，日夜憂危，唯陛下聖鑒昭臨，彌加保任，竟排羣議，擢授台司。臣忝有肺肝，豈並尋常宰相？况當行營退散之後，牛元翼未出之間，每聞陛下軫念之言，愚臣恨不身先士卒。所問于方計策，遣王友明等救解深州，蓋欲上副聖情，豈是别懷他意？不料姦人疑臣殺害裴度，妄有告論，塵瀆聖聰，愧羞天地。臣本待辨明一了，便擬殺身謝責，豈料聖慈尚加，薄貶同州。雖違咫尺之間，不遠郊圻之境，伏料必是宸衷獨斷，乞臣此官。若遣他人商量，乍可與臣遠處方鎮，豈肯遣臣俯近闕廷？

所恨今月三日，尚蒙召對延英。此時不解泣血，仰辭天顔，乃至今日竄逐。臣自離京國，目斷魂銷。每至五更朝謁之時，實制淚不已。臣若餘生未死，他時萬一歸還，不敢更望得見天顔，但得再聞京城鐘鼓之音，臣雖黄土覆面，無恨九泉。臣無任自恨自慚，攀戀聖慈之至。

在郡二年，改授越州刺史兼御史大夫、浙東觀察使。會稽山水奇秀，稹所辟幕職，皆當時文士，而鏡湖、秦望之遊，月三四焉。而諷詠詩什，動盈卷帙。副使竇鞏，海内詩名，與稹酬唱最多，至今稱「蘭亭絶唱」。稹既放意娱遊，稍不修邊幅，以瀆貨聞於時。凡在越八年。

大和初，就加檢校禮部尚書。三年九月，入爲尚書左丞。振舉紀綱，出郎官頗乖公議者七人。然以稹素無檢操，人情不厭服。會宰相王播倉卒而卒，稹大爲路歧，經營相位。四年正月，檢校户部尚書兼鄂州刺史、御史大夫、武昌軍節度使。五年七月二十二日暴疾，一日而卒于鎮，時年五十三，贈尚書右僕射。有子曰道護，時年三歲。稹仲兄司農少卿積，營護喪事。所著詩賦、詔册、銘誄、論議等雜文一百卷，號曰《元氏長慶集》。又著古今刑政書三百卷，號《類集》，並行於代。

稹長慶末因編删其文稿，《自叙》曰：

劉秩云制不可削。予以爲有可得而削之者，貢謀猷，持嗜慾，君有之則譽歸于上，臣專之則譽歸於下。苟而存之，其攘也，非道也。經制度，明利害，區邪正，辨嫌惑，存之則事分著，去之則是非泯。苟而削之，其過也，非道也。

元和初，章武皇帝新即位，臣下未有以言刮視聽者。予時始以對詔在拾遺中供奉，由是獻《教本書》、《諫職》、《論事》等表十數通，仍爲裴度、李正辭、韋熏訟所言當行，而宰相曲道上語。上頗悟，召見問狀。宰相大惡之，不一月，出爲河南尉。後累歲，補御史，使東川。謹以元和赦書，劾節度使嚴礪籍塗山甫等八十八家，過賦梓、遂之民數百萬。朝廷異之，奪七刺史料，悉以所籍歸於人。會潘孟陽代礪爲節度使，貪過礪，且有所承迎，雖不敢盡廢詔，因命當得所籍者皆入資。資過其稱，摧薪盜賦無不爲，仍爲礪密狀不當得醜謚。予自東川還，朋礪者潛切齒矣。

無何，分涖東都臺。天子久不在都，都下多不法者。百司皆牢獄，有栽接吏械人逾歲而臺府不得而知之者，予因飛奏絶百司專禁錮。河南尉叛官，予劾之，忤宰相旨。監徐使死於軍，徐帥郵傳其柩，柩至洛，其下毆詬主郵吏，予命吏徙柩於外，不得復乘傳。浙西觀察使封杖決安吉令至死；河南尹誣奏書生尹太階請死之；飛龍使誘趙實家逃奴爲養子；田季安盜娶洛陽衣冠女；汴州没入死商錢且千萬；滑州賦於民以千，授於人以八百；朝廷饋東師，主計者誤命牛車四千三百乘飛芻越太行。類是數十事，或移或奏，皆止之。貞元已來，不慣用文法，内外寵臣皆喑嗚。會河南尹房式詐諼事發，奏攝之。前所喑嗚者叫噪。宰相素以劾叛官事相銜，乘是黜予江陵掾。後十年，始爲膳部員外郎。

穆宗初，宰相更相用事，丞相段公一日獨得對，因請亟用兵部郎中薛存慶、考功員外郎牛僧孺，予亦在請中，上然之。不十數日次用爲給、舍，他忿恨者日夜構飛語，予懼罪，比上書自明。上憐之，三召與語。語及兵賦洎西北邊事，因命經紀之。是後書奏及進見，皆言天下事，外間不知，多臆度。陛下益憐其不漏禁中語，召入禁林，且欲亟用爲宰相。是時裴度在太原，亦有宰相望，巧者謀欲俱廢之，乃以予所無構於裴。裴奏至，驗之皆失實。上以裴方握兵，不欲校曲直，出予爲工部侍郎，而相裴之期亦衰矣。不累月，上盡得所構者，雖不能暴揚之，遂果初意，卒用予與裴俱爲宰相。復有購狂民告予借客刺裴者，鞫之復無狀，然而裴與予以故俱罷免。

始元和十五年八月得見上，至是未二歲，僭忝恩寵，無是之速者；遭罹謗咎，亦無是之甚者。是以心腹腎腸，糜費於扶衛危亡之不暇，又惡暇經紀陛下之所付哉！然而造次顛沛之中，前後列上兵賦邊防之狀，可得而存者一百一十五。苟而削之，是傷先帝之器使也。至于陳暢辨謗之章，去之則無以自明於朋友矣。其餘郡縣之奏請，賀慶之禮，因亦附於件目。始《教本書》至於爲人雜奏，二十有七軸，凡二百二十有七奏。終殁吾世，貽之子孫式，所以明經制之難行，而銷毁之易至也。

其自叙如此，欲知其作者之意，備於此篇。

稹文友與白居易最善。後進之士，最重龐嚴，言其文體類己，保薦之。（《舊唐書》卷一六六）

新唐書元稹傳

元稹字微之，河南河内人。六代祖巖，爲隋兵部尚書。稹幼孤，母鄭賢而文，親授書傳。九歲工屬文，十五擢明經，判入等，補校書郎。元和元年舉制科，對策第一，拜左拾遺。性明鋭，遇事輒舉。

始，王叔文、王伾蒙幸太子宫，而橈國政，稹謂宜選正人輔導，因獻言曰：

伏見陛下降明詔，修廢學，增胄子，然而事有先於此，臣敢昧死言之。賈誼有言：「三代之君仁且久者，教之然也。」周成王本中才，近管、蔡則讒入，任周、召則善聞。豈天聰明哉？而克終于道者，教之。始爲太子也，太公爲師，周公爲傅，召公爲保，伯禽、唐叔與遊，目不閲淫豔，耳不聞優笑，居不近庸邪，玩不備珍異。及爲君也，血氣既定，遊習既成，雖有放心，不能奪已成之性。則彼道德之言，固吾所習聞，陳之者易諭焉；回佞庸違，固吾所積懼，諂之者易辨焉。人之情莫不耀所能，黨所近，苟得志，必快其所蘊。物性亦然，故魚得水而游，鳥乘風而翔，火得薪而熾。夫成王所藴，道德也；所近，聖賢也。快其藴，則興禮樂，朝諸侯，措刑罰，教之至也。秦則不然，滅先王之學，黜師保之位。胡亥之生也，《詩》《書》不得聞，聖賢不得近。彼趙高，刑餘之人，傅之以殘忍戕賊之術，日恣睢，天下之人未盡愚，而亥不能分馬鹿矣；高之威懾天下，而亥自幽深宫矣。若秦亡則有以致之也。

太宗爲太子，選知道德者十八人與之遊；即位後，雖閒宴飲食，十八人者皆在。上之失無不言，下之情無不達，不四三年而名高盛古，斯遊習之致也。貞觀以來，保、傅皆宰相兼領，餘官亦時重選，故馬周恨位高不爲司議郎，其驗也。

母后臨朝，剪棄王室，中、睿爲太子，雖有骨鯁敢言之士，不得在調護保安職，及讒言中傷，惟樂工剖腹爲證，豈不哀哉！比來兹弊尤甚，師資保傅，不疾廢眊聵，即休戎罷帥者處之。又以僻滯華首之儒備侍直、侍讀，越月踰時不得召。夫以匹士之愛其子，猶求明哲慈惠之師，豈天下元良而反不及乎？

臣以爲高祖至陛下十一聖，生而神明，長而仁聖，以是爲屑屑者，故不之省。設萬世之後，有周成中才，生於深宫，無保助之教，則將不能知喜怒哀樂所自，況稼穡艱難乎！願令皇太子洎諸王齒胄講業，行嚴師問道之禮，輟禽色之娱，資遊習之善，豈不美哉！

又自以職諫諍，不得數召見，上疏曰：

臣聞治亂之始，各有萌象。容直言，廣視聽，躬勤庶務，委信大臣，使左右近習不得蔽疏遠之人，此治象也。大臣不親，直言不進，抵忌諱者殺，犯左右者刑，與一二近習決事深宫中，羣臣莫與，此亂萌也。人君始即位，萌象未見，必有狂直敢言者。上或激而進之，則天下君子望風曰：彼狂而容於上，其欲來天下士乎？ 吾之道可以行矣！ 其小人則竦利曰：彼之直，得幸於上，吾將直言以徼利乎！ 由是天下賢不肖各以所忠貢於上，上下之志霈然而通。合天下之智，治萬物之心，人人樂得其所，戴其上如赤子之親慈母也，雖欲誘之爲亂，可得乎？ 及夫進計者入，而直言者戮，則天下君子内謀曰：與其言不用而身爲戮，吾寧危行言遜以保其終乎！ 其小人則擇利曰：吾君所惡者拂心逆耳，吾將苟順是非以事之。由是進見者革而不内，言事者寢而不聞，若此則十步之事不得見，況天下四方之遠乎！ 故曰：聾瞽之君非無耳目，左右前後者屏蔽之，不使視聽，欲不亂可得哉？

太宗初即位，天下莫有言者，孫伏伽以小事持諫，厚賜以勉之。自是論事者唯懼言不直、諫不極、不能激上之盛意，曾不以忌諱爲虞。於是房、杜、王、魏議可否於前，四方言得失於外，不數年大治。豈文皇獨運聰明於上哉？ 蓋下盡其言，以宣揚發暢之也。夫樂全安，惡戮辱，古今情一也，豈獨貞觀之人輕犯忌諱而好戮辱哉？ 蓋上激而進之也。喜順從，怒蹇犯，亦古今情一也。豈文皇甘逆耳、怒從心哉？ 蓋以順從之利輕，而危亡之禍大，思爲子孫建永安計也。爲後嗣者，其可順一朝意，而蔑文皇之天下乎？

陛下即位已一歲，百辟卿士、天下四方之人，曾未有獻一計進一言而受賞者；左右前後拾遺補闕，亦未有奏封執諫而蒙勸者。設諫鼓，置匭函，曾未聞雪冤決事、明察幽之意者。以陛下睿博洪深，勵精求治，豈言而不用哉？蓋下不能有所發明耳！承顧問者獨一二執政，對不及頃而罷，豈暇陳治安、議教化哉？它有司或時召見，僅能奉簿書計錢穀登降耳。以陛下之政，視貞觀何如哉？貞觀時，尚有房、杜、王、魏輔翊之智，日有獻可替否者。今陛下當致治之初，而言事進計者歲無一人，豈非羣下因循竊位之罪乎？輒昧死條上十事：一、教太子，正邦本；二、封諸王，固磐石；三、出宫人；四、嫁宗女；五、時召宰相講庶政；六、次對羣臣，廣聰明；七、復正衙奏事；八、許方幅糾彈；九、禁非時貢獻；十、省出入遊畋。

于時論僇、高弘本、豆盧靖等出爲刺史，閲旬追還詔書，稹諫：「詔令數易，不能信天下。」又陳西北邊事。憲宗悦，召問得失。當路者惡之，出爲河南尉，以母喪解。服除，拜監察御史。按獄東川，因劾奏節度使嚴礪違詔過賦數百萬，没入塗山甫等八十餘家田産奴婢。時礪已死，七刺史皆奪俸，礪黨怒。俄分司東都。時浙西觀察使韓皋杖安吉令孫澥，數日死；武寧王紹護送監軍孟昇喪乘驛，内喪郵中，吏不敢止；内園擅繫人踰年，臺不及知；河南尹誣殺諸生尹大階；飛龍使誘亡命奴爲養子；田季安盜取洛陽衣冠女；汴州没入死賈錢千萬。凡十餘事，悉論奏。會河南尹房式坐罪，稹舉劾，按故事追攝，移書停務。詔薄式罪，召稹還。次敷水驛，中人仇士良夜至，稹不讓，中人怒，擊稹敗面。宰相以稹年少輕樹威，失憲臣體，貶江陵士曹參軍，而李絳、崔群、白居易皆論其枉。久乃徙通州司馬，改虢州長史。元和末，召拜膳部員外郎。稹尤長於詩，與居易名相埒，天下傳諷，號「元和體」，往往播樂府。穆宗在東宫，妃嬪近習皆誦之，宫中呼元才子。稹之謫江陵，善監軍崔潭峻。長慶初，潭峻方親幸，以稹歌詞數十百篇奏御，帝大悦。問稹今安在，曰：「爲南宫散郎。」即擢祠部郎中，知制誥。變詔書體，務純厚明切，盛傳一時。然其進非公議，爲士類訾薄。稹内不平，因《誡風俗詔》歷詆羣有司以逞其憾。

俄遷中書舍人、翰林承旨學士。數召入，禮遇益厚，自謂得言天下事。中人争與稹交，魏弘簡在樞密，尤相善。裴度出屯鎮州，有所論奏，共沮卻之。度三上疏劾弘簡、稹傾亂國政：「陛下欲平賊，當先清朝廷乃可。」帝迫羣議，乃罷弘簡，而出稹爲工部侍郎。然眷倚不衰，未幾，進同中書門下平章事，朝野雜然輕笑，稹思立奇節報天子以厭人心。時王廷湊方圍牛元翼於深州，稹所善于方言：「王昭、于友明皆豪士，雅游燕、趙間，能得賊要領，可使反間而出元翼。願以家貲辦行，得兵部虚告二十，以便宜募士。」稹然之。李逢吉知其謀，陰令李賞訹裴度曰：「于方爲稹結客，將刺公。」度隱不發。神策軍中尉以聞，詔韓皋、鄭覃及逢吉雜治，無刺度狀，而方計暴聞，遂與度偕罷宰相，出爲同州刺史。諫官争言度不當免，而黜稹輕。帝獨憐稹，但削長春宫使。初，獄未具，京兆劉遵古遣吏羅禁稹第，稹訴之，帝怒，責京兆，免捕賊尉，使使者慰稹。再期，徙浙東觀察使。明州歲貢蚶，役郵子萬人，不勝其疲，稹奏罷之。然稹素無檢，望輕，不爲公議所右。

大和三年，召爲尚書左丞，務振綱紀，出郎官尤無狀者七人。然稹素無檢，望輕，不爲公議所右。王播卒，謀復輔政甚力，訖不遂。俄拜武昌節度使。卒，年五十三，贈尚書右僕射。

所論著甚多，行于世。在越時，辟竇鞏。鞏，天下工爲詩，與之酬和，故鏡湖、秦望之奇益傳，時號「蘭亭絶唱」。稹始言事峭直，欲以立名，中見斥廢十年，信道不堅，乃喪所守。附宦貴得宰相，居位纔三月罷。晚彌沮喪，加廉節不飾云。（《新唐書》卷一七四）

元稹

辛文房

稹字微之，河南人。九歲工屬文，十五擢明經，書判入等，補校書郎。元和初，對策第一，拜左拾遺。數上書言利害，當路惡之，出爲河南尉。後拜監察御史，按獄東川。還次敷水驛，中人仇士良夜至，稹不讓邸，仇怒，擊稹敗面。宰相以稹年少輕威，失憲臣體，貶江陵士曹參軍，李絳等論其枉。元和末，召拜膳部員外郎。稹詩變體，往往宫中樂色皆誦之，呼爲才子。然綴屬雖廣，樂府專其警策也。初在江陵，與監軍崔潭峻善，長慶中，崔進其歌詩數千百篇，帝大悦，問今安在？曰：「爲南宫散郎。」擢祠部郎中、知制誥，俄遷中書舍人、翰林承旨，後拜同中書門下平章事。初以瑕釁，舉動浮薄，朝野雜笑，未幾罷。然素無檢，望輕不爲公議所右，除武昌節度使卒。在越時，辟竇鞏。鞏工詩，日酬和，故鏡湖、秦望之奇益傳，時號「蘭亭絶唱」。微之與白樂天最密，雖骨肉未至，愛慕之情，可欺金石，千里神交，若合符契，唱和之多，毋踰二公者。有《元氏長慶集》一百卷及小集十卷，今傳。夫松柏飽風霜，而後勝梁棟之任，人必勞餓空乏，而後無充詘之態。譽早必氣鋭，氣鋭則志驕，志驕則斂怨。先達者未足喜，晚成者或可賀。況慶弔相望于門閭，不可測哉！人評元詩，如李龜年説天寶遺事，貌悴而神不傷。況尤物移人，侈俗遷性，足見其舉止斐薄丰茸，仍且不容勝己。至登庸成忝，貽笑於多士，其來尚矣。不矜細行，終累大德。豈不聞言行君子之樞機，榮辱之主邪？古人不恥能治而無位，恥有位而不能治也。（《唐才子傳》卷六）

元稹集附録

二　序跋

元氏長慶集原序

劉　麟

《新唐書·藝文志》載其當時君臣所撰著文集，篇目甚多。《太宗集》四十卷，至武后《垂拱集》一百卷，今皆弗傳。其餘名公鉅人之文，所傳蓋十一二爾，如《梁苑文類》、《會昌一品》、《鳳池稾草》、《笠澤叢書》、《經緯》、《宂餘》、《遺榮》、《霧居》見於集録所稱道者，毋慮數百家，今之所見者，僅十數家而已。以是知唐人之文，亡逸者多矣。嗚呼，樵夫牧叟詭異怪誕之説，鬼神幻惑不根之言，時時萃爲一書，以詒好事者觀覽。至於士君子道德仁義之文，經國濟時之論，乃或沉没無聞，豈不惜哉！

元微之有盛名於元和、長慶間，觀其所論奏，莫不切當時務，詔誥、歌詞自成一家，非大手筆曷臻是哉！其文雖盛傳一時，厥後浸亦不顯，唯嗜書者時時傳録，不亦甚可惜乎！僕之先子尤愛其文，嘗手自抄寫，曉夕玩味，稱歎不已。蓋惜其文之工，而傳之不久且遠也。

迺者因閲手澤，悲不自勝，謹募工刊行。庶幾元氏之文，因先子復傳於世。斯文舊亡其序，第冠以《新唐書》微之本傳，則微之之於文，其所造之淺深可概見矣。宣和甲辰仲夏晦日序。（《元氏長慶集》影宋抄本，卷首）

元氏長慶集原跋

洪适

右，元微之集六十卷。微之以長慶癸卯鎮越，大和己酉召還，坐嘯是邦，閲六寒暑。今種山之喬木數十百章，豈亦有甘棠存其間乎？横空傑閣，蓋一城偉觀。扁表所書，則其州宅之卒章也。微之以文章鼓行當時，謂之「元和體」。在越則有詩人入幕府，故鏡湖、秦望之奇益傳，所謂「蘭亭絶唱」，陳跡猶可想。《唐志》著録有《長慶集》一百卷，《小集》十卷，傳于今者，惟閩、蜀刻本爲六十卷。三館所藏，獨有《小集》，其文蓋已雜之六十卷中矣。微之嘗彙其詩爲十體，曰：旨意可觀，詞近古往者，爲古諷；流在樂府者，爲樂諷；詞雖近古，而止於吟寫性情者，爲古體；詞實樂流，而止於摸象物色者，爲新題樂府；聲勢沿順，屬對穩切者，爲律詩，以七言、五言爲兩體；稍存寄興，與諷爲流者〔一〕，爲律諷；撫存感往者，取潘子悼亡爲題；量眉約鬢，匹配色澤〔二〕，劇婦人之怪豔者，爲豔詩，今、古兩體。其自叙如此。今之所編，頗又律吕乖次。惜矣，舊規之不能存也。元白才名相埒。樂天守吴才歲餘，其郡屢刊其文。微之留郡許久〔三〕，其書獨闕可乎？予來踵後塵，蓋相去三百三十餘年矣。乃求而刻之，略能讎正脱誤之一二，不暇復爲公次也〔四〕。書成，置之蓬萊閣。乾道四年歲在戊子二月二十四日，觀文殿學士、左通奉大夫知紹興府、兩浙東路安撫使、鄱陽郡公洪适景伯書。（同上，卷末）

【校勘記】

〔一〕者：原闕，據本書卷三十《叙詩寄樂天書》補。

〔二〕匹配：原闕「配」字，據馬本、叢刊本補。

〔三〕郡：原闕，據馬本、叢刊本補。

〔四〕公：原闕，據馬本補。

元氏長慶集原跋

楊循吉

弘治元年，從葑門陸進士士修借至，命筆生徐宗器模録原本，未畢，士修赴都來别，索之甚促，所餘十卷幾於不成，幸竟留之，遂此深願。九月二十五日，始克裝就，藏於雁蕩村舍之卧讀齋中，永爲珍玩。且近又借得《白氏集》，亦方在録，可謂聯珠並秀，合璧同輝。楊循吉君謙父。（同上）

元氏長慶集原跋

錢謙益

微之集，舊得楊君謙鈔本，行間多空字。後得宋刻本，吴中張子昭所藏，始知楊氏鈔本空字，皆宋本歲久漫滅處，君謙仍其舊而不敢益也。嘉靖壬子，東吴董氏用宋本翻雕，行款如一，獨於其空闕字樣，皆妄以己意揣摩填補。如首行「山中思歸樂」原空二字，妄增云「我作思歸樂」，文義違背，殊不可通。此本流傳日廣，後人雖患其譌，而無從是正，良可嘅也。亂後，余在燕都，於南城廢殿得《元集》殘本，向所闕誤，一一完好。暇日援筆改正，豁然如翳之去目，霍然如疥之失體。微之之集，殘缺四百餘年，而一旦復完。寶玉大弓，其猶有歸魯之徵乎？著雍困敦之歲，皋月廿七日，東吴蒙叟識於臨頓里之寓舍。（同上）

重刻元氏長慶集序

婁堅

序者，叙所以作之指也，蓋始於子夏之序《詩》，其後劉向以校書爲職，每一編成即有序，最爲雅馴矣。左思賦《三都》成，自以名不甚著，求序於皇甫謐。自是綴文之士，多有託於人以傳者，皆汲汲於名，而唯恐人之不吾知也。至於其傳既久，刻本之存者，或漫漶不可讀，有繕寫而重刻之，則又復序之，是宜叙所以刻之意可也。而今之述者，非追論昔賢，妄爲優劣之辨，即過稱好事，多設游揚之辭，皆吾所不取也。唐之文章，至元和而極盛矣。元、白二氏創爲新體，以相倡和，各極才人之致，皆以編次於穆宗朝，題曰《長慶集》，惜其傳之久而不無漫漶以譌也。馬巽甫從予遊，未冠即好古文辭，嘗欲募工合刻以行於世，而尤以微之之文，世人知愛之者尤少，乃刻自元始，而以序見屬。予觀微之序樂天集，稱其所長，可謂極備，而卒未嘗求序於白者，豈自越移鄂，以至於卒官之日，年僅踰艾，將有待而未暇歟？後白爲銘墓，而終亦不序其遺文，何歟？當白在潯陽、元在通州時，其叙詩往復之書，固已畢見其所志矣，則雖不爲之叙可也。世所傳集，刻於宋宣和中建安劉氏，收拾於缺逸之餘，功已勤矣。然考《唐書·藝文志》，《元氏長慶集》凡一百卷，又《小集》十卷，而所與白書，自叙年十六時至元和七年，有詩八百餘首，凡十體，二十卷；七年已後，又二百五十首，此其二十餘年之作也，計其還朝至歿，不知復幾百首。今已雜見於集矣，而古詩不過百三十餘，律詩不過三百餘，共三十卷，又他文三十卷，類次既非其舊，卷帙半減於前，蓋詩之亡者，已不翅如其所傳，則他文之不見於其書者，又可知也。嗟夫！昔之君子，所以疲耗心力於言語文字之間者，蓋多以不爲時用，而優游於筆硯，以舒寫其感憤無聊之意，故其文之多且工若是。士之淺陋不學，未有甚於今日者也。幸而一得志於有司，則又自多其才，以謂雖不學而可試於用，反詆好古之士爲闊達不識時務，及其見於行事，苟且滅裂，無足怪者。或沾沾焉欲以言語自見，則皆浮游無用之辭耳。夫孰知文章爲經世之大業哉！如元氏者，世多訾其爲人，蓋摧折困頓之餘，躁於求進，比之樂天懸矣。然吾以其言求之，知其卓然有可用於世者，未嘗不爲之歎惜焉。至若巽甫之用心於斯文，旁搜博采，苟力所及，殆無一字之遺，且爲考其歲月而附見當時之事，不亦已勤也歟！萬曆甲辰立夏日序。（明萬曆三十二年馬元調魚樂軒刻本，卷首）

重刻元氏長慶集凡例

馬元調

一、元白二集，同創體於元和，共取名於長慶，況其唱和之辭，十居五六，允宜合刻，以便參閲。但以元集卷帙校少，雕鐫易畢，故刻自元始焉。

一、集中編次，悉依宋本，雖非元氏本意，然文既殘闕，自難備體，不敢更次。

一、集中闕字，查他書增入者，止十之四，其無從考者，尚十之六，不能無望於博古之士焉。

一、俗本體用策一篇，所闕殆千餘字，必董氏所翻宋本，偶逸其二葉耳，今查《文苑英華》所載補入，庶爲完文。

一、元氏舊無年譜可查，惟有《新唐書》本傳及樂天所撰《墓誌銘》，載其出處之跡差詳，今刻爲附録一卷，使讀其書者，庶有考焉。

一、制誥非止一人之文詞，亦見一時之行事，況河朔變更，朝廷多故，凡諸除授，實是紛紜，非詳審其緣由，誠恐昧其所以，聊注所明，姑闕其疑。

一、集中難字，舊無注釋，今擇其稍僻不爲衆所共曉者，略標反切，并明其義焉。

一、集中間或注釋一二，本宜别於元氏自注，但與公自注語氣自是不同，讀者自喻，決無相亂之慮耳。

一、宋本集外止有《春遊》詩一首，《上令狐相公詩啓》一篇，今遍索他書，增入詩詞二十，賦三，啓二，表二，議一，判十一，制二十七，傳一，共六十九篇，編爲六卷，以附于篇末云。（同上）

元氏長慶集跋

華　鏡

樂天、微之，以詩文并稱。元和、長慶間，互相標榜倡和爲頡頏，而論者亦曰元、白。向既購白集抄本校印已行，每訪元集，則殘章斷句，皆蠹口餘物耳，深慨造物之有忌也。偶見冢宰陸公家藏宋刻板者，欣然假歸，得翻印如白氏集，是真龍劍鳳簫之終合，二公文章之晦明，與時運盛衰爲上下也，觀二集者誠快覩云。　乙亥秋杪後學華鏡謹識。（明正德蘭雪堂活字本，手跋于卷首）

元氏長慶集跋

錢　曾

録錢曾遵王跋：「《元氏長慶集》六十卷，翻宋本。弘治元年楊君謙抄微之集，行間多空字，蓋以宋本藏之漫滅而不敢益之也。《代書詩一百韻》『光陰聽話移』後全闕，乃宋本脱去二葉，故無從補入耳。嘉靖壬子東吴董氏用此本翻雕而已矣，妄填空字，可資捧腹。亂後牧翁得此宋刻微之全集于南城廢殿，向所闕誤，一一完好，遂校之于此本，手自補寫脱簡。牧翁云：『微之集殘闕四百餘年，一旦復爲全書，寶玉大弓，其猶歸魯之徵歟。』」（明嘉靖三十一年董氏茭門别墅刻本，失名手録）

按：此條乃失名者從錢曾《讀書敏求記》中手録之跋文。

元氏長慶集跋

孫　琪

戊申六月三十日停午，在嚴氏井天閣，用思翁閲本校讀一過。思翁本爲嘉靖壬子東吴董氏照宋本翻雕者，予舊有之，爲友人易去，然校之此本亦不甚有高下也。琪記。

乾隆丁巳七月望後又讀，時方酷暑，且有桃源墓地被不肖者發掘，呈補追究，借此遮眼而已。（明萬曆三十二年馬元調魚樂軒刻本，手跋于卷末）

元氏長慶集跋

葉石君

葉氏手跋曰：《元氏長慶集》一百卷，世傳止六十卷，係宋洪景伯刋本，其間脱落差謬頗廣，虞山太史得宋刻本校正，因借謄讀。己亥夏五洞庭葉石君識。（陸心源《皕宋樓藏書志》卷七〇）

跋宋本長慶集

李門祐相

是予亡友新見義鄉手澤本也。義鄉好學，有幹事才，歷界浦、大坂、江户市尹，擢爲暬御。功緒顯赫，在人耳目。尤愛古本，遇宋元佳槧，不論價而置之；自他殘篇斷簡、零墨片楮苟有古色者，無不搜羅，而最愛是書與王半山集。每與予品隲古本，手玩口贊，喜形於色，以其爲北宋精刻也。既没之三年，遺書散落，此書亦入淺野氏五萬卷樓。余以其精神所注，苦請而藏之。嗚呼！見其所愛，而憶其所爲，言笑俯仰，恍若昨日，而其木則拱矣。悲哉。嘉永己酉九月望，李門祐相誌。（日本東大圖書館藏《長慶集》北宋刻本殘卷末，據花房英樹《元稹研究》轉録）

元氏長慶集跋

何焯

元詩誤字始于無錫華氏之活板，謬稱得水村冢宰所藏宋刻本，因用活字印行。董氏不學，

因之沿誤耳。（明萬曆三十二年馬元調魚樂軒刻本，失名臨抄）

元氏長慶集校跋

王國維

宋刊本避諱至惇字止，乃光宗後刊本，而此序「先子」諸字上皆空二格，蓋即重刊劉應禮本也。觀其字體，亦建安書肆所刊，此本則重刊越本也。越本頗有漫闕，後人臆補數十字，如第一卷《思歸樂》，第十卷《代曲江老人二首》，蘭雪堂活字本與此本均從補本上板，故訛誤相同，賴建本始得正之。又此本第十卷闕末二葉，亦越本失其板片，此本仍之，尚存不全之跡。蘭雪堂本則以《酬白學士》詩僅存小半，乃删去之，可知越本漫闕自昔已然矣。建本有翰林國史院官書印，又有劉公馘藏印，今在烏程蔣氏，惜僅存前十四卷耳。　國維

（一九一九年四部叢刊影印明嘉靖三十一年董氏茭門别墅刻本，手跋于卷末）

元氏長慶集校跋

張元濟

戊午之秋，江安傅沅叔同年，得見殘宋建本《元微之文集》卷一之十四，卷五十一之六十，凡二十四卷。劉序目録並存。知全書六十卷，與是本合，惟編次微異，卷五之八並爲樂府詩，即是本二十三之二十六，四卷；是本卷五之二十二，則遞後爲卷九之二十六。目録亦詳略互見，已出宋人改

編，非微之十體原第。此多集外文章，源出越本，更在建本後矣。原書每半葉十二行，行二十一字。卷首有翰林國史院長方朱記，蓋元代官書也。沅叔舊有校明本，所據爲錢牧齋鈔校本，因併借校殘宋本於其上，云異同多出《羣書拾補》盧校按：盧校係以宋越本校明馬元調刻本。外，甚珍視之。其尤足重者，明刻卷十第五、六葉，各本皆闕，宋本獨存，在卷十四第七、八葉。此古書之所以可貴也。今宋本卷一之十四及序目，並已歸於涵芬樓。惟卷五十一之六十，不知流落何所。爰從鈔補卷十第五、六闕葉兩番，並借傅本，録其宋本、錢鈔兩校筆，增訂卷末，盧校亦爲采附，庶幾讀是書者，可與宋本齊觀云。丁卯六月，海鹽張元濟校記。（四部叢刊複印本，書末）

校宋蜀本元微之文集十卷跋

傅增湘

元集殘本，十卷，慈谿李氏所藏，存卷五十一至六十，凡十卷。憶戊申、己酉間，述古堂書賈于瑞臣得唐人集數種於山東，詭祕不以示人。余多方詗尋，乃得一見。……有殘帙三册，爲《權德輿文集》八卷，自卷四十三至五十。《元微之集》十六卷，自一至六，又末十卷，即此册也。其後，權、元二殘帙爲袁寒雲公子所得，余皆得假校焉。……袁氏書出，其《元氏集》首册歸蔣孟蘋，今已移轉入上海涵芬樓。《元集》末册、《權集》末册質於慈谿李氏，日久無力收贖。今則李氏亦不能守，將入廬州劉氏篋藏矣。此十餘年來蜀本唐人集流轉之大略也。《元集》余昔年曾借讀一勘，惟尅日程功，懼多漏失。頃聞李氏書將捆載而南，乃取來重校一過。更取盧抱經校記互相參證。通計十卷中，改定凡三百八十餘字，而題目中增益之字尚所不計。其溢出盧校之外者至八十餘字。如卷五十九《告贈皇考妣文》「重羅纓裳」，盧云「羅」疑「罹」，今蜀本正作「罹」；《告畬三陽神文》「原濕生出」，盧云「濕」疑「隰」，今蜀本正作「隰」。卷六十《祭淮瀆文》「取順拾逆」，盧云「拾」疑「捨」，今蜀本正作「捨」；《祭亡妻韋氏文》「塊日前之戚戚」，盧云「塊」疑「愧」、「日」疑「目」，今蜀本正作「愧目」也。又卷五十一《白氏長慶集序》注文内「多作模勒」，「勒」乃「寫」之誤；「夫以諷諭之詩」，「夫」乃「是」之誤。卷五十二《魏博德政碑》「衆襲能名之爲副大使」，「能」字乃「故態」之誤；《南陽王碑》「庫便之藏」，「便」乃「庾」之誤；「賻布帛」，「帛」乃「泉」之誤；「鑒徐究潤」乃「全徐完潤」之誤。卷五十四《崔公墓誌銘》「凡十餘日」，「凡」乃「不」之誤；《李公墓誌銘》「唯宰相罪珣瑜」，「罪」乃「鄭」之誤；「尚書遜被口詔」，「詔」乃「語」之誤。卷五十五《嚴公行狀》「烝糧以曝於日」，「糧」乃「粱」之誤。卷五十六《劉君墓誌銘》「近軍郡守將」，「軍」乃「江」之誤；「諸將攝理奪其馬牛」，「將」爲「州」之誤；「諸羌之長」，「長」乃「酋」之誤。卷五十七《元君墓誌銘》「宗姪没子公慶」，「姪」下脱「觀」字，「子」乃「嗣」之誤；銘詞「禽交加六神没」，「禽」上脱四字。卷五十八《陸翰妻墓誌銘》「是唐之貞元二十五年」，「是」下脱「歲有」二字；「董方書奏議者凡八轉」，「奏」上脱「草」字；「聖善六姻」，「善」下脱「儀」字；「夫人亦不利行有年矣」，「行」下脱「作」字；「侍其側者二三歲」，「者」下脱「周」字。卷五十九《告皇祖祖妣文》「朝列不許」，「列」乃「例」之誤；《報三陽神文》「録事參軍元叔則」，「叔」乃「淑」之誤；「祈三辰克霽於神」，「神」上脱「明」字；《祈雨九龍神文》「我田疇其育」，「育」乃「有」之誤。卷六十《祭白太夫人文》「遠定死生之契」，「遠」乃「遂」之誤；「推濟揫之念」，「濟」乃「擠」之誤；「大被澤鄰」，「澤」乃「擇」之誤；「戒歌非淺」，「歌」乃「歡」之誤；「重則金鑾之英」，「重」乃「仲」之誤；《祭亡友文》「吞呵噴渭」，「呵」乃「河」之誤；「我輩尤在」，「尤」乃「猶」之誤，皆賴蜀本改正。其他異字，殆難臚舉。蓋抱經所見乃浙本，即上溯之錢牧翁所得，及楊君謙循吉所録者皆是也。余頃在日本静嘉堂文庫見殘本三卷，存卷四十至四十二。半葉十三行，行二十三字。結體方整，槧手精湛，爲南渡初浙刻正宗。其爲乾道四年，洪景伯刻於紹興蓬萊閣者，殆無疑義。獨此蜀本傳世殊稀，惟洪景伯跋中曾一及之，歷來藏書家未見著録，雖廑存殘帙，固宜與斷珪零璧同其珍重矣。原本每半葉十二行，每行二十一、二字不等，白口，左右雙闌。中縫但記微之幾、十幾，而無字數及刊工姓名。板高約六寸四分，闊四寸七、八分，字體古勁，與余所藏之《册府元龜》、《二百家名賢文粹》字體刻工絶相類，且「桓」「構」字皆不避，當爲南宋刻本〔一〕。其中「敦」字，間有缺筆者，則後印時所刊落也。收藏有元時翰林國史院官書楷書朱記，又劉公𢿱印。……疑蜀中彙刻，必爲數十家，乃迄今所存，祇得此數，且殘缺又居其半。欲考其時地與鋟梓之人，竟渺不可得。世代遼遠，古籍淪喪，可勝歎哉！可勝歎哉！己巳十二月二十九日藏園漫記。

（《藏園羣書題記·續集》卷三）

【校勘記】

〔一〕南：原作「北」，傅熹年云：「此跋于晚年改過，『北宋』改爲『南宋』。」

元稹集附録

三　書録

元氏長慶集六十卷　　陳振孫

唐宰相河南元稹微之撰，《中興書目》止四十八卷，又有《逸詩》二卷。稹嘗自彙其詩爲十體，其末爲豔詩，暈眉、約鬢、匹配、色澤，劇婦人之怪豔者，今世所傳《李娃》、《鶯鶯》、《夢遊春》、《古決絶》句，《贈雙文》、《示楊瓊》諸詩，皆不見於六十卷中，意館中所謂逸詩者，即其豔體者耶。稹初與白樂天齊名，文章相上下，出處亦不相悖，晚而欲速化，依奄宦得相，卒爲小人之歸，而居易終始全節。嗚呼！爲士者可以鑒矣。（《直齋書録解題》卷一六）

元氏長慶集六十卷外集一卷覆按：袁本無外集一卷。先謙按：袁本七。　　晁公武

右，唐元稹，微之也，河南人。擢明經書判入等，授校書郎。元和初，舉制科，對策第一，拜左拾遺。在江陵與監軍崔潭峻善，潭峻以稹歌詩奏御，穆宗賞悦，除祠部郎中知制誥。先謙

案：袁本「除」作「即以」。未幾，入翰林爲中書舍人、承旨學士。長慶二年，拜同中書門下平章事。稹爲文長於詩，與白居易齊名，號「元和體」，往往播樂府。穆宗在東宫，妃嬪近習皆誦之，宫中呼爲元才子。及知制誥，變詔書體，務純厚明切，盛傳一時。有《長慶集》百卷，今亡其四十卷，又有外集一卷，詩五十二篇，皆宫體也。覆案：袁本無「又有」云云。（《郡齋讀書志》卷一七）

元微之文集

盧文弨

世所通行本，乃明神廟間馬元調所刻，名《元氏長慶集》。其前有嘉靖壬子東吴董氏本，係依乾道四年洪景伯本重雕者。但董、馬二本雖皆云由宋本出，然宋本脱爛處，輒以意妄爲補綴，有極不通可笑者。董本每卷前皆有目，如《文選》之式，馬本删去之。明末，有人於燕都得宋殘本，其所闕，乃完然無恙。近鮑君以文復見宋刻全本，以相參校，真元氏元本也。首題《新刊元微之文集》，今當去其「新刊」二字。其每卷之目，當仍宋刻爲是。今以宋刻校馬氏本，凡是者皆作大字，而注所妄改者於其下；其訛字易知者不悉著。馬本又增添音注，時復錯謬，今於元有音注者著之。其繫時事者，皆馬氏所爲也。（《羣書拾補》卷三五集部）

元氏長慶集六十卷明翻宋本　丁丙

劉麟序稱微之有盛名於元和、長慶間，觀其論奏，莫不切當時務，詔誥歌詞，自成一家。文雖盛傳一時，厥後浸亦不顯。僕之先子尤愛其文，曉夕玩味，稱歎不已。（《善本書室藏書志》卷二五）

元氏長慶集六十卷補遺六卷明本　耿文光

馬元調校刊，首萬曆甲辰婁堅序（又見於本集，阮亭以爲真古文），次劉麟序，次例悉依宋本，闕字增者十之四，無考十之六。俗本《體用策》一篇缺十餘字，必董氏翻宋本逸。其二葉今從《英華》補入。宋本外增入六十九篇，編爲六卷。劉序云：宋本刻於宣和甲辰。（《萬卷精華樓藏書記》卷一〇七）

元微之文集六十卷（殘）　傅增湘

《元微之文集》六十卷，唐元稹撰。存卷一至十四、五十一至六十，計二十四卷。宋蜀中刊本，半葉十二行，行二十一字，白口，左右雙欄。板心題「微之幾」，或「元之」，或「元幾」不一。首有宣和甲辰建安劉麟應禮序。鈐有「翰林國史院官書」大朱印，又「劉體仁印」、「公㥂」、「潁川鎦考功藏書印」三印。（《藏園羣書經眼録》稿本，卷一二集部一）

元氏長慶集六十卷

傅增湘

《元氏長慶集》六十卷，唐元稹撰。存卷四十至四十二，凡三卷。宋刊本，半葉十三行，每行二十三字，白口，左右雙闌，版心下方記刊工姓名，有李詢、王存中、毛昌、周彦諸名。字體方整，仿歐體，鐫工精湛，避宋諱至「完」字止，後有乾道四年洪邁序。

（傅）按：元集余曾校宋刊本，爲半葉十二行，每行二十一字，與此本不同，蓋彼爲蜀本，此則乾道四年洪邁刊於越州蓬萊閣者，刻工周彦又見余藏明州本《文選》再補板中，可以爲證。明嘉靖董氏茭門別墅刊本即依此本翻雕者也。（日本静嘉堂文庫藏書，已巳十一月十三日閲。）（《藏園羣書經眼録》稿本，卷一二集部一）

《元氏長慶集》六十卷，集外文章一卷，唐元稹撰。明嘉靖三十一年董氏茭門別墅刊本，（半葉）十三行，（行）二十三字，白口，左右雙闌。清初葉祖德據宋本校過。祖德名修，葉林宗長子。書中所補缺葉，間有盧抱經學士文弨所未見者。卷尾録明楊君謙循吉跋語，又錢牧翁謙益跋。末有「辛卯年二月二十五日再勘祖德記」朱筆一行，「辛卯，孟春日葉修又

讀一次」墨筆一行。（癸亥）

《元氏長慶集》六十卷，唐元稹撰。明馬元調刊本。曹炎以宋本校過，并録馮默庵舒跋：「元集第十卷，世無完本，鼎革時牧翁於大内得此書，是卷完好，乃北宋本也。宋本之妙若此，兼金之重何足怪乎！余得校是本，亦逃難中一快事也。噫！宋本不可得，得如是校宋本亦足爲希世之珍矣。馮默庵識。」「康熙壬申小雪後五日曹炎對臨」。（傅）按：炎即彬侯也。（癸酉十月十二，董廉之送閲，因臨校一過。）

《元氏長慶集》六十卷，集外詩一卷，唐元稹撰。明寫本，（半葉）十三行，（行）二十三字，末卷尾有楊循吉君謙跋，即錢牧齋謙益跋所稱楊君謙本也。前有錢牧齋跋一葉，傳校本多有之，不具録。卷中誤字皆牧齋親筆填補，卷十《酬白學士百韻》「光陰聽話移」以下兩葉牧齋手抄補足。卷五十八至六十、卷五十七末葉後人補抄。鈐有「蒙叟」小印，「籛後人」、「忠孝世家」二印，又「吴奕私印」、「汪閬源印」、「金匱蔡氏醉經軒收藏印」、「蔡廷楨印」、「蔡廷相印」、「讓國故國世家印」、「汪澂別號鏡汀圖章」各印。（景樸孫遺書，文德堂送閲。丙寅）

元微之文集宋刊本，存二十四卷，二册，元翰林國史院劉公畝舊藏。　張元濟

全集六十卷。原存僅卷第一至十四，近於市上獲見一册，爲卷五十一至六十。版刻相同，

裝潢亦無少異，兼有翰林國史院官書之印，是必當年同時分散者，遂復收之。一首一尾，竟合豐城之劍，彌可喜也。宋諱敬、殷、弘、匡、貞、徵、樹、戌、構、敦、暾、惇，字多缺筆，蓋光宗時刊本。前有建安劉麟序，序稱冠以《新唐書》微之本傳，此已佚，惟目録俱完。卷一至四、古詩，卷五至八、樂府，卷九至十二、古體詩，卷十三、傷悼詩，卷十四至二十六、律詩，卷二十七、賦，卷二十八、策，卷二十九至三十一、書，卷三十二至三十九、表奏狀，卷四十至五十、制誥，卷五十一、序記，卷五十二至五十八、碑行狀墓誌，卷五十九、告贈文，卷六十、祭文。詩章編次，雖與微之寄樂天書所言不同，然猶爲近似。至明嘉靖東吴董氏、萬曆松江馬氏刊本，以樂府四卷移置律詩後，古體詩四卷併稱古詩，則改竄更多矣。是本注中多有一本作某之語，蓋當時槧本不一，董氏翻雕，所據必别爲一本。馬氏《凡例》，謂編次悉依宋本，然又言體用策董本偶逸二葉，查《文苑英華》補入。又《酬翰林白學士代書一百韻》「光陰聽話移」句後，董本亦逸二葉，是本具存，而馬本同闕，是所謂編次悉依宋本者，實即董本。宋本半葉十二行，行二十一字。董本乃十三行，行二十三字。卷一《思歸樂》一首，董本每行首尾一二三字與宋本不同者，乃至三十九字，而中幅則僅見三字。錢蒙叟謂：吴中張子昭藏宋刻本，歲久漫滅，楊君謙據以迻録，行間遂多空字，董氏翻雕，多以己意揣摹填補。如首行「山中思歸樂」，原空二字，妄增云：「我作思歸樂」，文義違背，似不可通。又云後在燕都，得元集殘本，向所缺誤，一一完好，暇日援筆改正。又云「《元集》誤字，始於無錫華氏之活板，謬稱得水村冢宰宋刻本，因用活字印行，董氏不學，沿其誤耳」〔一〕。錢氏此言，可爲董氏臆改之證。懸揣董氏所據之本，首葉上下原紙必已損爛，文字無存，董氏重刊，以意補足。不然，安有同爲宋刻，而兩本互異之字，在一葉内均集於首尾兩端者乎？宋刻亦有訛字，惟多被剜改，反失真相。白璧微瑕，不能無憾。至於明本，訛奪滋多，不足道已。（《涵芬樓燼餘書録》集部）

【校勘記】

〔一〕「又云」以下引文，非牧齋語，乃何義門跋。

元稹集附録

四　詩文

王　建

〔題元郎中新宅〕　近移松樹初栽藥，經帙書籤一切新。鋪設暖房迎道士，支分閑院著醫人。買來高石雖然貴，入得朱門未免貧。惟一作雖有好詩名字出，倍教年少損心神。（《全唐詩》卷三〇〇）

〔和元郎中從八月十二一作一至十五夜玩月五首〕　半秋一作夜初入中旬夜，已向階前守月明。從未圓時看卻好，一分分一作一見傍輪生。

亂雲遮卻臺東月，不許教依次第看。莫爲詩家先見鏡一作境，一作影，被他籠與作艱難。

今夜月明勝昨夜，新添桂樹近東枝。立多地溼舁牀坐，看過牆西寸寸遲。

月似圓來色漸一作漸漸凝，玉盆盛水欲侵稜。夜深盡放家一作佳人睡一作醉，直到天明不炷燈。

合望月時常望月，分明不得似今年。仰頭五一作午夜風中立一作坐，從未圓時一作團圓直到圓。（同上，卷三〇一）

楊巨源

〔奉寄通州元九侍御〕　大明宫殿鬱蒼蒼，紫禁龍樓直署香。九陌華軒争道路，一枝寒玉任煙霜。須聽瑞雪傳心語，莫一作卻被啼猿續淚行。共説聖朝容直氣，期君新歲奉恩光。（《全唐詩》卷三三三）

〔和元員外題昇平里新齋〕　自一作因知休沐諸幽勝，遂肯高齋枕廣衢。舊地已開新玉圃，春山仍展緑雲圖。心源邀得閑詩證，肺氣宜將慢酒扶。此外唯應任真宰，同塵敢一作最是道門樞。（同上）

竇鞏

〔江陵遇元九李六二侍御紀事書情呈十二韻〕　目見人相愛，如君愛我稀。好閑客問道，攻短每言非。夢想何曾間，追歡未省違。看花憐後到，避酒許先歸。柳寺春堤遠，津橋曙月微。漁翁隨去處，禪客共因依。蓬閣初疑義，霜臺晚畏威。學深通古字，心直觸危機。

肯滯荆州掾，猶香柏署衣。山連巫峽秀，田傍渚宮肥。美玉方齊價，遷鶯尚怯飛。佇看霄漢上，連步侍彤闈。（《竇氏聯珠集》）

〔忝職武昌初至夏口書事獻府主相公〕 白髮放櫜鞬，梁王舊愛全。竹籬江畔宅，梅雨病中天。時奉登樓宴，閑修上水船。邑人興謗易，莫遣鶴支錢〔一〕。（同上）

【校勘記】

〔一〕支：原闕，據《全唐詩》卷二七一補。

〔送元稹西歸〕 南州風土滯龍媒，黄紙初飛敕字來。二月曲江連舊宅，阿婆情熟牡丹開。（《全唐詩》卷二七一）

薛濤

〔寄舊詩與元微之〔一〕〕（此首集不載） 詩篇調態人皆有，細膩風光我獨知。月下詠花憐暗澹，雨朝題柳爲欹垂。長教碧玉藏深處，總向紅牋寫自隨。老大不能收拾得，與君開似教男兒。（《全唐詩》卷八〇三）

【校勘記】

〔一〕《才調集》卷五題作《寄舊詩與薛濤因成長句》，列于元稹名下，本集七九八頁收録，可對照研究。

李　翺

〔故正議大夫行尚書吏部侍郎上柱國賜紫金魚袋贈禮部尚書韓公行狀〕（節録）　鎮州亂，殺其帥田弘正，征之不克，遂以王庭湊爲節度使，詔公（韓愈）往宣撫。既行，衆皆危之，元稹奏曰：「韓愈可惜。」穆宗亦悔。（《李文公集》卷一一）

李　恒

〔元稹平章事制〕　門下：朕聞御大器者，登俊賢以爲輔弼；布大化者，擢公忠以施政教，故能成天下之務，達天下之情。俾三光宣明，百度貞正，我之倚注，方得其人，天實賚予，允副僉望。中散大夫、守尚書工部侍郎、上柱國、賜紫金魚袋元稹，珪璋茂器，鸞鳳貞姿，文涵六義之微，學探百氏之奥。剛而有斷，忠不近名，勁氣嘗勵於風霜，敏識頗知於今古。自恪居朝序，休問再揚，不自飾以取容，不苟安而迴慮。處直忘屈，在屯若夷，卓然懷陶鑄之心，豁爾見江湖之量。閒者司文禁署，主朕樞機，每因事以立言，累披誠而獻計。心惟體國，義乃忘身，深陳濟物之方，雅見經邦之志。朕思弘理本，用洽生靈，式資康濟之材，以暢和平之化。於戲！爾率於正，則不正者知懼；爾進於善，則不善者必悛。惟直道可以事君，惟至公可以格物，秉是數德，毗予一人，永孚於休，以底於道。可守尚書工部侍郎、同中書門下平章事，散官、勳封賜如故。（宋敏求編《唐大詔令集》卷四七）

〔元稹同州刺史制〕 宰相者，位列巖廊，權參造化，内操政柄，上代天工。朕嗣守丕圖，思興至治，每於擢用，冀獲儁良。爲善有聞，必資獎寵，罹於愆謗，用罷台階。通議大夫、守尚書工部侍郎、同中書門下平章事、上柱國、賜紫金魚袋元稹，遊藝資身，明經筮仕，累膺科選，益振芳華。茂識宏才，登名晁董之列；佳辭麗句，馳聲謝鮑之間。頃在憲臺，嘗推舉職，比及遷黜，亦以直聞。擢以周行，典斯誥命，洎參密近，旋委台衡。宜竭謀猷，盡以匡贊，而乃不思弘益之道，遂嬰詿誤之嫌。察以中情，雖非爲己，行兹左道，豈曰効忠。體涉異端，理宜偕罷。朕以君臣之分，貴獲始終，任使之時，亦獻誠懇。每思加膝，寧忍墜泉，猶弘在宥之心，俾列專城之寄。左郡之大，三輔推雄，控壓關河，連屬宫苑。勉於政績，副我恩私。可使持節同州諸軍事、守同州刺史、充本州防禦使、長春宫等使，散官，勳、賜如故。（長慶二年六月（《唐大詔令集》卷五六，又見《全唐文》卷六四）

裴度

〔論元稹魏弘簡姦狀疏〕（節録）逆豎搆亂，震驚山東，奸臣作朋，撓亂國政。陛下欲掃蕩幽、鎮，先宜肅清朝廷。何者？爲患有大小，議事有先後。河朔逆賊，祇亂山東；禁闈奸臣，必亂天下；是則河朔患小，禁闈患大。小者，臣等與諸道戎臣必能翦滅；大者，非陛下制斷、非陛下覺悟無計驅除。今文武百寮中，中外萬品，有心者無不憤怨，有口者無不咨嗟，直以威權方重，獎用方深，有所畏避，不敢抵觸，恐事未行而禍已及，不爲國計，且爲身計耳。比者猶思隱忍，不願發明：一則以罪惡如山，怨謗如雷，伏料聖明，自必誅殛；一則以四方無事，萬樞且過，雖紀綱潛壞，賄賂公行，待其貫盈，必自顛覆。今屬凶徒擾攘，宸衷憂軫，凡有制命，繫於安危。痛此奸邪，恣其欺罔，干亂聖略，非止一途，又與翰苑近臣結爲朋黨。陛下聽其所説則必訪於近臣，不知近臣已先私相計會，更唱迭和，蔽惑聰明。所以臣自兵興以來，所陳章疏，事皆切要，所奉書詔，多有參差，蒙陛下委寄之意不輕，被奸臣抑損之事不少。臣與佞倖亦無讐嫌，祇是昨者臣請乘傳詣闕，面陳戎事，奸臣之黨最所畏懼，知臣若到御座之前，必能悉數其罪，以此百計止臣此行。臣又請領兵齊進，逐便討賊，奸臣之黨曲加阻礙，恐臣統率諸道或有成功，進退皆受羈牽，意見悉遭蔽塞，復與一二憸狡同辭合力，或令兩道招撫逗留旬時，或遣他州行營拖曳日月。但欲令臣失所，使臣無成，則天下理亂，山東勝負，悉不顧矣。爲臣事君，一至於此！且陛下前後左右忠良至多，亦有熟會典章，亦有飽諳師旅，足以任使，何獨斯人。以臣愚見，若朝中奸臣盡去，則河朔逆賊不討而自平；若朝中奸臣尚在，則河朔逆賊雖平無益。臣伏讀國史，見代宗之朝，蕃戎侵軼直犯都城，代宗不知，蓋被程元振壅蔽，幾危社稷。當時柳伉乃太常一博士耳，猶能抗表歸罪，爲國除害。今臣所任，兼總將相，豈可坐觀凶邪、有噎日月？臣不勝感憤嫉惡之至。謹附中使趙奉國奉表以聞。倘陛下未甚信臣，猶惑奸黨，伏乞出臣此表，令三事大夫與百寮集議，彼不受責，臣合伏辜，天鑒孔明，照臣肝血，但得天下之人知臣不負陛下，則臣雖死之日，猶生之年。（《全唐文》卷五三七）

〔第二疏〕　臣聞木有蠹蟲，其木必壞；國有奸臣，其國必亂。伏以前件人，爲蠹爲奸，欺下罔上，百辟卿士，莫敢指名，若不竄逐，必爲患難，陛下他時追悔，亦恐無及。臣所以奮不顧身舉明罪惡，其第一表第二狀，伏恐聖意含宏留中不行。臣謹再寫重進，伏乞聖恩宣出，令文武百官於朝堂集議，必以臣表狀虛謬，牴牾權倖，伏望更加譴責，以謝弘簡、元稹；如弘簡、元稹等實爲朋黨，實蔽聖聰，實是奸邪，實作威福，伏望議事定刑，以謝天下。臣今將赴行營，誓除凶寇，而憂在心腹，不在四支；憂在朝堂，不在河朔，伏感諸葛亮出師之時，上表言事，猶以宮中府中，不宜異同科犯；爲善爲惡，請申刑賞。臣才雖不逮諸葛亮，心有慕於古人，昧死聞天，伏紙流汗。（同上）

張籍

〔酬浙東元尚書見寄綾素〕　越地繒紗紋樣新，遠封來寄學曹人。便令裁制爲時服，頓覺光榮上病身。應念此官同棄置，獨能相賀更殷勤。三千里外無由見，海上東風又一春。（《張司業詩集》卷八）

〔留别微之〕　干時久與本心違，悟道深知前事非。猶厭勞形辭郡印，那能趁伴著朝衣。五千言裏教知足，三百篇中勸式微。少室雲邊依水畔，比君較老合先歸。（《張籍詩集》卷四）

〔移居静安坊答元八（九之訛）**郎中〕**　長安寺裏多時住，雖守卑官不苦一作厭貧。作活每常嫌費力，移居祇是貴容身。初開井淺偏宜樹，漸覺街閑省踏塵。更喜往還相去近，門前減却送書人。（同上，卷四）

劉禹錫

〔碧澗寺見元九詩有三生句因以和〕　廊下題詩滿壁塵，塔前松樹已皴鱗。古來唯有王文

度，重見平生竺道人。（《劉禹錫集》卷三〇）

〔再經故元九相公宅池上作〕 故池春又至，一到一傷情。雁鶩羣猶下，蛙蠙衣已生。竹叢身後長，臺勢雨來傾。六尺孤安在？人間未有名。（同上）

〔同樂天和微之深春二十首（同用家、花、車、斜四韻）**〕**（選三首） 何處深春好？春深京兆家。人眉新柳葉，馬色醉桃花。盜息無鳴鼓，朝迴自走車。能令帝城外，不敢逕由斜。之七

何處深春好？春深小隱家。芟庭留野菜，撼樹去狂花。醉酒一千日，貯書三十車。推衾從露體，不敢有餘斜。之十

何處深春好？春深富貴家。唯多貯金帛，不擬負鶯花。國樂呼聯轡，行厨載滿車。歸來看理曲，燈下寶釵斜。之十一（同上，卷三二）

〔樂天寄新詩兼喜微之欲到因以抒懷〕 松間風未起，萬葉不自吟。池上月未來，清輝同夕陰。宫徵不獨運，塤篪自相尋。一從别樂天，詩思日已沉。吟君洛中作，精絶百鍊金。乃知孤鶴情，月露爲知音。微之從東來，威鳳鳴歸林。羨君先相見，一豁平生心。（同上）

〔月夜憶樂天兼寄微之〕 今宵帝城月，一望雪相似。遥想洛陽城，清光正如此。知君當此夕，亦望鏡湖水。展轉相憶心，月明千萬里。（同上）

〔虎丘寺見元相公二年前題名愴然有詠〕 湹水送君君不還，見君題字虎丘山。因知早貴

兼才子，不得多時在世間。（同上）

〔樂天見示傷微之三君子因成是詩以寄〕　吟君歎逝雙絶句，使我傷懷奏短歌。世上空驚故人少，集中惟覺祭文多。芳林新葉催陳葉，流水前波讓後波。萬古到今同此恨，聞琴淚盡欲如何！（同上）

〔贈元九侍御文石枕以詩獎之〕　文章似錦氣如虹，宜薦華簪緑殿中。縱使真飈生旦夕，猶堪拂拭愈頭風。（同上，卷三五）

〔酬元九侍御贈壁州鞭長句〕　碧玉孤根生在林，美人相贈比雙金。初開郢客緘封後，想見巴山冰雪深。多節本懷端直性，露青猶有歲寒心。何時策馬同歸去，關樹扶疏敲鐙吟？（同上）

〔酬竇員外宴客兼呈元九侍御〕　分憂餘刃又從公，白羽胡牀嘯詠中。彩筆諭戎矜倚馬，華堂留客看驚鴻。渚宫油幕方高步，澧浦甘棠有幾叢？若問騷人何處酌，門臨寒水落江楓。（同上）

〔酬元九院長自江陵見寄〕　無事尋花至仙境，等閑栽樹比封君。金門通籍真多士，黄紙除書每日聞。（同上）

〔遥和韓睦州元相公〕　玉人紫綬相輝映，卻要霜髯一兩莖。其奈無成空老去，每臨明鏡

若爲情？（同上，卷三六）

〔浙東元相公歎梅雨因寄七言〕　稽山自與岐山别，何事連年鸑鷟飛？　百辟商量舊相入，九天祇候遠臣歸。　平湖晚泛窺清鏡，高閣晨開掃翠微。　今日看書最惆悵，爲聞梅雨損朝衣。（同上）

〔微之鎮武昌見寄懷舊之作淒然繼和〕　今日油幢引，他年黄紙追。　同爲三楚客，獨有九霄期。　宿草恨長在，傷禽飛尚遲。　武昌應已到，新柳映紅旗。（同上）

〔浙西李大夫示述夢四十韻並浙東元相公酬和斐然繼聲〕　位是才能取，時因際會遭。　羽儀呈鸑鷟，鋩刃試豪曹。　洛下推年少，山東許地高。　門承金鉉鼎，家有玉璜韜。吕仍嗣侯。　海浪扶鵬翅，天風引驥髦。　便知蓬閣閟，不識魯衣褒。　興發春塘草，魂交益部刀。　形開猶抱膝，燭盡遽揮毫。　昔仕當初筮，逢時詠載櫜。　懷鉛辨蟲蠹，染素學鵝毛。　車騎方休汝，歸來欲效陶。大夫罷太原從事，歸京師。　南臺資謇諤，内署選風騷。　羽化如乘鯉，樓居舊冠鼇。　美香焚溼麝，名果賜乾萄。　議赦蠅棲筆，邀歌蟻泛醪。　代言無所戲，謝表自稱叨。　蘭燄凝芳澤，芝泥瑩玉膏。　對頻聲價出，直久夢魂勞。　草詔令歸馬，批章答獻獒。幽冀歸闕、西戎乞盟事並具注前。　銀花懸院榜，翠羽映簾條。　諷諫欣然納，奇觚率爾操。　禁中時謇諤，天下免忉忉。　左顧龜成印，雙飛鵲織袍。　謝賓緣地密，潔己是心豪。　五日思歸沐，三春羨衆遨。　茶鑪依緑筍，棋局就紅桃。溟海桑潛變，陰陽炭暗熬。仙成脱屣去，臣戀捧弓號。建節辭烏柏，宣風看鷺濤。玉山京口峻，鐵甕郡城牢。舊説潤州城如鐵甕，事見韓滉《南征記》。曲島花千樹，官池水一篙。鶯來和絲管，雁起拂麾旄。宛轉傾羅扇，迴旋墮玉搔。罰籌長豎纛，觥盞樣如舠。山是千重障，江爲四面濠。卧龍曾得雨，浙東。孤鶴尚鳴皋。浙西。劍用雄開匣，二公。弓閑蟄受弢。自謂。鳳姿常在竹，二公。鷃羽不離蒿。自謂。吴越分雙鎮，東西接萬艘。今朝比潘陸，江海更滔滔。（同上，卷三七）

〔和浙西李大夫偶題臨江亭並浙東元相公所和〕　一辭温室樹，幾見武昌柳。荀謝年何少？韋平望已久。種松夾石道，紆組臨沙阜。目覽帝王州，心存股肱守。葉動鷩綵翰，波澄見頳首。晉宋齊梁都，千山萬江口。煙散隋宫出，濤來海門吼。風俗泰伯餘，衣冠永嘉後。江長天作限，山固壤無朽。自古稱佳麗，非賢誰奄有。八元邦族盛，萬石門風厚。天柱揭東溟，文星照北斗。高亭一騁望，舉酒共爲壽。因賦詠懷詩，遠寄同心友。禁中晨夜直，江左東西偶。筆手握兵符，儒腰盤貴綬。頒條風有自，立事言無苟。農野閑讓耕，軍人不使酒。用材當構廈，知道寧窺牖？誰謂青雲高，鵬飛終背負。（同上）

〔西川李尚書知愚與元武昌有舊遠示二篇因以繼和〕　如何贈琴日，已是絶絃時。無復雙金報，空餘掛劍悲。

寳匣從此閉，朱弦誰復調？ 祇應隋玉樹，同向土中銷。（同上）

〔**唐故中書侍郎平章事韋公集記**〕（節録） 皇唐文物與漢同風，故天后朝，燕國公説以詞標文苑徵。玄宗朝，曲江公九齡以道侔伊吕徵。德宗朝，天水姜公公輔、杜陵韋公執誼、河東裴公垍，以賢良方正徵。憲宗朝，河南元公稹、京兆韋公惇，以才識兼茂徵；隴西牛公僧孺、李公宗閔，以能直言極諫徵。咸用對策，甲於天下，繼爲有聲宰相。古今相望，落落然如騎星辰，與夫起版築飯牛者異矣。（《劉夢得文集》卷二三）

白居易

〔**贈元稹**〕 自我從宦遊，七年在長安；所得惟元君，乃知定交難。豈無山上苗？徑寸無歲寒。豈無要津水？咫尺有波瀾。之子異於是，久要誓不諼。無波古井水，有節秋竹竿。一爲同心友，三及芳歲闌。花下鞍馬遊，雪中盃酒歡。衡門相逢迎，不具帶與冠。春風日高睡，秋月夜深看。不爲同登科，不爲同署官。所合在方寸，心源無異端。（《白居易集》卷一）

〔**酬元九對新栽竹有懷見寄**〕（節録） 昔我十年前，與君始相識。曾將秋竹竿，比君孤且直。中心一以合，外事紛無極。共保秋竹心，風霜侵不得。（同上）

〔和答詩十首序〕　五年春，微之從東臺來，不數日，又左轉爲江陵士曹掾。詔下日，會予下内直歸，而微之已即路，邂逅相遇於街衢中，自永壽寺南，抵新昌里北，得馬上語别；語不過相勉保方寸，外形骸而已，因不暇及他。是夕，足下次于山北寺。僕職役不得去，命季弟送行，且奉新詩一軸，致於執事，凡二十章，率有興比，淫文豔韻無一字焉。意者：欲足下在途諷讀，且以遣日時，銷憂懣，又有以張直氣而扶壯心也。及足下到江陵，寄在路所爲詩十七章，凡五六千言，言有爲，章有旨，迨于宫律體裁，皆得作者風。發緘開卷，且喜且怪。僕思牛僧孺戒，不能示他人，唯與杓直、拒非及樊宗師輩三四人，時一吟讀，心甚貴重。然竊思之：豈僕所奉者二十章，遽能開足下聰明，使之然耶？抑又不知足下是行也，天將屈足下之道，激足下之心，使感時發憤，而臻於此耶？若兩不然者，何立意、措辭，與足下前時詩，如此之相遠也？僕既羡足下詩，又憐足下心，盡欲引狂簡而和之；屬直宿拘牽，居無暇日，故不即時如意。旬月來，多乞病假，假中稍閑，且摘卷中尤者，繼成十章，亦不下三千言。其間所見，同者固不能自異，異者亦不能强同。同者謂之和，異者謂之答；並别録《和夢遊春詩》一章，各附于本篇之末，餘未和者，亦續致之。頃者，在科試間，常與足下同筆硯；每下筆時，輒相顧，共患其意太切而理太周。故理太周則辭繁，意太切則言激。然與足下爲文，所長在於此，所病亦在於此。足下來序，果有詞犯文繁之

說。今僕所和者，猶前病也。待與足下相見日，各引所作，稍删其煩而晦其義焉。餘具書白。（同上，卷二）

按：十首即：《和思歸樂》、《和陽城驛》、《答桐花》、《和大觜烏》、《答四皓廟》、《和雉媒》、《和松樹》、《答箭鏃》、《和古社》、《和分水嶺》。

〔常樂里閑居，偶題十六韻，兼寄劉十五公輿、王十一起、吕二炅、吕四熲、崔十八玄亮、元九積、劉三十二敦質、張十五仲方。時爲校書郎〕 帝都名利場，雞鳴無安居。獨有懶慢者，日高頭未梳。工拙性不同，進退迹遂殊。幸逢太平代，天子好文儒。小才難大用，典校在秘書。三旬兩入省，因得養頑疏。茅屋四五間，一馬二僕夫；俸錢萬六千，月給亦有餘。既無衣食牽，亦少人事拘；遂使少年心，日日常晏如。勿言無己知，躁静各有徒：蘭臺七八人，出處與之俱。旬時阻談笑，旦夕望軒車。誰能讎校閒，解帶卧吾廬。窗前有竹玩，門外有酒沽。何以待君子？數竿對一壺。（同上，卷五）

〔自吟拙什因有所懷〕（節録） 懶病每多暇，暇來何所爲？未能抛筆硯，時作一篇詩。……時時自吟詠，吟罷有所思：蘇州及彭澤，與我不同時。此外復誰愛？唯有元微之。趁向江陵府，三年作判司。相去二千里，詩成遠不知。（同上，卷六）

〔昔與微之在朝日，同蓄休退之心。迨今十年，淪落老大，追尋前約，且結後期〕 往子爲御史，伊余忝拾遺：皆逢盛明代，俱登清近司。予繫玉爲珮，子曳繡爲衣；從容香煙下，同侍白玉墀。朝見寵者辱，暮見安者危；紛紛無退者，相顧令人悲。宦情君早厭，世事我深知；常於榮顯日，已約林泉期。況今各流落，身病齒髮衰；不作卧雲計，攜手欲何之？待君女嫁後，及我官滿時；稍無骨肉累，粗有漁樵資：歲晚青山路，白首期同歸！（同上，卷七）

〔權攝昭應，早秋書事，寄元拾遺，兼呈李司録〕　夏閏秋候早，七月風騷騷。渭川煙景晚，驪山宮殿高。丹殿子司諫，赤縣我徒勞。相去半日程，不得同遊遨。到官來十日，覽鏡生二毛。可憐趨走吏，塵土滿青袍。郵傳擁兩驛，簿書堆六曹。爲問綱紀掾，何必使鉛刀？（同上，卷九）

〔西明寺牡丹花時憶元九〕（節録）　前年題名處，今日看花來；……豈獨花堪惜，方知老暗催。何況尋花伴，東都去未迴。詎知紅芳側，春盡思悠哉！（同上）

〔別元九後詠所懷〕（節録）　……況與故人別，中懷正無悰！勿云不相送，心到青門東。相知豈在多？但問同不同。同心一人去，坐覺長安空！（同上）

〔寄元九〕　身爲近密拘，心爲名檢縛。月夜與花時，少逢盃酒樂。唯有元夫子，閑來同一酌。把手或酣歌，展眉時笑謔。今春除御史，前月之東洛。別來未開顔，塵埃滿樽杓。蕙

風晚香盡，槐雨餘花落；秋意一蕭條，離容兩寂寞。況隨白日老，共負青山約。誰識相念心？鞲鷹與籠鶴！（同上）

〔**春暮寄元九**〕梨花結成實，燕卵化爲雛。時物又若此，道情復何如？但覺日月促，不嗟年歲徂。浮生都是夢，老小亦何殊？唯與故人别，江陵初謫居。時時一相見，此意未全除。（同上）

〔**勸酒寄元九**〕薤葉有朝露，槿枝無宿花。君今亦如此，促促生有涯。既不逐禪僧，林下學楞伽；又不隨道士，山中煉丹砂。百年夜分半，一歲春無多。何不飲美酒？胡然自悲嗟！俗號銷憂藥，神速無以加。一盃驅世慮，兩盃反天和；三盃即酩酊，或笑任狂歌。陶陶復兀兀，吾孰知其他？況在名利途，平生有風波。深心藏陷穽，巧言織網羅。舉目非不見，不醉欲如何？（同上）

〔**立秋日曲江憶元九**〕下馬柳陰下，獨上堤上行。故人千萬里，新蟬三兩聲。城中曲江水，江上江陵城。兩地新秋思，應同此日情！（同上）

〔**初與元九别後，忽夢見之。及寤，而書適至，兼寄《桐花詩》。悵然感懷，因以此寄**元九初謫江陵〕永壽寺中語，新昌坊北分。歸來數行淚，悲事不悲君。悠悠藍田路，自去無消息。計君食宿程，已過商山北。昨夜雲四散，千里同月色。曉來夢見君，應是君相憶。夢中握君手，問君意何如？君言苦相憶，無人可寄書。覺來未及説，叩門聲冬冬；言是商州使，送君書一封。枕上忽驚起，顛倒著衣裳。開緘見手扎，一紙十三行。上論遷謫心，下説離別腸。心腸都未盡，不暇叙炎涼。云作此書夜，夜宿商州東；獨對孤燈坐，陽城山館中。夜深作書畢，山月向西斜。月前何所有？一樹紫桐花。桐花半落時，復道正相思；殷勤書背後，兼寄《桐花詩》。《桐花詩》八韻，思緒一何深！以我今朝意，憶君此夜心。一章三遍讀，一句十迴吟。珍重八十字，字字化爲金！（同上）

〔**和元九悼往**感舊蚊幬作〕　美人别君去，自去無處尋。舊物零落盡，此情安可任？唯有潁紗幌，塵埃日夜侵；馨香與顔色，不似舊時深。透影燈耿耿，籠光月沉沉。中有孤眠客，秋涼生夜衾。舊宅牡丹院，新墳松柏林。夢中咸陽淚，覺後江陵心。含此隔年恨，發爲中夜吟。無論君自感，聞者欲沾襟。（同上）

〔**感逝寄遠**寄通州元侍御、果州崔員外、澧州李舍人、鳳州李郎中〕　昨日聞甲死，今朝聞乙死。知識三分中，二分化爲鬼。逝者不復見，悲哉長已矣！存者今如何？去我皆萬里。平生知心者，屈指能有幾？通果澧鳳州，眇然四君子。相思俱老大，浮世如流水。應歎舊交遊，凋零日如此。何當一杯酒？開眼笑相視！（同上）

〔**寄元九**自此後在渭村作〕　晨雞纔發聲，夕雀俄斂翼；晝夜往復來，疾如出入息。非徒改年貌，漸覺無心力。自念因念君，俱爲老所逼。君年雖校少，顦顇謫南國；三年不放歸，炎瘴銷顔色。山無殺草雪，水有含沙蜮。健否遠不知，書多隔年得。願君少愁苦，我亦加飡食。各保金石軀，以慰長相憶。（同上，卷一〇）

〔寄元九〕一病經四年，親朋書信斷。窮通合易交，自笑知何晚！元君在荆楚，去日唯云遠。彼獨是何人？心如石不轉。憂我貧病身，書來唯勸勉：上言少愁苦，下道加飡飯。憐君爲謫吏，窮薄家貧褊；三寄衣食資，數盈二十萬。豈是貪衣食？感君心繾綣！念我口中食，分君身上暖。不因身病久，不因命多蹇；平生親友心，豈得知深淺？（同上）

〔寄微之三首〕（選一、二首）江州望通州，天涯與地末。有山萬丈高，有江千里闊。間之以雲霧，飛鳥不可越。誰知千古險，爲我二人設。通州君初到，鬱鬱愁如結。江州我方去，迢迢行未歇。道路日乖隔，音信日斷絶；因風欲寄語，地遠聲不徹。生當復相逢，死當從此別。

君遊襄陽日，我在長安住。今君在通州，我過襄陽去。襄陽九里郭，樓雉連雲樹。顧此稍依依，是君舊遊處。蒼茫蒹葭水，中有潯陽路。此去更相思，江西少親故！（同上）

〔春晚寄微之〕三月江水闊，悠悠桃花波。年芳與心事，此地共蹉跎。南國方譴謫，中原正兵戈。眼前故人少，頭上白髮多。通州更迢遞，春盡復如何？（同上）

〔感秋懷微之〕　葉下湖又波，秋風此時至。誰知濩落心，先納蕭條氣。推移感流歲，漂泊思同志。昔爲煙霄侶，今作泥塗吏。白鷗毛羽弱，青鳳文章異；各閉一籠中，歲晚同顦顇！（同上）

〔夢與李七、庾三十二同訪元九〕　夜夢歸長安，見我故親友：損之在我左，順之在我右。云是二月天，春風出攜手；同過靖安里，下馬尋元九。元九正獨坐，見我笑開口。還指西院花，仍開北亭酒。如言各有故，似惜歡難久。神合俄頃間，神離欠申後；覺來疑在側，求索無所有。殘燈影閃牆，斜月光穿牖。天明西北望，萬里君知否？老去無見期，踟躕搔白首！（同上）

〔山石榴寄元九〕（節録）　……奇芳絶豔别者誰？通州遷客元拾遺。拾遺初貶江陵去，去時正值青春暮。商山秦嶺愁殺君，山石榴花紅夾路。題詩報我何所云？苦云色似石榴裙。當時叢畔唯思我，今日欄前只憶君。憶君不見坐銷落，日西風起紅紛紛。（同上，卷一二）

〔代書詩一百韻寄微之〕　憶在貞元歲，初登典校司；身名同日授，心事一言知。貞元中，與微之同登科第，俱授秘書省校書郎，始相識也。肺腑都無隔，形骸兩不羈。疏狂屬年少，閑散爲官卑。分定金蘭契，言通藥石規。交賢方汲汲，友直每偲偲。有月多同賞，無盃不共持。秋風拂琴匣，夜雪卷書帷。高上慈恩塔，幽尋皇子陂。唐昌玉蘂會，崇敬牡丹期。唐昌觀玉蘂，崇敬寺牡丹，花時多與微之有期。笑勸迂辛酒，閑吟短李詩。辛大丘度，性迂嗜酒；李二十紳，形短能詩，故當時有迂辛短李之號。儒風愛敦質，佛理尚玄師。劉三十二敦質，雅有儒風；庾七玄師，談佛理，有可賞者。度日曾無悶，通宵靡不爲。雙聲聯律句，八面對宫棋。雙聲聯句，八面宫棋，皆當時事。往往遊三省，騰騰出九逵。寒銷直城路，春到曲江池。樹暖枝條弱，山晴彩翠奇。峯攢石緑點，柳宛麴塵絲。岸草煙鋪地，園花雪壓枝。早光紅照耀，新溜碧逶迤。幄幕侵堤布，盤筵占地施。徵伶皆絶藝，選妓悉名姬。鉛黛凝春態，金鈿耀水嬉。風流誇墜髻，時世鬭啼眉。貞元末，城中復爲墜馬髻、啼眉粧也。密坐隨歡促，華樽逐勝移。香飄歌袂動，翠落舞釵遺。籌插紅螺椀，觥飛白玉巵。打嫌調笑易，飲訝卷波遲。拋打曲有《調笑》，飲酒有《卷白波》。殘席諠譁散，歸鞍酩酊騎。酡顔烏帽側，醉袖玉鞭垂。紫陌傳鐘鼓，紅塵塞路歧。幾時曾暫别？何處不相隨？荏苒星霜换，迴環節候推。兩銜多請假，三考欲成資。運偶千年聖，天成萬物宜。皆當少壯日，同惜盛明時。光景嗟虚擲，雲霄竊闇闚。攻文朝矻矻，講學夜孜孜。策目穿如札，時與微之結集策略之目，其數至百十。毫鋒鋭若錐。時與微之各有纖鋒細管筆，攜以就試，相顧輒笑，目爲毫錐。繁張獲鳥網，堅守釣魚坻。謂自冬至夏，頻改試期，竟與微之堅待制試也。並受夔龍薦，齊陳晁董詞。萬言經濟略，三道太平基。中第争無敵，專場戰不疲。輔車排勝陣，掎角搴降旗。並謂同鋪席、共筆硯。雙闕紛容衛，千僚儼等衰。謂制舉人欲唱第之時也。恩隨紫泥降，名向白麻披。既在高科選，還從好爵縻。東垣君諫諍，西邑我驅馳。元和〔元〕(二)年，同登制科。微之拜拾遺，予授盩厔尉。再喜登烏府，多慚侍赤墀。四年，微之復拜監察，予爲拾遺、學士也。官班分内外，遊處遂參差。每列鵷鸞序，偏瞻獬豸姿；簡威霜凛冽，衣彩繡葳蕤。正色摧强禦，剛腸嫉喔咿。常憎持禄位，不擬保妻兒。養勇期除惡，輸忠在滅私。下鞲驚燕雀，當道慴狐狸。南國人無怨，東臺吏不欺。微之使東川，奏冤八十餘家，詔從而平之，因分司東都。理冤多定國，切諫甚辛毗。造次行於是，平生志在兹；道將心共直，言與行兼危。水闇波翻覆，山藏路險巇。未爲明主識，已被倖臣疑。木秀遭風折，蘭芳遇霰萎。千鈞勢易壓，一柱力難支。騰口因成痏，吹毛遂得疵。憂來吟貝錦，謫去詠江蘺。邂逅塵中遇，殷勤馬上辭。賈生離魏闕，王粲向荆夷。水過清源寺，山經綺季祠。心摇漢皋珮，淚墮峴亭碑。并途中所經歷者也。驛路緣雲際，城樓枕水湄。思鄉多繞澤，望闕獨登陴。林晚青蕭索，江平緑渺瀰。野秋鳴蟋蟀，沙冷聚鸂鶒。官舍黄茅屋，人家苦竹籬。白醪充夜酌，紅粟備晨炊。寡鶴摧風翮，鰥魚失水鬐；闇雛啼渴旦，涼葉墜相思。此四句兼含微之鰥居之思。一點寒燈滅，三聲曉角吹。藍衫經雨故，驄馬卧霜羸。念涸誰濡沫？嫌醒自啜醨。耳垂無伯樂，舌在有張儀。負氣衝星劍，傾心向日葵。金言自銷鑠，玉性肯磷緇？伸屈須看蠖，窮通莫問龜。定知身是患，當用道爲醫。想子今如彼，嗟予獨在斯。無憀當歲杪，有夢到天涯。坐阻連襟帶，行乖接履綦。潤銷衣上霧，香散室中芝。念遠緣遷貶，驚時爲別離。素書三往復，明月七盈虧。自與微之別經七月，三度得書。舊里非難到，餘歡不可追；樹依興善老，草傍静安衰。微之宅在静安坊西，近興善寺。前事思如昨，中懷寫向誰？北村尋古柏，南宅訪辛夷。開元觀西北院，即隋時龍村佛堂，有古柏一株，至今存焉。微之宅中有辛夷兩樹，常此與微之遊息其下。此日空搔首，何人共解頤？病多知夜永，年長覺秋悲。不飲長如醉，加餐亦似飢。狂吟一千字，因使寄微之。（同上，卷一三）

〔秋雨中贈元九〕　不堪紅葉青苔地，又是涼風暮雨天。莫怪獨吟秋思苦，比君校近二毛年。（同上）

〔曲江憶元九〕　春來無伴閑遊少，行樂三分減二分。何況今朝杏園裏，閑人逢盡不逢君！（同上）

〔同李十一醉憶元九〕　花時同醉破春愁，醉折花枝作酒籌。忽憶故人天際去，計程今日到梁州。（同上，卷一四）

〔禁中九日對菊花酒憶元九元九云：「不是花中唯愛菊，此花開盡更無花。」〕　賜酒盈盃誰共持？宫花滿把獨相思。相思只傍花邊立，盡日吟君詠菊詩。（同上）

〔見元九悼亡詩，因以此寄〕　夜淚闇銷明月幌，春腸遥斷牡丹庭。人間此病治無藥，唯有楞伽四卷經。（同上）

〔重題西明寺牡丹時元九在江陵**〕**　往年君向東都去，曾歎花時君未迴。今年況作江陵別，惆悵花前又獨來。只愁離别長如此，不道明年花不開。(同上)

〔禁中夜作書與元九〕　心緒萬端書兩紙，欲封重讀意遲遲。五聲宫漏初明後，一點窗燈欲滅時。(同上)

〔八月十五夜，禁中獨直，對月憶元九〕　銀臺金闕夕沈沈，獨宿相思在翰林。三五夜中新月色，二千里外故人心。渚宫東面煙波冷，浴殿西頭鐘漏深。猶恐清光不同見，江陵卑濕足秋陰！(同上)

〔雨雪放朝，因懷微之〕　歸騎紛紛滿九衢，放朝三日爲泥塗。不知雨雪江陵府，今日排衙得免無？(同上)

〔聞微之江陵卧病，以大通中散、碧腴垂雲膏寄之，因題四韻〕　已題一帖紅消散，又封一合碧雲英。憑人寄向江陵去，道路迢迢一月程。未必能治江上瘴，且圖遥慰病中情。到時想得君拈得，枕上開看眼暫明。(同上)

〔獨酌憶微之時對所贈盞**〕**　獨酌花前醉憶君，與君春别又逢春。惆悵銀盃來處重，不曾盛酒勸閑人。(同上)

〔微之宅殘牡丹〕　殘紅零落無人賞，雨打風摧花不全。諸處見詩猶悵望，況當元九小亭

前。(同上)

〔酬和元九東川路詩十二首〕(詩不録) 十二篇皆因新境，追憶舊事，不能一一曲叙，但隨而和之，唯予與元知之耳。(同上)

按：十二首即：《駱口驛舊題詩》、《南秦雪》、《山枇杷花二首》、《江樓月》、《亞枝花》、《江上笛》、《嘉陵夜有懷二首》、《夜深行》、《望驛臺》、《江岸梨》。

〔感元九悼亡詩因爲代答三首〕(詩不録) (同上)

按：三首即：《答謝家最小偏憐女》、《答騎馬入空臺》、《答山驛夢》。

〔和元九與吕二同宿話舊感贈〕 見君新贈吕君詩，憶得同年行樂時：争入杏園齊馬首，潛過柳曲鬬蛾眉。八人雲散俱遊宦，七度花開盡别離。聞道秋娘猶且在，至今時復問微之。(同上)

〔憶元九〕 眇眇江陵道，相思遠不知。近來文卷裏，半是憶君詩。(同上)

〔歎元九〕 不入城門來五載，同時班列盡官高。何人牢落猶依舊？唯有江陵元士曹！(同上)

〔感化寺見元九、劉三十二題名處〕 微之謫去千餘里，太白無來十一年。今日見名如見面，塵埃壁上破窗前。(同上)

〔開元九詩書卷〕 紅箋白紙兩三束，半是君詩半是書。經年不展緣身病，今日開看生蠹

魚。（同上）

〔**和夢遊春詩一百韻**并序〕（詩不録）　微之既到江陵，又以《夢遊春》詩七十韻寄予，且題其序曰：「斯言也，不可使不知吾者知；知吾者亦不可使不知。樂天知吾也，吾不敢不使吾子知。」予辱斯言，三復其旨，大抵悔既往而悟將來也。然予以爲苟不悔不寤則已，若悔於此，則宜悟於彼也；反於彼而悟於妄，則宜歸於真也。況與足下外服儒風，内宗梵行者有日矣。而今而後，非覺路之返也，非空門之歸也，將安反乎？將安歸乎？今所和者，其卒章指歸於此。夫感不甚則悔不熟，感不至則悟不深；故廣足下七十韻爲一百韻，重爲足下陳夢遊之中，所以甚感者；叙婚仕之際，所以至感者：欲使曲盡其妄，周知其非，然後返乎真，歸乎實。亦猶《法華經》序火宅、偈化城，《維摩經》入淫舍、過酒肆之義也。微之、微之，予斯文也，尤不可使不知吾者知，幸藏之爾云。（同上）

〔**遊城南，留元九、李二十晚歸**〕（詩不録）　（同上，卷一五）

〔**重到城七絶句**〕（僅録《見元九》）　容貌一日減一日，心情十分無九分。每逢陌路猶嗟歎，何況今朝是見君。（同上）

〔**醉後卻寄元九**〕　蒲池村裏匆匆别。灃水橋邊兀兀迴。行到城門殘酒醒，萬重離恨一時來。（同上）

〔重寄〕　蕭散弓驚雁，分飛劍化龍。悠悠天地内，不死會相逢！（同上）

〔雨夜憶元九〕　天陰一日便堪愁，何況連宵雨不休？一種雨中君最苦，偏梁閣道向通州。（同上）

〔雨中，攜元九詩，訪元八侍御〕　微之詩卷憶同開，假日多應不入臺。好句無人堪共詠，衝泥蹋水就君來。（同上）

〔寄生衣與微之，因題封上〕　淺色縠衫輕似霧，紡花紗袴薄於雲。莫嫌輕薄但知著，猶恐通州熱殺君。（同上）

〔微之到通州日，授館未安，見塵壁間有數行字，讀之，即僕舊詩。其落句云：「緑水紅蓮一朵開，千花百草無顏色。」然不知題者何人也。微之吟歎不足，因綴一章，兼録僕詩本同寄。省其詩，乃是十五年前初及第時，贈長安妓人阿軟絶句。緬思往事，杳若夢中。懷舊感今，因酬長句〕　十五年前似夢遊，曾將詩句結風流。偶助笑歌嘲阿軟，可知傳誦到通州。昔教紅袖佳人唱，今遣青衫司馬愁。惆悵又聞題處所，雨淋江館破牆頭！（同上）

〔得微之到官後書，備知通州之事，悵然有感，因成四章〕　來書子細説通州，州在山根峽岸頭。四面千重火雲合，中心一道瘴江流。蟲蛇白晝攔官道，蚊蟆黄昏撲郡樓。何罪遣君居此地？天高無處問來由！

巵匝巔山萬仞餘，人家應似甑中居。寅年籬下多逢虎，亥日沙頭始賣魚。衣斑梅雨長須熨，米澀畬田不解鉏。努力安心過三考，已曾愁殺李尚書。李實尚書先貶此州，身没於彼處。

人稀地僻醫巫少，夏旱秋霖瘴瘧多。老去一身須愛惜，别來四體得如何？侏儒飽笑東方朔，薏苡讒憂馬伏波。莫遣沈愁結成病，時時一唱濯纓歌。

通州海内恓惶地，司馬人間冗長官。傷鳥有弦驚不定，卧龍無水動應難。劍埋獄底誰深掘？松偃霜中盡冷看。舉目争能不惆悵？高車大馬滿長安。（同上）

〔**藍橋驛見元九詩**詩中云：「江陵歸時逢春雪。」〕　藍橋春雪君歸日，秦嶺秋風我去時。每到驛亭先下馬，循牆遶柱覓君詩。（同上）

〔**韓公堆寄元九**〕　韓公堆北澗西頭，冷雨涼風拂面秋。努力南行少惆悵，江州猶似勝通州。（同上）

〔**武關南，見元九題山石榴花見寄**〕　往來同路不同時，前後相思兩不知。行過關門三四里，榴花不見見君詩。（同上）

〔**舟中讀元九詩**〕　把君詩卷燈前讀，詩盡燈殘天未明。眼痛滅燈猶闇坐，逆風吹浪打船聲。（同上）

〔**放言五首**并序〕（詩不録）　元九在江陵時，有《放言》長句詩五首，韻高而體律，意古而詞新。予每詠之，甚覺有味。雖前輩深於詩者，未有此作。唯李頎有云：「濟水至清河自濁，周公大聖接輿狂。」斯句近之矣。予出佐潯陽，未屈所任，舟中多暇，江上獨吟，因綴五篇，以續其意耳。（同上）

〔東南行一百韻寄通州元九侍御、澧州李十一舍人、果州崔二十二使君、開州韋大員外、庾三十二補闕、杜十四拾遺、李二十助教員外、竇七校書〕（節録）

南去經三楚，東來過五湖。山頭看候館，水面問征途。地遠窮江界，天低極海隅。……渭北田園廢，江西歲月徂。憶歸恒慘澹，懷舊忽踟躕。自念咸秦客，嘗爲鄒魯儒。藴藏經國術，輕棄度關繻。賦力凌鸚鵡，詞鋒敵轆轤。戰文重掉鞅，射策一彎弧。崔杜鞭齊下，元韋轡並驅。名聲逼楊馬，交分過蕭朱。世務經磨揣，周行竊覬覦。風雲皆會合，雨露各霑濡。共偶昇平代，偏慚固陋軀。承明連夜直，建禮拂晨趨。美服頒王府，珍羞降御厨。議高通白虎，諫切伏青蒲。柏殿行陪宴，花樓走看酺。神旗張鳥獸，天籟動笙竽。丸劍星芒耀，魚龍電策驅。定場排漢旅，促座進吴歈。縹緲疑仙樂，嬋娟勝畫圖。歌鬟低翠羽，舞汗墮紅珠。别選閑遊伴，潛招小飲徒。一盃愁已破，三盞氣彌粗。軟美仇家酒，幽閑葛氏姝。十千方得斗，二八正當壚。論笑杓胡硉，談憐鞏囁嚅。李酣尤短竇，庾醉更蔫迂。鞍馬呼教住，骰盤喝遺輸。長驅波卷白，連擲采成盧。骰盤、卷白波、莫走、鞍馬，皆當時酒令。籌併頻逃席，觥嚴别置盂。滿巵那可灌，頽玉不勝扶。入視中樞草，歸乘内厩駒。醉曾衝宰相，驕不揖金吾。日近恩雖重，雲高勢却孤。翻身落霄漢，失脚到泥塗。博望移門籍，潯陽佐郡符。予自太子贊善大夫出爲江州司馬。時情變寒暑，世利算錙銖。即日辭雙闕，明朝别九衢。播遷分郡國，次第出京都。十年春，微之移佐通州。其年秋，予出佐潯陽。明年冬，杓直出牧澧州，崔二十二出牧果州，韋大牧開州。……萬里抛朋侣，三年隔友于。自然悲聚散，不是恨榮枯。去夏微之瘧，今春席八殂。天涯書達否？泉下哭知無？去年，聞元九瘴瘧，書去竟未報。今春，聞席八殁。久與還往，能無慟矣！謾寫詩盈卷，空盛酒滿壺。只添新悵望，豈復舊歡娱？壯志因愁減，衰容與病俱。相逢應不識，滿頷白髭鬚！（同上，卷一六）

〔見紫薇花，憶微之〕　一叢暗淡將何比？淺碧籠裙襯紫巾。除却微之見應愛，人間少有别花人。（同上）

〔憶微之、傷仲遠李三仲遠，去年春喪**〕**（詩不録）（同上）

〔寄蘄州簟與元九，因題六韻時元九鰥居**〕**　笛竹出蘄春，霜刀劈翠筠。織成雙人簟，寄與獨眠人。卷作筒中信，舒爲席上珍。滑如鋪薤葉，冷似卧龍鱗。清潤宜乘露，鮮華不受塵。通州炎瘴地，此物最關身。（同上）

〔憶微之〕　與君何日出屯蒙？魚戀江湖鳥厭籠！分手各抛滄海畔，折腰俱老緑衫中。

三年隔闊音塵斷，兩地飄零氣味同。又被新年勸相憶，柳條黄軟欲春風。（同上）

〔山中與元九書，因題書後〕　憶昔封書與君夜，金鑾殿後欲明天；今夜封書在何處？廬山庵裏曉燈前。籠鳥檻猿俱未死，人間相見是何年？（同上）

〔編集拙詩，成一十五卷，因題卷末，戲贈元九、李二十〕　一篇長恨有風情，十首秦吟近正聲。每被老元偷格律，元九向江陵日，嘗以拙詩一軸贈行，自後格變。苦教短李伏歌行。李二十常自負歌行，近見予樂府五十首，默然心伏。世間富貴應無分，身後文章合有名。莫怪氣粗言語大，新排十五卷詩成。（同上）

〔江樓夜吟元九律詩，成三十韻〕　昨夜江樓上，吟君數十篇。詞飄朱檻底，韻墮緑江前。清楚音諧律，精微思入玄。收將白雪麗，奪盡碧雲妍。寸截金爲句，雙雕玉作聯。八風凄間發，五彩爛相宣。冰扣聲聲冷，珠排字字圓。文頭交比繡，筋骨軟於緜。澒湧同波浪，錚摐過管弦。醴泉流出地，鈞樂下從天。神鬼聞如泣，魚龍聽似禪。星迴疑聚集，月落爲留連。雁感無鳴者，猿愁亦悄然。交流遷客淚，停住賈人船。闇被歌姬乞，潛聞思婦傳。斜行題粉壁，短卷寫紅箋。肉味經時忘，頭風當日痊。老張知定伏，短李愛應顛。張十八籍、李二十紳，皆攻律詩，故云。道屈才方振，身閑業始專。天教聲烜赫，理合命迍邅。顧我文章劣，知他氣力全；功夫雖共到，巧拙尚相懸。各有詩千首，俱抛海一邊。白頭吟處變，青眼望中穿。酬答朝妨食，披尋夜廢眠。老償文債負，宿結字因緣。每歎陳夫子，陳子昂著《感遇詩》稱於世。常嗟李謫仙。賀知章謂李白爲謫仙人。名高折人爵，思苦減天年。李竟無官，陳亦早夭。不得當時遇，空令後代憐！相悲今若此，湓浦與通川！（同上，卷一七）

〔元九以緑絲布、白輕褣見寄，製成衣服，以詩報知〕　緑絲文布素輕褣，珍重京華手自封。貧友遠勞君寄附，病妻親爲我裁縫。袴花白似秋雲薄，衫色青於春草濃。欲著卻休知不稱，折腰無復舊形容！（同上）

〔送客春遊嶺南二十韻因叙南方物以諭之，並擬微之送崔二十一之作**〕**（詩不録）（同上）

〔夢微之十二年八月二十日夜**〕**　晨起臨風一惆悵，通州湓水斷相聞。不知憶我因何事？昨夜三迴夢見君。（同上）

〔題詩屏風絶句并序**〕**（選録如下六首）　十二年冬，微之猶滯通州，予亦未離湓上，相去萬里，不見三年，鬱鬱相念，多以吟詠自解。前後辱微之寄示之什，殆數百篇，雖藏於篋中，永以爲好；不若置之座右，如見所思。由是掇律句中短小麗絶者，凡一百首，題録合爲一屏風，舉目會心，參若其人在於前矣。前輩作事，多出偶然。則安知此屏，不爲好事者所傳，異日作九江一故事爾？因題絶句，聊以奬之。

相憶采君詩作障，自書自勘不辭勞。障成定被人争寫，從此南中紙價高。（同上）

〔**答微之**微之於閬州西寺，手題予詩。予又以微之百篇，題此屏上。各以絶句，相報答之。〕 君寫我詩盈寺壁，我題君句滿屏風。與君相遇知何處？兩葉浮萍大海中！（同上）

〔**聞李尚書拜相，因以長句寄賀微之**〕 憐君不久在通州，知己新提造化權；夔卨定求才濟世，張雷應辯氣衝天。那知淪落天涯日，正是陶鈞海内年。肯向泥中抛折劍，不收重鑄作龍泉？（同上）

〔**寄微之**〕 帝城行樂日紛紛，天畔窮愁我與君。秦女笑歌春不見，巴猿啼哭夜常聞。何處琵琶絃似語？誰家咼墮髻如雲？人生多少歡娱事，那獨千分無一分！（同上）

〔**三月三日懷微之**〕 良時光景長虚擲，壯歲風情已闇銷。忽憶同爲校書日，每年同醉是今朝。（同上）

〔**十年三月三十日，别微之於灃上。十四年三月十一日夜，遇微之於峽中，停舟夷陵，三宿而别。言不盡者，以詩終之。因賦七言十七韻以贈，且欲寄所遇之地，與相見之時，爲他年會話張本也**〕 灃水店頭春盡日，送君上馬謫通川；夷陵峽口明月夜，此處逢君是偶然。一别五年方見面，相攜三宿未迴船。坐從日暮唯長歎，語到天明竟未眠。齒髮蹉跎將五十，關河迢遞過三千。生涯共寄滄江上，鄉國俱抛白日邊。往事渺茫都似夢，舊游零落半歸泉。醉悲灑淚春盃裏，吟苦支頤曉燭前。莫問龍鍾惡官職，且聽清脆好文篇。微之別來有新詩數百篇，麗絶可愛。別來只是成詩癖，老去何曾更酒顛。各限王程須去住，重開離宴貴留連。黄牛渡北移征棹，白狗崖東卷別筵。黄牛、白狗，皆峽中地名，即與微之遇別之所也。神女臺雲閑繚繞，使君灘水急潺湲。風淒暝色愁楊柳，月弔宵聲哭杜鵑。萬丈赤幢潭底日，一條白練峽中天。君還秦地辭炎徼，我向忠州入瘴煙；未死會應相見在，又知何地復何年？（同上）

〔**即事寄微之**〕　畬田澀米不耕鉏，旱地荒園少菜蔬。想念土風今若此，料看生計合何如？　衣縫紕纇黄絲絹，飯下腥鹹白小魚。飽暖飢寒何足道，此身長短是空虛！（同上，卷一八）

〔**寄微之**時微之爲虢州長史〕　高天默默物茫茫，各有來由致損傷。鸚爲能言長翦翅，龜緣難死久搘牀。莫嫌冷落抛閑地，猶勝炎蒸卧瘴鄉。外物竟關身底事？　謾排門戟繫腰章。（同上）

〔**商山路驛桐樹，昔與微之前後題名處**〕　與君前後多遷謫，五度經過此路隅。笑問中庭老桐樹，這迴歸去免來無？（同上）

〔**初除主客郎中知制誥，與王十一、李七、元九三舍人中書同宿，話舊感懷**〕　閑宵静話喜還悲，聚散窮通不自知：已分雲泥行異路，忽驚雞鶴宿同枝。紫垣曹署榮華地，白鬢郎官

老醜時。莫怪不如君氣味，此中來校十年遲！（同上，卷一九）

〔中書連直，寒食不歸，因懷元九〕　去歲清明日，南巴古郡樓。今年寒食夜，西省鳳池頭。併上新人直，難隨舊伴遊。誠知視草貴，未免對花愁。鬢髮莖莖白，光陰寸寸流。經春不同宿，何異在忠州？（同上）

〔待漏入閤書事，奉贈元九學士閤老〕　衙排宣政仗，門啓紫宸關。彩筆停書命，花甎趁立班。稀星點銀礫，殘月墮金環。闇漏猶傳水，明河漸下山。從東分地色，向北仰天顏。碧鏤鑪煙直，紅垂珮尾閑。綸闈慚並入，翰苑忝先攀。笑我青袍故，饒君茜綬殷。詩仙歸洞裏，酒病滯人間。好去鵷鸞侶，沖天便不還！（同上）

〔初著緋，戲贈元九〕　晚遇緣才拙，先衰被病牽；那知垂白日，始是著緋年！身外名徒爾，人間事偶然。我朱君紫綬，猶未得差肩！（同上）

〔同微之贈別郭虛舟鍊師五十韻〕（節録）　我爲江司馬，君爲荆判司；俱當愁悴日，始識虛舟師。……高謝人間世，深結山中期。泥壇方合矩，鑄鼎圓中規。鑪橐一以動，瑞氣紅輝輝。齋心獨歎拜，中夜偷一窺：二物正訢合，厥狀何怪奇！綢繆夫婦體，狎獵魚龍姿。簡寂館鍾後，紫霄峯曉時。心塵未淨潔，火候遂參差。萬壽覬刀圭，千功失毫釐。先生彈指起，姹女隨煙飛。始知緣會間，陰隲不可移。藥竈今夕罷，詔書明日追。追我復追君，次第承恩私。官雖小大殊，同立白玉墀。我直紫微闥，手進賞罰詞。君侍玉皇座，口含生殺機。直躬易媒孽，浮俗多瑕疵。轉徙今安在？越嶠吴江湄：一提支郡印，一建連帥旗。何言四百里，不見如天涯！秋風旦夕來，白日西南馳。雪霜各滿鬢，朱紫徒爲衣！師從廬山洞，訪舊來於斯。尋君又覓我，風馭紛逶迤。帔裾曳黄絹，鬚髪垂青絲；逢人但斂手，問道亦頷頤。孤雲難久留，十日告將歸。款曲話平昔，殷勤勉衰羸。後會杳何許？前心日磷緇。俗家無異物，何以充别資？素牋一百句，題附元家詩；朱頂鶴一隻，與師雲間騎。雲間鶴背上，故情若相思；時時摘一句，唱作步虚辭。（同上，卷二一）

〔霓裳羽衣歌　和微之〕

我昔元和侍憲皇，曾陪内宴宴昭陽。千歌百舞不可數，就中最愛霓裳舞。舞時寒食春風天，玉鉤欄下香桉前。桉前舞者顔如玉，不著人家俗衣服。虹裳霞帔步摇冠，鈿瓔纍纍珮珊珊。娉婷似不任羅綺，顧聽樂懸行復止。磬簫箏笛遞相攙，擊擫彈吹聲邐迤。凡法曲之初，衆樂不齊，唯金石絲竹次第發聲。《霓裳》序初亦復如此。散序六奏未動衣，陽臺宿雲慵不飛。散序六遍無拍，故不舞也。中序擘騞初入拍，秋竹竿裂春冰坼。中序始有拍，亦名拍序。飄然轉旋去聲迴雪輕，嫣然縱送游龍驚；小垂手後柳無力，斜曳裾時雲欲生。四句皆《霓裳舞》之初態。煙蛾斂略不勝態，風袖低昂如有情。上元點鬟招萼緑，王母揮袂别飛瓊。許飛瓊、萼緑華，皆女仙也。繁音急節十二遍，跳珠撼玉何鏗錚。《霓裳曲》十二遍而終。翔鸞舞了卻收翅，喉鶴曲終長引聲。凡曲將畢，皆聲拍促速；唯《霓裳》之末，長引一聲也。當時乍見驚心目，凝視諦聽殊未足。一落人間八九年，耳冷不曾聞此曲。湓城但聽山魈語，巴峽唯聞杜鵑哭。予自江州司馬轉忠州刺史。移領錢唐第二年，始有心情問絲竹。玲瓏箜篌謝好筝，陳寵觱篥沈平笙；清絃脆管纖纖手，教得霓裳一曲成。自玲瓏已下，皆杭之妓名。虚白亭前湖水畔，前後秪應三度按。便除庶子拋卻來，聞道如今各星散。今年五月至蘇州，朝鐘暮角催白頭；貪看案牘常侵夜，不聽笙歌直到秋。秋來無事多閑悶，忽憶霓裳無處問。聞君部内多樂徒，問有霓裳舞者無？答云七縣十萬户，無人知有霓裳舞。唯寄長歌與我來，題作霓裳羽衣譜。四幅花箋碧間紅，霓裳實録在其中；千姿萬狀分明見，恰與昭陽舞者同。眼前髣髴覩形質，昔日今朝想如一；疑從魂夢呼召來，似著丹青圖寫出。我愛霓裳君合知，發於歌詠形於詩。君不見，我歌云：驚破霓裳羽衣曲。《長恨歌》云。又不見，我詩云：曲愛霓裳未拍時。錢唐詩云。由來能事皆有主，楊氏創聲君造譜。開元中，西涼府節度楊敬述造。君言此舞難得人，須是傾城可憐女。吴妖小玉飛作煙，夫差女小玉死後，形見於王，其母抱之，霏微若煙霧散空。越豔西施化爲土。嬌花巧笑久寂寥，娃館苧蘿空處所。如君所言誠有是，君試從容聽我語：若求國色始翻傳，但恐人間廢此舞。妍蚩優劣寧相遠？大都只在人擡舉。李娟張態君莫嫌，亦擬隨宜且教取。娟、態，蘇妓之名。（同上）

〔和微之聽妻彈《别鶴操》，因爲解釋其義，依韻加四句〕　義重莫若妻，生離不如死；誓將死同穴，其奈生無子。商陵迫禮教，婦出不能止。舅姑明旦辭，夫妻中夜起。起聞雙鶴别，若與人相似：聽其悲唳聲，亦如不得已。青田八九月，遼城一萬里；徘徊去住雲，嗚咽東西水。寫之在琴曲，聽者酸心髓。況當秋月彈，先入憂人耳。怨抑掩朱絃，沉吟聽玉指。一聞無兒歎，相念兩如此。無兒雖薄命，有妻偕老矣。幸免生别離，猶勝商陵氏。（同上）

〔和微之四月一日作〕（詩不録）　（同上）

〔和微之詩二十三首并序〕（詩不録）　微之又以近作四十三首寄來，命僕繼和。其間瘀絮敕慮四百字，車斜二十篇者流，皆韻劇辭殫，瓌奇怪譎。又題云：「奉煩只此一度，乞不見辭。」意欲定霸取威，置僕於窮地耳。大凡依次用韻，韻同而意殊；約體爲文，文成而理勝：此足下素所長者，僕何有焉？今足下果用所長，過蒙見窘。然敵則氣作，急則計生，四十二章，麾掃並畢，不知大敵以爲如何？夫斸石破山，先觀鑱跡；發矢中的，兼聽絃聲。以足下來章，惟求相困；故老僕報語，不覺大誇。況曩者唱訓，近來因繼，已十六卷，凡千餘首矣。其爲敵也，當今不見；其爲多也，從古未聞。所謂：「天下英雄，唯使君與操耳。」戲及此者，亦欲三千里外，一破愁顔；勿示他人，以取笑誚。樂天白。（同上，卷二二）

按：二十三首即：《和晨霞》、《和送劉道士遊天台》、《和櫛沐寄道友》、《和祝蒼華》、《和我年三首》、《和三月三十日四十韻》、《和寄樂天》、《和寄問劉白》、《和新樓北園偶集從孫公度周巡官韓秀才盧秀才范處士小飲鄭侍御判官周劉二從事皆先歸》、《和除夜作》、《和知非》、《和望曉》、《和李勢女》、《和酬鄭侍御東陽春悶放懷追越遊見寄》、《和自勸二首》、《和雨中花》、《和晨興因報問龜兒》、《和朝迴與王鍊師遊南山下》、《和嘗新酒》、《和順之琴者》。

〔酬集賢劉郎中對月見寄，兼懷元浙東〕 月在洛陽天，天高淨如水。下有白頭人，攬衣中夜起。思遠鏡亭上，光深書殿裏。眇然三處心，相去各千里！（同上）

〔元微之除浙東觀察使，喜得杭、越鄰州，先贈長句十七首並與微之和答**〕** 稽山鏡水歡遊地，犀帶金章榮貴身。官職比君雖校小，封疆與我且爲鄰。郡樓對玩千峯月，江界平分兩岸春。杭越風光詩酒主，相看更合是何人？（同上，卷二三）

〔席上答微之〕 我住浙江西，君去浙江東；勿言一水隔，便與千里同。富貴無人勸君酒，今宵爲我盡盃中。（同上）

〔答微之上船後留別〕 燭下尊前一分手，舟中岸上兩迴頭。歸來虛白堂中夢，合眼先應到越州。（同上）

〔答微之泊西陵驛見寄〕 煙波盡處一點白，應是西陵古驛臺。知在臺邊望不見，暮潮空

送渡船迴。（同上）

〔答微之誇越州州宅〕　賀上人迴得報書，大誇州宅似仙居。厭看馮翊風沙久，喜見蘭亭煙景初。日出旌旗生氣色，月明樓閣在空虛。知君暗數江南郡，除卻餘杭盡不知。（同上）

〔微之重誇州居，其落句有西州羅刹之謔。因嘲茲石，聊以寄懷〕　君問西州城下事，醉中疊紙爲君書。嵌空石面標羅刹，壓捺潮頭敵子胥。神鬼曾鞭猶不動，波濤雖打欲何如？誰知太守心相似，抵滯堅頑兩有餘！（同上）

〔張十八員外以新詩二十五首見寄，郡樓月下，吟玩通夕，因題卷後，封寄微之〕（詩不録）（同上）

〔酬微之微之題云：「郡務稍簡，因得整集舊詩，并連綴刪削，封章諫草，繁委箱笥，僅踰百軸。偶成自歎，兼寄樂天」**〕**　滿袠填箱唱和詩，少年爲戲老成悲。聲聲麗曲敲寒玉，句句妍辭綴色絲。吟玩獨當明月夜，傷嗟同是白頭時。由來才命相磨折，天遣無兒欲怨誰？微之句云：「天遣兩家無嗣子，欲將文字付誰人？」故以此舉之。（同上）

〔餘思未盡，加爲六韻，重寄微之〕　海内聲華併在身，篋中文字絶無倫。美微之也。遥知獨對封章草，忽憶同爲獻納臣。走筆往來盈卷軸，予與微之前後寄和詩數百篇，近代無如此多有也。除官遞互掌絲綸。予除中書舍人，微之撰制。微之除翰林學士，予撰制詞。制從長慶辭高古，微之長慶初知制誥，文格高古，始變俗體，繼者效之也。詩到元和體變新。衆稱元、白爲千字律詩，或號元和格。各有文姬才稚齒，蔡邕無兒，有女琰，字文姬。俱無通子繼餘塵。陶潛小男名通子。琴書何必求王粲？與女猶勝與外人。（同上）

〔答微之詠懷見寄〕 閤中同直前春事，船裏相逢昨日情。分袂二年勞夢寐，並牀三宿話平生。紫微北畔辭宫闕，滄海西頭對郡城。聚散窮通何足道？醉來一曲放歌行。（同上）

〔酬微之誇鏡湖〕 我嗟身老歲方徂，君更官高興轉孤。軍門郡閣曾閑否？禹穴耶溪得到無？酒盞省陪波卷白，骰盆思共彩呼盧。一泓鏡水誰能羨？自有胸中萬頃湖。微之詩云：「孫園虎寺隨宜看，不必遥遥羨鏡湖。」故以此戲言答之。（同上）

〔雪中即事寄微之〕 連夜江雲黄慘澹，平明山雪白模糊。銀河沙漲三千里，梅嶺花排一萬株。北市風生飄散麪，東樓日出照凝酥。誰家高士關門户？何處行人失道途？舞鶴庭前毛稍定，擣衣碪上練新鋪。戲團稚女呵紅手，愁坐衰翁對白鬚。壓瘴一州除疾苦，呈豐萬井盡歡娱。潤含玉德懷君子，寒助霜威憶大夫。莫道煙波一水隔，何妨氣候兩鄉殊。越中地暖多成雨，還有瑶臺瓊樹無？（同上）

〔醉封詩筒寄微之〕 一生休戚與窮通，處處相隨事事同。未死又鄰滄海郡，無兒俱作白頭翁。展眉只仰三盃後，代面唯憑五字中。爲向兩川郵吏道，莫辭來去遞詩筒。（同上）

【除夜寄微之】　鬢毛不覺白毿毿，一事無成百不堪！共惜盛時辭闕下，同嗟除夜在江南。家山泉石尋常憶，世路風波子細諳。老校於君合先退，明年半百又加三。（同上）

【蘇州李中丞以《元日郡齋感懷詩》寄微之及予，輒依來篇七言八韻，走筆奉答，兼呈微之】

白首餘杭白太守，落拓抛名來已久。一辭渭北故園春，再把江南新歲酒。盃前笑歌徒勉强，鏡裏形容漸衰朽。領郡慚當潦倒年，鄰州喜得平生友。長洲草接松江岸，曲水花連鏡湖口。老去還能痛飲無？春來曾作閑遊否？憑鶯傳語報李六，倩雁將書與元九：莫嗟一日日催人，且貴一年年入手。（同上）

【早春西湖閑遊，悵然興懷，憶與微之同賞。因思在越官重事殷，鏡湖之遊，或恐未暇，偶成十八韻寄微之】　上馬復呼賓，湖邊景氣新：管絃三數事，騎從十餘人。立換登山屐，行攜漉酒巾。逢花看當妓，遇草坐爲茵。西日籠黄柳，東風蕩白蘋。小橋裝雁齒，輕浪甃魚鱗。畫舫牽徐轉，銀船酌慢巡。野情遺世累，醉態任天真。彼此年將老，平生分最親。高天從所願，遠地得爲鄰。雲樹分三驛，煙波限一津。翻嗟寸步隔，卻厭尺書頻。浙右稱雄鎮，山陰委重臣。貴垂長紫綬，榮駕大朱輪。出動刀槍隊，歸生道路塵。雁驚弓易散，鷗怕鼓難馴。百吏瞻相面，千夫捧擁身。自然閑興少，應負鏡湖春。（同上）

【答微之見寄時在郡樓對雪】　可憐風景浙東西，先數餘杭次會稽。禹廟未勝天竺寺，錢湖不

羨若耶溪。擺塵野鶴春毛暖，拍水沙鷗濕翅低。更對雪樓君愛否？紅欄碧甃點銀泥。（同上）

〔早春憶微之〕　昏昏老與病相和，感物思君歎復歌。聲早雞先知夜短，色濃柳最占春多。沙頭雨染班班草，水面風驅瑟瑟波。可道眼前光景惡，其如難見故人何？（同上）

〔得湖州崔十八使君書，喜與杭、越鄰郡，因成長句代賀，兼寄微之〕　三郡何因此結緣？貞元科第忝同年。故情歡喜開書後，舊事思量在眼前。越國封疆吞碧海，杭城樓閣入青煙。吳興卑小君應屈，爲是蓬萊最後仙。貞元初同登科，崔君名最在後。當時崔自詠云：「人間不會雲間事，應笑蓬萊最後仙。」（同上）

〔與微之唱和，來去常以竹筒貯詩，陳協律美而成篇，因以此答〕　揀得琅玕截作筒，緘題章句寫心胸。隨風每喜飛如鳥，渡水常憂化作龍。粉節堅如太守信，霜筠冷稱大夫容。煩君讚詠心知愧，魚目驪珠同一封。（同上）

〔除官赴闕留贈微之〕　去年十月半，君來過浙東。今年五月盡，我發向關中。兩鄉默默心相別，一水盈盈路不通。從此津人應省事，寂寥無復遞詩筒。（同上）

〔重寄別微之〕　憑仗江波寄一辭，不須惆悵報微之。猶勝往歲峽中別，灔澦堆邊招手時。（同上）

〔河陰夜泊，憶微之〕　憶君我正泊行舟，望我君應上郡樓。萬里月明同此夜，黄河東面海西頭。（同上）

〔晚春寄微之并崔湖州〕　洛陽陌上少交親，履道城邊欲暮春。崔在吴興元在越，出門騎馬覓何人？（同上）

〔吟前篇，因寄微之〕　君顔貴茂不清羸，君句雄華不苦悲。何事遣君還似我？髭鬚早白亦無兒！（同上，卷二四）

按：「前篇」指《自詠》（形容瘦薄詩情苦）。

〔秋寄微之十二韻〕（詩不録）　（同上）

〔泛太湖書事寄微之〕（詩不録）　（同上）

〔歲暮寄微之三首〕（録二、三首）　白頭歲暮苦相思，除卻悲吟無可爲。枕上從妨一夜睡，燈前讀盡十年詩。讀前後唱和詩。　龍鍾校正騎驢日，顦顇通江司馬時。通州、江州。　若並如今是全活，紆朱拖紫且開眉。

榮進雖頻退亦頻，與君才命不調匀。若不九重中掌事，即須千里外抛身。紫垣南北廳曾對，滄海東西郡又鄰。唯欠結廬嵩洛下，一時歸去作閑人。（同上）

〔郡中閑獨，寄微之及崔湖州〕（詩不録）　（同上）

〔酬微之開拆新樓初畢相報，末聯見戲之作〕 海山鬱鬱石稜稜，新豁高居正好登。南臨贍部三千界，東對蓬宫十二層。報我樓成秋望月，把君詩讀夜迴燈。無妨卻有他心眼，粧點亭臺即不能。（同上）

〔重題小舫，贈周從事，兼戲微之〕（詩不録） （同上）

〔仲夏齋居，偶題八韻，寄微之及崔湖州〕（節録） 腥血與葷蔬，停來一月餘；肌膚雖瘦損，方寸任清虚。……褰簾放巢燕，投食施池魚。久别閑遊伴，頻勞問疾書。不知湖與越，吏隱興何如？（同上）

〔九日寄微之〕（詩不録） （同上）

〔留别微之〕 干時久與本心違，悟道深知前事非。猶厭勞形辭郡印，那將趁伴著朝衣？五千言裏教知足，三百篇中勸式微。少室雲邊伊水畔，比君校老合先歸。（同上）

〔寫新詩寄微之，偶題卷後〕（詩不録） （同上）

〔微之就拜尚書，居易續除刑部，因書賀意，兼詠離懷〕 我爲憲部入南宫，君作尚書鎮浙東。老去一時成白首，别來七度换春風。簪纓假合虚名在，筋力銷磨實事空。遠地官高親故少，些些談笑與誰同？（同上，卷二五）

〔和微之《春日投簡陽明洞天五十韻》〕（節録） ……伊予一生志，我爾百年軀。江山三千

里，城中十二衢。出多無伴侣，歸只對妻孥。白首青山約，抽身去得無？（同上，卷二六）

〔元相公挽歌詞三首〕　銘旌官重威儀盛，騎吹聲繁鹵簿長。後魏帝孫唐宰相，六年七月葬咸陽。

墓門已閉笳簫去，唯有夫人哭不休。蒼蒼露草咸陽壠，此是千秋第一秋！

送葬萬人皆慘澹，反虞駟馬亦悲鳴。琴書劍珮誰收拾？三歲遺孤新學行！（同上）

〔同崔十八寄元浙東、王陝州〕　未能同隱雲林下，且復相招禄仕間。隨月有錢勝賣藥，終年無事抵歸山。鏡湖水遠何由汎？棠樹枝高不易攀。惆悵八科殘四在，兩人榮鬧兩人閑。（同上，卷二七）

〔哭微之二首〕　八月涼風吹白幕，寢門廊下哭微之。妻孥朋友來相弔，唯道皇天無所知！

文章卓犖生無敵，風骨英靈殁有神。哭送咸陽北原上，可能隨例作灰塵！（同上）

〔過元家履信宅〕　雞犬喪家分散後，林園失主寂寥時。落花不語空辭樹，流水無情自入池。風蕩讌船初破漏，雨淋歌閣欲傾欹。前庭後院傷心事，唯是春風秋月知。（同上）

按：元稹原居長安靖安里舊宅，後遷履信里新居。

〔嘗黄醅新酎，憶微之〕（詩不録）　（同上，卷二八）

〔酬別微之臨都驛醉後作**〕** 澧頭峽口錢塘岸，三別都經二十年。且喜筋骸俱健在，勿嫌鬚鬢各皤然。君歸北闕朝天帝，我住東京作地仙。博望自來非棄置，承明重入莫拘牽。醉收盃杓停燈語，寒展衾裯對枕眠。猶被分司官繫絆，送君不得過甘泉。（同上）

〔予與微之老而無子，發爲詠歎，著在詩篇。今年冬，各有一子。戲作二什，一以相賀，一以自嘲〕 常憂到老都無子，何況新生又是兒。陰德自然宜有慶，于公陰德，其後蕃昌。皇天可得道無知？皇天無知，伯道無兒。一園水竹今爲主，微之履信新居多水竹也。百卷文章更付誰？微之文集凡一百卷。莫慮鵷鶵無浴處，即應重入鳳凰池。（同上）

〔戲和微之答竇七行軍之作依本韻**〕** 旌鉞從櫜鞬，賓僚禮數全。夔龍來要地，鵷鷺下遼天。赭汗騎驕馬，青蛾舞醉仙。合成江上作，散到洛中傳。陋巷能無酒？貧池亦有船。春裝秋未寄，謾道有閑錢。（同上）

〔和微之《任校書郎日過三鄉》〕 三鄉過日君年幾？今日君年五十餘。不獨年催身亦變，校書郎變作尚書。（同上）

〔和微之《十七與君別》及《朧月花枝》之詠〕 別時十七今頭白，惱亂君心三十年。垂死休吟花月句，恐君更結後身緣。（同上）

〔和微之《歎槿花》〕 朝榮殊可惜，暮落實堪嗟。若向花中比，猶應勝眼花。（同上）

〔和微之《道保生三日》〕　相看鬢似絲，始作弄璋詩。且有承家望，誰論得力時？莫興三日歎，猶勝七年遲。予老微之七歲。我未能忘喜，君應不合悲。嘉名稱道保，乞姓號崔兒。但恐持相並，蒹葭瓊樹枝。（同上）

〔初喪崔兒報微之晦叔〕　書報微之晦叔知，欲題崔字淚先垂。世間此恨偏敦我，敦音堆，見詩注。天下何人不哭兒？蟬老悲鳴拋蛻後，龍眠驚覺失珠時。文章十帙官三品，身後傳誰庇廕誰？（同上）

〔思舊〕　閑日一思舊，舊遊如目前；再思今何在？零落歸下泉！退之服流黄，一病訖不痊。微之鍊秋石，未老身溘然。杜子得丹訣，終日斷腥羶。崔君誇藥力，經冬不衣綿。或疾或暴夭，悉不過中年。唯予不服食，老命反遲延。況在少壯時，亦爲嗜欲牽。但耽葷與血，不識汞與鉛。飢來吞熱物，渴來飲寒泉。詩役五藏神，酒汩三丹田。隨日合破壞，至今粗完全。齒牙未缺落，支體尚輕便。已開第七秩，飽食仍安眠。且進盃中物，其餘皆付天。（同上，卷二九）

〔微之、敦詩、晦叔相次長逝，巋然自傷，因成二絶〕（詩不録）（同上，卷三一）

〔聞歌者唱微之詩〕　新詩絶筆聲名歇，舊卷生塵篋笥深。時向歌中聞一句，未容傾耳已傷心。（同上）

〔**夢微之**〕　夜來攜手夢同遊，晨起盈巾淚莫收。漳浦老身三度病，咸陽宿草八迴秋。君埋泉下泥銷骨，我寄人間雪滿頭。阿衛韓郎相次去，夜臺茫昧得知不？阿衛，微之小男。韓郎，微之愛婿。（同上，卷三五）

〔**醉中見微之舊卷有感**〕　今朝何事一霑襟，檢得君詩醉後吟。老淚交流風病眼，春箋摇動酒盃心。銀鉤塵覆年年暗，玉樹泥埋日日深。聞道墓松高一丈，更無消息到如今。（同上，外集卷上）

〔**城西別元九**〕　城西三月三十日，別友辭家兩恨多。帝里卻歸猶寂寞，通州獨去又如何？（同上）

〔**哭微之**〕（第三首）　今在豈有相逢日？未死應無暫忘時。從此三篇收淚後，終身無復更吟詩。（同上）

〔**寄別微之**〕　憑仗江波寄一辭，不須惆悵報微之。猶勝往歲峽中別，灩澦堆邊招手時。（《會稽掇英總集》卷一二《寄贈》）

〔**微之見寄與竇七酬唱之什本韻外勇加兩韻**〕　旌越從櫜鞬，賓寮情禮全。夔龍來要地，鴛鷺下寥天。赭汗騎驕馬，青娥舞醉仙。合音閤成江上作，散到洛中傳。窮巷能無酒，貧池亦有船。春裝秋未寄，漫道足閑錢。（《竇氏聯珠集·竇鞏詩》）

〔有唐善人墓碑〕（節録）　唐有善人曰李公。公名建，字杓直，隴西人。……有史官起居郎、渤海高錢作行狀，翰林學士、中書舍人、河南元稹作墓誌，有尚書主客郎中、知制誥、太原白居易作墓碑。大署其碑曰善人墓。（《白居易集》卷四一）

〔唐河南元府君夫人滎陽鄭氏墓誌銘〕并序　有唐元和元年，九月，十六日，故中散大夫、尚書比部郎中、舒王府長史、河南元府君諱寬、夫人滎陽縣太君鄭氏，年六十，寢疾，殁于萬年縣靖安里私第。越明年，二月，十五日，權祔于咸陽縣奉賢鄉洪瀆原，從先姑之塋也。夫人曾祖諱遠思，官至鄭州刺史，贈太常卿。王父諱曦，朝散大夫、易州司馬。父諱濟，睦州刺史。夫人，睦州次女也。其出范陽盧氏。外祖諱平子，京兆府涇陽縣令。夫人有四子、二女。長曰泝，蔡州汝陽尉；次曰秬，京兆府萬年縣尉；次曰積，同州韓城尉；次曰積，河南府河南縣尉。長女適吴郡陸翰，翰爲監察御史；次爲比丘尼，名真一。二女不幸，皆先夫人殁。府君之爲比部也，夫人始封滎陽縣君，從夫貴也。積之爲拾遺也，夫人進封滎陽縣太君，從子貴也。天下有五甲姓，滎陽鄭氏居其一。鄭之勳德官爵，有國史在。鄭之源流婚媾，有家諜在。比部府君世禄、官政、文行，有故京兆尹鄭雲逵之誌在。今所叙者，但書夫人之事而已。初，夫人爲女時，事父母以孝聞。友兄姊，睦弟妹，以悌聞。發自生知，不由師訓，其淑性有如此者。夫人爲婦時，元氏世食貧，然以豐潔家祀，傳爲詒燕之訓。夫人每及時祭，則終夜不寢，煎和滌濯，必躬親之。雖隆暑沍寒之時，而服勤親饋，面無怠色，其誠敬有如此者。元、鄭皆大族好合，而姻表滋多，凡中外吉凶之禮有疑議者，皆質於夫人。夫人從而酌之，靡不中禮。其明達有如此者。夫人爲母時，府君既没，積與稹方齠齓，家貧無師以授業。夫人親執詩書，誨而不倦。四五年間，二子皆以通經入仕。稹既第，判入等，授秘書省校書郎；屬今天子始踐祚，策三科以拔天下賢俊，中第者凡十八人，稹冠其首焉。由校書郎拜左拾遺，不數月，讜言直聲，動于朝廷，以是出爲河南尉。長女既適陸氏，陸氏有舅姑，多姻族；於是以順奉上，以惠逮下，二紀而殁，婦道不衰。内外六姻，仰爲儀範。非夫人恂恂孜孜，善誘所至，則曷能使子達於邦，女宜其家哉？其教誨有如此者。既而諸子雖迭仕，禄稍甚薄，每至月給食，時給衣，皆始自孤弱者，次及疏賤者。由是衣無常主，廚無異膳，親者悦，疏者來。故傭保乳母之類，有凍餒垂白，不忍去元氏之門者，而況臧獲輩乎？其仁愛有如此者。自夫人母其家，殆二十五年，專用訓誡，除去鞭扑。常以正顔色訓諸女婦，諸女婦其心戰兢，如履于冰。常以正辭氣誡諸子孫，諸子孫其心愧恥，若撻于市。由是納下於少過，致家於大和。婢僕終歲，不聞忿爭。童孺成人，不識檟楚。閨門之内，熙熙然如太古時人也。其慈訓有如此者。噫！昔漆室、緹縈之徒，烈女也；及爲婦，則無聞。伯宗、梁鴻之妻，哲婦也；及爲母，則無聞。

文伯、孟氏之親，賢母也；爲女爲婦時，亦無聞。今夫人，女美如此，婦德又如此，母儀又如此，三者具美，可謂冠古今矣！嗚呼！惟夫人道移於他，則何用而不臧乎？若引而伸之，可以肥一國焉。則《關雎》、《鵲巢》之化，斯不遠矣。若推而廣之，可以肥天下焉。則姜嫄文母之風，斯不遠矣。豈止於訓四子以聖善，化一家於仁厚者哉？居易不佞，辱與夫人幼子稹爲執友，故聆夫人美最熟。積泣血孺慕，哀動他人，託爲譔述，書于墓石，斯古孝子顯父母之志也。嗚呼！斯文之作，豈直若是而已哉？亦欲百代之下，聞夫人之風，過夫人之墓者，使悍妻和，嚚母慈，不遜之女順云爾。銘曰：

元和歲，丁亥春。咸陽道，渭水濱。云誰之墓，鄭夫人。（同上，卷四二）

〔三遊洞序〕　平淮西之明年冬，予自江州司馬授忠州刺史，微之自通州司馬授虢州長史。又明年春，各祗命之郡，與知退偕行。三月十日，參會於夷陵。翌日，微之反棹送予，至下牢戍。又翌日，將別未忍，引舟上下者久之。酒酣，聞石間泉聲，因捨棹進策，步入缺岸。初見石如疊如削，其怪者如引臂，如垂幢。次見泉，如瀉如灑，其奇者如懸練，如不絕線。遂相與維舟巖下，率僕夫芟蕪刈翳，梯危縋滑，休而復上者凡四五焉。仰睇俯察，絕無人跡；但水石相薄，磷磷鑿鑿，跳珠濺玉，驚動耳目。自未訖戌，愛不能去。俄而峽山昏黑，雲破月出，光氣含吐，互相明滅，晶熒玲瓏，象生其中；雖有敏口，不能名狀。既而通夕不寐。迨旦將去，憐奇惜别，且歎且言。知退曰：斯境勝絶，天地間其有幾乎？如之何俯通津緜，歲代，寂寥委置，罕有到者？予曰：借此喻彼，可爲長太息；豈獨是哉？豈獨是哉？微之曰：誠哉是言！矧吾人難相逢，斯境不易得；今兩偶於是，得無述乎？請各賦古調詩二十韻，書于石壁；仍命予序而紀之。又以吾三人始遊，故目爲三遊洞。洞在峽州上二十里北峯下，兩崖相廞間。欲將來好事者知，故備書其事。（同上，卷四三）

〔與元九書〕月日，居易白。微之足下：自足下謫江陵至于今，凡枉贈答詩僅百篇。每詩來，或辱序，或辱書，冠于卷首；皆所以陳古今歌詩之義，且自叙爲文因緣，與年月之遠近也。僕既受足下詩，又諭足下此意，常欲承答來旨，粗論歌詩大端，并自述爲文之意，總爲一書，致足下前。累歲已來，牽故少暇，間有容隙，或欲爲之；又自思所陳，亦無出足下之見；臨紙復罷者數四，卒不能成就其志，以至于今。今俟罪潯陽，除盥櫛食寢外無餘事，因覽足下去通州日所留新舊文二十六軸，開卷得意，忽如會面，心所畜者，便欲快言，往往自疑，不知相去萬里也。既而憤悱之氣，思有所洩，遂追就前志，勉爲此書，足下幸試爲僕留意一省。

夫文尚矣！三才各有文，天之文，三光首之；地之文，五材首之；人之文，六經首之。就六經言，《詩》又首之。何者？聖人感人心而天下和平。感人心者，莫先乎情，莫始乎言，莫切乎聲，莫深乎義。詩者，根情、苗言、華聲、實義。上自賢聖，下至愚騃，微及豚魚，幽及鬼神；羣分而氣同，形異而情一；未有聲入而不應，情交而不感者。聖人知其然，因其言，經之以六義；緣其聲，緯之以五音。音有韻，義有類；韻協則言順，言順則聲易入。類舉則情見，情見則感易交。於是乎孕大含深，貫微洞密，上下通而一氣泰，憂樂合而百志熙。五帝三皇所以直道而行、垂拱而理者，揭此以爲大柄，決此以爲大寶也。故聞元首明、股肱良之歌，則知虞道昌矣。聞五子洛汭之歌，則知夏政荒矣。言者無罪，聞者足戒。言者聞者，莫不兩盡其心焉。洎周衰秦興，採詩官廢，上不以詩補察時政，下不以歌洩導人情，乃至於諂成之風動，救失之道缺，于時，六義始刓矣。國風變爲騷辭，五言始於蘇、李。蘇、李，騷人，皆不遇者，各繫其志，發而爲文。故河梁之句，止於傷別；澤畔之吟，歸于怨思：彷徨抑鬱，不暇及他耳。然去《詩》未遠，梗概尚存，故興離別，則引雙鳧一雁爲喻；諷君子小人，則引香草惡鳥爲比。雖義類不具，猶得風人之什二三焉。于時六義始缺矣。晉、宋已還，得者蓋寡。以康樂之奧博，多溺於山水；以淵明之高古，偏放於田園。江、鮑之流，又狹於此。如梁鴻《五噫》之例者，百無一二焉。于時六義寖微矣。陵夷至于梁陳間，率不過嘲風雪、弄花草而已。噫！風雪花草之物，三百篇中，豈捨之乎？顧所用何如耳。設如「北風其涼」，假風以刺威虐也。「雨雪霏霏」，因雪以愍征役也。「棠棣之華」，感華以諷兄弟也。「采采芣苢」，美草以樂有子也。皆興發於此，而義歸於彼；反是者可乎哉？然則「餘霞散成綺，澄江浄如練」；「離花先委露，别葉乍辭風」之什，麗則麗矣，吾不知其所諷焉。故僕所謂嘲風雪、弄花草而已。于時六義盡去矣。

唐興二百年，其間詩人，不可勝數。所可舉者，陳子昂有《感遇》詩二十首，鮑魴有《感興》詩十五首。又詩之豪者，世稱李、杜。李之作，才矣奇矣，人不逮矣；索其風雅比興，十無一焉。杜詩最多，可傳者千餘首。至於貫穿今古，覼縷格律，盡工盡善，又過於李。然撮其《新安》、《石壕》、《潼關吏》、《蘆子》、《花門》之章，「朱門酒肉臭，路有凍死骨」之句，亦不過三四十。杜尚如此，況不逮杜者乎？

僕常痛詩道崩壞，忽忽憤發，或食輟哺，夜輟寢，不量才力，欲扶起之。嗟乎！事有大謬者，又不可一二而言；然亦不能不粗陳於左右。僕始生六七月時，乳母抱弄於書屏下，有指「無」字、「之」字示僕者，僕雖口未能言，心已默識；後有問此二字者，雖百十其試，而指之不差。則僕宿習之緣，已在文字中矣。及五六歲，便學爲詩。九歲，諳識聲韻。十五六，始知有進士，苦節讀書。二十已來，晝課賦，夜課書，間又課詩，不遑寢息矣。以至于口舌成瘡，手肘成胝，既壯而膚革不豐盈，未老而齒髮早衰白，瞥瞥然如飛蠅垂珠在眸子中也，動以萬數。蓋以苦學力文所致，又自悲矣！家貧多故，二十七，方從鄉賦；既第之後，雖專於科試，亦不廢詩。及授校書郎時，已盈三四百首。或出示交友，如足下輩，見皆謂之工；其實未窺作者之域耳。自登朝來，年齒漸長，閱事漸多，每與人言，多詢時務；每讀書史，多求理道：始知文章合爲時而著，歌詩合爲事而作。是時，皇帝初即位，宰府有正人，屢降璽書，訪人急病。僕當此日，擢在翰林，身是諫官，手請諫紙，啓奏之外，有可以救濟人病，裨補時闕，而難於指言者，輒詠歌之。欲稍稍遞進聞於上，上以廣宸聰，副憂勤；次以酬恩獎，塞言責；下以復吾平生之志。豈圖志未就而悔已生，言未聞而謗已成矣！又請爲左右終言之：凡聞僕《賀雨》詩，而衆口籍籍，已謂非宜矣。聞僕《哭孔戡》詩，衆面脈脈，盡不悦矣。聞《秦中吟》，則權豪貴近者相目而變色矣。聞《樂遊園》寄足下詩，則執政柄者扼腕矣。聞《宿紫閣村》詩，則握軍要者切齒矣。大率如此，不可遍舉。不相與者，號爲沽名，號爲詆訐，號爲訕謗。苟相與者，則如牛僧孺之戒焉。乃至骨肉妻孥，皆以我爲非也。其不我非者，舉世不過兩三人。有鄧魴者，見僕詩而喜；無何而魴死。有唐衢者，見僕詩而泣；未幾而衢死。其餘則足下。足下又十年來困躓若此。嗚呼！豈六義四始之風，天將破壞，不可支持耶？抑又不知天之意，不欲使下人之病苦聞於上耶？不然，何有志於詩者，不利若此之甚也！然僕又自思：關東一男子耳，除讀書屬文外，其他懵然無知。乃至書畫棋博可以接羣居之歡者，一無通曉，即其愚拙可知矣。初應進士時，中朝無緦麻之親，達官無半面之舊；策蹇步於利足之途，張空拳於戰文之場，十年之間，三登科第；名入衆耳，跡升清貫，出交賢俊，入侍冕旒：始得名於文章，終得罪於文章，亦其宜也。日者，又聞親友間説：禮、吏部舉選人，多以僕私試賦判，傳爲準的；其餘詩句，亦往往在人口中。僕恧然自愧，不之信也。及再來長安，又聞有軍使高霞寓者，欲娉倡妓。妓大誇曰：「我誦得白學士《長恨歌》，豈同他妓哉？」由是增價。又足下書云：到通州日，見江館柱間，有題僕詩者，復何人哉？又昨過漢南日，適遇主人集衆樂娱他賓。諸妓見僕來，指而相顧曰：「此是《秦中吟》、《長恨歌》主耳。」自長安抵江西三四千里，凡鄉校、佛寺、逆旅、行舟之中，往往有題僕詩者。士庶、僧徒、孀婦、處女之口，每每有詠僕詩者。此誠雕蟲之戲，不足爲多。然今時俗所重，正在此耳。雖前賢如淵、雲者，前輩如李、杜者，亦未能忘情於其間哉。古人云：名者公器，不可以多取。僕是何者？竊時之名已多；既竊時名，又欲竊時之富貴，使己爲造物者，肯兼與之乎？今之迍窮，理固然也。況詩人多蹇，如陳子昂、杜甫，各授一拾遺，而迍剥至死。李白、孟浩然輩，不及一命，窮悴終身。近日，孟郊六十，終試協律。張籍五十，未離一太祝。彼何人哉？彼何人哉？況僕之才，又不逮彼。今雖謫佐遠郡，而官品至第五，月俸四五萬；寒有衣，飢有食；給身之外，施及家人，亦可謂不負白氏之子矣。微之微之！勿念我哉！僕數月來，檢討囊袠中，得新舊詩，各以類分，分爲卷目。自拾遺來，凡所適、所感，關於美刺興比者；又自武德訖元和，因事立題，題爲新樂府者，共一百五十首，謂之「諷諭詩」。又或退公獨處，或移病閑居，知足保和，吟玩情性者一百首，謂之「閑適詩」。又有事物牽於外，情理動於内，隨感遇而形於歎詠者一百首，謂之「感傷詩」。又有五言、七言、長句、絶句，自一百韻至兩韻者四百餘首，謂之「雜律詩」。凡爲十五卷，約八百首。異時相見，當盡致於執事。微之！古人云：「窮則獨善其身，達則兼濟天下。」僕雖不肖，常師此語。大丈夫所守者道，所待者時。時之來也，爲雲龍，爲風鵬，勃然突然，陳力以出；時之不來也，爲霧豹，爲冥鴻，寂兮寥兮，奉身而退。進退出處，何往而不自得哉？故僕志在兼濟，行在獨善。奉而始終之則爲道，言而發明之則爲詩。謂之「諷諭詩」，兼濟之志也。謂之「閑適詩」，獨善之義也。故覽僕詩，知僕之道焉。其餘「雜律詩」，或誘於一時一物，發於一笑一吟，率然成章，非平生所尚者，但以親朋合散之際，取其釋恨佐懽。今銓次之間，未能刪去；他時有爲我編集斯文者，略之可也。微之！夫貴耳賤目，榮古陋今，人之大情也。僕不能遠徵古舊，如近歲韋蘇州歌行，才麗之外，頗近興諷；其五言詩，又高雅閑澹，自成一家之體。今之秉筆者，誰能及之？然當蘇州在時，人亦未甚愛重；必待身後，然人貴之。今僕之詩，人所愛者，悉不過「雜律詩」與《長恨歌》已下耳。時之所重，僕之所輕。至於「諷諭」者，意激而言質；「閑適」者，思澹而詞迂。以質合迂，宜人之不愛也。今所愛者，並世而生，獨足下耳。然千百年後，安知復無如足下者出而知愛我詩哉？故自八九年來，與足下小通則以詩相戒，小窮則以詩相勉，索居則以詩相慰，同處則以詩相娱，知吾罪吾，率以詩也。如今年春，遊城南時，與足下馬上相戲，因各誦新豔小律，不雜他篇。自皇子陂歸昭國里，迭吟遞唱，不絶聲者二十里餘。樊、李在傍，無所措口。知我者以爲詩仙，不知我者以爲詩魔。何則？勞心靈，役聲氣，連朝接夕，不自知其苦，非魔而何？偶同人，當美景，或花時宴罷，或月夜酒酣，一詠一吟，不知老之將至，雖驂鸞鶴、遊蓬瀛者之適，無以加於此焉，又非仙而何？微之微之！此吾所以與足下外形骸，脱蹤跡，傲軒鼎，輕人寰者，又以此也。當此之時，足下興有餘力，且與僕悉索還往中詩，取其尤長者，如張十八古樂府，李二十新歌行，盧、楊二秘書律詩，竇七、元八絶句，博搜精掇，編而次之，號《元白往還詩集》。衆君子得擬議於此者，莫不踊躍欣喜，以爲盛事。嗟乎！言未終而足下左轉。不數月，而僕又繼行。心期索然，何日成就？又可爲之歎息矣！又僕嘗語足下：凡人爲文，私於自是，不忍於割截，或失於繁多，其間妍蚩，益又自惑；必待交友有公鑒無姑息者，討論而削奪之，然後繁簡當否，得其中矣。況僕與足下爲文，尤患其多。己尚病之，況他人乎？今且各纂詩筆，粗爲卷第，待與足下相見日，各出所有，終前志焉。

知我心哉！微之微之！則如之何！溘然而至，相見在何地？又不知相遇是何年？潯陽臘月，江風苦寒，歲暮鮮歡，夜長無睡，引筆鋪紙，悄然燈前，有念則書，言無次第，勿以繁雜爲倦，且以代一夕之話也。微之微之！知我心哉！樂天再拜。（同上，卷四五）

〔與微之書〕四月十日夜，樂天白。微之！微之！不見足下面，已三年矣；不得足下書，欲二年矣。人生幾何？離闊如此！況以膠漆之心，置於胡越之身；進不得相合，退不能相忘，牽攣乖隔，各欲白首。微之！微之！如何如何？天實爲之，謂之奈何！僕初到潯陽時，有熊孺登來，得足下前年病甚時一札。上報疾狀，次叙病心，終論平生交分。且云：危惙之際，不暇及他；唯收數帙文章，封題其上，曰：他日送達白二十二郎，便請以代書。悲哉！微之於我也，其若是乎？又覩所寄聞僕左降詩云：「殘燈無焰影幢幢，此夕聞君謫九江。垂死病中驚起坐，闇風吹面入寒窗。」此句他人尚不可聞，況僕心哉？至今每吟，猶惻惻耳！且置是事，略叙近懷。僕自到九江，已涉三載；形骸且健，方寸甚安；下至家人，幸皆無恙。長兄去夏自徐州至，又有諸院孤小弟妹六七人，提挈同來。頃所牽念者，今悉置在目前，得同寒煖飢飽。此一泰也。江州風候稍涼，地少瘴癘；乃至蛇虺蚊蚋，雖有甚稀。湓魚頗肥，江酒極美，其餘食物，多類北地。僕門内之口雖不少，司馬之俸雖不多，量入儉用，亦可自給；身衣口食，且免求人。此二泰也。僕去年秋，始遊廬山，到東西二林間、香爐峯下，見雲水泉石，勝絶第一，愛不能捨，因置草堂。前有喬松十數株，脩竹千餘竿，青蘿爲牆援，白石爲橋道，流水周於舍下，飛泉落於簷間；紅榴白蓮，羅生池砌，大抵若是，不能殫記。每一獨往，動彌旬日。平生所好者，盡在其中。不唯忘歸，可以終老。此三泰也。計足下久不得僕書，必加憂望。今故録三泰，以先奉報；其餘事況，條寫如後云云。微之！微之！作此書夜，正在草堂中山窗下，信手把筆，隨意亂書，封題之時，不覺欲曙，舉頭但見山僧一兩人，或坐或睡；又聞山猿谷鳥，哀鳴啾啾。平生故人，去我萬里；瞥然塵念，此際暫生。餘習所牽，便成三韻，云：「憶昔封書與君夜，金鑾殿後欲明天。今夜封書在何處？廬山菴裏曉燈前。籠鳥檻猿俱未死，人間相見是何年？」微之！微之！此夕我心，君知之乎？樂天頓首。（同上）

〔元稹除中書舍人、翰林學士、賜紫金魚袋制〕

敕：仲尼曰：「志有之：言以足志，文以足言，言之無文，行而不遠。」故吾精求雄文達識之士，掌密命，立内庭；甚難其人，爾中吾選。尚書祠部郎中、知制誥、賜緋魚袋元稹：去年夏，拔自祠曹員外，試知制誥；而能芟繁詞，剗弊句，使吾文章言語，與三代同風。引之而成綸綍，垂之而爲典訓。凡秉筆者，莫敢與汝争能。是用命爾爲中書舍人，以司詔令。嘗因暇日，前席與語，語及時政，甚開朕心。是用命爾爲翰林學士，以備訪問。仍以章綬，寵榮其身。一日之中，三加新命。爾宜

率素履，思永圖，敬終如初，足以報我。可中書舍人、翰林學士、賜紫金魚袋。（同上，卷五〇）

〔**元稹可太子左諭德，依前入蕃使制**〕　敕：通事舍人元稹：東宫之有諭德，猶上臺之有騎省也。清班優秩，所選非輕。朕前遣使臣，往修戎好，以稹言信行敬，命爲介焉。揚旌出疆，反駕奔命，有所啓奏，多叶便宜。乃知得人，可以卒事。故加是命，以寵勸之。可太子左諭德，依前入蕃使。（同上，卷五一）

按：《唐書》本傳，元稹未嘗官通事舍人，亦無入蕃事，顧學頡認爲原本此處疑誤，並稱岑仲勉謂唐有兩元稹。

〔**論元稹第三狀**〕　監察御史元稹貶江陵府士曹參軍　右，伏緣元稹左降事宜，昨李絳、崔羣等再已奏聞，至今未蒙宣報。伏恐愚誠未懇，聖慮未迴，臣更細思，事有不可，所以塵黷，至於再三。臣内察事情，外聽衆議，元稹左降，不可者三。何者？元稹守官正直，人所共知。自授御史已來，舉奏不避權勢。只如奏李公佐等之事，多是朝廷親情。人誰無私？因以挾恨。或假公議，將報私嫌。遂使誣謗之聲，上聞天聽。臣恐元稹左降已後，凡在位者，每欲舉事，先以元稹爲戒；無人肯爲陛下當官執法，無人肯爲陛下嫉惡繩愆。内外權貴，親黨縱横，有大過大罪者，必相容隱而已。陛下從此，無由得知。其不可者一也。昨者，元稹所追勘房式之事，心雖奉公，事稍過當；既從重罰，足以懲違。況經謝恩，旋又左降；雖引前事以爲責詞，然外議諠諠，皆以爲元稹與中使劉士元争廳，自此得罪。至於争廳事理，已具前狀奏陳。況聞劉士元踏破驛門，奪將鞍馬，仍索弓箭，嚇辱朝官。承前已來，未有此事。今中官有罪，未見處置；御史無過，卻先貶官。遠近聞知，實損聖德。臣恐從今已後，中官出使，縱暴益甚；朝官受辱，必不敢言。縱有被凌辱毆打者，亦以元稹爲戒，但吞聲而已。陛下從此，無由得聞。其不可者二也。臣又訪聞：元稹自去年已來，舉奏嚴礪在東川日，枉法收没平人資産八十餘家。又奏王紹違法給券，令監軍神柩及家口入驛。又奏裴玢違勅旨徵百姓草。又奏韓皋使軍將封杖、打殺縣令。如此之事，前後甚多。屬朝廷法行，悉有懲罰。計天下方鎮，皆怒元稹守官。今貶爲江陵判司，即是送與方鎮。從此方便報怨，朝廷何由得知？臣聞德宗時，有崔善貞密告李錡必反。德宗不信，送與李錡。李錡大怒，遂掘坑縱火，燒殺崔善貞。未數年，李錡果反；至今天下爲之痛心。臣恐元稹左降後，方鎮有過，無人敢言，皆欲惜身，永以元稹爲戒。如此，則天下有不軌不法之事，陛下無由得知。此其不可者三也。若無此三不可，假如朝廷誤左降一御史，蓋是小事，臣何敢煩黷聖聽，至于再三乎？誠以所損者微，所關者大；以此思慮，敢不極言？陛下若以臣此言爲忠，又未能別有處置，必不得已，則伏望且令追制，改與一京司閑官，免令元稹卻事方鎮。此乃上裨聖政，下愜人情。伏望細察事情，斷在聖

意。謹具奏聞。謹奏。（同上，卷五九）

〔爲宰相《謝官表》爲微之作〕　臣某言：伏奉今月日制書，授臣守本官、同中書門下平章事者。殊常之命，非望之恩，出自宸衷，加於凡陋。竦駭震越，不知所爲。中謝。臣伏准近例，宰相上後，合獻表陳謝。臣今所獻，與衆不同。伏惟聖慈，特賜留聽。臣伏聞：玄宗即位之初，命姚元崇爲宰相。元崇欲救時弊，獻事十條，未得請間，不立相位。玄宗明聖，盡許行之。遂致太平，實由於此。陛下視今日天下，何如開元天下？微臣自知才用，亦遠不及元崇。若又僶俛安懷，因循保位；不惟恩德是負，實亦軍國可憂。臣欲候坐對時，便陳當今切事，下救時弊，上酬君恩。臣之誓心，爲日久矣。陛下許行則進，不許則退；進退之分，斷之不疑。敢於事前，先此陳啓。況臣才本庸淺，遭遇盛明；天心自知，不因人進。擢居禁署，訪以密謀，恩奬太深，讒謗並至。雖内省行事，無所愧心；然上黷宸聽，合當死責。豈意憐察，曲賜安全；螻蟻之生，得自茲日。今越流輩，授以台衡，拔於萬死之中，致在九霄之上。捫心撫己，審分量恩：陛下猶不以衆人之心待臣，臣豈敢以衆人之心事上？皇天白日，實鑒臣心！得獻前言，雖死無恨。無任感恩懇欵之至！（同上，卷六一）

〔策林序〕　元和初，予罷校書郎，與元微之將應制舉，退居於上都華陽觀，閉户累月，揣摩當代之事，構成策目七十五門。及微之首登科，予次焉。凡所應對者，百不用其一二。其

餘自以精力所致，不能棄捐，次而集之，分爲四卷，命曰《策林》云耳。（同上，卷六二）

【修香山寺記】洛都四郊，山水之勝，龍門首焉。龍門十寺，觀遊之勝，香山首焉。香山之壞久矣。樓亭騫崩，佛僧暴露。士君子惜之，予亦惜之；佛弟子恥之，予亦恥之。頃予爲庶子、賓客，分司東都時，性好閑遊，靈跡勝概，靡不周覽。每至兹寺，慨然有葺完之願焉。迨今七八年，幸爲山水主，是償初心，復始願之秋也。似有緣會，果成就之。噫！予早與故元相國微之，定交於生死之間，冥心於因果之際。去年秋，微之將薨，以墓誌文見託。既而元氏之老，狀其臧獲與馬綾帛洎銀鞍玉帶之物，價當六七十萬，爲謝文之贄，來致於予。予念平生分，文不當辭，贄不當納。自秦抵洛，往返再三，訖不得已，乃迴施兹寺。因請悲智僧清閑主張之，命謹幹將士復掌治之。始自寺前亭一所，登寺橋一所，連橋廊七間，次至石樓一所，連樓一所，廊六間，次東佛龕大屋十一間，次南賓院堂一所，大小屋共七間。凡支壞補缺，壘隤覆漏，圬墁之功必精，赭堊之飾必良；雖一日必葺，越三月而就。譬如長者壞宅，鬱爲導師化城。於是龕像無燥濕陊泐之危，寺僧有經行宴坐之安，遊者得息肩，觀者得寓目。關塞之氣色，龍潭之景象，香山之泉石，石樓之風月，與往來者耳目一時而新。士君子、佛弟子豁然如釋憾刷恥之爲者。清閑上人與予及微之，皆夙舊也，交情願力，盡得知之。感往念來，歡且贊曰：凡此利益，皆名功德；而是功德，應歸微之，必有以滅宿殃，薦冥福也。予應曰：嗚呼！乘此功德，安知他劫，不與微之結後緣於茲土乎？因此行願，安知他生不與微之復同遊於茲寺乎？言及於斯，漣而涕下！唐大和六年，八月一日，河南尹、太原白居易記。（同上，卷六八）

【與劉蘇州書】（節録）　嗟乎！微之先我去矣，詩敵之勍者，非夢得而誰？（同上）

【因繼集重序】　去年，微之取予《長慶集》中詩未對答者五十七首追和之，合一百一十四首寄來，題爲《因繼集》卷之一。「因繼」之解，具微之前序中。今年，予復以近詩五十首寄去。微之不踰月，依韻盡和，合一百首，又寄來，題爲《因繼集》卷之二。卷末批云：「更揀好者寄來。」蓋示餘勇，磨礪以須我耳。予不敢退舍，即日又收拾新作格律詩共五十首寄去。雖不得好，且以供命。夫文，猶戰也，一鼓作氣，再而衰，三而竭。微之轉戰，迨茲三矣；即不知百勝之術，多多益辦耶？抑又不知鼓衰氣竭，自此爲遷延之役耶？進退唯命。微之，微之！走與足下和答之多，從古未有。足下雖少我六七年，然俱已白頭矣。竟不能捨章句，拋筆硯；何癖習如此之甚歟？而又未忘少年時心，每因唱酬，或相侮謔。忽忽自哂，況他人乎？《因繼集》卷，且止於三可也。忽恐足下懶發，不能成就至三。前言戲之者，姑爲巾幗之挑耳。然此一戰後，師亦老矣。宜其櫜弓匣刃，彼此與心休息乎？《和晨興》一章，録在别紙。語盡於此，亦不修書。二年，十月十五日，樂天重序。（同上，卷六九）

〔劉白唱和集解〕（節録）　予頃以元微之唱和頗多，或在人口。常戲微之云：「僕與足下，二十年來，爲文友詩敵，幸也，亦不幸也。吟詠情性，播揚名聲，其適遺形，其樂忘老，幸也。然江南士女，語才子者，多云『元、白』。以子之故，使僕不得獨步於吴越間，亦不幸也。」今垂老，復遇夢得，得非重不幸耶！（同上）

〔祭元微之文〕　維大和五年，歲次辛亥，十月，乙丑朔，十日辛巳，中大夫、守河南尹、上柱國、晉陵縣開國男、食邑三百户、賜紫金魚袋白居易，謹以清酌庶羞之奠，敬祭于故相國、鄂岳節度使、贈尚書右僕射元公微之：惟公家積善慶，天鍾粹和；生爲國禎，出爲人瑞，行業志略，政術文華，四科全才，一時獨步。雖歷將相，未盡謨猷；故風聲但樹於藩方，功利不周於夷夏。噫！此蒼生之不大遇也，在公豈有所不足耶？《詩》云：「淑人君子，胡不萬年？」又云：「如可贖兮，人百其身！」此古人哀惜賢良之懇辭也。若情理憤痛，過於斯者，則號呼壹鬱之不暇，又安可勝言哉？嗚呼微之！貞元季年，始定交分，行止通塞，靡所不同；金石膠漆，未足爲喻。死生契闊者三十載，歌詩唱和者九百章；播於人間，今不復叙。至於爵禄患難之際，寤寐憂思之間，誓心同歸，交感非一。布在文翰，今不重云。唯近者，公拜左丞，自越過洛，醉别悲吒，投我二詩，云：「君應怪我留連久，我欲與君辭别難。白頭徒侣漸稀少，明日恐君無此歡。」又曰：「自識君來三度别，這迴白盡老髭鬚。戀君不去君須會，知得後迴相見無？」吟罷涕零，執手而去。私揣其故，中心惕然。及公捐館於鄂，悲訃忽至，一慟之後，萬感交懷。覆視前篇，詞意若此，得非魄兆先知之乎？無以繼寄悲情，作哀詞二首，今載於是，以附奠文。其一云：「八月涼風吹白幕，寢門廊下哭微之。妻孥親友來相弔，唯道皇天無所知。」其二云：「文章卓犖生無敵，風骨精靈殁有神。哭送咸陽北原上，可能隨例作埃塵？」嗚呼微之！始以詩交，終以詩訣；絃筆兩絶，其今日乎！嗚呼微之！三界之間，孰不生死？四海之内，誰無交朋？然以我爾之身，爲終天之别；既往者已矣，未死者如何？嗚呼微之！六十衰翁，灰心血淚；引酒再奠，撫棺一呼。佛經云：「凡有業結，無非因集。」與公緣會，豈是偶然？多生已來，幾離幾合？既有今别，寧無後期？公雖不歸，我應繼往，安有形去而影在，皮亡而毛存者乎？嗚呼微之！言盡於此。尚饗。（同上）

〔**祭崔相公文**〕（節録）嗚呼！自古及今，實重知音：故《詩》美伐木，《易》稱斷金。……微之、夢得、慕巢、師皋，或徵雅言，酣詠陶陶；或命俗樂，絲管嘈嘈。藉草蔭松，枕麴餔糟。曾未周歲，索然分鑣。（同上，卷七〇）

柳宗元

〔同劉二十八哭呂衡州兼寄江陵李元二侍御〕　衡岳新摧天柱峰，士林憔悴泣相逢。祇令文字傳青簡，不使功名上景鍾。三畝空留懸磬室，九原猶寄若堂封。遥想荆州人物論，幾回中夜惜元龍。（《柳宗元集》卷四二）

韓　愈

〔答元侍御書〕　九月五日，愈頓首。微之足下：前歲辱書，論甄逢父濟識安禄山必反，即詐爲喑棄去。禄山反，有名號，又逼致之，濟死執不起，卒不汙禄山父子事。又論逢知讀書，刻身立行，勤已取足，不干州縣，斥其餘以救人之急。足下由是與之交，欲令逢父子名跡存諸史氏。足下以抗直喜立事，斥不得立朝，失所不自悔，喜事益堅。微之乎，子真安而樂之者！謹詳足下所論載，校之史法，若濟者固當得附書。今逢又能行身，幸於方州大臣以標白其先人事，載之天下耳目，徹之天子，追爵其父第四品，赫然驚人，逢與其父俱當得書矣。濟逢父子自吾人發春秋美君子樂道人之善。夫苟能樂道人之善，則天下皆去惡爲善，善人得其所，其功實大。足下與濟父子俱宜牽聯得書，足下勉逢令終始其躬，而

足下年尚强，嗣德有繼，將大書特書，屢書不一書而已也。愈既承命，又執筆以竢，愈再拜。（《韓昌黎文集校注》卷三）

〔監察御史元君妻京兆韋氏夫人墓誌銘〕　夫人諱叢，字茂之，姓韋氏。其上七世祖父封龍門公，龍門之後，世率相繼爲顯官。夫人曾祖父諱伯陽，自萬年令爲太原少尹副留守北都，卒贈祕書監。其大王父迢，以都官郎爲嶺南軍司馬，卒贈同州刺史。王考夏卿以太子少保，卒贈左僕射。僕射娶裴氏皋女。皋爲給事中，皋父宰相耀卿。夫人於僕射爲季女，愛之，選婿得今御史河南元稹。稹時始以選校書秘書省中，其後遂以能直言策第一，拜左拾遺，果直言失官，又起爲御史，舉職無所顧。夫人固前受教於賢父母，得其良夫，又及教於先姑氏，率所事所言皆從儀法。年二十七，以元和四年七月九日卒。卒三月，得其年之十月十三日葬咸陽，從先舅姑兆。銘曰：

詩歌碩人，爰叙宗親。女子之事，有以榮身。夫人之先，累公累卿。有赫外祖，相我唐明。歸逢其良，夫夫婦婦。獨不與年，而卒以夭。實生五子，一女之存。銘於好辭，以永於聞。

（《韓昌黎文集校注》卷六）

〔開州韋處厚侍講盛山十二詩序〕　韋侯昔以考功副郎守盛山，人謂韋侯美士，考功顯曹，盛山僻郡，奪所宜處，納之惡地以枉其材，韋侯將怨且不懌矣。或曰不然。夫得利則躍躍以喜，不得利則戚戚以泣，若不可生者，豈韋侯之謂哉！韋侯讀六藝之文，以探周公孔子之意，又妙爲詞章，可謂儒者。夫儒者之於患難，苟非其自取之，其拒而不受於懷也，若築河堤以障屋霤；其容而消之也，若水之於海，冰之於夏日；其玩而忘之以文詞也，若奏金石以破蟋蟀之鳴、蟲飛之聲。況一不快於考功盛山，一出入息之間哉！未幾，果有以韋侯所爲十二詩遺余者。其意方且以入溪谷，上巖石，追逐雲月，不足日爲事，讀而詠歌之，令人欲棄百事，往而與之遊，不知其出於巴東，以屬朐䏰也。于時，應而和之者凡十人。及明年，韋侯爲中書舍人，侍講六經，禁中名處厚和者：通州元司馬名稹爲宰相，洋州許使君名康佐爲京兆，忠州白使君居易爲中書舍人，李使君景儉爲諫議大夫，黔府嚴中丞武爲祕書監，温司馬造爲起居舍人，皆集闕下，於是，盛山十二詩，與其和者大行於時，聯爲大卷，家有之焉。慕而爲者將日益多，則分爲别卷，韋侯俾予題其首。云云。（《文苑英華》卷七一三）

裴　淑

〔**答微之**稹自會稽到京，未踰月，出鎮武昌，裴難之。稹賦詩相慰，裴亦以詩答。〕侯門初擁節，御苑柳絲新。不是悲殊命，唯愁别近親。黄鶯遷古木，朱一作珠履從清塵。想到千山外，滄江正暮

春。（《全唐詩》卷七九九）

李諒

〔蘇州元日郡齋感懷寄越州元相公杭州白舍人時長慶四年也〕　稱慶還鄉郡吏歸，端憂明發儼朝衣。首開三百六旬日一作曆，新知四十九年非。當官補拙猶勤慮，遊宦量才已息機。舉族共資隨月俸，一身惟憶故山薇。舊交邂逅封疆近，老牧蕭條宴賞稀。書札每來同笑語，篇章時到借光輝。絲綸暫厭分符竹，舟檝初登擁羽旗。未知今日情何似，應與幽人事有違。（《全唐詩》，卷四六三）

皇甫湜

〔韓文公墓誌銘并序〕（節録）　王庭湊反，圍牛元翼於深，救兵十萬，望不敢前。詔擇庭臣往諭，衆慄縮，先生勇行。元稹言於上曰：「韓愈可惜！」穆宗悔，馳詔無徑入。（《皇甫持正文集》卷六）

徐凝

〔**酬相公再遊雲門寺**〕　遠羨五雲路，逶迤千騎回。遺簪唯一去，貴賞不重來。（《全唐詩》卷四七四）

〔**春陪相公看花宴會二首**〕　丞相邀歡事事同，玉簫金管咽東風。百分春酒莫辭醉，明日的無今日紅。

木蘭花謝可憐條，遠道音書轉寂寥。春去一年春又盡，幾回空上望江橋。（同上）

〔**奉酬元相公上元**〕　出擁樓船千萬人，入爲台輔九霄身。如何更羨看燈夜，曾見宮花拂面春。（同上）

李德裕

〔**近於伊川賦此詩兼寄浙東元相公**〕　弱歲弄詞翰，遂叨明主恩。懷章過越邸，建旆守吴門。西圮陰難駐，東皋意尚存。慚愈六百石，愧負五千言。寄世知嬰繳，辭榮類觸藩。欲追綿上隱，況近子平村。邑有桐鄉愛，山餘黍谷暄。免非逃相地，乃是故侯園。野竹多微逕，岩泉豈一源。映池方樹密，傍澗古藤繁。邛杖堪扶老，黄牛已服轅。只應捋嗅鶴，幽

谷共翩翻。（《李文饒文集》卷九）

李涉

〔**廬山得元侍御書**〕 慚君知我命龍鍾，一紙書來意萬重。正著白衣尋古寺，忽然郵遞到雲峯。（《全唐詩》卷四七七）

李紳

〔**新樓詩二十首序**〕 到越州日，初引家累登新樓，望鏡湖，見元相微之題壁詩云：「我是玉京天上客，謫居猶得小蓬萊。四面尋常對屏障，一家終日在樓臺。」微之與樂天，此時只隔江津，日有酬和相答。時余移官九江，各乖音問。頃在越之日，荏苒多故，未能書壁，今追思爲《新樓詩二十首》。（《全唐詩》卷四八一）

〔**東武亭序**〕 亭在鏡湖上，即元相所建。亭至宏敞，春秋爲競渡大設會之所。余爲增以板檻，延入湖中，足加步廊，以列環衛。（同上）

〔**龜山序**〕 在鏡湖中，山形如龜，山上有寺名永安，則元相所移置者。（同上）

〔**鶯鶯歌**一作《東飛伯勞西飛燕歌》，爲鶯鶯作。〕 伯勞飛遲燕飛疾，垂楊綻金花笑日。緑窗嬌女字

鶯鶯，金雀婭鬟年十七。黄姑上天阿母在，寂寞霜姿素蓮質。門掩重關蕭寺中，芳草花時不曾出。（同上，卷四八三）

河橋上將亡官軍，虎旗長戟交疊門。鳳凰詔書猶未到，滿城戈甲如雲屯。家家玉帛棄泥土，少女嬌妻愁被虜。出門走馬皆健兒，紅粉潛藏欲何處？嗚嗚阿母啼向天，窗中抱女投金鈿。鉛華不顧欲藏豔，玉顔轉瑩如神仙。（董解元《西廂記》諸宫調卷二引，據戴望舒《小説戲曲論集》轉録）

此時潘郎未相識，偶住蓮館對南北。潛歎悽惶阿母心，爲求白馬將軍力。明明飛詔五云下，將選金門兵悉罷。阿母深居雞犬安，八珍玉食邀郎餐。千言萬語對生意，小女初笄爲姐妹。（同上）

丹誠寸心難自比，曾在紅箋方寸紙。常與春風伴落花，彷彿隨風緑楊裏。窗中暗讀人不知，剪破紅綃裁作詩。還把香風畏飄蕩，自令青鳥口銜之。詩中報郎含隱語，郎知暗到花深處。三五月明當户時，與郎相見花間語。（同上，卷三引）

沈亞之

【春詞酬元微之一作施肩吾詩】　黄鶯一作烏啼時春日高，紅芳發盡井邊桃。美人手暖裁衣

易，片片輕花落翦刀。（《全唐詩》卷四九三）

楊汝士

〔句〕 昔日蘭亭無豔質，此時金谷有高人。裴令公居守東洛，夜宴半酣，公索句，元白有得色。時公爲破題，次至汝士云云。白知不能加，遽裂之，曰：「笙歌鼎沸，勿作冷淡生活。」元顧白曰：「樂天所謂能全其名者也。」（《全唐詩》卷四八四）

章孝標

〔上浙東元相〕 婺女星邊喜氣頻，越王臺上坐詩人。雪晴山水勾留客，風暖旌旗計會春。黎庶已同猗頓富，煙花卻爲相公貧。何言禹跡無人繼，萬頃湖田又斬新。（《全唐詩》卷五〇六）

羅隱

〔薛陽陶觱篥歌〕（節録） 平泉上相東征日，曾爲陽陶歌觱篥。烏江太守會稽侯，相次三篇皆俊逸。（《甲乙集》）

按：平泉爲李德裕，曾作此歌，烏江太守白居易、會稽侯元稹皆有和詩，本集未見，已佚。

褚藏言

〔故武昌軍節度副使朝散大夫檢校祕書監兼御史中丞扶風竇府君詩(節録)〕　府君諱鞏，字友封。……故相左轄元公出鎮夏口，固請公副戎，分實舊交，詞不能免，遂除祕書少監兼中丞加金紫。無何，元公下世，公亦北歸，道途遘疾，迨至輦下，告終于崇德里之私第，享年六十三。(《竇氏聯珠集》)

杜　牧

〔唐故平盧軍節度巡官隴西李府君墓誌銘〕(節録)　詩者可以歌，可以流於竹，鼓於絲，婦人小兒，皆欲諷誦，國俗薄厚，扇之於詩，如風之疾速。嘗痛自元和已來，有元、白詩者，纖豔不逞，非莊士雅人，多爲其所破壞。流於民間，疏於屏壁，子父女母，交口教授，淫言媟語，冬寒夏熱，入人肌骨，不可除去。吾無位，不得用法以治之。(《樊川文集》卷九)

按：此原爲李戡斥元白風行當時之豔體詩語，杜牧于其墓誌中述之，自有稱許之意。今引于此供參考。

趙嘏

〔**九日陪越州元相燕龜山寺**〕　佳晨何處泛花遊，丞相筵開水上頭。雙影旆搖山雨霽，一聲歌動一作裹寺雲秋。林光一作花静帶高城晚，湖一作水色寒分半檻流。共賀萬家逢此節，可憐風物似一作滿荊州。（《全唐詩》卷五四九）

〔**浙東陪元相公遊雲門寺**〕　松下山前一徑通，燭迎千騎滿山一作川紅。溪雲乍斂幽一作高巖雨，曉氣初高一作開大旆風。小檻宴花容客醉，上方看竹與僧同。歸來吹盡嚴城角，路轉横塘亂水東。（同上）

〔**座上獻元相公**初，嘏嘗家于浙西，有美姬，惑之，計偕。會中元鶴林之遊，浙帥窺其姬，遂奄有之。明年，嘏及第，因以一絶箴之云。〕　寂寞堂前日又曛，陽臺去作不歸雲。從來聞説沙吒利，今日青娥屬使君。（同上，卷五五〇）

按：《唐摭言》卷一五引録此詩云：「嘏嘗家於浙西，有美姬，嘏甚溺惑。洎計偕，以其母所阻，遂不攜去。會中元爲鶴林之遊，浙帥不知姓名窺之，遂爲其人奄有。明年，嘏及第，因以一絶箴之曰：『寂寞堂前日又曛，陽臺去作不歸雲，當時聞説沙吒利，今日青娥屬使君。』浙帥不自安，遣一介歸之於嘏。」據《唐才子傳》卷七云，趙嘏「會昌二年鄭言榜進士」，元稹雖曾爲浙東觀察使，但早在大和五年已卒，此處必有誤，待考。

薛能

〔褒城驛有故元相公舊題詩因仰歎而作〕 鄂相頃題應好池，題云萬竹與千梨。我來已變當初地，前過應無繼此詩。敢歎臨行殊舊境，惟愁後事劣今時。閑吟四壁堪搔首，頻見青蘋白鷺鷥。（《全唐詩》，卷五六〇）

顧陶

〔唐詩類選後序〕（節録） 余爲《類選》三十年，神思耗竭，不覺老之將至。今大綱已定，勒成一家，庶及生存，免負平昔。若元相國稹、白尚書居易，擅名一時，天下稱爲元、白，學者翕翕，號「元和詩」。其家集浩大，不可雕摘。今共無所取，蓋微志存焉。（《文苑英華》卷七一四）

皮日休

〔論白居易薦徐凝屈張祜〕 祜元和中作宫體詩，詞曲豔發。當時輕薄之流重其才，合譟得譽。及老大，稍闚建安風格，誦樂府録，知作者本意，講諷怨譎，時與六義相左右，此爲才之最也。祜初得名，乃作樂府豔發之詞，其不羈之狀，往往間見。凝之操履，不見於史。然方干學詩於凝，贈之詩曰：「吟得新詩草裏論。」戲反其詞，謂朴裏老也。方干世所謂簡古者，且能譏凝，則凝之朴略椎魯，從可知矣。樂天方以實行求才，薦凝而抑祜，其在當時，理其然也。令狐楚以祜詩三百篇上之。元稹曰：「雕蟲小技，或奬激之，恐害風教。」祜在元、白時，其譽不甚持重。杜牧之刺池州，祜且老矣，詩益高，名益重，然牧之少年所爲，亦近於祜，爲祜恨白，理亦有之。

余嘗謂文章之難，在發源之難也。元、白之心，本乎立教，乃寓意於樂府雍容宛轉之詞，謂之諷諭，謂之閒適。既持是取大名，時士翕然從之，師其詞，失其旨，凡言之浮靡豔麗者，謂之元、白體。二子規規攘臂解辯，而習俗既深，牢不可破，非二子之心也，所以發源者非也，可不戒哉！（《全唐文》卷七九七）

司空圖

〔與王駕評詩書〕國初，主上好文雅，風流特盛。沈、宋始興之後，傑出於江寧，宏肆於李、杜，極矣！右丞、蘇州趣味澄敻，若清風之出岫。大曆十數公，抑又其次。元、白力勍而氣孱，乃都市豪估耳。劉公夢得、楊公巨源，亦各有勝會。閬仙、東野、劉得仁輩，時得佳致，亦足滌煩。厥後所聞，逾徧淺矣。然河、汾蟠鬱之氣，宜繼有人。王生寓居其間，浸漬益久，五言所得，長於思與境偕，乃詩家之所尚者。則前所謂必推於其類，豈止神躍色揚哉？（《司空表聖文集》卷一）

黄　滔

〔答陳磻隱論詩書〕（節録）　且降自晉、宋、梁、陳之來，詩人不可勝記，莫不盛多猗頓之富，貴疊隋侯之珍，不知百卷之中、數篇之内，聲文之應者幾人乎？大唐前有李、杜，後有元、白，信若滄溟無際，華嶽干天。（《黄御史集》卷七）

劉昫等

〔舊唐書穆宗本紀〕（節録）　（長慶元年，冬十月甲子朔，壬午）河東節度使裴度三上章，論翰林學士元稹與中官知樞密魏弘簡交通，傾亂朝政。以稹爲工部侍郎，罷學士；弘簡爲弓箭庫使。……（長慶二年，二月癸亥朔，辛巳）以工部侍郎元稹守本官、同平章事……（同年六月庚申朔，甲子）司徒、平章事裴度守尚書右僕射，工部侍郎、平章事元稹爲同州刺史。……壬申，諫官論責裴度太重，元稹太輕，乃追稹制書，削長春宮使。（長慶三年十一月）停浙東貢甜菜、海蚶。（《舊唐書》卷一六）

〔舊唐書竇鞏列傳附〕（節録）　（竇）鞏字友封，元和二年登進士第。……元稹觀察浙東，奏爲副使、檢校祕書少監、兼御史中丞，賜金紫。稹移鎮武昌，鞏又從之。（同上，卷一五五）

〔舊唐書張籍列傳〕（節録）　張籍者，貞元中登進士第。……才名如白居易、元稹，皆與之遊，而韓愈尤重之。（同上，卷一六〇）

〔舊唐書盧簡辭列傳附〕（節録）　（盧）簡求字子臧，長慶元年登進士第，釋褐江西王仲舒從事。又從元稹爲浙東、江夏二府掌書記。（同上，卷一六三）

〔舊唐書王起列傳〕（節録）　長慶元年，遷禮部侍郎。其年，錢徽掌貢士，爲朝臣請託，人以爲濫。詔起與同職白居易覆試，覆落者多。徽貶官，起遂代徽爲禮部侍郎，掌貢二年，得士尤精。先是，貢舉猥濫，勢門子弟，交相酬酢，寒門俊造，十棄六七。及元稹、李紳在翰林，深怒其事，故有覆試之科。及起考貢士，奏當司所選進士，據所考雜文，先送中書，令宰臣閲視可否，然後下當司放牓。從之。議者以爲起雖避是非，失貢職也，故出爲河南尹。（同上，卷一六四）

〔舊唐書龐嚴列傳〕（節録）　龐嚴者，壽春人。父景昭。嚴元和中登進士第，長慶元年應制舉賢良方正、能直言極諫科，策入三等，冠制科之首。是月，拜左拾遺。聰敏絶人，文章峭麗。翰林學士元稹、李紳頗知之。明年二月，召入翰林爲學士，轉左補闕，再遷駕部郎中、知制誥。嚴與右拾遺蔣防俱爲稹、紳保薦，至諫官内職。（同上，卷一六六）

〔舊唐書白居易列傳〕（節録）　居易與河南元稹相善，同年登制舉，交情隆厚。稹自監察御史謫爲江陵府士曹掾，翰林學士李絳、崔羣上前面論稹無罪。居易累疏切諫曰：（略）疏入不報。……時元稹在通州，篇詠贈答往來，不以數千里爲遠。嘗與稹書，因論作文之大旨（見《與元九書》，略）。

十四年三月，元稹會居易於峽口，停舟夷陵三日。時季弟行簡從行，三人於峽州西二十里黄牛峽口石洞中，置酒賦詩，戀戀不能訣。……

明年，轉主客郎中、知制誥，加朝散大夫，始著緋。時元稹亦徵還爲尚書郎、知制誥，同在綸閣。長慶（二年）……七月，除杭州刺史。俄而元稹罷相，自馮翊轉浙東觀察使。交契素深，杭、越鄰境，篇詠往來，不間旬浹。嘗會于境上，數日而别。……

長慶末，浙東觀察使元稹爲居易集序（略），人以爲稹序盡其能事。

史臣曰：舉才選士之法尚矣。自漢策賢良，隋加詩賦，罷中正之法，委銓舉之司。由是争務雕蟲，罕趨函丈。矯首皆希於屈、宋，駕肩並擬於《風》、《騷》。或侔箴闕之篇，或效補亡之句。咸欲錙銖《採葛》，糠粃《懷沙》，較麗藻於《碧雞》，鬬新奇於《白鳳》。暨編之簡牘，播在管弦，未逃季緒之詆訶，孰望《子虛》之稱賞？迨今千載，不乏辭人。統論六義之源，較其三變之體，如二班者蓋寡，類七子者幾何？至潘、陸情致之文，鮑、謝清便之作，迨於徐、庾，踵麗增華，纂組成而耀以珠璣，瑶臺構而間之金碧。國初開文館，高宗禮茂才。虞、許擅價於前，蘇、李馳聲於後。或位升台鼎，學際天人，潤色之文，咸布編集。然而向古者傷於太僻，徇華者或至不經，齷齪者局於宫、商，放縱者流於鄭、衛。若品調律度，揚搉古今，賢不肖皆賞其文，未如元、白之盛也。昔建安才子，始定霸於曹、劉；永明辭宗，先讓功於沈、謝。元和主盟，微之、樂天而已。臣觀元之制策，白之奏議，極文章之壺奥，盡治亂之根荄。非徒謡頌之片言，盤盂之小説。就文觀行，居易爲優，放心於自得之場，置器於必安之地，優遊卒歲，不亦賢乎！　贊曰：文章新體，建安、永明。沈、謝既往，元、白挺生。但留金石，長有《莖》《英》。不習孫吴，焉知用兵？（同上，卷一六六）

〔**舊唐書錢徽列傳**〕（節録）　長慶元年，（徽）爲禮部侍郎。時宰相段文昌出鎮蜀川，文昌好學，尤喜圖書古畫。故刑部侍郎楊憑兄弟以文學知名，家多書畫，鍾、王、張、鄭之蹟在《書斷》、《畫品》者，兼而有之。憑子渾之求進，盡以家藏書畫獻文昌，求致進士第。文昌將發，面託錢徽，繼以私書保薦。翰林學士李紳亦託舉子周漢賓於徽。及榜出，渾之、漢賓皆不中選。李宗閔與元稹素相厚善。初稹以直道譴逐，久之，及得還朝，大改前志，由逕以徼進達，宗閔亦急於進取，二人遂有嫌隙。楊汝士與徽有舊，是歲，宗閔子壻蘇巢及汝士季弟殷士俱及第，故文昌、李紳大怒。文昌赴鎮，辭日，内殿面奏，言徽所放進士鄭朗等十四人，皆子弟藝薄，不當在選中。穆宗以其事訪於學士元稹、李紳，二人對與文昌同。遂命中書舍人王起、主客郎中知制誥白居易，於子亭重試，内出題目《孤竹管賦》、《鳥散餘花落》詩，而十人不中選。……尋貶徽爲江州刺史，中書舍人李宗閔劍州刺史，右補闕楊汝士開江令。初議貶徽，宗閔、汝士令徽以文昌、李紳私書進呈，上必開悟，徽曰：「不然。苟無愧心，得喪一致，修身慎行，安可以私書相證耶？」令子弟焚之，人士稱徽長者。既而穆宗知其朋比之端，乃下詔曰：

昔者，卿大夫相與讓於朝，士庶人相與讓於列，周成王刑措不用，漢文帝恥言人過，真理古也，朕甚慕焉。中代已還，争端斯起，掩抑其言則專蔽，誘掖其説則侵誣。自非責實循名，不能彰善癉惡，故孝宣必有告訐及下，光武不以單辭遽行。《語》稱訕上之非，律有匿名之禁，皆以防三至之毁，重兩造之明。是以爵人於朝則皆勸，刑人於市則皆懼，罪有歸而賞當事也。末代偷巧，内荏外剛。卿大夫無進思盡忠之誠，多退有後言之謗；士庶人無切磋琢磨之益，多銷鑠浸潤之讒。進則諛言諂笑以相求，退則羣居州處以相議。留中不出之請，蓋發其陰私；公論不容之誅，是生於朋黨。

擢一官，則曰恩皆自我；黜一職，則曰事出他門。比周之跡已彰，尚矜介特；由徑之蹤盡露，自謂貞方。居省寺者不以勤恪涖官，而曰務從簡易；提紀綱者不以準繩檢下，而曰密奏風聞。獻章疏者更相是非，備顧問者互有憎愛。苟非秦鏡照膽，堯羊觸邪，時君聽之，安可不惑？參斷一謬，俗化益訛。禍發齒牙，言生枝葉，率是道也，朕甚憫焉。我國家貞觀、開元，同符三代，風俗歸厚，禮讓皆行。兵興已來，人散久矣，始欲導之以德，不欲驅之以刑。然而信有未孚，理有未至，曾無恥格，益用雕刓。小則綜覈之權，見侵於下輩；大則樞機之重，旁撓於薄徒。尚念因而化之，亦冀去其尤者。而宰臣懼其寖染，未克澄清。備引祖宗之書，願垂勸誡之詔，遂伸告諭，頗用殷勤。各當自省厥躬，與我同底于道。

元稹之辭也。制出，朋比之徒，如撻於市，咸睚眦於紳、稹。（同上，卷一六八）

〔**舊唐書裴度列傳**〕（節録）　時翰林學士元稹，交結内官，求爲宰相，與知樞密魏弘簡爲刎頸之交。稹雖與度無憾，然頗忌前達加於己上。度方用兵山東，每處置軍事，有所論奏，多爲稹輩所持。天下皆言稹持寵熒惑上聽，度在軍上疏論之曰：「臣聞主聖臣直。今既遇聖主，輒爲直臣，上答殊私，下塞羣謗，誓除國蠹，無以家爲。苟獻替之可行，何性命之足惜？伏惟皇帝陛下，恭承丕業，光啓雄圖，方殄頑人之風，以立太平之事。……」繼上三章，辭情激切。穆宗雖不悦，然懼大臣正議，乃以魏弘簡爲弓箭庫使，罷元稹内職。然寵積之意未衰，俄拜積平章事，尋罷度兵權，守司徒、同平章事，充東都留守。諫官相率伏閤詣延英門者日二三。帝知其諫，不即被召，皆上疏言：時未偃兵，度有將相全才，不宜置之散地。帝以章疏旁午，無如之何，知人情在度，遂詔度自太原由京師赴洛。及元積爲相，請上罷兵，洗雪廷湊、克融，解深州之圍，蓋欲罷度兵柄故也。……度方受册司徒，徐州奏節度副使王智興自河北行營率師還，逐節度使崔羣，自稱留後。朝廷駭懼，即日宣制，以度守司徒、同平章事，復知政事，乃以宰相王播代度鎮淮南。度與李逢吉素不協，度自太原入朝，而惡度者以逢吉善於陰計，足能構度，乃自襄陽召逢吉入朝，爲兵部尚書。度既復知政事，而魏弘簡、劉承偕之黨在禁中。逢吉用族子仲言之謀，因醫人鄭注與中尉王守澄交結，内官皆爲之助。五月，左神策軍奏告事人李賞稱和王府司馬于方受元積所使，結客欲刺裴度。詔左僕射韓皋、給事中鄭覃與李逢吉三人鞫于方之獄，未竟，罷元積爲同州刺史，罷度爲左僕射，李逢吉代度爲宰相。（同上，卷一七〇）

〔舊唐書李逢吉列傳〕（節録）　逢吉天與姦回，妬賢傷善。時用兵討淮、蔡，憲宗以兵機委裴度，逢吉慮其成功，密沮之，由是相惡。及度親征，學士令狐楚爲度制辭，言不合旨，楚與逢吉相善，帝皆黜之，罷楚學士，罷逢吉政事，出爲劍南東川節度使、檢校兵部尚書。穆宗即位，移襄州刺史、山南東道節度使。逢吉於帝有侍讀之恩，遣人密結倖臣，求還京師。

長慶二年三月，召爲兵部尚書。時裴度亦自太原入朝。以度招懷河朔功，復留度，與工部侍郎元稹相次拜平章事。度在太原時，嘗上表論稹姦邪。及同居相位，逢吉以爲勢必相傾，乃遣人告和王傅于方結客，欲爲元稹刺裴度。及捕于方，鞫之無狀，稹、度俱罷相位，逢吉代度爲門下侍郎平章事。自是寖以恩澤結朝臣之不逞者，造作謗言，百端中傷裴度。賴學士李紳、韋處厚等顯於上前，言度爲逢吉排斥，而度於國有功，不宜擯棄，故得以僕射在朝。時已失河朔，而王智興擅據徐州，李岕據汴州，國威不振，天下延頸俟度再秉國鈞，以攘暴亂。及爲逢吉嫁禍，奪其權，四海爲之側目，朝士上疏論列者十餘人。屬時君荒淫，政出羣小，而度竟逐外藩。

學士李紳有寵，逢吉惡之，乃除爲中丞，又欲出於外，乃以吏部侍郎韓愈爲京兆尹兼御史大夫，放臺參。以紳褊直，必與愈争。及制出，紳果移牒往來，愈性木强，遂至語辭不遜，喧論於朝。逢吉乃罷愈爲兵部侍郎，紳爲江西觀察使。紳中謝日，帝留而不遣。……

史臣曰：……逢吉起徒步而至鼎司，欺蔽幼君，依憑内豎，蛇虺其腹，毒害正人，而不與李訓同誅，天道福淫明矣。（同上，卷一六七）

〔**舊唐書李景儉列傳**〕（節録）　元和末入朝，執政惡之，出爲澧州刺史。與元稹、李紳相善。時紳、稹在翰林，屢言於上前。及延英辭日，景儉自陳己屈，穆宗憐之，追詔拜倉部員外郎。月餘，驟遷諫議大夫。性既矜誕，寵擢之後，凌蔑公卿大臣，使酒尤甚。中丞蕭俛、學士段文昌相次輔政，景儉輕之，形於談謔。二人俱訴之，穆宗不獲已，貶之（建州刺史）。未幾，元稹用事，自郡召還，復爲諫議大夫。其年十二月，景儉朝退……乃於史館飲酒。景儉乘醉詣中書謁宰相，呼王播、崔植、杜元穎名，面疏其失，辭頗悖慢，宰相遜言止之，旋奏貶漳州刺史。是日同飲於史館者皆貶逐。景儉未至漳州而元稹作相，改授楚州刺史。議者以景儉使酒，凌忽宰臣，詔令纔行，遽遷大郡。稹懼其物議，追還，授少府少監。從坐者皆召還。而景儉竟以忤物不得志而卒。（同上，卷一七一）

〔舊唐書令狐楚列傳〕（節録）　楚充奉山陵時，親吏韋正牧、奉天令于翬、翰林陰陽官等同隱官錢，不給工徒價錢，移爲羡餘十五萬貫上獻。怨訴盈路，正牧等下獄伏罪，皆誅，楚再貶衡州刺史。時元稹初得幸，爲學士，素惡楚與鎛膠固希寵，稹草楚衡州制，略曰：「楚早以文藝，得踐班資，憲宗念才，擢居禁近。異端斯害，獨見不明，密隳討伐之謀，潛附奸邪之黨。因緣得地，進取多門，遂忝台階，實妨賢路。」楚深恨稹。（同上，卷一七二）

〔舊唐書李紳列傳〕（節録）　穆宗召爲翰林學士，與李德裕、元稹同在禁署，時稱「三俊」，情意相善。尋轉右補闕。長慶元年三月，改司勳員外郎、知制誥。二年二月，超拜中書舍人，内職如故。俄而稹作相，尋爲李逢吉教人告稹陰事，稹罷相，出爲同州刺史。（同上，卷一

七三）

〔舊唐書李德裕列傳〕（節録）　時德裕與李紳、元稹俱在翰林，以學識才名相類，情頗款密，而逢吉之黨深惡之。其月，罷學士，出爲御史中丞。時元稹自禁中出，拜工部侍郎、平章事。三月，裴度自太原復輔政。是月，李逢吉亦自襄陽入朝，乃密賂纖人，構成于方獄。六月，元稹、裴度俱罷相，稹出爲同州刺史，逢吉代裴度爲門下侍郎、平章事。（同上，卷一七四）

〔舊唐書李宗閔列傳〕（節録）　長慶元年，子壻蘇巢於錢徽下進士及第，其年，巢覆落。宗閔涉請託，貶劍州刺史。時李吉甫子德裕爲翰林學士，錢徽牓出，德裕與同職李紳、元稹連衡言於上前，云徽受請託，所試不公，故致重覆。比相嫌惡，因是列爲朋黨，皆挾邪取權，兩相傾軋。自是紛紜排陷，垂四十年。（同上，卷一七六）

〔舊唐書文苑傳序〕（節録）　臣觀前代秉筆論文者多矣。莫不憲章《謨》、《誥》，祖述《詩》、《騷》，遠宗毛、鄭之訓論，近鄙班、揚之述作。……殊不知世代有文質，風俗有淳醨，學識有淺深，才性有工拙。昔仲尼演三代之《易》，删諸國之《詩》，非求勝於昔賢，要取名於今代。……爰及我朝，挺生賢俊，文皇帝解戎衣而開學校，飾賁帛而禮儒生，門羅吐鳳之才，人擅握蛇之價。靡不發言爲論，下筆成文，足以緯俗經邦，豈止雕章縟句。韻諧金奏，詞炳丹青，故貞觀之風，同乎三代。高宗、天后，尤重詳延，天子賦横汾之詩，臣下繼柏梁之奏，巍巍濟濟，煇爍古今。如燕、許之潤色王言，吴、陸之鋪揚鴻業，元稹、劉蕡之對策，王維、杜甫之雕蟲，並非肄業使然，自是天機秀絶。（同上，卷一九〇上）

【舊唐書杜甫傳】（節録）　元和中，詞人元稹論李、杜之優劣（見《唐檢校工部員外郎杜君墓係銘》），自後屬文者，以稹論爲是。（同上，卷一九〇下）

韋　縠

【才調集序】（節録）　暇日因閲李杜集、元白詩，其間天海混茫，風流挺特，遂採摭奥妙，並諸賢達章句，不可備録，各有編次。或閑窗展卷，或月榭行吟，韻高而桂冕争光，詞麗而春色鬭美。但貴自樂所好，豈敢垂諸後昆？（《才調集》卷首）

張　爲

【主客圖附圖考】（節録）　廣大教化主：白居易；　上入室一人：楊乘；入室三人：張祜、羊士諤、元稹；升堂三人：盧仝、顧況、沈亞之。

……

元稹，字微之，河南河内人。幼孤。母鄭，賢而文，親授書傳。舉明經、書判入等，補校書郎。元和初，制策第一，除左拾遺，歷監察御史，累官承旨學士，進工部侍郎、同平章事。未幾罷相，出爲同州刺史。太和初，入爲尚書，兼鄂州刺史、武昌軍節度使，卒贈尚書。稹自少與白居易倡和，當時言詩者稱元、白，號爲「元和體」。其集與居易同名「長慶」，二十八卷。（豫章叢書本）

失名

（元稹）其楷字，蓋自有風流醖藉、俠才子之氣而動人眉睫也。要之，詩中有筆，筆中有詩，而心畫使之然耳。今御府所藏正書一《寄蜀人詩》。（《宣和書譜》卷三）

元稹集附録

五 叢説

白行簡

〔三夢記〕（節録） 元和四年，河南元微之爲監察御史，奉使劍外。踰旬，予與仲兄樂天、隴西李杓直同遊曲江，詣慈恩佛舍，遍歷僧院，淹留移時，日已晚。同詣杓直修行里第，命酒對酌甚歡暢。兄停杯久之，曰：「微之當達梁矣。」命題一篇於壁，其詞曰：「春來無計破春愁，醉折花枝作酒籌。忽憶故人天際去，計程今日到梁州。」實二十一日也。十許日會梁州使適至，獲微之書一函，後寄紀夢詩一篇，其詞曰：「夢君兄弟曲江頭，也入慈恩院裏遊。屬吏唤人排馬去，覺來身在古梁州。」日月與遊寺題詩日月率同。蓋所謂此有所爲而彼夢之者矣。（《説郛》卷四，涵芬樓本）

按：黄永年《〈三夢記〉辨僞》（《陝西師大學報》哲學社會科學版一九七九年第二期）一文認爲：從白居易題詩的「題目到内容，都没有説這次同醉還有白行簡在内」，這事是把「元稹的《梁州夢》和白居易的《同李十一醉憶元九》硬扯到一起」，「揑造出來的」。作者認爲唐末的孟棨首先在《本事詩》中把「元、白這兩首詩聯想附會而且筆之于書的」，「《三夢記》的僞造者正是看到《本事詩》有元、白『千里夢契』故事，而白居易又是白行簡的哥哥，這才拉來塞進個白行簡，把元詩的『夢君同繞』改作『夢君兄弟』，使它變成所謂白行簡的《三夢記》的第二夢」。作者並根據《本事詩》自序題「光啓二年」，認爲「《三夢記》僞造的時代，不可能早于唐末」，又據《太平廣記》没有收録的情況，判定「北宋初年編纂《廣記》時僞《三夢記》還未流傳」，南宋計有功編寫《唐詩紀事》時採録了，「可見南宋時僞《三夢記》已流傳于世」。方詩銘在《文史雜誌》第六卷第一期已有論述，兹不録。

柳公權

〔小説舊聞記〕（節録）　元相國之鎮江夏也，嘗秋登黄鶴樓，望沅江之湄，有光若殘星焉，乃令親信往覘之。遂棹小舟，直至光所，乃釣船中也。詢彼漁者，漁者云：「適獲一鯉，光則無之。」親信乃攜鯉而來。既登樓，公令庖人剖之，腹中得古鏡二，如古錢大，一面相合，背則隱起雙龍，雖小而鱗鬣爪牙悉具，既摩瑩後，遂常有光輝。公寶之，置納巾箱中，及相國薨，亦亡去。光啓丁未歲，于鄴下與河南元恕遇恩話焉。（《説郛》卷四九，涵芬樓本）

按：皇甫枚在《三水小牘》中有同樣記載，題作《元稹烹鯉得鏡》，文字稍有差異：沅江，《三水小牘》

作「河疑漢江」；得古鏡二，《三水小牘》作「得鏡一」，非；一面相合，《三水小牘》作「以面相合」；爪牙，《三水小牘》作「爪角」。《小説舊聞記》恐是僞書，據程毅中《古小説簡目》云：「今本多出《三水小牘》，疑非原書。然《詩話總龜》已引《小説舊聞》，似亦宋以前之書。」今録於此，聊備參考。

朱慶餘

〔冥音録〕（節録）　穆宗敕修文舍人，元稹撰其詞數十首，甚美，醺酣，令宫人遽歌之，帝親執玉如意擊節而和之。帝祕其調極切，恐爲諸國所得，故不敢泄。（《太平廣記》卷四八九）

李　肇

〔唐國史補〕（三則）　德宗幸梁洋，唯御騅號望雲騅者。駕還京，飼以一品料，暇日牽而視之，至必長鳴四顧，若感恩之狀。後老死飛龍廐中，貴戚多圖寫之。（卷上，古典文學出版社排印本。）

按：本集卷二四有《望雲騅馬歌》。

元和中，元稹爲監察御史，與中使争驛廳，爲其所辱。始敕節度觀察使：臺官與中使先到驛者處上廳。因爲定制。（卷下）

元和已後，爲文筆則學奇詭于韓愈，學苦澀于樊宗師；歌行則學流蕩于張籍；詩章則學矯激于孟郊，學淺切于白居易，學淫靡于元稹，俱名爲「元和體」。大抵天寶之風尚黨，大曆之風尚浮，貞元之風尚蕩，元和之風尚怪也。（卷下）

張固

〔幽閑鼓吹〕（一則）　元相在鄂州，周復爲從事。相國常賦詩，命院中屬和，周正郎乃簪笏見相公曰：「某偶以大人往還高□，謬獲一第，其實詩賦皆不能也。」相國嘉之曰：「遽以實告，賢於能詩者矣。」（中華書局上海編輯所排印本）

按：陸龜蒙在《零陵總記・周復》條中有相同記載。

段成式

〔酉陽雜俎〕（二則）　荆州街子葛清，勇不膚撓，自頸以下，遍刺白居易舍人詩。成式常與荆客陳至呼觀之，令其自解。背上亦能闇記，反手指其劄處，至「不是此花偏愛菊」，則有一人持盃臨菊藂。……陳至呼爲《白舍人行詩圖》也。（《前集》卷八，《湖北先正遺書》本）

按：「不是此花（《元稹集・菊花》作『花中』）偏愛菊」，非白居易詩。録于此，供參考。

元稹在江夏，襄州賈塹有莊新起堂，上梁纔畢，疾風甚雨。時莊客輸油六七甕，忽震一聲，油甕悉列於梁上，一滴不漏。其年元卒。（同上）

按：《劇談録》逸文中收有相同記載，見後。

康駢

〔劇談録〕（三則）　元和中，進士李賀善爲歌篇，韓文公深所知重，於縉紳之間每加延譽，由此聲華藉甚。時元相國稹年老，以明經擢第，亦攻篇什，常願交結於賀。一日，執贄造門，賀覽刺不容，遽令僕者謂曰：「明經擢第，何事來看李賀？」相國無復致情，慚憤而退。其後左拾遺制策登科，日當要路，及爲禮部郎中，因議賀父名晉，不合應進士舉。賀亦以輕薄爲時輩所排，遂致轗軻。文公惜其才，爲著諱辯録明之，然竟不成事。（卷下《元相國謁李賀》，中華書局上海編輯所排印本）

按：此條記載有誤。一、李賀因避父諱，未曾考進士，此處前稱「進士李賀」，後又説「不合應進士舉」，自相矛盾。二、元稹生於大曆十四年（七七九），貞元九年（七九二）十五歲，明經及第；李賀生於貞元七年，卒於元和十二年（八一七），從其年齡看，不可能發生此條所記之事。今録於此，供參考。朱自清《李賀年譜》、岑仲勉《唐史餘瀋》卷三《李賀與元稹》、卞孝萱《元稹年譜》中均有辨證，茲不録。

長安安業唐昌觀，舊有玉蕊花。其花每發，若瓊林瑶樹。唐元和中，春物方盛，車馬尋玩者相繼。忽一日，有女子年可十七、八，衣緑繡衣，垂雙髻，無簪珥之飾，容色婉娩，迥出於衆。從以二女冠、二小僕，皆丱髻黄衫，端麗無比。既而下馬，以白角扇障面，而直造花所，香異芬馥，聞於數十步外。觀者疑出自宫掖，莫敢逼而視之。佇立良久，命女僕取花數枝而去，將乘馬，顧謂黄衫者曰：「曩有玉峯之期，自此行矣。」時觀者如堵。咸覺煙飛鶴唳，景物煇煥，舉轡百餘步，有輕風擁塵，隨之而去。須臾塵滅，望之已在半空，方悟神仙之遊，餘香不散者經月。時嚴休復、元稹、劉禹錫、白居易俱作《玉蕊院真人降》詩。嚴休復曰：「終日齋心禱玉宸，魂銷眼冷未逢真。不如一樹瓊瑶蕊，笑對藏花洞裏人。」又曰：「香車潚下玉龜山，塵世何由覩蕣顏。惟有無情枝上雪，好風吹綴緑雲鬟。」元稹詩曰：「弄玉潛過玉樹時，不教青鳥出花枝。的應未有諸人覺，只是嚴郎自得知。」劉禹錫詩曰：「玉女來看玉樹花，異香先引七香車。攀枝弄雪時迴首，驚怪人間日易斜。」又曰：「雪蕊瓊葩滿院春，羽林輕步不生塵。君王簾下徒相問，長伴吹簫别有人。」白居易詩云：「嬴女偷乘鳳下時，洞中暫歇弄瓊枝。不緣啼鳥春饒舌，青瑣仙郎可得知。」時人稱頌之。

（同上，《玉蕊院真人降》）

唐元稹，鎮江夏。襄州賈墅有别業，構堂架梁才畢，疾風甚雨。時户各輸油六、七甕，忽震一聲，甕悉列於梁上，都無滴汙於外。是年稹卒。（《太平廣記》卷三九四引《劇談録》）

孟棨

〔本事詩〕（二則）　元相公稹爲御史，奉使東川，於褒城題《黄明府》詩。其序云：「昔年曾於解縣飲酒，余嘗爲觥録事。嘗於竇少府廳，有一人後至，頻犯語令，連飛十數觥，不勝其困，逃席而去。醒後問人，前虞鄉黄丞也。此後絶不復知。元和四年三月，奉使東川，十六日至褒城望驛，有大池，樓榭甚盛。逡巡，有黄明府見迎。瞻其形容，彷彿似識。問其前銜，即往日之逃席黄丞也。説問前事，黄生惘然而悟，因饋酒一樽，艤舟請余同載。余不免其意，與之盡歡。遍問座隅山水，則褒女所奔走城在其左，諸葛所征之路次其右。感今懷古，作《贈黄明府詩》曰：『昔年曾痛飲，黄令困飛觥。席上當時走，馬前今日迎。依稀迷姓字，即漸識平生。故友身皆遠，他鄉眼暫明。便邀同榻坐，兼共刺船行。酒思臨風亂，霜稜拂地平。不看深淺酌，還愴古今情。邐迤七盤路，陂陁數大城。花疑褒女笑，棧想武侯征。一種埋幽石，老閑千載名。』」（《高逸第三》，古典文學出版社排印本）

元相公稹爲御史，鞠獄梓潼。時白尚書在京，與名輩遊慈恩，小酌花下，爲詩寄元曰：「花時同醉破春愁，醉折花枝當酒籌。忽憶故人天際去，計程今日到梁州。」時元果及褒城，亦寄夢遊詩曰：「夢君兄弟曲江頭，也向慈恩院裏遊。驛吏喚人排馬去，忽驚身在古梁州。」千里神交，合若符契，友朋之道，不期至歟！（同上，《徵異第五》）

范攄

〔**雲谿友議**〕（四則）　初，李公赴薦，常以古風求知，吕光化温謂齊員外煦及弟恭曰：「吾觀李二十秀才之文，斯人必爲卿相。」果如其言。詩曰：「春種一粒粟，秋收萬顆子。四海無閑田，農夫猶餓死。」「鋤禾日當午，汗滴禾下土。誰知盤中飡，粒粒皆辛苦！」先是元相公廉察江東之日，修龜山寺魚池，以爲放生之銘，戒其僧曰：「勸汝諸僧好護持，不須垂釣引青絲。雲山莫厭看經坐，便是浮生得道時。」李公到鎮，遊于野寺，覩元公之詩而笑曰：「僧有漁罟之事，必投於鏡湖。」後有犯者，堅而不恕焉。復爲二絶而示之，云：「剃髮多緣是代耕，好聞人死惡人生。祇園説法無高下，爾輩何勞尚世情。」「汲水添池活白蓮，十千鬐鬣盡生天。凡庸不識兹悲意，自葬江魚入九泉。」（卷上《江都事》，古典文學出版社排印本）

致仕尚書白舍人，初到錢塘，令訪牡丹花，獨開元寺僧惠澄，近於京師得此花栽，始植於庭，欄圈甚密，他處未之有也。時春景方深，惠澄設油幕以覆其上，牡丹自此東越分而種之也。會徐凝自富春來，未識白公，先題詩……白尋到寺看花，乃命徐生同醉而歸。時張祜榜舟而至，甚若疏誕。然張、徐二生，未之習隱，各希首薦焉。中舍曰：「二君論文，若廉、白之鬬鼠穴，勝負在於一戰也。」遂試……。試訖解送，以凝爲元，祜其次耳。……先是李補闕林宗、杜殿中牧，與白公輦下較文，具言元、白詩體舛雜，而爲清苦者見嗤，因兹有恨也。（同上，卷中《錢塘論》）

安人元相國，應制科之選，歷天禄畿尉，則聞西蜀樂籍有薛濤者，能篇詠，饒詞辯，常悄悒於懷抱也。及爲監察，求使劍門，以御史推鞫，難得見焉。及就除拾遺，府公嚴司空綬，知微之之欲，每遣薛氏往焉。臨途訣別，不敢挈行。洎登翰林，以詩寄曰：「錦江滑膩蛾眉秀，化出文君及薛濤。言語巧偷鸚鵡舌，文章分得鳳凰毛。紛紛詞客皆停筆，箇箇君侯欲夢刀。別後相思隔煙水，菖蒲花發五雲高。」元公即在中書，論與裴晉公度子弟譔及第，議出同州。詔云：裴度立蔡上之功，元稹有嚚褰之過也。乃廉問浙東，別濤已逾十載。方擬馳使往蜀取濤，乃有俳優周季南、季崇及妻劉採春，自淮甸而來。善弄陸參軍，歌聲徹雲；篇韻雖不及濤，容華莫之比也。元公似忘薛濤，而贈採春詩曰：「新妝巧樣畫雙蛾，幔裹恒州透額羅。正面偷輪光滑笏，緩行輕踏皺文靴。言詞雅措風流足，舉止低迴秀媚多。更有惱人腸斷處，選詞能唱《望夫歌》。」望夫歌者，即羅嗊之曲也。金陵有羅嗊樓，即陳後主所建。採春所唱一百二十首，皆當代才子所作。其詞五、六、七言，皆可知矣。詞云：「不喜秦淮水，生憎江上船。載兒夫壻去，經歲又經年。」一「借問東園柳，枯來得幾年？自無枝葉分，莫怨太陽偏。」二「莫作商人婦，金釵當卜錢。朝朝江口望，錯認幾人船！」三「那年離別日，只道往桐廬。桐廬人不見，今得廣州書。」四「昨日勝今日，今年老去年。黄河清有日，白髮黑無緣。」五「悶向江頭採白蘋，嘗隨女伴祭江神。衆中羞不分明語，暗擲金釵卜遠人。」六「昨夜北風寒，牽舡浦裏安。潮來打纜斷，摇擄始知難。」七採春一唱是曲，閨婦行人莫不漣泣。且以藁砧尚在，不可奪焉。元公求在浙河七年，因醉題東武亭。此亭宋武帝所製，壯麗天下莫比也。詩曰：「役役閑人事，紛紛碎簿書。功夫兩衙盡，留滯七年餘。病痛梅天發，親情海岸疏。因循未歸得，不是戀鱸魚。」盧侍御簡求戲曰：「丞相雖不戀鱸魚，乃戀誰耶？」初娶京兆韋氏，字蕙藂，官未達而苦貧。繼室河東裴氏，字柔之。二夫人俱有才思，時彦以爲嘉偶。初韋蕙藂逝，不勝其悲，韓侍郎作墓銘。爲詩悼之曰：「謝家最小偏憐女，嫁與黔婁百事乖。顧我無衣搜畫篋，泥他沽酒拔金釵。野蔬充膳甘長藿，落葉添薪仰古槐。今日贈錢過百萬，爲君營奠復營齋。」又云：「曾經滄海難爲水，除卻巫山不是雲。」復自會稽拜尚書右丞，到京未逾月，出鎮武昌。武昌建節李相、牛相、元相比也。是時，中門外搆緹幕，候天使送節次，忽聞宅内慟哭，侍者曰：「夫人也。」乃傳問：「旌鉞將至，何長慟焉？」裴氏曰：「歲杪到家鄉，先春又赴任。親情半未相見，所以如此。」立贈柔之詩曰：「窮冬到鄉國，正歲别京華。自恨風塵眼，常看遠地花。碧幢還照曜，紅粉莫咨嗟。嫁得浮雲婿，相隨即是家。」裴柔之答曰：「侯門初擁節，御苑柳絲新。不是悲殊命，唯愁别是親。黄鶯遷古木，珠履徙清塵。想到千山外，滄江正暮春。」元公與柔之琴瑟相和，亦房帷之美也。余故編録之。（同上，卷下《豔陽詞》）

按：以上關於薛濤的記載，恐不真實。卞孝萱《元稹年譜·辨正》云：㈠地點不同。元和四年，元稹使東川梓州，而薛濤在西川成都府。㈡年齡懸殊。本年，元三十一歲，薛五十歲。㈢官職虚構。元爲監察御史，無「就除拾遺」之事。（元和元年，元爲左拾遺）㈣人物虚構。本年，潘孟陽爲東川節度使，武元衡爲西川節度使，嚴綬爲右僕射。（《舊唐書》卷一四六《嚴綬傳》）嚴綬未在成都，何能遣薛侍元呢？

王建校書爲渭南尉，作《宫詞》。元丞相亦有此句。河南、渭南，合成二首矣。時謂長孫翱、朱慶餘，各有一篇，苟爲當矣。長孫詞曰：「一道甘泉接御溝，上皇行處不曾秋。誰言水是無情物，也到宫前咽不流。」朱君詞曰：「寂寞花時閉院門，美人相對泣瓊軒。含情欲説宫中事，鸚鵡前頭不敢言。」元公以諱秀明經制策入仕，秀字子芝，爲魯山令，政有能名。顔真卿爲碑文，號曰「元魯山」也。其一篇《自述》云：「延英引對碧衣郎，紅硯宣毫各别牀。天子下簾親自問，宫人手裏過茶湯。」是時貴族競應制科，用爲男子榮進，莫若兹乎，乃自河南之喻也。

渭南先祖内宫王樞密，盡宗人之分，然彼我不均，後懷輕謗之色。忽因過飲，語及「桓靈信任中官，多遭黨錮之罪，而起興廢之事。」樞密深憾其譏，詰曰：「吾弟所有宫詞，天下皆誦於口。禁掖深邃，何以知之？」建不能對。元公親承聖旨，令隱其文，朝廷以爲孔光不言温樹，何其慎静乎！二君將遭奏劾，爲詩以讓之，乃脱其禍也。建詩曰：「先朝行坐鎮相隨，今上春宫見長時。脱下御衣偏得着，進來龍馬每交騎。常承密旨還家少，獨奏邊情出殿遲。不是當家頻向説，九重争遣外人知。」（同上，卷下《瑯琊忤》）

潘　遠

【西墅記譚】（一則）　元白酬和千篇，元守浙東，白牧蘇臺，置驛遞詩箇（筒），及云：「有月多同賞，無盃不共詩（持）。」其句都是暗合處耳。（《説郛》，宛委山堂本）

王定保

【唐摭言】（四則）　實曆年中，楊嗣復相公具慶下繼放兩榜。時先僕射自東洛入覲，嗣復率生徒迎於潼關。既而大宴於新昌里第，僕射與所執坐於正寢，公領諸生翼坐於兩序。時元、白俱在，皆賦詩於席上。唯刑部楊汝士侍郎詩後成，元、白覽之失色。詩曰：「隔坐應須賜御屏，盡將仙翰入高冥。文章舊價留鸞掖，桃李新陰在鯉庭。再歲生徒陳賀宴，一時良史盡傳馨。當年疏傅雖云盛，詎有茲筵醉醁醽！」汝士其日大醉，歸，謂子弟曰：「我今日壓倒元、白。」（卷三《慈恩寺題名遊賞賦詠雜紀》，古典文學出版社排印本）

按：此處所記楊汝士自誇賦詩「壓倒元、白」，但據岑仲勉《跋唐摭言》考，楊汝士當時的官稱不合；所謂大宴只能是賀于陵致仕之會，謂元稹亦在座，事實有誤。

張祜，元和、長慶中，深爲令狐文公所知。公鎮天平日，自草薦表，令以新舊格詩三百篇表進。獻辭略曰：凡製五言，苞含六義，近多放誕，靡有宗師。前件人久在江湖，早工篇什，研機甚苦，搜象頗深，輩流所推，風格罕及。云云。謹令録新舊格詩三百首，自光順門進獻，望請宣付中書門下。祜至京師，方屬元江夏偃仰内庭，上因召問祜之辭藻上下，稹對曰：「張祜雕蟲小巧，壯夫恥而不爲者，或奬激之，恐變陛下風教。」上頷之，由是寂寞而歸。祜以詩自悼，略曰：「賀知章口徒勞説，孟浩然身更不疑。」（同上，卷一一《薦舉不捷》）

元相公在浙東時，賓府有薛書記，飲酒醉後，因争令擲注子，擊傷相公猶子，遂出幕。醒來乃作《十離詩》上獻府主：「馴擾朱門四五年，毛香足浄主人憐。無端咬着親情客，不得紅絲毯上眠。犬離主　越管宣毫始稱情，紅牋紙上撒花瓊。都緣用久鋒頭盡，不得羲之手裏擎。筆離毛　雲耳紅毛淺碧蹄，追風曾到日東西。爲驚玉貌郎君墜，不得華軒更一嘶。馬離廄隴西獨自一孤身，飛去飛來上錦裀。都緣出語無方便，不得籠中更唤人。鸚鵡離籠　出入朱門未忍拋，主人常愛語交交。銜泥穢汙珊瑚簟，不得梁間更壘巢。燕離巢　皎潔圓明内外通，清光似眼水精宫。都緣一點瑕相穢，不得終宵在掌中。珠離掌　戲躍蓮池四五秋，常摇朱尾弄綸鈎。無端擺斷芙蓉朶，不得清波更一遊。魚離池　爪利如鋒眼似鈴，平原捉兔稱高情。無端竄向青雲外，不得君王手上擎。鷹離主　蓊鬱新栽四五行，常將貞節負秋霜。爲緣春笋鑽牆破，不得垂陰覆玉堂。竹離亭　鑄瀉黄金鏡始開，初生三五月徘徊。爲遭無限塵蒙蔽，不得華堂上玉臺。鏡離臺　馬上同攜今日盃，湖邊還折去年梅。年年衹是人空老，處處何曾花不開；歌詠每添詩酒興，醉酣還命管弦來。樽前百事皆依舊，點檢唯無薛秀才。」元公詩。（同上，卷一二《酒失》）

按：有關《十離詩》，汪立名在《白香山詩長慶集》卷二〇曾對此説提出懷疑，認爲「《十離詩》卑靡羞澀，自是兒女子乞憐語」。卞孝萱《元稹年譜》進一步認爲《十離詩》是薛濤呈韋臯之作，非薛書記呈元稹之作。又，文末云「公元詩」，乃《唐摭言》誤記，該詩非元稹作，而是白居易《與諸客攜酒尋去年梅花有感》，今見《白居易集》卷二十。

裴令公居守東洛，夜宴半酣，公索聯句，元、白有得色。時公爲破題，次至楊侍郎汝士，或曰非也。曰：「昔日蘭亭無豔質，此時金谷有高人。」白知不能加，遽裂之曰：「笙歌鼎沸，勿作

此冷淡生活！」元顧曰：「白樂天所謂能全其名者也。」（同上，卷一三《惜名》）

按：王士禛《香祖筆記》、岑仲勉《跋唐摭言》中都認爲此則記載「純出臆造」，今録于此，供參考。

馮贄

〔雲仙雜記〕（二則）　元稹爲翰林承旨，朝退行鐘廊時，初日映九英梅，隙光射稹，有氣勃勃然，百僚望之曰：「豈腸胃文章映日可見乎？」（卷二《常朝録·腸胃文章映日》，《説郛》本）

元微之、白樂天兩不相下，一日同詠李花，微之先成曰：「葦綃開萬朶。」樂天乃服。綃，練也。葦白而綃輕。（卷七《高隱外書·元白兩不相下》）

何光遠

〔鑒戒録〕（一則）　長慶中，元微之、劉夢得、韋楚客同會白樂天之居，論南朝興廢之事。樂天曰：「古者，言之不足，故嗟歎之；嗟歎之不足，故詠歌之。今羣公畢集，不可徒然，請各賦《金陵懷古》一篇，韻則任意擇用。」時夢得方在郎署，元公已在翰林。劉騁其俊才，略無遜讓，滿斟一巨盃，請爲首唱。飲訖，不勞思忖，一筆而成。白公覽詩曰：「四人探驪，吾子先獲其珠，所餘鱗甲何用！」三公于是罷唱，但取劉詩吟味竟日，沉醉而散。劉詩曰：「王濬樓船下益州，金陵王氣黯然收。千尋鐵鎖沉江底，一片降幡出石頭。荒苑至今生茂草，古城依舊枕寒流。而今四海歸皇化，兩岸蕭蕭蘆荻秋。」此篇元在詩本事中叙説甚詳，今何光遠重取論次，更加改易，非也。長安慈恩寺浮圖起開元至大和之歲，前來登遊題紀者衆矣。文宗朝，元稹、白居易、劉禹錫唱和千百首，傳于京師，誦者稱美。凡所至寺觀臺閣林亭，或歌或詠之處，向來名公詩板，潛自撤之，蓋有愧于數公之詠也。會元、白因傳香于慈恩寺塔下，忽覩章先輩八元所留之句，命僧拂去埃塵。二公移時，吟詠盡日不厭，悉令除去諸家之詩，唯留章公一首而已。樂天曰：「不謂嚴維出此弟子。」由是二公竟不爲之，詩流自慈恩息筆矣。章公詩曰：「十層突兀在虛空，四十門開面面風。卻怪鳥飛平地上，自驚人語半天中。迴梯暗踏如穿洞，絕頂初攀似出籠。落日鳳城佳氣合，滿城春樹雨濛濛。」（卷七，學海類編本）

按：以上有關四公聚會之記載，據卞孝萱《元稹年譜》考證，與元稹、白居易、劉禹錫的行蹤不合，不可能相會，疑出于虛構。

孫光憲

【北夢瑣言】（一則）　白太傅與元相國友善，以詩道著名，時號元白。其集内有詩輓元相云：「相看掩淚俱無語，别後傷心事豈知。想得咸陽原上樹，已抽三丈白楊枝。」洎自撰墓誌云與彭城劉夢得爲詩友，殊不言元公。時人疑其隙終也。（卷六，中華書局上海編輯所排印本）

景　涣

〔**牧豎閑談**〕（一則）　元和中，成都樂籍薛濤者，善篇章，足辭辨，雖無風諷教化之旨，亦有題花詠月之才，當時乃營妓中之尤物也。元稹微之知有薛濤，未嘗識面，初授監察御史，出使西蜀，得與薛濤相見。自後元公赴京，薛濤歸。浣花之人多造十色彩牋，於是濤别模新樣，小幅松花紙，多用題詩，因寄獻元公百餘幅。元於松花紙上寄贈一篇曰：「錦江滑膩岷峨秀，化作文君與薛濤。言語巧偷鸚鵡舌，文章分得鳳凰毛。紛紛辭客皆停筆，箇箇思君欲夢刀。别後相思隔煙水，菖蒲花發五雲高。」濤嘗好種菖蒲，故有是句。蜀中松花紙、金沙紙、雜色流沙紙、彩霞金粉龍鳳紙，近年皆廢，唯十餘年綾紋尚在。（《説郛》本）

再版後記

本書是上個世紀七十年代末期我開始從事古籍整理的試作。此前我在中國科學院哲學社會科學部文學研究所的學術期刊當編輯，熟悉的是古典文學方面的義理研究，對文學古籍整理很少接觸。後來調入中華書局文學編輯室，不久便趕上到農村去搞「四清」和「文化大革命」，一晃過去了十年，七五年初從幹校回京。爲適應工作需要，才選定整理元稹的詩文集，一方面由于個人的偏愛，另一方面因爲感到元稹的詩文成就並不比白居易遜色，而歷來又是「元白」並稱的，可是學術界對元稹及其作品的研究卻不多，評價也欠公允，我想可能是由于資料缺乏，故花費了兩年多業餘時間整理這個集子。于一九八〇年初交中華書局，經周振甫先生審定，提出不少意見修改後，于一九八二年出版。

本書出版後，多蒙幾位師友來信給予肯定和鼓勵，同時也指出個別標點校勘方面的失誤和不足，促我反復檢查錯誤，逐一作了糾正，于一九八七年發過重印，但因圖書市場的不景氣，一直沒有印成。前年有幸讀到蘇州鐵道師院中文系楊軍先生專門認真研究本書的兩篇文章，從中獲益良多，助我在已修改過的基礎上再次作了訂正。在此對以上幫助過我的各位先生，深表感謝。

八十年代以來，因爲審閲並編輯作家資料的需要，我陸陸續續瀏覽了不少書，從中又輯得元稹若干佚詩，重印時，録于《重版後記》中，這次修訂再版，即編入外集續補，供讀者參考。

冀勤

一九九九年十二月

二〇〇九年夏日

元稹集篇目索引

（以篇名首字筆劃爲序，篇名過長者有簡省）

六　劃

七　劃

八　劃

九　劃

十 劃

十一劃

十二劃

十三劃

十四劃

十八劃

十九劃